有爱的青春陪伴者

时柔

束之 著

贵州出版集团
贵州人民出版社

图书在版编目（ＣＩＰ）数据

时来 / 束之著. -- 贵阳：贵州人民出版社，
2022.12
　ISBN 978-7-221-17342-3

　Ⅰ.①时… Ⅱ.①束… Ⅲ.①长篇小说 - 中国 - 当代
Ⅳ.①I247.5

中国版本图书馆CIP数据核字(2022)第181985号

时来
SHILAI

束之 / 著

出版统筹：陈继光
选题策划：大鱼文化
责任编辑：潘江云
特约编辑：周丽萍
装帧设计：刘　艳　孙欣瑞
封面绘制：水　间　姬　卡
出版发行：贵州人民出版社（贵阳市观山湖区会展东路SOHO办公区A座
　　　　　550081）
印　　刷：长沙鸿发印务实业有限公司
开　　本：880毫米×1230毫米　1/32
字　　数：400千字
印　　张：10.5
版　　次：2022年12月第1版
印　　次：2022年12月第1次印刷
书　　号：ISBN 978-7-221-17342-3
定　　价：42.80元

目　录

目 录 Contents

第一章
陈医生若曾相识

　　这天，陈望值夜班时接了个病人，急性阑尾炎，一个小手术。但姑娘大概是疼厉害了又没怎么见过手术台，哭成了泪人，躺上手术床时仍在抽噎。

　　陈望消毒完穿好无菌手术服，装备齐全了，隔着口罩对一脸眼泪的姑娘说："来，先别哭，看我，对，看我眼睛。"

　　姑娘抽噎着缓了下来。

　　陈望对上她的眼睛，缓缓地比了个斗鸡眼。姑娘"扑哧"笑出声来，腮帮子还挂着眼泪，颇有喜感。

　　陈望收回目光："好了，别紧张，给你打了麻醉药，很快的。"

　　手术的确很快也很顺利，年轻人底子也好，禁食不到一天就委屈巴巴说饿了。扶着她下床活动的妈妈刚正不阿，坚决执行医嘱，一口米糊都不给。

　　陈望查房时路过："不错，有力气喊饿了，明天排气正常就可以吃点流食了。"

　　姑娘忙追问："陈医生，大概还要多久才能出院啊？"

　　"愈合得好的话，周二就能拆线。"

　　"好的，谢谢医生。"王妈妈连声道，又转回去低声，"听到没，好好忍着，饿你一两顿也好，让你以后乱吃东西。"

　　叫王思宜的姑娘不满："妈，急性阑尾炎不是吃坏肚子闹的！"

　　旁边站着的一位戴口罩的瘦高青年似乎也笑了，陈望随意瞥了眼，没看清脸，刚巧护士来找，就离开了。这姑娘被送来时阵仗还不小，四五个人围着团团转，其中有位还拽着她紧张地问是不是食物中毒，得知不是才大大松了口气。她猜是从聚会一类的场合送过来的，不怪会联想到食物中毒。

　　下午陈望给自己的带教老师当一助，手术顺利但耗时长。张主任让她做最后的缝合，一边摘口罩一边叹气："你师娘说了今晚做油焖大虾，现在估计全冷了。"

陈望"贴心"道："估计是油焖虾壳了。"

她调侃老师毫无心理负担，只是自己的晚饭也就比油焖虾壳强一点。爸妈饭后出去散步了，厨房微波炉里留了碗炒饭和汤。她囫囵吃完洗了碗，澡都不想洗就倒在沙发上。还是回到家的陈妈妈去推她："快去洗澡，洗完睡了，躺在这里也不怕着凉，起来！"

她闭眼翻了个身，直接抱着妈妈的腰不肯挪窝。

陈妈妈好笑："二十七的大姑娘还跟七岁似的，不怕人笑话。"

她嘟囔："不怕，没人知道。"

陈妈妈在心里轻轻叹气。女儿读医读迷糊了，从大学一路埋头到医院，等到这几年收到的请柬越来越多了才有些觉悟。偏偏她还不是个例，从学校到医院，周围大把情路单薄的人，没个榜样带头。陈望言之凿凿，与其随意凑合找个男人把日子过得一地鸡毛，不如她一个人清静自在还省钱。陈妈妈倒也赞同，只是她一个常忙得脚不沾地的医生，没个人帮忙照顾，实在放心不下。

陈妈妈摸摸女儿的发顶，收拾了一下心情，然后把她丢进了浴室。

过了几天午休时，护士站的小田兴冲冲地拉住陈望，把手机屏幕贴她鼻子下："看！我'老公'年底的演唱会！怎么样？去不去？"

陈望坚定："不去！上次你说请我看演唱会结果变成你的个唱。"那天晚上她听着肺活量极好的小田唱了整场，印象实在深刻，"再说年底忙死了，我今年还想回家看春晚呢。"她都计划好了调休和寒假。

"哎呀不是农历，新历，十二月的！周廷问好不容易来这儿开演唱会的。"

"我读书少你别骗我，哪个明星演唱会不是北上广轮转的。"

小田抱着她的胳膊："我下回和你去看谢致的话剧！"

陈望无情地把小田的手扒拉下来："谢谢，我还不如祈祷他今年再去春晚。"她撕开个草饼麻薯塞小田嘴里，"再说吧。这不是还没开售嘛，抢不抢得到还是一回事呢，你可别再找'黄牛'了啊，走了。"

小田眼睛一亮："这么说如果我抢得到票你就陪我去是不是？是不是？一言为定啊！"

快步走开的陈望假装听不到。

下午，陈望端着镊子剪子去给王思宜拆线，清洗完伤口，看她欲言又止的，陈望失笑："怎么了？"

"陈医生——你喜欢周廷问啊？"

见陈望诧异，她忙补充道："我妈妈中午路过护士站时不小心听到的，你别误会！"

小田嗓门是真的大啊……陈望笑了："是我朋友喜欢。"

"那医生你喜欢谢致吗？"姑娘眼睛一亮。

陈望看这神色，估计把自己当成志同道合的粉丝了，想了想回答："还行，有关注吧。"

王思宜乐了："医生，你要不要他的签名照？"

"呃——谢谢啊，不用了。"签名照这东西，她倒也有，还是绝版的。

等晚饭时，陈望顺口和爸妈说笑提起这一茬，陈爸爸也笑了："这小姑娘这么亲近你啊？"

陈望想想："大概是我斗鸡眼比得好吧。"说着往嘴里塞了块西兰花，"爸，您炒的西兰花吧？"

"是啊，比你妈炒的好吃吧？"陈爸爸说着，桌子底下轻轻踢妻子一下，陈妈妈这才回过神。

陈望嚼了嚼："您蚝油永远比妈放得重。"

吃完饭，陈望帮着收拾了桌子后去洗澡了。陈爸爸悄悄问妻子："怎么，还惦记着呢？"

陈妈妈面露憾色："望望还是被我耽搁了。"

"你怎么老绕不开这个结，望望想学医是打小开始的，和你没什么关系。"

"可那时都说她是块好料子，你看看现在人——"

"那都是客套话，当不得真。再说了你看望望这性子，适合走那路子吗？我看望望现在就挺好，工作稳定，医院里同事也处得好。行了行了，别想了，望望自己都没觉得有什么，你操什么心。"

陈妈妈摇摇头，换了另一个话题："上次你说台里孙姐的侄子不错，怎么就没动静了？"

陈爸爸表情仿佛吃了苍蝇："别提了，人长得还算周正，内里——上周三你不是让我去给望望送饭吗？回来时正巧碰见他和一姑娘在走廊吵架。"他压低了声音，"我听着是他把人肚子搞大了，劝那姑娘打掉，姑娘不肯，就吵起来了。后来我和望望提了一句，望望说最后是找小徐做的手术。"

"作孽哟。"陈妈妈嫌恶，"你什么眼神，看男人眼光这么差！"

陈爸爸冤枉："我一老爷们儿，看男人眼光当然好不到哪儿去。"

洗完澡回到房间，陈望想了想，把书架最顶上的盒子搬下来，坐到地上，从底层抽出个薄薄的塑料袋。里面是几张照片，尽管年日久了，却也保存完好。中间一张是个穿着黑白校服的少年，眉眼稚气未脱，但干净俊朗，一侧是马克笔飞扬跳脱的字迹，最后一笔估计被手蹭到，有一小团晕开的渍。

她拿着照片发了会儿呆，听到陈妈妈在外面喊她吃水果的声音才回神，应了一声，匆匆收好照片重新把盒子放回书架顶，这才去客厅。

陈妈妈看她一眼："刚刚听你翻箱倒柜的，什么东西不见了？"

陈望笑笑，往嘴里丢了块梨，含糊道："没啥。"过了一会儿说，"妈，年底医院组织我们体检，您和爸今年还没体检过吧，过一阵子到我们医院来吧，您顺便复查下。"

陈妈妈应了："行，等你爸休息时查一下吧。你爸血压本来就偏高，做菜还老嫌味道淡。"

手机突兀地响起来，陈望一瞧来电显示，心里有种不大好的预感："怎么啦文双？"

"高速路出车祸了，连环追尾，其中一辆是客巴。"

陈望皱眉："行，我知道了。"

见女儿挂了电话就去拿外套，陈妈妈叹气，喊道："老陈，开车送望望去医院。"

"出啥事了？"陈爸爸忙从书房钻出来。

"高速上追尾了，估计受伤的人不少。"陈望已经飞快地换好了衣服，手腕上别了根头绳，拎了包就走，"爸您不用送了，现在还有地铁，我过去很快的。"

陈妈妈跟到门口，忧虑："小心啊。"

陈望才洗了头不久，在夜风里小跑了一趟，等到了医院时头发已经半干了。门口停了好些警车，还有不少记者，急诊室里挤满了人，警戒线也拉了起来。

她匆匆找到同事文双："怎么样了？"

"郑医生找你呢，有个大出血的伤者，马上手术了。"

"行。"陈望随手抓好头发就往电梯跑。

这一夜自然是歇不了的。

陈望连站了两台手术，等小田来找时才想起今天王思宜要出院。

她抓着间隙去给王思宜签了出院证明，王妈妈在一旁连声道谢："辛苦陈医生了，我们还以为今天出不了院呢。"

陈望挤出一个笑："纱布隔两三天换一次，暂时别吃有刺激性、难消化的东西，看情况五天到一周后就能洗澡了。"

"好的好的，谢谢陈医生。"

"谢谢医生！"小姑娘也忙不迭道谢。

等陈望离开了，王思宜感叹："看样子陈医生是一晚上没睡，眼眶都是青的。当医生真是辛苦。"

"就昨晚车祸？" 小姑娘旁边的男生问。

"是啊，昨晚听到警笛和救护车的声音一阵一阵的，我都吓了一跳。"

王思宜看他若有所思的样子："怎么了哥？"

向平川拧着眉毛："我怎么觉得这医生有点眼熟呢？"

王思宜不明所以："陈医生的确长得蛮秀气的，人也很好。你这么一说的确有点像几个明星啊。"

"不是不是，不是像谁，"向平川摇头，"好像在哪儿见过。"

王思宜怀疑地瞄他一眼："你看上了人家就直说。"

"不是——"向平川翻白眼，"算了，走了走了。阿姨您放着，东西我来。"说着从王妈妈手里接过袋子，又回头跟王思宜说道，"哥说等你好完全了，请大家吃火锅。"

"耶——"

"你吃清汤。"

"……"

等车祸的伤员抢救和后续治疗告一段落后，陈望睡了个昏天暗地，醒来时下床踩上地面，感觉像一脚踏进棉花里。她忧愁地和同事徐瑛说："我觉得我整个人都飘着了，看啥都是虚的。"

"看钱，钱最实在。"徐瑛一针见血，又哄她，"摸摸你，知道你们普外最近都不成人样了。阿姨没给你做点补的吗？"

"有啊，我爸说我妈的架势仿佛我在坐月子。"陈望说着也笑了，"今天下班来我家一趟吧，我妈今天炖的乌鸡汤，你喝一碗再走。"

"行啊。你上次说的复查我打过招呼了，一会儿顺便问问阿姨时间。说到这我也有事托你，我表姑打算做个胃镜，以前查的时候留心理阴影了，家里好说歹说才点头。你到时如果有空，能去那边帮忙看一眼吗？"

"行。你表姑年纪大，要不做无痛的吧，多打一针麻醉，贵是贵些，但少受罪。"

"我等会儿发微信问问她，晚点跟你定时间。"

下班后，两人一起到了陈望家。喝了汤后，徐瑛看了眼微信，皱眉："我表姑嫌无痛的贵，不想做。"

陈望笑笑："上了年纪的人节俭惯了，可以理解，只是普通的可能比较辛苦。"

徐瑛烦躁："哎不是，我表姑年轻时家里是困难，可现在我表哥公司都做大了，在二环都有房了，八九百对她来讲是小数目啊，但我表姑还是——以前的缝纫机啥的留着还能理解，不过有时是真挺尴尬的。有次我表哥生意场的朋友请他们一家吃饭，我表哥特意置办了身好衣服，结果我表姑穿着好些年头的旧衣服就去了，和他那朋友的母亲一比，场面就不太好看了。算了算了，"她摆摆手，"随她老人家的意吧。你看看下周什么时间有空？"

陈望翻了翻手机："周二行吗？"

"行，我告诉他们一声。"

"记得周一晚上八点之后不能吃东西，水也尽量别喝。"

"知道了。那我先回去了。"说着徐瑛又跟厨房里的陈妈妈招呼，"阿姨我先走啦，您和叔叔时间大概定了也告诉我一声！"

"欸，好的好的。"陈妈妈忙擦了手出来，"谢谢小徐了。"

"哪里，阿姨不嫌我老来蹭您的汤就好！我走啦，您忙您的！"

关了门，陈妈妈拉拉陈望的手："刚刚你们说的我都听见了，妈想到就和你说一声。以后你谈朋友了可不能光看人，他家里人性格你也得知道大概，像小徐表姑这样的，以后和儿媳妇肯定处不到一块儿去。你以后可要好好瞧清楚对方的家里有没有什么特难相处的。"

陈望哭笑不得："知道啦知道啦。妈，您火关了没啊？"

"哎哟！"陈妈妈忙转头进厨房了。

虽然做了心理准备，但周二去内科看徐瑛表姑做胃镜时，还是颇耗了些精力。老太太实在紧张，陈望扶她进屋时手都收不回来。麻药说了要含两分钟，老太太囫囵就吞下去了，结果后面不停地干呕，管子吞不下去，她轻声细语哄了好一阵子才把管子伸进去，进去了老太太又开始想把管子吐出来，还是老太太的儿子在旁边帮忙抓着胳膊安抚老太太，才顺利了点。等终于收了管子取了胃窦，老太太仍干呕个不停，口水把检查之前换上的衣服都打湿了。她让护士取了件新的帮老太太换上，等老太太缓过来不再干呕了才收走脏衣服。

宋医生无奈地摊手："还是你脾气好，要是我，早请他们出门去做无痛了。"

陈望一边洗手一边苦笑："劝过了，老人心疼钱不肯做，没办法。"

等检查结果出来，她将单子交给老太太的儿子："排除了慢性胃炎的可能性，但很可能有胆结石，最好去做个B超，看结石数量大小和老人的身体状况，再决定需不需要做手术。病理检查还要过几天，到时会交给徐瑛的。"

青年道谢接过单子，又问："如果需要手术的话，可以联系您吗？"

陈望道："院里很多比我有经验的医生，到时会给老人家安排合适的医生的。"

青年点头，从衣袋里取出一张名片递给她："今天真的麻烦陈医生了，这是我的名片，我姓李，李仲清。"

陈望愣了一下，还是接过来："李先生客气了。没什么事我就先走了。"

　　"好，谢谢陈医生。"

　　陈望随手把名片揣白大褂口袋里，回办公室去了。

　　过几天，徐瑛来找陈望吃午饭，食堂里一边排队一边说："B超的结果出来，结石还不少，我们劝了一阵，最后我表姑决定做手术了。我表哥问你做不做，我说那不一定，得看你的手术安排。"

　　陈望想了想："如果一定要也不是不可以，一个腹腔镜的事儿而已。"

　　徐瑛笑得意味深长："我是觉得我表哥看上你了，他还管我问你手机号。"

　　陈望卡了一下："你给了吗？"

　　"当然没了。我说医生不给患者留私人号码的，倒可以留个护士站号码。"徐瑛拍拍她的肩，"我表姑看上去可不像个好相处的婆婆，我怎么舍得祸害你呢？"

　　"你这话说得——"真像我妈。

　　最后这个手术还是排到了陈望这里。给老太太做了系统检查后，她和家属商量了一下，还是决定取胆。

　　早上陈望跟着主任查完房进了手术室，一个多小时就拿着切除了的胆出来了。围观的家属们表情还是挺微妙的，李仲清比较镇定，甚至让她割开看了看里面的结石。又过了一个多小时，老太太就被推出来了。

　　陈望叮嘱说麻药反应可能要吐个几次，看上次胃镜时老太太的反应，估计次数会多点。果不其然，等到夜班时一问，吐了八次，好在血压体温都正常，后天应该就可以出院了。

　　到了走廊，李仲清叫住她："陈医生，请问回去以后平时应该注意些什么？"

　　陈望便一一说了。

　　他记到手机上后，再次问："陈医生能留个联系方式吗？"

　　陈望便搬出徐瑛的借口："不好意思啊，我们医生不给患者留私人联系方式的。"

　　他笑笑："主要是这次前后麻烦陈医生这么多，想请您吃顿饭。"

　　陈望也笑笑："职责所在，您客气了。"

　　最后，等老太太出院了，徐瑛把一张看上去非常贵的卡拍到她办公桌上："我表哥给的。他也不傻，看得出来你没意思，但说这次总归是要谢谢你，让我们俩去吃顿好的。这家听说是私人会馆来着，他是那儿的会员，吃啥都算这卡上就行。"

　　陈望犹豫："这不大好吧？"

　　徐瑛倒不客气："接受别人的谢意也是一种美德。再说了，哥哥请妹妹和妹妹的朋友吃顿饭没什么的。你这周六不上班吧，周五下班了我们过去？"见陈望还在犹豫，她又补了一句，"据说那里的杨枝甘露是招牌。"

　　"行的，周五吧。"

周五陈望一觉醒来，拉开窗帘，见外面茫茫一片，还有些恍惚。陈妈妈进门来喊她吃饭，见她盯着窗外发愣，笑道："也是奇怪，今年这雪比去年早了一个多月呢，昨晚我看天气预报时还不信，结果半夜就下了，还不小，现在都停了。"

"妈您昨晚又睡不着了？"

"没有，昨晚水喝多了上了个厕所。快来吃早饭了，今天穿暖和点，雪融了冷。你晚上不是要和徐瑛去吃饭吗？吃完打个电话来让你爸去接，又是晚上又是冷天，别着凉了。"

"欸。"

下班后，两人便去了卡上写的会馆。是家中餐老字号，门面不大，里面却处处精细，雕梁画栋，暖黄的灯光不亮也不至于昏暗。楼上延伸开一条曲折的回廊，两侧是一间间小包厢，门也是仿着旧时的木门，糊着干净的窗纱。

穿着旗袍的服务生引她们进了间小包厢，包厢里有一扇大落地窗，挂着淡金色的窗帘，被顶上的灯映出柔和的光。坐下后，陈望侧头望向窗外，能看见雪中缓慢行驶的车辆和街道两侧积起的新雪。

两人都是头一回来，除了两盅杨枝甘露，其余的菜色都听了服务生的推荐。

待服务生收了菜单走后，陈望又环顾了一圈，感叹："有钱真好。"

"可不是？"徐瑛配合地深呼吸了一下，"这满屋子资本的香气啊。"她呼了口气，"我妈从前还唠叨我，说不结婚没孩子以后谁给你养老，我说当然是钱啊。任何人都可能背叛你，但钱不会。"

"没毛病。"陈望摇了摇杯子，杯子里的花瓣打起了旋，"现在要找个合心意又靠谱的人太难了，天天又忙，实在没工夫。"她侧头趴到桌上，看着花瓣慢悠悠地沉到杯底，"以后医院里找个合适的医生就嫁了也说不定。"

"得了吧，你是那么容易就'合适'的人吗？如果是也不至于单二十七年了。"徐瑛凑近了点，"说实话，你是没谈过恋爱，还是没喜欢过人啊？"

陈望微微出神："喜欢——的话，算是有过吧？"

徐瑛追问："谁啊？啥时候？"

她轻轻笑了笑："太久了。"她撑起身子重新坐好，"况且那时年纪小，谁知道那时的喜欢是不是真喜欢。"

"现在没联系了？"

"早就没联系了，真的太久了。"陈望摇了摇头，"不说了，我去洗个脸。这暖气好足，我都待困了。"

洗了脸，陈望看着镜子里的人，发了会儿呆，又用湿漉漉的手拍了拍脸，这才用纸巾把脸擦干了。不想出了洗手间，却听一侧有人喊了句"陈医生"。

她意外地转头，就看见个姑娘紧走几步过来："陈医生，真的是你，好巧呀！"

她反应过来："啊，你是叫——思宜？"

王思宜连连点头："对对，我是上个月做阑尾炎手术那个！"

陈望莞尔："现在怎么样了？没什么问题吧？"

"没有没有。"王思宜笑眯眯，"您一个人来的？"

"和我朋友。"

"啊，我们是今天下班了老板请客来的。"

"那你快去吧，别一会儿你们老板找不见人。"

王思宜嘿嘿笑了，刚想进去又退了一步："陈医生，我能要个您的联系方式吗？上回出院时看您忙没好问……呃，不是要找您看病，就是觉得您挺——"

她纠结着措辞，陈望忍俊不禁："斗鸡眼比得好吗？"

王思宜回想起那一幕，笑出"鹅叫"。

最后陈望把手机号报给了她："也是我微信号。"

王思宜立刻点头："好好，我一会儿就加您！"

王思宜回到包厢还没落座，就听正在转桌招呼大家吃菜的向平川调侃她："菜都上了还不见你，我当你掉坑里了呢。"

王思宜一边低头加陈望微信一边回嘴："我遇到了给我做手术的那个医生姐姐，跟她要了微信号。"

手机上发送请求，很快便通过验证了。陈望的头像不知道是什么动漫角色，是一只在碗里泡澡的肥啾。

"哪个？"

"您鱼的记忆吧？出院时给我签证明的那个医生啊。"王思宜鄙视，又转向另一边，"哥你也见过的吧，我手术第二天她来查房时你也在。"

忽然被叫到的谢致一愣，回想了片刻，摇摇头："那天医生来，我别过脸了，没注意。"

"你看吧。再说了我工作记的人名人脸那么多已经够呛了，哪可能见过的个个记得住？"向平川摊手。

"那天你还说她眼熟，我说你肯定是看上人家了。"

向平川闻言又努力在脑中搜索了一阵，恍然道："啊，想起来了想起来了。不过这会儿我也不太记得长什么样了。朋友圈有照片吗？我看一眼。"

法务的姚姐吐槽："小向，你好歹是个经纪人，怎么说出的话这么直？"

"就是。"王思宜翻了翻陈望的朋友圈，"陈医生的朋友圈好干净，几乎都是吃的和风景照。"

"没自拍？"

"没有。"王思宜把手机收起来，"有也不给看。"

与此同时，陈望也在翻思宜的朋友圈，最新一条便是不久前，配的图片是漂亮的餐具。她又翻了一会儿："好像是做媒体工作的。"

"记者？小编？"

"可能是宣传？"她也不太懂，收起了手机，"是个挺可爱的小姑娘。"

一顿饭吃到晚上八点多，徐瑛摸了摸肚子："初雪天养膘，实在风雅。你一朵烂桃花换这顿饭，不亏不亏。"

陈望笑道："有你这么说自家亲戚的吗？回去替我谢谢你表哥吧。"她看了眼窗外，"雪又下起来了。"

"下雪了就别让陈叔叔来了，时间还早，我们坐地铁就行。"

"嗯。"

两人到柜台刷了卡，下楼后见玄关处站了几个人。王思宜瞧见陈望，急忙挥手："陈医生。"

"又见面啦。"她笑笑，"回去了吗？"

"嗯，我们在等人开车过来。陈医生怎么回去？"

"我们坐地铁走。"

"那陈医生一路小心！"

去地铁站要从店门口往北走上一小段，到第一个十字路口时往东再走七八分钟。她们到路口时绿灯还未亮，便到路边的屋檐下躲雪。

不久，右侧的两三辆车踩着黄灯的尾巴缓缓停下，人行横道的绿灯亮了起来。

"呀，又是陈医生。"副驾驶上的王思宜一眼看见了人行横道上的陈、徐二人。

向平川跟着看过去："哪个？"

"黑色羽绒服那位，披头发的。"

"看不太清啊……"向平川瞥了眼后视镜，压低了声音，"小点声，哥睡着了。"

王思宜立刻合上嘴，看了眼后座。

青年抱着外套侧着脑袋，额前的碎发和睫毛投下浅淡影子，呼吸平缓绵长，似是睡着了。

第二天休息，陈望舒舒服服地睡到日上三竿才起，醒来一摸手机，看见小田发来的微信消息，惊得从床上坐起来："你是魔鬼吧！"

小田立刻回复："嘿嘿嘿，看到没，正规渠道正规门票。说好了啊！我票都给你买好了！"

陈望又点开截图看了看："这顶上的信号格和电量——不是你手机的吧？"

"咳，我找了代抢……"

陈望扶额。

"我这回绝对安分听歌！"

"因为周廷问的歌你唱不好吧？"

小田发来一个捶她脑袋的表情包，又说："这回肯定精彩的，而且我看粉丝群里有人透露，这次请的嘉宾里有谢致！不亏呀！"

陈望手指一顿："他们关系很好吗？"

"谢致《锦衣卫》那部电影不是排贺岁档吗？主题曲是周廷问唱的，请谢致去可能算半个宣传吧，我猜的。"

陈望慢慢地回复："哦。"

"不过挺奇怪的，那部电影剧情应该蛮沉重的，大过年的氛围不太对吧？"

陈望还没想好怎么回，小田又给自己找好了理由："不过谢致嘛，粉丝那——么多，而且他挑剧本眼光就没怎么差过，这几年的剧和电影评分都很好啊，去年不是又入围了最佳男主角吗？可惜老戏骨还是老戏骨，温盛华太厉害了。"

"……是啊。"

"哎，我好怀念刚出道的谢致啊，小时候就那么好看，第一部电影就拿了金鼎的最佳男主角。这些年虽然大小奖他都拿了不少，可再也没有拿过金鼎了。"发完紧接着又是一条，"哦，拿过一次最佳男配角，可我还是希望他再拿次最佳男主角啊。"附了个撞墙的表情包。

陈望抿了抿干燥的唇，回复："我也是啊。"

"好导演好剧本还是太少了。当时那部《放学路》拿了那年一堆的金鼎奖吧，什么最佳影片、最佳导演、最佳男主角、最佳原创剧本、最佳音乐啥的都是。"

是最佳原创音乐啦。

"我现在都不敢轻易重看那部，每次看到结尾都哭成狗。不过是真的好看啊，只是没想到齐老导演过两年就住院了。他今年得七十多岁了吧，估计是不会再出山拍电影了。"

"嗯，毕竟上年纪了，还是应该好好休养。"

"我倒是上次看一个营销号说，谢致每年过年都会去探望齐老导演。如果是真的的话，那也太暖了。"小田絮絮叨叨，忽然发现不对，"扯远了扯远了，演唱会约好了啊！我去吃饭了。"

陈望把票钱转给小田，看了看还没洗漱的自己，再看时间，十一点半，认命地套了毛衣下床。

吃完午饭，陈望点开了购票软件，翻到收藏那一栏。12 月 7 号的《踯躅》，早就被一抢而空了。她又翻开日程表，7 号明晃晃的夜班，叹气，重新点开软件，取消收藏。

　　这部话剧她年初看了一次，那时狠狠心买了个好座位。谢致是全剧的大反派，演的是个有反社会倾向的企业家，表面上文质彬彬、温文尔雅，背地里杀人不眨眼，这出剧看得她冷汗直冒。

　　那时，她看了相关的采访。被问到为什么会在得了电影电视剧的奖后反而去演了话剧时，谢致答道："我很尊敬的一位老前辈告诉我，话剧是磨炼一个演员的最佳舞台。"所以他就去了，还选了个人憎狗嫌的反派。初演时反响不太好，到后面全国巡演时，几乎场场爆满。

　　"其实春节后也可以再排一场的，真的不要吗？"

　　"宋老师年纪大了，等天气转暖再继续排吧。"谢致敲着电脑道，"我都答应了今年去春晚，春节后还不让我歇，你刻薄了点吧。"

　　向平川耸肩："哪有送上门的钱不要的道理。行吧，那我和吴导说一声。"他很快便发了消息，又伸手去够谢致旁边的两沓纸，"这两个你还没决定好啊？尤瑞和谊欢好像知道对方同时请你，两边这几天旁敲侧击我几回了。"

　　谢致合上电脑："没想好。"

　　"你很久没演偶像剧了吧？"向平川翻着，"要我说谊欢这部剧也还可以，演个有勇有谋的世子爷，轻松又有钱赚。女主角我可是听说已经定了程毓，"他摸着下巴装模作样地打量了谢致一圈，"配得上你。"

　　谢致只说："没什么兴趣。"

　　"那也比尤瑞这个，披着精英商战皮的霸道总裁好吧。"向平川看了眼尤瑞的剧本，有点嫌弃，"别人三十好几了还和小姑娘卿卿我我的，你这个正当时的不肯演偶像剧，实在是——"他"啧"了一声，"我可太理解那些小姑娘想让你演部无脑苏偶像剧的心情了，真的浪费这张脸。"

　　"我又不是没演过感情戏。"

　　是是是，是演过，下一秒不是你嗝屁就是女主角挂掉，或者中间横亘着国仇家恨咫尺天涯，反正十个八个"注孤生"。向平川无奈地往沙发上一倒："你还不如刚出道那会儿呢，对着个小丫头——啧，当时多少人被你眼神迷得七荤八素的。"

　　谢致静了片刻："那不一样。"

　　那时什么都不懂，什么都演不出来，什么都是真的。

　　向平川听出来了，想想忍不住问："你不会是因为还惦记着那个小姑娘，所以不喜欢演偶像剧，那啥，守身如玉吧？"

　　谢致看向平川的眼神宛如看智障："怎么可能。"他抬抬下巴，"只是总觉得这两部剧情不太好，有些地方逻辑都说不通，不太想演。"

"这样啊，那我都推了吧，等你年后再说。"

助理小刘敲了敲门："向哥，宣传那边找你。"

门重新关上后，谢致将电脑放到一边，起身去接了杯水，靠到墙上慢慢喝了一口。

怎么可能。

即使时刻有媒体和粉丝关注着他，到了大学，他也曾谈过恋爱，曾亲吻过别人。只是，每次不到一个月，便都无疾而终了。再后来，他已经忘了所谓的心跳如擂鼓，是什么感觉了。

但场景，他始终记得。

雨夜，狭长的巷子，忽明忽灭的路灯，身后杂乱且堆得老高的旧纸箱，身前眼睛黑白分明的少女，被雨打湿的刘海，领子上很淡的洗衣粉味道。他的心跳贴着她的，分辨不出谁是谁的，乱如雨打，在声音芜杂的片场里轰鸣。

他将纸杯捏瘪了丢进垃圾桶。

第二章
接踵而至是旧事

体检结果出来，陈妈妈没什么问题，血检数据十分漂亮。反而是陈爸爸，血压不仅没降下来，血脂和尿酸值还往上飘了飘，愁得陈妈妈连做了三天白菜煮白萝卜。陈爸爸吃得一脸菜色，只盼着陈望不要值班多回家吃饭，他才能蹭到点荤腥。

陈望忍笑，坚定不移地支持妈妈，不过还是偷偷在厨房里和妈妈提了句："瘦肉还是可以吃一些的啦。"

陈妈妈瞪她："你也不省心，好好一个医生还能折腾出低血糖。"

陈望无辜道："我这都好久的毛病了，哪里是最近才有的。况且医生这工作这么劳累，我已经算我们院里很健康的了。"

听到她这有点嘚瑟的话，陈妈妈气得把她赶出了厨房。陈望抱头溜到客厅，和陈爸爸一起假装认真看电视。

屏幕上出现片尾字幕，广告立刻蹦了出来。陈爸爸想起件事儿："望望，你记不记得蔡叔叔？就跟爸爸同办公室的那个大块头叔叔，你小时候一见到就哭。"

她本记不得了，听这么一描述倒零星想起来了点："啊，有点印象。怎么了？"

陈爸爸搓搓手，也有点尴尬："他儿子刚回国，也是在国外待了好几年，还没谈女朋友。你蔡叔叔就有点——想让你们俩见一见，吃个饭。"

陈望头皮有些发麻："……再过一阵子吧，年后再说。最近医院忙，实在没什么时间。"

"行，行。"陈爸爸舒了一口气。要不是开口的是老同事，谁愿意赶着把自己亲闺女往别的臭小子身上推啊，"爸爸不是急，只是你蔡叔叔开口我也不好拒绝。我就先这么回，年后他如果没提起咱就当没这回事儿，啊。"

"收到。"陈望一本正经地点了头。

　　谁知到了医院，一众和蔼可亲的阿姨辈也有了拉纤保媒的业余爱好，小田和徐瑛等云英未嫁的姑娘也听了一耳朵青年才俊的介绍。食堂里小田哀切地戳着碗里的萝卜："是有多少人想过年结婚啊，护士长也催，郭老师也催，早上去输液时连一老太太都说他孙子怎么怎么好。真羡慕你，早早就结了婚。"她托着下巴看向文双。

　　文双也烦躁："催婚是没有，催生的一堆。我们都不想这么快要孩子，每年过年都要被问一圈，就差问我们俩谁有问题了。我老公有没有问题关你什么事儿啊。"

　　徐瑛猛摇头："你二十九岁再生都不急。我天天看那些孕妇很是辛苦，家里人还不当回事儿只把娃娃当块宝，一堆产后抑郁的，糟心死了。要是连你老公都不体谅你，就别生。"

　　"他还好，也是他想让我多松快几年的。"

　　陈望咬筷子："这样就行了，你们夫妻俩想一块就好。父母又不跟你们住一块，也就回家时听一听就算了，平时又不打搅你们。至于那些亲戚，你也提一提他们操心的事怼回去嘛，大过年和和气气的，但有人找堵也不用客气。"

　　"哎，我现在最羡慕你了。"徐瑛对陈望抬抬下巴，"你爸妈都不逼你。"

　　陈望笑："哪里，尤其我妈，心里也是急的。"

　　下午又站了台大手术，离开医院时门诊大厅里的电视都播完一集电视剧了。陈望事先和家里说了不留饭，本打算到医院对面的快餐店里随便买个饭盒，心思一动，又上了公交车。

　　路灯徐徐向后退去，玻璃上映出影影绰绰的人影，外面是车水马龙与形形色色的路人。高楼的窗户错落明暗，一些店门口行道树上已经系上了彩色的灯，欢快地闪烁，玻璃橱窗上装饰着塑料的槲寄生花环和铃铛，还有很可爱的圣诞贴纸。

　　下车时刚好在一个商场的门口，陈望朝里面望了眼，高大的圣诞树已经摆在了大堂里，挂着繁复的彩带和小袜子，底下堆了满满漂亮的礼盒，贴着商标和宣传词。从前这里不是商场，只有些普通的小店，多是餐馆和文具店书店。

　　她捂了捂围巾，朝对面走去。

　　后面的街道要安静不少，走了一段便到了九中。初三的学生正在晚自习，教学楼里灯火通明。

　　她又走了一段，进了家面馆，点了碗牛肉面。老板娘还是那位，只不过旁边多了个小尾巴，估计是她的小孙女，拿着根塑料仙女棒跟着奶奶在厨房里钻进钻出，仙女棒发出五颜六色的光，跟着小姑娘的身影像道彩色的小旋风。

　　吃完面，她重新走回九中门口，这次换了条道，感觉消食了一会儿便到了十三中，同样的灯火通明。拐角就是家甜品店，她推门进去，玻璃橱柜里摆着各式各样精致的蛋糕和冰激凌，最后在角落里找到了泡芙，比以前贵了三块钱。

陈望买了一个，又要了杯热饮，拣了窗边的位置坐下。

才咬一口，她就皱了眉，连喝了几口饮料才压下那股腻。这么高甜高热的东西，从前她能连吃两个还面不改色。她挫败地放下泡芙，想，陈望你真没出息，所有人都在向前看，只有你还耽于过去，实在白吃了这么多年的米面。

但是买都买了，她只能囫囵地把它吃了，然后猛灌了几口饮料。旧时的东西再好，也已经是旧时了，有的还能勉强怀念，有的已经触碰不得。陈望趴到桌上，脸埋进围巾里。

其实那些旧事也不是什么惊天动地轰轰烈烈的大事，平常得和对面学校里那些学生的生活一样，两点一线的规律摆动，一日三餐的柴米油盐。她已经很久没有想起这些了，在满耳朵都是听不懂的单词时，在跌跌撞撞跟着高三的进度时，在"小白兔，白又白，两只耳朵拎起来，割完动脉割静脉，一动不动真可爱"的苦笑声中备考时，在这样忙碌得没空伤春悲秋的时间里，她几乎没有去想起过。

但她现在频繁地想起。

可能是这两年各种明里暗里的催婚让她终于重新意识到感情这一块的空白，太过空白便只能拿从前来补。可那时的感情该算什么，她从来都没明白过，又总是这样像一根线，在心上磨着，勒出微不可察的痕迹，但总有细密的痒和疼在叫嚣着存在。也可能——是年纪大了，就像老人总爱说曾经，她也变得老气横秋了。

下了手术台后的倦意被甜腻的味道丝丝绕绕勾起来，陈望闭上眼睛，想着就眯一会儿。模糊中似乎听到铃声，听见走进走出的脚步声，听见断断续续的说话声，眼前却被围巾圈出一片黑甜梦境。等她一个激灵醒过来，店里似乎又只剩她一个客人了。

她揉揉眼睛，被压得久了视觉有些模糊，努力睁大眼睛看了下手机，立刻清醒过来。最后一班公交车还有十分钟，陈望一边在心里懊恼自己怎么睡得这么久，一边甩着发麻的胳膊把杯底最后一口凉透了的饮料喝了，一个激灵清醒了点，拎着围巾匆匆往外跑。

"您的找零。"

"谢谢。"

身后一阵风一样的动静，谢致接过纸袋，转身时看见玻璃门轻微地晃了晃。

向平川在车上打呵欠，见谢致坐进车里后看了眼他膝上的纸袋，奇道："怎么大半夜的想吃甜的了，不怕胖吗？"

"忽然想起来而已。反正路过，很久没吃了。"谢致把帽子和口罩摘下，取了个泡芙，上面撒着密密的糖霜，一下子便黏上他指尖。他咬了一口，皱眉，甜得皱鼻子。

"咋了？不好吃？"向平川看他表情。

"太腻了。"他又咬了一口，眉头还是没松下来。

"难吃还吃？"

谢致没作声，依然皱着眉把泡芙吃完了，拿纸巾擦了擦手后拧开瓶矿泉水，一下子喝了小半瓶。他看了眼袋子里的另一个，把纸袋边缘折了起来。

向平川有点好奇："给我尝尝。"

谢致把边缘压实："不给。"

向平川莫名其妙，不好吃又当宝护着，有毛病！

谢致又喝了一口水，奶油的甜腻味道才被慢慢压下去。

车子在信号灯路口停下，他侧头看了眼旁边的公交车，车内灯光白得晃眼，窗边是零散的人影。几个学生模样的男生在前面嘻嘻哈哈。有对情侣，或许是夫妻，合戴一个耳机笑着在讲话，女生不知听到什么，嗔怪地推了男生一下。后排坐着的女生本靠着车窗垂着脑袋，头发把侧脸挡得严严实实，似乎被前面的动静吵到，黑漆漆的头发往上抬了抬，又垂下去。

绿灯亮起，公交车拐了个弯，与他们错开。见谢致还在往后看，向平川叫了他几声："怎么了，外头有啥？"

谢致转回来，靠回椅背上："……没什么。"

魔怔了。

陈望没敢说自己是在甜品店里睡着了才这么晚回来，撒了个谎说看到很喜欢但又有些贵的衣服纠结了太久还是没买。陈妈妈念了好一会儿"女孩子大晚上一个人不安全"，才放她去洗澡。

热水淋到冰凉的手上，很快便泛了红，猛地有点烫手但一会儿就很舒服。洗完出来，连脚都是红通通的，热气氤氲。她趁热钻进被窝，捂暖和了，人也沉沉睡着了。

隔天下了场雪，窗台上积了薄薄的一层。天气一冷生病的人便多了起来，急诊和输液室里多了不少老人和小孩。陈望一上午倒只排了个胃空肠吻合术，午饭后还有闲心削了个苹果啃。路过急诊时正好瞧见文双焦头烂额地跑过，还不忘折回来抢了一口。陈望看着苹果上那个豁口，再想想平时最多只能一口闷个鹌鹑蛋的文双，想着压力真是能激发人的潜能。

下班时，陈望先去了妇产科找徐瑛，结果徐瑛还在产房里，陈望就把徐瑛托自己找的报告压在了她桌上。走到电梯间，等电梯门一开，里面走出一对年轻夫妇。

女子一张圆圆的脸，圆圆的眼睛，有些眼熟。陈望还没多想时，她已经盯着自己瞧了。

"……陈望？"她不确定开口。

这一声蓦地便清晰了回忆，陈望张了张口："……夏夏？"

陈望在母婴用品店里，被满目温暖可爱的颜色冲击了好一会儿，才想起自己是来做什么的。

夏夏已经怀孕六个月，她想着应该选样实用的礼物，可是周围一圈人里，同辈中少有的年轻妈妈，阿姨辈的推荐又怕有的过时了，只好自己到母婴用品店里碰碰运气。

售货员非常热情地给她推荐了一款婴儿车，一键折叠，自动发电，甚至可以给手机充电，附着夜间照明灯。陈望都傻眼了，她原以为婴儿车就是普通的小推车带个遮挡之类的，原来现在已经有这么高级的了啊。她瞄了眼价格——也很高级啊，溜了溜了。

她又"参观"了好些她闻所未闻又感觉很实用的东西，什么奶粉冲调机、制作辅食灌注机、婴儿额温计、婴儿背包，甚至还有婴儿用的按摩浴缸。

回家后和陈妈妈聊起，陈妈妈也惊诧："以前哪有这么多花样。给吃的，换尿布，再找个什么东西把你圈在哪儿，你就能自己玩手玩脚玩一天，哭了也就基本是饿了或者尿布湿了，吃完奶换完尿布你也就差不多睡了，一睡又是十个小时。"

"我这么好养的吗？"

"也就最开始好养，三四岁你又老发烧，一天两天地往医院跑，后来又发水痘，每次去医院都要骗你说去玩，到了医院你就开始哇哇哭，等到打针时你已经哭累了，只能哼哼了。"陈妈妈拍拍女儿的肩，"谁想到你长大后去当医生了呢？"

陈望也笑："我完全是出于报复心理——这些白大褂的人老扎我针，我以后也要穿白大褂去扎别人！"

"望望，"陈妈妈笑容淡了淡，"当医生，你后悔吗？"

陈望怔了一下，随即搂了搂妈妈的脖子："从来不后悔。"

最后，陈望买了条懒人包巾，送给夏夏时还有点忐忑："我也没经验，但是听说刚出生的宝宝习惯像在妈妈肚子里那样裹着才会乖乖睡觉，不知道是不是真的。"

夏夏倒是很开心地收下了："我一定试试，到时给你发感想。"

本来夏夏想约陈望到外面吃个饭，但陈望实在不太敢带着孕妇到人多的地方，于是最后定了到她家做客。夏夏在一家外企工作，丈夫是一名律师，结婚两年多了。

"没想到你这么早就结婚啦，我周围一圈医生，几乎都超额完成晚婚晚育任务。"

"嘿嘿，我们一个大学的，工作稳定下来就领证了。"

"真好啊。"

夏夏聊了一会儿自己的近况便迫不及待地问陈望："这么多年了都完全联系不上你，真没想到你现在当医生了。"

"我说过我想当医生的呀。不过那时也就说说，结果真入这行了。"

"也是，你那时理科都比文科好，我数学周练都抄你的呢。"夏夏想起两人同桌的事情，有些感慨，又有点埋怨，"你那时出国真的太突然了，居然就那样断了联系。"

陈望低头笑笑："我也觉得很突然，手机换了，QQ没用上还被盗了，一下子就——"就与原来的生活割裂了。

"那你后来呢？什么时候回国的？"

"高三回国读的，然后就和大家一样啦，高考、上大学、实习轮转、工作，唉，读医真不是人干的事。"她玩笑道。

夏夏似乎有些遗憾："我还以为你会当演员。"

"……怎么可能呢，我不是那块料。"

夏夏忽然想起什么："那时开学后，有一次谢致还来找我问你去哪儿了，是不是转学了。你当时没告诉他吗？"

陈望怔了怔，摸摸鼻子："有的，可能是——错过了。"

"我还问他有没有你QQ号，他说有，但是被盗了，成天发广告。他说了我才知道你QQ被盗了，唉，搞得我现在有你微信和电话号码都觉得不靠谱。"

"那我把我家座机和护士站的号码也给你？"

"座机可以，护士站就免了。"夏夏哈哈笑道。

陈望重新把注意力放在她圆鼓鼓的肚子上："你希望是男孩子还是女孩子？"

夏夏一脸生无可恋："我只希望孩子乖乖的，顺顺利利出生，我怕疼。"

陈望忍俊不禁："到时做个检查，弄无痛分娩吧，我们院里能做这个的麻醉师还是很靠谱的。"

"真的吗？我们上次还在讨论要不要做，你这么一说我还真的有点心动。快快，你和我交个底先。"

"我有在妇产科里要好的同事，我回去了整份资料发给你好不？"

"我觉得你现在和当年借我周练时一样光芒万丈！"

最后夏夏死活拉着陈望在家里吃了晚饭才放人。几天后和小田聊起来，陈望都还是笑眯眯的。小田奇道："遇到老同学让你这么开心吗？"

她摇摇头："不只是这样。"

"因为那是你以前最好的朋友？"

陈望还是摇摇头。

诚然这是一个很重要的原因，但另一个层面却是源自她心底的纠结。她原以为所有皆事过境迁，私心不愿面对这样那样的变化，比如那个再也吃不出欢喜心情的泡芙——明明自己也变了，这样的矛盾想想也是有些孩子气。可夏夏让她意识到这样的变化诚然失去了一些东西，但总会有更好更合适的填补进来。未知或许令人不安，却同样令人心生期待。

看着手上的票，陈望想，就这样吧，今晚这场演唱会看完，便算是一道分界线。二十七岁的陈望总是要放下十四岁时傻乎乎的自己，放下懵懂时那些直至现在也说不清道不明的曲折心思的。

这么一想便放松多了，最近真的是闲到自寻烦恼了，她自我检讨了一下。旁边的小田对陈望的纠结毫无察觉，兴奋搓手等着入场。

也不知道小田找的什么代抢，这次的位置居然不错，在舞台往前一些的右侧看台上，虽然不是中间，但视野非常开阔，还没开始小田便迫不及待地摆起了光棒。

这次每个座位上都摆了遥控光棒，场控到时会控制全场光棒变色。陈望还没体验过这种设计，拿在手里翻来覆去地研究了好一会儿，不禁也有些期待。

果然，开场第一首歌的前奏一起，手里的光棒便发出红色的光，踩着节拍一道一道地在场内闪烁，从看台向中心靠拢。等周廷问开口唱第一个字的瞬间，全场便"哗"地亮起红色的海洋。

小田激动地"嗷嗷"叫，陈望也被震住了，被热烈的氛围感染得笑起来："哇，好好看啊！"

"是吧是吧！"小田超开心地摇她手臂，"怎么样怎么样？我让你来是对的吧！"说着又奋力跟着节拍摇光棒。

周廷问是正儿八经科班出身，又是从比赛中获胜出道的，唱跳都不俗。先是几首人气最高的歌，紧接着便是新专辑的歌，一个小时下来就连陈望这种假歌迷也听得很过瘾，小田更是喊到声音都开始哑了。

她好笑地把一颗薄荷糖塞进小田嘴里，然后看见手上原本是紫色的光棒开始变成莹莹的深蓝色，不禁一怔。

深蓝色，谢致的应援色。

场内的歌迷又开始尖叫了，台上的周廷问笑道："是的，有人已经猜到了，接下来请大家大声喊出他的名字——"

话筒指向台下，然后是汹涌的声浪："谢——致——"

"啊啊啊啊啊！"小田差点把糖囫囵吞下去，"阿望！阿望！谢致要出来啦啊啊啊！"

陈望嘴里应了声，一直盯着台上。

鼓点响起，箫声响起，舞台中央的升降台上缓缓出现一个身影，穿着深色织锦飞鱼服，佩着绣春刀，转身便是个姿如孤山眼如刀的冷冽青年，待他走下升降台朝台下一笑，那股疏离便蓦地散了，眉眼温和了起来，排山倒海的欢呼声给他又添上一笔烟火气。

他声音清凛，电影的主题曲又合他气质，与周廷问合唱竟也可算平分秋色。陈望看得有些发怔，被暖烘烘的空气包围着，一时竟有些恍惚。

小田叫了她好几声，偷笑："看傻了吧？"

她回神也笑笑："是啊，太好看了。"

她语文真的不好，即使是美得能用千百种华丽辞藻形容的场面，她也只能呆呆地想到"好看"二字。

场控做得极好，红蓝交织着变换，踩着鼓点十分带感。结束后，台下的尖叫声迟迟不停，直到周廷问开始和谢致聊天了才慢慢平复下来。

陈望感觉到兜里手机振动，怕是医院的通知，于是低头看了眼——只是条话费月结的短信。不过走了会儿神就又听见周围在欢呼，她拉拉同样兴奋的小田："怎么了？"

"周廷问要请人上台和他合唱！"小田摇着光棒紧紧盯着台上。

陈望也看向舞台。

只听周廷问说："这样，请灯光老师配合一下，留个追光，谢致你闭上眼睛，然后追光扫过全场，你喊停，追光中心的人，我就请上来和我合唱一首好不好？"

全场一片"好"的欢呼与尖叫。

谢致笑，转身对着大屏幕："那我闭眼睛。"

周廷问看着全场灯光慢慢暗下来："好，追光准备好了，来——开始！"

小田激动地抓着陈望的胳膊，看着追光几次从她们前后飞快地扫过去。陈望反而开始意识到不太美妙，也慢慢紧张了起来。全场四万人——她应该没这么幸运吧……

台上谢致闭着眼睛还在和周廷问闲聊："你比较希望我点到谁？"

"我希望你别点到一个唱歌比我厉害的歌迷朋友。"

"哈哈，怕没面子吗？"

"怕下半场没人愿意听我唱了。"

"那我就点——停！"

陈望一惊，看到追光停在她右手边几个位置处。大屏幕上出现追光中心的人，是个烫着梨花头的女孩子，看见自己的脸出现在大屏幕上后激动地捂着嘴，被她的朋友们疯狂摇肩膀。

小田失望："啊，就差一点点啊！"

陈望悄悄松了口气，笑了："反正你唱不好他的歌，上去不是更丢脸吗？"

与此同时，谢致缓缓睁开眼，重新适应了耀眼的灯光，看清了屏幕后，瞳孔蓦地放大。

追光边缘，明暗交接，坐着个姑娘，笑吟吟地和同伴说着话，眼睛黑白分明。

他猛地转身。

陈望似有所觉，再次看向台上。

隔着浪潮一样的人群。

旁边已经有工作人员来请那位被羡慕的目光包围的女孩子。

周廷问笑着说谢致好运气，点到个可爱的女生。

周围是铺天盖地的欢呼尖叫声。

小田还抓着陈望的手"嘤嘤"假哭，但陈望什么都听不到了。

陈望嘴唇翕动，只觉口干舌燥，想别开头又无所遁形。她看着谢致的眼睛，心脏像被谁的手攥住，血液一点点冻结，没有躲开的力气。

谢致往前走了一步。

陈望的背抵上椅子。

他一顿，忽然转身从一侧迅速下了舞台。

看着他的身影消失，她猛地松了身子，重重地陷入椅子里。小田吓了一跳，见她脸色发白，关切道："你怎么了？不舒服吗？"

她轻轻喘了几下，才找回自己的声音："我没事。"手去摸包里的水壶，拧了几下都没拧开盖子。

小田看她魂不守舍的，接过帮她拧开了。她喝了口水，心跳仍然平复不下去。

"没点到你就这么难过吗？"小田开玩笑。

陈望勉力摇了摇头，手攥着水壶，指尖泛了白。

"请问是陈望小姐吗？"

她抖了下，转头的瞬间都用了力，看到是个穿着橙色工作服的女生。女生似乎也被她一惊一乍吓了一跳，不过还是礼貌地笑了，给她出示了自己的工作证："您好，我是演出的工作人员，谢——谢先生问您现在方不方便去一趟后台？"

小田迷糊了："什么谢先生？"

陈望怔住，许久后想说个"好"，发现自己又说不出话了，只能胡乱点了下头。

小田见状不放心地拉住她，她回头挤出个笑，示意自己没事。

陈望跟着女生离开观众席，穿过后台忙忙碌碌的工作人员和大大小小的器械。

女生推开扇门请她进去："您先坐一会儿。"

陈望哪里坐得住。

她环顾了一圈，像是个休息室，沙发上横七竖八地丢着几件外套，化妆台上放着零散的化妆品，饮水机旁边的桌子上留着半杯水。她抱着外套站在屋子中间，脑中一片混沌，直到听到门把转动的声音，她蓦地惊醒，下意识地往里退了两步。

谢致已经换下了飞鱼服，改了另一身演出服。他手停在门把上，看到有些仓皇的陈望，顿了片刻才合上门。

陈望看着他走近了几步，呆呆地钉在原地，张了张嘴，发不出声。

她似乎变了，但又好像没有变，还是浅淡的眉，黑白分明的眼，马尾辫散了下来，刘海留长了，比从前又长高了点。谢致也不知如何开口，仅有的念头便是想办法把她叫来，站在自己眼前，好像这样才不会一转身又看不见人了。

两人站着不说话，像两根直挺挺的筷子，直到门被敲了几下。

"哥，该上去了。"

谢致如梦初醒，应了声，回头从口袋里掏出手机塞到她手里。

陈望手忙脚乱地接住，听到他低低说了句："帮我拿一下，给我你的号码。"

等他走了，陈望才感觉到腿都麻了。她艰难地挪到沙发角落坐下，拿着烫手的手机不知所措，小心翼翼地摁亮屏幕，才意识到有锁屏。锁屏图片——居然是这个月的日程表。陈望急忙关了屏幕，感觉更烫手了。

谢致后面还有一首个人演唱，为了给周廷问腾出休息换衣服的时间。向平川在后台找到王思宜，痛心疾首："你怎么不早说陈医生就叫陈望啊！"

王思宜也才从巨大的震惊中缓过来，有些冤枉："这名字又不少见，我以为是重名，而且陈医生——都当医生了，我怎么会想到啊……"

向平川叹气："刚刚真把我心梗都要吓出来了。"

刚才他完全不知道出了什么事，就看见谢致苍白着张脸匆匆下台，抓过他就道："陈望在刚刚被点到的女生的左手边第四个座位，你去——不，你请个工作人员去找她，问她——"他喘了口气，"愿不愿意来见我。"

他被突如其来的这一出唬了一跳，消化完这一段话更震惊："你说陈望？那个——你确定？"见谢致脸色都不对了，赶紧改口，"好好，我去找，你先去换衣服。"

送谢致走后，他才拉了个工作人员，斟酌了用词去请陈望来。

陈望觉得谢致好像才出去了一分钟，回来时不仅换回了常服，连妆都卸了，眼神清凌凌的。听到开门声，她条件反射似的从沙发上弹起来，反而让谢致再次愣在了门口。他低头抿了抿唇，似乎在忍笑，陈望尴尬得耳朵尖都冒烟了。

谢致走近她，低低咳了一声开口："你还回去看演唱会吗？"

陈望一怔，摇摇头，把手机还给他："……没解锁，我输不了号码。"

谢致也有点尴尬，就着她的手解锁了，低头看陈望一下一下输入了自己的号码。他接过手机，存入联系人，又摁了号码，陈望便听到自己包里传来手机铃声。他很快掐断，将手机放入口袋，微微擦过她肩膀弯腰去拎沙发上的外套。陈望惶惶躲开，结果又绊到沙发，直接跌坐了回去。

她想挖个坑把自己埋了。

谢致别开脸又清了下嗓子："不回去，那我们先走吧。"

陈望反应了一会儿，说："我、我和朋友来的，"她低头去翻手机，"我跟她说一声。"

"嗯。"

她混混沌沌发了消息，跟着谢致离开后台，上了他的车。等车子到某个路口停下时，她才找回点神智："我们——去哪儿？"

谢致手搁在方向盘上，顿了顿："我也不知道。"

陈望又愣住了："啊？"

他侧头看她一脸蒙的样子，问："……你饿不饿？"

她摇摇头。

"我有点饿了。"他收回目光，绿灯亮时打方向盘掉了个头。

最后声称饿了的谢致，也就点了杯咖啡而已。陈望打量了一下这家咖啡馆，犹豫道："你在这儿没关系吗？"

"向——我经纪人的朋友开的，没关系。"谢致把菜单推给她。

陈望不好推辞，要了杯热可可。

服务员来收走了菜单，两人又静默了一阵子。谢致抬眼看她眼睛，她有些不自在地躲了躲。他们横亘的时间着实漫长，即便现在面对面，也似乎多了堵巨大的玻璃幕墙，旧时的记忆和面前的青年一起模糊了视线。

谢致忽然别过脸，手递了张纸给她："……别哭。"

她下意识地反驳："我没哭。"结果抬头时用力过猛，眼泪不小心滚了下来。他重新看她，手作势要收回来。她又急急忙忙把纸扯了过来，飞快地擦了。

他忽地就笑了，依旧是那个漂亮得过分的少年，霎时分针时针便开始往回走。她透过眼前的雾气看他，他的眼睛里有十四年前飞扬恣意的谢致小同学，和傻不愣登的陈望小同学。

第三章
回想当时年纪小

回想起来，那也不过是很平常的一个周五。妈妈回娘家看望外公外婆，让陈望放学后到台里找爸爸，父女俩吃完饭再回家。陈望依言去了电视台，离爸爸下班还有一会儿，她便坐在大厅的椅子上，仰头看着面前一排排播着电视节目的屏幕，从里头挑了个动画片看。

等一集动画片看完，陈爸爸才抱着公文包急匆匆跑过来："望望，抱歉啊爸爸耽搁了一下，饿了吧？"说着剥了块巧克力给她，"走，你妈妈不在咱们去吃麦当劳！"

"爸爸您想吃就不要怪到我头上。"虽然这么说，陈望还是含着巧克力开心地笑了。她对麦当劳没多大喜爱，但对儿童套餐送的玩具十分惦记。

旁边忽然走来一个叔叔，跟陈爸爸示意："老陈，过来一下，有事。"

陈望看着爸爸被那个叔叔叫去大厅一角的一群人里面，回来时手上多了个文件夹，看着她的表情——居然有些复杂。

"爸爸，怎么了？"

"……没事，我们先去吃饭。"陈爸爸把文件夹往包里一塞，牵着她往外走。

隔天，陈爸爸陈妈妈把她叫到客厅来。陈爸爸将昨天的文件夹拿给她，开口时似乎有点为难："呃，望望啊，昨天有位很厉害的导演看到你，想知道你对拍电影有没有兴趣，他有个角色，问你想不想去试一试？"

她愣了半天："啊？"

"就是去试一下这个角色，看看合不合适。如果合适你就可以去拍电影了。"

她艰难思考了好一会儿："为什么找我呀？"

"爸爸也不知道。"陈爸爸知道齐昇是非常有名的电影导演，但昨天他老人家为什么会到电视台来，又怎么就瞧中了望望，他至今一头雾水，"所以，爸爸妈妈让你自己决定。"

这种决定实在超纲。陈望措手不及，只好翻了翻手上的文件，粗略看了眼剧情，是讲校园暴力的，希望她试镜的角色是女主角，一个在班里被边缘化、经受校园暴力的女孩子。她脑子里乱糟糟的，有种天上掉下一块大馅饼但里头加了洋葱的感觉。

陈妈妈其实不太赞成，一是怕影响女儿学习，二是题材太沉重担心影响女儿的心理状态和性格养成。陈爸爸则乐观些，觉得有机会多学些东西不是坏事，况且导演好班底好，拍摄地点就在周边，作为家长也比较放心。

陈望纠结了整个周末也没决定好，最后齐昇亲自打电话来问。她全程紧张得连话都说不好，被老人家打了圈太极绕来绕去的，稀里糊涂就答应去试镜了。

试镜也很蒙，什么招呼也没打就开始了。几个凶神恶煞的小青年抄着家伙往她面前一站，她本来就紧张，被一吓眼底立刻起雾了，又碍着有别人在，眼泪要掉不掉地在睫毛下打转。

然后她忽然打了个嗝。

不知道谁"哧"地笑了一声，齐导演喊了停，笑眯眯地和陈爸爸说："挺好。"

陈望泪眼蒙眬地打着嗝。好什么？

好欺负啊。

这是谢致见到陈望的第一反应。

等陈爸爸带着陈望离开后，齐昇看了眼角落里状似淡定的小少年，忍不住逗他："这个小丫头挺好玩的，你觉得怎么样？"

少年淡定道："您眼光肯定好。"

"刚刚谁偷笑吓到人小丫头的？"

谢致依然淡定地站起来帮忙收了桌椅，才道："您忙，我回去继续上课了。"电影里打架的戏份不少，公司专门安排了个散打老师，让他这几个周末过来练练。

挑谢致其实没费什么劲儿，当时齐昇看了十三中文化节的录像，一下子就注意到了他。容貌出色、身形高挑不说，能在生人勿近和阳光跳脱两种气质中切换自如，就够让他惊喜的了。

预想中最难挑的男主角敲定了，反而是女主角让他和制片人犯了愁。他们到几个学校里让校长老师推荐了几个女同学，漂亮的多才多艺的一抓一把，贴近角色的却少之又少。最后他们破罐子破摔，听说电视台的少儿栏目在彩排元旦的少年跨年晚会的节目，便过去碰碰运气，没想到失望而归时，看见了大厅里认认真真看动画片的陈望。

通知陈望来签合同时，老爷子打趣她："你看，你长得不算漂亮，个子也不高，才艺也没有，但适合'絮絮'啊！"

陈望小同学为了维护自己摇摇欲坠的自尊心，半天憋了一句："导演，我也有才艺的。"

老爷子来了兴趣："什么才艺？"

她睁大眼睛："您看，单眼皮。"随即她用力闭上眼睛，再睁开，"双眼皮了。"

老爷子一愣，哈哈大笑起来。

后来这个才艺真派上用场了。

初一上学期期末考结束的第二天，陈望就依安排去公司上表演课了。

副导演是位和蔼的阿姨，一面领她进门一面说："我先带你去见见男主角，和你一样也是第一次拍电影，不过他比你早定下来，已经上了一段时间武术课了，现在不知道下课了没——"说着推开一扇房间门。

"喝！"少年的清叱声迎面盖下来，陈望猝不及防，往后一退。

"赵老师，还没结束呢？"

"快了，就差五分钟的事儿。"

场中两人看到她们都停了手，高大的武术老师看了眼少年："要不今天就到这儿，你们先忙。"

"谢谢老师。"谢致满头大汗，手扶着腰喘气，看到副导演身后有个脑袋瓜，偏头看了眼。

是那个好欺负的女孩子。

陈望也偷偷瞧了瞧他，想起老师讲课外阅读时曾拿出《洛神赋》来夸，言道文化人就是文化人，通篇的中心思想其实便是一个"美"字，却能洋洋洒洒不带重样地写出这么篇华丽又不累赘的赋。她自觉没有曹七步的文采斐然，看到面前漂亮得过分的男孩子，仅有的就是"哇""好看""这才是拍电影的脸啊"这等白开水一样的词句了。

"这是谢致，演'阿衍'的。"副导演看看陈望，又转回去对谢致说，"这是陈望，演'絮絮'的。"

她拘谨地鞠了一躬："……你好。"

谢致点点头，气还没喘匀："你好。"

"你去歇歇吧，换身衣服。我先带陈望参观下公司，顺带见见老师。"

"好。"

她走在后头，关门时又偷偷瞧了他一眼。他肩上搭着毛巾，手指摆弄着手机，不知道在看什么消息，面无表情的，好像——有点冷冰冰的……

他忽然抬头看向门口。

陈望立刻松手，门"咔嗒"合上了。

即将一起上课的小伙伴长得好看但有点凶，怎么办？她跟在导演身后，有点发愁。

下午上课，老师还没来，偌大的教室里只有他们俩面面相觑。陈望觉得这样的静默实在尴尬，手无处可放，干脆就抱着羽绒服不撒手了，眼观鼻鼻观心地抠着拉链。

"给。"

她一呆，眼前出现颗橙色纸包着的糖果。她顺着递过来的手看过去，少年逆着光看她，分辨不出是什么表情。她有点摸不着头脑，但还是接过了糖，腼腆道："……谢谢。"

谢致看她小心地剥开糖纸，张口把糖含了进去，脸颊鼓了鼓。他也不知道该接句什么，只能问："好吃吗？"

橘子味很浓，没有那么重糖精的味道，咬开里面还有点果酱糊上舌尖。陈望抬头，虽说有点迷糊，还是点了点头。真的好吃。

然后看见漂亮的小少年又递过来了一颗糖，紫色的。

她蒙蒙地看他。

这是——投喂吗？

陈望发现，谢致看上去不好接近，其实相处起来并不困难，两三句话开了话匣子，后面聊起天来就顺畅了很多。两人白天一起上课，又是唯一的练习搭档，成天抬头不见低头见，熟起来很快。

除了表演课，齐导演还时常安排他们看一些关于校园暴力的电影和纪实片。陈望陡然接触到离自己的生活如此贴近的黑暗面，虽然有心理老师做疏导，有时结束后半天仍没缓过神来。

隔天到了教室，谢致看她呆呆的不作声，眼睛一转，猛地在她耳边"哇"了一声。她吓了一大跳，迅速往旁边窜了一米多，发现是他才松了口气，四下看了眼，老师还没来。她转回去，有点气急："你干什么？"

"你想什么呢？"他看她神色，"昨天看电影吓着了？"

她咬了下唇。他凑近了点："不会是不敢一个人回家了吧？"

陈望摇摇头："没有，只是觉得痛心。"

谢致玩笑的神色淡了，移开目光："所以，导演才想拍这部电影啊。黑暗摆出来了，光才照得进来。"

她点点头："……我知道。"

"好了，别想了。"他又塞了颗糖给她，这次是苹果味的。

"你怎么身上总带着糖？"

"我妈让我带的。"他又笑起来，"听说搭档的是个爱哭的小姑娘，她怕我欺负你被你爸妈找上门告状，让我看你哭了就给你一颗。"

鬼才信你。

她脸上明明白白写着这四个字，谢致假装看不见。糖的确是老妈让带的，却是担心他练散打时肚子饿给备的。

他换了个话题："你明天上午回学校拿成绩吧？"

提到成绩，陈望更蔫了。她抱膝坐到地板上："是啊。"她文科不太好，尤其政治，考前死记硬背了两天，上了考场脑子和试卷一样雪白。

谢致也坐到地板上同她面对面："咋了？考砸了？"

"难说。"陈望疑惑，"你怎么知道我明天回学校？"

"你不是九中的吗？我在十三中啊，明天也要回校。"两个学校只隔了条街，附近的公交车站和地铁站每到上下学时间都是一半青白校服一半红白校服，像一大盘小葱豆腐和小米辣拌豆腐的凉拌。

她讶异："你——这么厉害啊？"十三中是重点，凭入学考成绩进的，附属高中更是一堆清华北大预备军。她也去碰过运气，题目于她而言简直是反人类。平常班主任恨铁不成钢的时候都会拍着黑板："你们看看隔壁！"

他磨牙："我看上去很像不学习的人吗？"

她立刻把头摇成拨浪鼓。

"你们班会开到几点？"

"我们还有大扫除，可能十点多吧。"

"那我到时过去找你。"明天下午有剧本研读会，他们还得来公司。

陈望点点头："好。"

领到成绩一瞧，政治成绩果然拖了后腿，好在其他科考得差强人意，生物还不错，一拖一扯地在班里排了个第十五名。陈望悄悄松了口气，刚好夏夏来邀她去学校旁边的奶茶店，她便开开心心地应了。

等走到校门口，她才想起谢致要来找她，忙拉住准备过马路的夏夏："夏夏，对不起啊，一会儿有人来找我，我去不了。"

夏夏奇怪："谁呀？"

陈望也卡壳了，倒是一时想不到怎么定义："一个……朋友？"斟酌间无意扫了眼马路，碰巧就看见谢致站在斑马线的对面。他也看见她了，朝她挥了挥手。她便也举高手臂冲他摇了摇，回头看见夏夏一脸见鬼的表情。

"阿望，你认识谢致？"

"欸？你们认识？"

"不是啊！"夏夏摇她胳膊，"你忘啦？期中考后四班的佳莹曾经在十三中的文化节上跟谢致告白！那时全校都知道啦，你不记得了？"

她呆了呆，随即张大嘴巴："我、我想起来了——那个人是谢致？"

夏夏猛点头："是啊，谢致拒绝她了。"

陈望的确记得这件事，当时她吃瓜还吃得挺饱的。一方面，初一就这么轰轰烈烈地告白于她来讲实在是"惊世骇俗"；另一方面，佳莹已经是年级男同学们公认的"校花"了，校花被拒绝，这看点就更大了。但她的注意力都在九中这边，完全没注意另一位主角的名字。

"我不知道那谁——就是他啊……"

夏夏八爪鱼似的缠住她，贼兮兮地问："不会是……你和谢致在一起了吧？陈望同学，深藏不露呀！"

陈望手忙脚乱地把夏夏从身上扒拉下来："别乱讲，我们……"她绞尽脑汁，"长辈认识！"这可不算撒谎，齐导演他们算是他们共同的长辈了。

绿灯亮了，见谢致已经走了过来，她忙和夏夏说了句"那我先走了"，便背着包小跑过去。他看她有些匆忙的样子，问："怎么了？"

她目光复杂地打量了他一圈："没什么，失敬了失敬了。"

谢致莫名其妙："失敬什么？"

陈望摇头不说。他决定戳她痛脚："考得怎么样？"

她本来挺开心的，一想到面前是个十三中的，旋即扁扁嘴："咳，谈成绩伤感情。"她看看他，又有点忍不住，小心翼翼地试探了一下，"你多少分啊？"这次是统考，一样的卷子。

谢致想想，报了个数。陈望往旁边挪了一步，攥着书包带子大义凛然状："我不和你谈成绩。"

少年笑了，唇红齿白特别好看。他也挪了一步，往她手心里塞了颗糖："那谈别的，中午吃什么？"

最后两人去的公司旁的一家广味饭店。陈望点的豆豉排骨煲仔饭，排骨骨头细，轻轻一咬便脱了，肉收得紧实，拌着豆豉十分下饭。她吃得心满意足，末了用勺子专心致志地刮着锅巴。谢致趁她刮得起劲，连哄带骗问出了她各科成绩。

"政治分数的确有点低啊。"他咬了下筷子。

陈望怏怏道："政治太难了，背不下来。"

"但是你生物很好啊！"谢致说，"这次挺难的，你这分数都到我们班前五了。"

"生物可比政治有意思多了。"她咬吸管，唇下露出细细的一线白，手上仍没闲着。

"你好像理科都比文科要好点？"数学也不差，文科就历史强一些。

"这才一个学期，看不出来什么吧？"陈望问，"不过是不是以后读理比较好找工作啊？"

他想了想："说不好，看人吧。"

"反正你哪科都不差。"她松开被咬平了的吸管头，继续对付锅巴。

谢致戳她锅沿："那你既然生物考得好说明脑子好使的啊。政治嘛，多背背不就会了？"

"你们学霸不理解学渣的痛苦啦。"陈望掀眼皮瞧他一眼。

谢致好笑："那你背剧本怎么办？"

她理由充分："剧本是有故事的呀，联系一下前后情节也能……蒙一蒙的吧？"最后她不确定地改了口，有点忐忑。

他靠着椅背歪头："亏我一开始以为你是个乖乖女，合着是没现原形啊？"之前都没发现这姑娘还有点皮。

陈望小声："那是你有眼无珠。"

可惜谢致耳力不错，伸手就去挠她刘海："你语文怎么学的？有眼无珠是这么用的吗？"

她缩了下肩膀不吭声了，往嘴里塞了勺锅巴，嘎嘣嘎嘣。

世上总有谢致这等天赋好的人，学什么东西都信手拈来。明明是一起入的门，下午的剧本研读会，他轻轻松松便成了那个乖戾冷漠的阿衍，随手抹个下巴都有舔刀口的错觉，与之形成鲜明对比的陈望可谓是惨不忍睹，导演副导演们没什么反应，制片人的脸色却不大好看。

她有些挫败，回家后把之前上课看的几部电影纪实片又翻来覆去地看了好几遍，对着镜子练习，但始终感觉欠缺了什么。

谢致不动声色地观察了她几天，最后一针见血："你没有环境进不了状态。"

陈望有些转不过弯来："什么环境？"

冬天的太阳溜得早，不到五点天就黑了大半。下课后，他借着暮色把她堵进一条逼仄的小巷里，随意往头发上抹了把水，一手拎着根生锈的水管，一手抓着她的肩将她抵在墙上，腿使了力令她动弹不得，湿漉漉的睫毛下眼神凶狠。

陈望猝不及防，白了一张脸，嘴唇干涩，手脚冰凉。

少年的力气不小，指尖似要掐进她的骨头。风钻进巷子里发出尖厉啸声，刮在脸上像尖尖指甲划过，仿佛再深一厘便要见血。背后是坚硬粗糙的墙面，身前是乖戾凶狠的少年，她感到害怕，挣扎不得，像被狼盯上的猎物般无所遁形。

少年低哑着嗓音，语气不善："你谁？"

少女眼中一层雾气，抖着嘴唇，半天哆哆嗦嗦："……我、我路过……"

少年蓦地松手退开，再睁眼时又变回了明朗轻快的谢致："你看，这不是挺好的吗？"

这是剧本里阿衍和絮絮的第一次对话。

他见陈望半天没反应，正欲凑近，见她忽然顺着墙往地上滑，慌忙搀住她，撑起她胳膊："你怎么了？"

"……我没事……"她试图摇摇头，却感觉脸上一片冰凉。

眼前的少年手忙脚乱，又要撑住她又要给她擦眼泪："你别哭啊陈望，对、对不起我——"

她忙打断他："没有没有，谢谢你。我就是有点……有点腿软。"说着，她想擦眼泪，却越擦越多。

她有些尴尬地低下头："我、我真没事，你、你不用管我，那个，它自己流完就好了……你先回去吧，我一会儿就回家了。"

太丢脸了……陈望在心底哀号道。

谢致松了口气，没好气道："还想一个人在这儿，吓傻了吧你。"他把书包背到身前，转身示意她，"上来，我送你回去。"

陈望一愣，拼命摆手，完全忘了他背对着自己："不不不……不用了我自己回去。"

他重新转回来："那你走两步？"

她眼泪还没停，涨红了脸："……我缓缓就行。"她抬头注意到他湿漉漉的头发，忙转移话题，"你先把头发擦干，别感冒了。"

谢致无谓道："没事，我体质好。"

陈望抹抹眼泪，从包里抽了几张纸巾出来："擦擦吧。"

少女仰头看他，下颚弧线柔和。他鬼使神差地蹲下来，低下了头。她也没多想，便把纸巾摁上他脑袋，可惜动作不得要领，不像擦头发倒像在胡噜毛。水渗透纸巾贴上她掌心，冰凉冰凉。

"行了行了。"谢致顶着头鸡窝有些无奈，随手拨了拨，划拉出个能见人的模样。

"礼尚往来。上来。"他重新背过身示意她。

陈望慌道："不用了我——"

谢致没想到散打课学的招数，第一次实际应用是在她身上。他反身一手拉过她胳膊，一手把她一捞，她便被丢到了他背上。

她大窘："你你……你放我下来，我很重的！"

他被她一挣，脚下晃了晃："别动了，一会儿我真把你扔地上了！"

陈望这才尴尬地闭了嘴。

　　谢致还作势掂了掂："连你都背不动的话，我最近的课算是白上了。再说就你这小身板，也就和大花怀孕时差不多。"

　　"……大花是谁？"

　　"我爷爷家的猫，早些时候养来抓老鼠的，现在非鱼和肉不吃，被我奶奶娇惯坏了。"少年不知道想到什么，一笑，"还是个风流鬼，一窝小猫什么色儿的都有。"

　　她搂着他肩膀，也忍不住闷声笑了。

　　他又把她往上提了提："你还真是不经吓，难怪齐导演选你。"

　　"……是你演得太好，吓人。"她闷闷道，又说，"你以后如果当演员，一定会是个很好很厉害的演员。"

　　"那可借你吉言了。"

　　谢致只觉得背上沉甸甸的，心却轻飘飘的。他想起刚刚把她抵在墙上时，她慌乱颤动的睫毛和又轻又急的呼吸，手掌下是她纤瘦的肩骨和温热的血液。她的身子贴着他的脊背，呼吸不时扑在他颈侧，难耐的痒。

　　他们离得那样近。

　　他们经过一盏盏路灯，路灯把他们的影子拉长减淡，又缩短染深。陈望不敢让他背太久，估摸了四五分钟便轻轻推他肩膀，说："我没事啦，你放我下来自己走吧。"

　　谢致把她放下，看她有些不好意思地拨了拨刘海，重新背好书包，别开头清了清嗓子："走吧。"

　　于是陈妈妈开门时，就见到眼睛红红的女儿和一个模样俊秀的男孩子，一瞬间什么电视剧的桥段都在脑海里"咔咔"闪过，愣了几秒后迅速和蔼笑道："望望，这是？"

　　"那个，这是一起拍戏的同学，他叫谢致，今天有点晚了所以送我回来的。"

　　谢致礼貌地鞠了一躬："阿姨好。"

　　陈妈妈忙笑道："谢谢你照顾我们家望望呀，你等一下。"说着钻回厨房拿袋子装了个肉饼出来递给他，"这么晚了，肚子饿了吧，拿去路上吃。"

　　谢致有点窘迫地往后退了步："不用，谢谢阿姨。"

　　"你拿着吧，我妈妈的手艺很好的！"陈望把袋子拿过来塞进他手里，眼睛亮晶晶的。

　　他只得接过又道了谢，这才下楼离开。

　　陈妈妈关了门，心里还在感慨谢致的父母基因得多好才生出这么好看的小孩儿，转眼又立刻注意到女儿的红眼圈："这是怎么啦？怎么哭了？"

　　陈望微红了脸："没事没事，我今天练哭戏来着。"

"那快去洗个脸，弄条热毛巾敷眼睛。"

她乖乖应了，将书包放到房间后进了卫生间。看到镜子里的小姑娘一双眼睛又红又肿，回想起自己在谢致面前顶了一路的兔子眼，窘得把整张脸埋进毛巾里。

小少年清风朗月干干净净的，旁边却是个涕泗横流形貌糟糕的小姑娘，这画面太美，陈望内心太受伤。

陈妈妈按捺不住自己的好奇心："那就是电影的男主角？"

陈望还没收拾好自己碎了一地的心脏，闷闷答道："是啊。"

"模样真好，长大了肯定不会差。是演员吗？童星？"

她摇头："和我一样都是学生，第一回拍戏。但是他学得快，演得比我好多了。"说完又找了个理由，"毕竟是十三中的学霸，不能比不能比。"

陈妈妈语气惊讶："这么厉害，那你要多和人家学习学习啊，寒假作业不懂的正好可以问问。"她估摸着油温，将盘子里的鱼轻巧地拨进锅内，锅中传出响亮的一声"刺啦"，"每次放假作业你都要拖到最后几天才做，上初中可不许这样了。这次又还要拍电影，作业可不能落下。"

陈望吸吸鼻子，调料的香气已经散了出来："知道啦。好香啊。"

"喏，自己去夹个肉饼，一会儿再炒个青菜就好了。"陈妈妈盖上锅盖，"东西收拾得怎么样了？"

陈望咬着肉饼口齿不清道："差不多——"

陈妈妈心情有些复杂，女儿长这么大第一回在没有家里人的陪伴下出远门，年也没法一起过，虽然拍摄地点不远，但终究舍不得。

她摸摸女儿的小脑瓜："去了之后要听话，好好学好好拍，有什么事就立刻打电话给爸爸妈妈，爸爸妈妈初一就过去看你。晚上我再给你检查检查行李。"

陈望蹭蹭妈妈的手："知道啦。我除夕夜会打电话给爷爷奶奶、外公外婆的。"

与陈妈妈的惆怅截然相反，另一边的谢妈妈十分潇洒，只当儿子去个免费的冬令营，行李都交由他自个儿收拾。只不过看见箱子里那一大包糖，她还是有些讶异："这糖居然合你口味。"谢致不嗜甜，向来对零食一类并不热衷。

谢致答得自然："据说在片场容易饿。"

谢妈妈不疑有他，没注意到儿子微微发红的耳朵尖，又提醒了几样要带的东西便离开了。

谢致把箱子盖上，摸出手机后倒到床上。QQ上有消息提示，他点开，群里吵吵嚷嚷约着过几天去打球。章宜远喊他："谢致，你真不出来啊？"

"都说了要出门。"

"连过年后也不行，你是去干啥？出国旅游？"

谢致还没回复，宋涵发了个贼兮兮的表情："我觉得谢致有行情。"

"啥行情？"

"领成绩那天，我看谢致和九中一个女生走一块儿。"紧接着一条，"不会是之前文化节跟你表白那个吧？"

群里立刻刷了好些"哟哟哟""666"。

谢致没好气地打乱队形："别瞎说。"

"那是谁？"

他手指一顿。他并不想张扬自己去拍电影的事，可和陈望的关系又该怎么解——不对，他为什么要解释？他很快回："关你屁事。"

这种没有实际内容但又带点暧昧气息的八卦或许女生更津津乐道，男生嘛，不一会儿便重新讨论起了打球的事情，尤其下学期期中考后的校内篮球赛，早成了他们讨论的焦点。

谢致想到这里也有些头疼。拍电影肯定要占去开学后一个月的时间，等他回校又要补课又要打球——

算了，到时再说。

第四章
谁与谁相依为命

放学了。

絮絮在巷口停下了脚步。

巷子里安安静静，这是她回家的必经之路。

她攥紧书包带子，心里有些不安。她匆匆走进去，果然很快便看见了倚坐在墙根下的少年。

少年循声抬起头，露出冷淡又漂亮的一张脸，以及好些新鲜的伤口。

她抿了抿唇，沉默了片刻，忽然用力将他拽起来，攥住他的手腕便往里走。少年踉跄了一下，很快便跟上她的脚步。她拉着他到难得一盏还能亮的路灯底下，松开手："……你坐下。"

"干什么？"少年语气冷漠，却还是坐下了。

絮絮屈膝坐到地上，摘下书包，拉开拉链，翻出一个塑料袋。里面是杂七杂八的药物，她拿了一小瓶消毒酒精出来，又抽了根棉签，蘸湿后对上少年的目光："你别动。"

少年别开脸，不耐烦道："不用。"

絮絮又抿了抿唇，跪坐起身子，伸手扳过他的下巴。棉签刚蹭上他嘴角的伤口，少年便一个激灵，眉毛拧到一处。她也抖了下，软了声音："你别动，我轻点。"

少年还是拧着眉毛，拗不过她，任她笨拙地清理伤口。絮絮抖着手清理完，又抽了根干净的棉签，这次蘸的是碘酒了。她小声道："这个会更疼一些……你忍着点……"

她低下头，学着奶奶从前那样，轻轻往他伤口上吹气。少年只感觉面上一阵凉意，紧接着便裹杂着一阵直冲脑门的刺痛。他的手指不由得攥紧了，但那股凉又使得这刺痛不那么难以忍受。他闭上眼，努力让自己分心不去注意它。

上完药，絮絮放下手臂重新坐下，低着头，良久轻声道："你以后不要来了。"

少年睁开眼看她。

她仍然低着头："你一来，他们就要打你……而且你回家，也不走这里……"

少年语气冷淡："我不想欠你人情。"

絮絮急道："已经够了，我……那时就是随手，帮了你……而且你已经送我回家一个多星期了……已经够了……"

"那你不怕那群小太妹了？"

絮絮脸色一白，许久，轻轻道："没用的，她们……在外面没法欺负我了，但学校里……"

少年这才注意到她的马尾辫，一截长一截短，最底下的碎发已经贴着头皮，发梢还湿漉漉的。他扯过她还没拉上拉链的书包，里面是一袋吸饱了水的校服。

"所以，"絮絮将书包拿回来，低声道，"你以后别过来了。"

路灯闪烁了两下，晃了四合暮色。半晌，少年站起身，头也不回地离开了。絮絮低着头，把地上的东西收好了，重新放进书包里，拉好拉链，背上书包，站起身，拍了拍裤子上的灰尘，随后朝另一个方向走去。

"咔！可以！"

助理忙抱着东西过去，麻利地给陈望穿上羽绒服后将保温杯拧开。陈望喝了口热腾腾的姜汤，辣得她立刻眯起了眼睛，张着嘴吸冷风。但她还是忍着又喝了一大口，这才将杯子递还给助理姐姐，抱着热水袋取暖。

谢致已经在休息处缓了一阵，正任化妆师给他卸假伤口的妆，注意到这边的动静，朝她招手。她便裹紧羽绒服跟着助理姐姐一道过去坐了。

这是离家三个多小时车程的一个小镇，不算太偏僻但也不热闹，繁华就更谈不上。公司租用了一处旧校址，重新装修布置了一番，便成了阿衍和絮絮就读的学校。

陈望一直觉得九中的校服已经难看到一定水准了，直到看到服装老师带来的校服，才知道山外有山。好在是黑白配色，在这方面九中的难看还要略胜一筹。

电影已经开机了好几天。齐昇作为国内外有名的导演，开机仪式意外的"寒酸"，甚至没叫多少媒体采访，简单的仪式后便很快进入工作了。为了方便他们酝酿情绪好入戏，拍摄流程特意按着剧情进展调整。陈望自知自己不是个好演员，因此对导演们的用心良苦十分感激。

齐昇却笑小姑娘妄自菲薄。比起天赋型的谢致，她的确稍逊一筹，但离了课堂到了真正"实战"的地方，她反而能很快地进入环境里，也可以迅速带动情绪。

他教或者纠正什么地方，她也领悟得很快，加上谢致时常留心带着她，她的进步十分明显，拍摄进度都快了不少。

谢致这小子，对人小丫头琢磨得还挺透彻。转场期间，老爷子看着和陈望认真讨论的谢致，意味深长地笑了笑。

上一场戏里，陈望被浇了一身水，为了接戏，也没让她吹干头发。生怕陈望过了寒气，助理姐姐劝她再多喝些姜汤。陈望咬咬牙，皱着鼻子又喝了大半。

校服单薄，深冬温度又低，全剧组最担心的无非是演员生病耽误进程。好在两人都自觉，在片场姜汤不离手，回了住处也会吃些预防感冒的药。两人的助理是公司临时安排的，都是刚工作不久的姑娘，但在照顾他们这方面倒颇为周到，跟在他们身边羽绒服保温杯热水袋暖宝宝满满当当拎了一大袋。

谢致看陈望喝完姜汤还张着嘴在吸气，剥了颗糖塞到她口中："还喝风。"

陈望老老实实闭嘴了。

她将剧本搁在膝盖上，手缩在热水袋上念念有词。谢致下一场没有戏份，便倒在椅子里看她抱佛脚。

化妆师接好吹风机的电，松开陈望的头绳，举着梳子利索地给她吹干头发。散下来的发梢像没扎好的篱笆，歪歪斜斜，参差不齐。

陈望想到后面秃了的那一小块，有些惆怅。学校不肯让女生披头散发去上学，可一扎起来底下便是光秃秃的，太丑了……或许干脆剪成短发，剪到刚好能遮住的长度？可她还没剪过短发，也不知道好不好看。

她出神间，化妆师已经收起了吹风机，熟练地给她扎回那个丑丑的马尾辫，又拿了化妆品过来给她补妆。陈望乖乖抬头任化妆师忙碌。也不知道化妆师用的是什么，每次都要折腾好一会儿，可往镜子里一看，还是那张脸，但又似乎有哪些地方不一样了，具体哪儿不一样，她又说不上来。

待化妆师走了，谢致有些心痒，凑过去悄悄碰了碰她秃了的那一小块。陈望猛地一抖，气鼓鼓地扭头瞪他，瞪得一点威慑力也没有。他忍笑，手却没收回来，还作势又碰了碰："小刺猬。"

陈望磨牙。

谢致见好就收，迅速又往她嘴里塞了颗糖。上一颗糖还没吃完，陈望的腮帮子不可避免地鼓了起来。

小金鱼。

这次他没敢说出口。

他目光落在她的额角上，上面的淤青已经被粉盖住了。那场她在校内被欺凌的戏里，絮絮不仅被剪了头发浇了水，头还被人搡着撞到了墙上。本来演员们都有控制力道，但拍的时候地上一积水，陈望脚一滑，结结实实地真撞上了。导演觉得这个意外不错，没有喊停，但他在监视器后头看得清楚，那一瞬间姑娘眼泪就飙出来了。结束后导演一夸陈望演得好，她就傻乐得忘了哭。

见谢致忽然不作声了，陈望有些疑惑，手在他面前晃了晃。他眨眨眼，回神笑了笑，正巧叫到他去换衣服，他便离开了休息区。

晚上，谢致从箱子里翻出出发前谢妈妈托人买的药膏，去敲陈望的房间门。是助理开的门，他朝屋内一瞧，便看见陈望披着头发盘腿坐在床上。时间一长，额角那处淤青已变成了深紫色。

他把手上的药膏递给她："试试这个吧，我妈妈给的，我用过几次，效果挺好。"

"宋姐姐刚要给我擦药，谢谢你啊。"

谢致这才注意到助理手上的小半管药膏。陈望接过他手上的，拧开盖子闻了闻："这个没味道欸，换这个吧。"

助理便拿了谢致的药膏，蘸了点，轻轻抹到陈望的伤处上。谢致皱眉："不是这样，用力揉，把淤血揉开了才有效。"

助理依言用力，陈望疼得立刻连滚带爬地躲开："啊啊啊疼——"

助理无奈地笑了："揉开才好得快呀，忍一忍吧。"

陈望抱着被角无声抗议。

谢致翻了个白眼："早上受伤时还活蹦乱跳，现在怎么怕成这样了。"他绕到床头把她连人带被子推到助理跟前，拖鞋一脱坐到她身后抵着她的背，"别乱动啊。姐姐，你给她弄吧。"最后一句是对着助理说的。

陈望挣不开他，义愤填膺："谢致！你有没有点战友情！"

他笑道："没有。别躲了，要不你明天得提早一个小时起床化妆遮住那块淤青。喏，胳膊给你，疼就抓我。"说着把胳膊横到她身前。

陈望别无他法，抓着他的小臂视死如归状。

助理被她的模样逗乐，挖了一大块药膏，用力在她伤处揉开。

陈望再次眼泪横飙，身子不由自主要往后躲，被谢致紧紧抵着退无可退，只能泄愤似的抓住他手臂。

许是刚洗完澡，她刚吹干的头发松松软软的，擦着他鼻尖，身上大大的毛衣外套抵在他胸前。谢致皱皱鼻子，有点痒，但很快就轮到他倒吸凉气："陈望你——我让你抓手不是让你用指甲拧——"

好不容易擦完药，两人都倒在床上喘气。陈望红着眼睛回想他自己方才的傻样，再次在心底哀号。谢致举起小臂看了看那上头清晰的几个指甲印，坐起来，把手横到陈望脑袋上："你多久没剪指甲了？"

陈望张开手指反驳道："我刚剪不久的。"

谢致瞧了瞧，的确是指甲剪得圆润整齐的十个手指头："那你还能抓出这效果，你是梅超风的关门弟子吧。"

陈望气得把他手臂拨开。谢致又笑，让人晃眼的好看："行了，药膏留在你这儿，我回去了。宋姐姐，下次再擦药，她躲的话你就到对门喊我啊！"

助理笑着应好，待谢致走后说道："你们关系还真——怎么脸这么红？"

陈望一愣，下意识地捂了捂脸，热乎乎的。

"刚刚气的。"她想。

陈望吱哇乱叫了两个晚上后，那块淤青便只剩下淡淡的痕迹了。然而第三个晚上，取代了她的"鬼哭狼嚎"的，是对面房间的一声巨响，震天动地。

她晚上约了谢致对台词，正裹外衣时就听到那一声巨大响动，忙匆匆套了拖鞋就跑过去。门虚掩着，她一把推开进去，看着横在地上的衣柜瞠目结舌："你拆迁呢？"

谢致端坐在床上，手里举着拖鞋，表情镇定："有蟑螂。"

镇子小，剧组也没办法安排好的酒店，便在校舍旁边的小宾馆里住着，卫生条件也就凑合。只不过这都深冬腊月了，谁会想到还有小动物出来活动。

陈望闻言一愣，随即"噗"地笑出声来："哈哈哈哈……谢致你、你怕蟑螂啊！哈哈哈哈哈！"

谢致表情依然镇定，通红的耳尖却出卖了他的内心活动。陈望一边擦眼泪一边脱了一只拖鞋："没事没事，我帮你打掉哈哈哈哈哈。"

然后她就看见衣柜下探头探脑出来了一截黑漆漆的东西，长长的触须优哉游哉地摆了摆，外壳跟上了漆似的锃光瓦亮，接着又伸出了一截，又一截，又一截。然后，振翅便朝陈望扑来——

"妈妈呀！"

谢致眼前一黑，小姑娘的身影劈头盖脸地砸下来。他被砸得晕头转向，撑住身子后见她整个人已经钻进他被子里，死命搂着他的腰哆哆嗦嗦："怎么有那么大的蟑螂啊啊啊啊啊啊！"

谢致好气又好笑："你不是不怕吗？"

陈望往被子里缩得更紧了："我见过的蟑螂撑死就指甲盖那么大！谁见过这么大的啊！还会飞！它刚刚差点就飞我脸上了！"

"南方蟑螂没听说过吗？"

"南方蟑螂为什么要来北方过年啊！呜——"

他低头看了看身边鼓鼓囊囊一个球，无奈地揉了揉额角："没事没事，我在群里叫赵老师过来了。"赵老师是组里的摄像老师之一,人高马大,十分靠谱。

但这没法平复陈望受到的惊吓,她声音已经带了哭腔:"它它……它现在在哪儿啊?"

谢致抬头看了眼,给她做实况转播:"刚刚爬上墙了,啊,飞起来了,现在在天花板角落里,开始往灯的方向爬了。"

然后他觉得自己的腰被勒得更紧了,少年觉得十分有意思,开始瞎播报:"啊,又飞起来了,还在飞,现在停在床脚了,啊,它钻被子里了——"

陈望吓破了胆,猛地便踢开了被子,整个像树袋熊一样就挂到了谢致身上。谢致稳了稳身子,颈窝里是小姑娘慌乱急促的呼吸声,还有死命忍着的哭腔:"呜呜呜,它它它——"

她脸好烫,他分神地想。

于是助理们和赵老师举着拖鞋到达时,就看见墙上那只"硕大"的蟑螂,以及床上的"谢桉树"和"陈考拉"。"桉树"右手举着拖鞋左手扶着"考拉",十分辛苦十分忙碌。

闻讯跑来凑热闹的花絮组老师忍着笑偷偷开始录像。

十分靠谱的赵老师右手拖鞋左手纸巾,轻轻松松收拾了罪魁祸首的"小强"。谢致看着"慷慨就义"的蟑螂被一大包面巾纸裹着丢去了外头,才拍拍陈望的背哄她:"好了好了好了,赵老师收拾掉了。"

陈望哆哆嗦嗦地从他肩上抬起脑袋:"……真的?"

"我骗你做什么。"虽然刚刚是骗了一下……

她揉揉眼睛,小心翼翼地回头扫了一圈,蟑螂是没有了,只有正在帮忙扶起不幸躺枪的衣柜的助理姐姐们,和举着DV的花絮组老师。

她后知后觉地捂脸大窘:"老师别拍拍别拍——"说着连滚带爬地跳下床,还不忘给助理们搭了把手,将衣柜稳住了才溜回自己房间。

关了房门后,她一下扑到床上,脑袋埋进枕头里,发出痛苦又窘迫的一声"啊"。

第二天,不出所料,两人都遭到了齐昇以及大小老师们的无情调侃。谢致被调戏了也是副淡定模样,一点意思都没有,于是大家的火力都集中到了薄脸皮的陈望身上。陈望一整天都在水深火热之中,连扮演欺负絮絮的小太妹的几个姐姐也要逗她,日子过得很艰辛。

好在大伙儿的注意力很快便转移了。拍摄进程顺风顺水,出来的效果也令人满意,齐昇便和众人商量了,除夕那天不安排夜戏,拍完大家一起到镇上的大饭馆吃顿年夜饭,看看春晚歇一歇。于是大家伙都搓手等着除夕夜的到来。

　　陈望也很期待，主要是初一那天爸爸妈妈就要来探班了，她早早就叮嘱妈妈记得带奶奶做的糯米饭来。谢致的爸爸妈妈也要来探班，但她听到他和扮演与他作对的那群不良少年的男孩子们说笑，似乎他们有其他安排。

　　很快便到了除夕，当天拍摄的戏份并不复杂，大家伙早早就收工回宾馆了。陈望洗了澡换了身衣服，刚在吹头发就听到敲门声。是谢致。

　　"晚上到江边放烟花，去不去？"

　　"欸？"她一怔，"能放——"话刚出口她才想起来，这是镇子里，没那么多约束，早上她就听到有人家放鞭炮了。

　　"当然能。我们都买好了，郭宇他们一会儿去叫其他女生。"郭宇便是扮演不良少年的其中一人，他们住的楼层与谢致陈望他们不一样。

　　陈望点点头笑了："好啊，我去换件厚点的外套。"

　　结果不止他们一群学生，吃完年夜饭，几位助理和年轻的场记摄像听说他们要放烟花，也兴致勃勃地加入了，十几人一起到了江边。

　　天公作美，晚上江边虽冷，但风并不大。郭宇胆子大，将烟花底座摆好了，第一个举着打火机去点。只听"哧"的一声，陈望忙捂住了耳朵往天上看，"啪"一下便是一朵金色的烟花，紧接着其他烟花便争先恐后地冒了出来，青的红的紫的，大朵大朵地挤上夜空，挤得星星都瞧不见。

　　女生们多是不敢点，好在男生们还买了一堆满天星分给女生们。陈望也抓了几根，点燃后，金色的火花便活蹦乱跳，在眼前开出不规则又绚烂的花。她许久没玩过这些了，一时竟觉得格外新鲜有趣。

　　谢致点了个大烟花后蹿回来，见她拿着根满天星傻乐，在烟花炸开的巨大声响中贴着她耳朵喊："你要不要放烟花？"

　　陈望有些心痒，正要回答，小太妹的其中一个演员也来找她："絮絮！"

　　"阿昀姐？"

　　"走，我们也去放个大的！"叫阿昀的女生拉了陈望的手，又对谢致戏谑，"阿衍同学，戏里黏着我们絮絮时间够长了，还给我们一会儿吧！"

　　陈望有点面热，又不知道说什么，只好任阿昀把她拉去挑烟花。几个女生翻来翻去，最后挑了个金色的。不过她们还是不敢像男生一样直接用打火机点，最后陈望捡了根细树枝来："用这个吧。"

　　将树枝一端点着了，阿昀拈着树枝凑近了引线，陈望与其他人便躲在阿昀背后盯着。阿昀还是有点紧张，手抖了抖，几回都没点着，最后终于见引线冒了火光忙喊："走走走走！"

　　几人赶紧拖着手往回跑。

　　陈望刚跑几步便听到响声，抬头一看，烟花炸开如凤凰尾羽，绚烂夺目的好看，不由得兴奋地笑起来。

事实证明，年纪稍长的更会玩，摄像的小伙子们扛了两箱饮料过来，又跟江边茶座租了烧烤架，拎了两大袋食材就过来了。一群人找了地儿架起火，便兴冲冲地开始弄夜宵。

陈望因为怕上火冒痘，这段时间都很控制饮食，但助理姐姐手艺太好，还是吃了两串烤肉和一串烤土豆，然后亡羊补牢地喝了盒凉茶。

一群人玩得疯，不到零点陈望就已经挂在阿昀身上打呵欠了，阿昀也挂在另一个女孩身上，几个姑娘东倒西歪在一角落。男孩子们精神头却还足，组了局开黑打游戏。

谢致玩了几把，抬头看见开始打瞌睡的陈望，收起手机过去晃她，说："要睡回去睡，别着凉了。"

陈望揉揉眼睛："……几点了？"

谢致看了眼手表："还有十三分钟零点。要不我们先回去，他们有的明天没戏可以玩得晚点。"而他们俩明天安排了重头戏。

她软着嗓子应好："我问问阿昀她们要不要一起回。"

其他人说要等零点再放一波烟花，于是便只有他们二人回去。

陈望站起来时还有些迷糊，晃了晃，被谢致搀住，见她晃晃脑袋清醒了点，才松开手。

两人沿着江堤往宾馆的方向走，走了一段陈望忽然"啊"了一声："玩过头了，还没给爷爷奶奶外公外婆打电话呢。"

"那现在打？"

她歪了歪脑袋想想："算啦明天打，这么晚了他们肯定睡了。"几位老人都没有守岁的习惯，"你爸妈明天是不是也要过来？"

"是啊，本来我爷爷奶奶也想来，被我爸妈劝住了。"

"三个多小时的车程，又冷，对老人太折腾了。"

"你往常过年去哪儿过？"

"除夕夜到爷爷奶奶家，大年初一也是，初二就到外公外婆家里，妈妈回娘家嘛。"

"倒和我差不多，不过我爷爷奶奶和外公外婆住得近，经常一晚上就可以走一圈。"

"真好啊。其实我爷爷奶奶家和外公外婆也没有隔得很远，但刚好在北边和南边，开车要穿过整个市中心。"

两人有一搭没一搭地说着话，忽然遥遥听见放烟花的声音。陈望回过头去看，远远的天空中是一片绚烂的烟花。谢致看了眼手表："零点了。"

"新年快乐呀谢致！"她笑道。

他也笑了："新年快乐，陈望。"

这是谢致与陈望认识的第一年，也是他们第一次在一起过年。许多年后回想起来，陈望觉得那天的烟花不是这辈子看到的最美的烟花，吃的烤串不是这辈子吃到的最好的烤串，走的江堤不是这辈子走过的最长的江堤，诸多的"不是"加起来，却成了十分难忘的一次新年。

她第一次不在父母身边的新年，第一次在谢致身边的新年。

但那时的陈望哪里会想到这个第一次意义有多么重大，她入睡前只想到，明天爸爸妈妈就会带奶奶做的糯米饭来，那是家里固定的大年初一的早饭。吃了之后，一年到头平平安安顺顺利利的。

然而陈望没有等到大年初一早的糯米饭，原因无他，高速路堵了。

她早早起床等着糯米饭的期待劲儿就像个满涨的气球被根细细的针轻轻一戳，"啪"的一声就剩点碎屑了。她恹恹地吃了几口剧组的粥和白煮蛋，恹恹地上了妆，到了拍摄场地也还是挟着股低气压。现场导演以为她在酝酿情绪，反而觉得小姑娘在家家欢喜的大年初一还要一副苦大仇深的模样，实在不容易。

谢致看她虽外露得不明显，却也能探得几分眼角眉梢的委屈巴巴，只当是爸妈没来小姑娘失落了，临走前塞了颗糖给她："没事儿，我爸妈也在高速上堵着呢，最晚下午肯定就到了。"

"不是——唔——总之谢谢你啦。你快去吧，一会儿要催你了。"陈望有点不好意思，忙推他走了。今天的戏份是电影里一个小高潮，两人上午在不同的地方各自拍摄，下午才有对手戏。

电影开头不久安排了个伏笔，在这里伏笔被拎了出来。阿衍容貌太好，被一伙人贩子盯上了，得知他与人积怨颇深便收买了那几个小混混套他的行踪，趁阿衍等絮絮时将人绑走了，打算卖到城里的声色场所去。结果到了城里被转手后，那场所里有人动了邪念想侵犯阿衍，阿衍却早有防备奋力反抗。一番厮打后，阿衍捞得一个空酒瓶，砸破了那人的脑袋逃了出来。

另一边，絮絮见阿衍失约心中不安，到了第三天终于忍不住了，壮了壮胆想去找那伙不良青年问阿衍的下落，谁知正巧听见他们在讨论如何花人贩子收买他们的那笔钱。絮絮心急如焚跑去报警，警方提了那几个小混混来问，他们却抵死不认，无论絮絮如何绝望哀求也无动于衷。警方束手无策，又不能对未成年人做什么，只能先跟城里的派出所联络，请那边先查看。

絮絮见求救无望，一抹眼泪干脆跑回家，翻出自己五毛钱一块钱攒下来的"积蓄"，抱着书包便往车站跑。结果在车站旁的小巷里，碰上了浑身是伤的阿衍。

　　上午便要拍絮絮在派出所哀求警察出警和那伙小混混提供人贩子信息的戏份。陈望在一开始报警求助的地方还有些没进入状态，磕磕巴巴干号了两三回，后面情绪一到便顺利许多，尤其到哀求小混混的戏份时，她把没吃上糯米饭的委屈劲儿也一道加进去了，哭得那叫一个撕心裂肺肝肠寸断。

　　于是陈妈妈抱着装了重新热过的糯米饭的保温壶终于到了拍摄现场时，就见监视器里的女儿哭得上气不接下气，心一下便揪起来了。等导演喊停了，陈望还没缓过神来，仍抽抽搭搭地止不住流泪，被心疼得不行的陈妈妈搂进怀里心肝宝贝地哄着都是晕晕乎乎的。

　　但后面还有戏要拍，陈望怕要重新调整情绪，很快便跑回去拍戏了，连着絮絮红着眼睛回家那一段全拍完了，她才擦了眼泪，开开心心地跑去找爸爸妈妈。

　　陈爸爸看了几段新鲜出炉的片子，把正吃着糯米饭的陈望夸得头都埋进碗里了。陈妈妈却只顾着心疼女儿，要去找热毛巾给她敷眼睛，她忙阻止："就这样就这样，下午还要哭呢，红着眼睛接戏方便。"

　　"还要哭啊？"

　　陈望吐吐舌头不敢说还要淋雨这回事。

　　然而下午陈妈妈看见那几支巨大的水枪，立刻又紧张起来了。一起在场地边坐着的谢妈妈倒很淡定，还来安慰她："晚上喝点姜汤吃点药应该没啥问题。我带了好些驱寒的药，还有泡脚用的，晚点让我儿子分些给陈望。"

　　陈妈妈忙不迭道谢，看了看远处的两人，又赞道："望望总说谢致长得好脾气好学习好，经常照顾她，真是个好孩子。"

　　谢妈妈在心里干笑。她儿子照顾小姑娘？是小姑娘为了让妈妈放心的说辞吧。

　　但她看了眼扳着陈望的肩膀正在对台词的谢致，又有点不确定了。

　　雨在这个时候下起来。

　　絮絮脚步仓皇，一脚踩进一个脏兮兮的水坑，水胡乱溅到已经湿淋淋的裤子上。她只顾护着书包，另一只手勉强搭在眉上，但雨水仍毫不客气地往眼睛里钻。她眨眨眼，通红的眼酸涩。

　　她并不知道进了城后去哪里，不知道住哪里吃什么，不知道阿衍究竟被绑到了什么地方。她明白自己即使进了城也可能一无所获，但她知道如果只在派出所里干等，她会后悔一辈子。

　　她觉得恨是一种太过偏激太过尖锐的感情，但她现在无比憎恨那群小混混。他们施加在阿衍身上的暴行没有任何缘由，阿衍与其他同样被欺凌的人的不同，是他反抗了，且狠狠地报复了回去。

然后他们便要置他于死地。

絮絮咬着牙继续跑，雨水迷了她的眼睛，她不适地眯了眯，便是这一瞬，一块没盖好的井盖狠狠地绊了她一下，她惊叫一声整个人摔出去，书包也脱手飞出去，在地面砸出巨大的水花。

膝盖和手肘传来的刺痛疼得她泪花直冒，却咬咬牙爬起来去够书包。里面是她少得可怜的积蓄，她祈盼那些钱够买一张车票。

她抖抖书包上的水，跌跌撞撞继续挪动脚步。身上的疼痛搅得她头晕眼花，步履维艰，慌乱中她咬破了嘴唇，那一点刺痛被膝盖手肘的疼痛抹得一点直觉都没有，除了让她头脑更加发晕，没有丝毫效用。

结果她再次被绊倒。

絮絮眼冒金星，咬牙撑起身子摇摇晃晃地想站起来，无意间回头看了眼绊倒她的是什么。

那一眼令她如坠冰窖。

她抖着嘴唇，手脚并用地爬过去，颤抖着去摸他的脖子侧面。

是热的！

她松了口气，又慌忙拨开他污糟的头发，拍着他的脸颤声唤他："阿衍，阿衍！"

好一会儿后，少年昏昏沉沉地睁开眼，模糊辨认出絮絮的脸，还恍如梦中。

絮絮忍不住，眼泪大颗大颗地往下掉，捧着他的脸连声唤他名字。

他终于渐渐清醒了，伤口的疼痛证实这不是梦境。他张了张口，却一点声音都发不出来。

絮絮抹开他面上的雨水："没事，没事，是我……"

阿衍怔怔地看着她，一动不动，眼圈却慢慢红了。她急了，语无伦次道："怎么了？他们打你了吗？哪里疼？"她不用看也能猜出他定是一身伤。

不是，不是，都不是。她不知道在那里他见到了什么，见到了多肮脏多恶心多令人作呕的场面。不知道世上有那样多龌龊卑劣的恶毒心思，那么多心思恶毒连蛆虫都不如的人。而他又差一点便被这些蛆虫拖入地狱，再也见不到光。

见不到你。

他不说话，只盯着她一动不动。絮絮心底有些恐慌，只当他遭了什么非人的待遇，手足无措："你怎么样？你说句话……阿衍……你说话呀……"

她眼泪止不住地掉，却还撑着一丝清醒："你记得我吗……我是絮絮，我们放学一起走的……你一直保护、保护我……"她声音抖得厉害，"我、我还给你变过魔术……你记得吗……你看、看我……"她努力睁大通红的双眼，"看……单眼皮……"她使劲闭了下眼，挤出个比哭还难看的笑，"……双眼皮了……"

下一秒手臂一疼，眼前一花，少年一把将她重重揽进怀里，手臂紧紧锁住她，手指都掐入她纤瘦的背，力气大得令她险些叫出声来，下一秒她又松了口气。

他记得她。

少年的脸埋进她颈窝，她被迫仰起头支撑着身子。她感受到与冰凉的雨水不一样的，灼热的液体。

"⋯⋯絮絮⋯⋯"

"⋯⋯我在。"

"⋯⋯絮絮。"

"我在。"

"絮絮，絮絮⋯⋯"少年哑着嗓子叠声叫她，如小兽呜咽，蓦地忽然号啕，脸紧紧地贴着她，声音压抑悲怆。

"没事了⋯⋯没事了⋯⋯"嘴上喃喃的絮絮，好不容易停了的眼泪又"唰"地流了满面。她抬起手，也紧紧地抱住了少年的脊背。

"咔！"

陈望慢慢松了手，吸吸鼻子平复了下呼吸。谢致似乎还没出戏，手劲没轻半分，她拍拍他的肩，他才如梦初醒，缓缓松开手臂退开。

陈望难得看到谢致的哭相，一边擦眼泪一边忍不住笑了。谢致回瞪了她一眼，也忍俊不禁。两人互相扶着要站起来，结果陈望腿一软，被谢致把住，一起往休息区走。

陈妈妈已悬了半天心，见终于结束了忙拿了毛巾过去帮女儿擦头发擦身子，陈爸爸也举着保温壶倒姜汤。另一边，谢妈妈给儿子披上毛巾后，心情复杂地"啧"了一声："小谢同志，那啥，挺有魄力啊⋯⋯"

拉人小姑娘那一下，也够⋯⋯

她那时还难得分神看了眼呆住的陈妈妈。

饶是谢致已经习惯了妈妈的戏谑，也有点控制不住红了脸。谢爸爸倒笑了："可以，挺有男子气概。"

"爸⋯⋯"谢致额角跳了跳，他爹向来比他老妈正经许多。

这直接导致了晚上爸妈们都回去了之后，他拎着谢妈妈临走前让他送给陈望的一袋药，还有点尴尬。不想陈望抱着一袋吃的先到他房间了。

"这是我爸爸妈妈要给你的，"她絮絮叨叨，一样一样地摆出来，"这是我奶奶做的红豆糕，这是茯苓饼，这是肉干——啊肉干也是奶奶做的，这个不能放太久，你抓紧时间吃，还有这包⋯⋯"

他哭笑不得："这是多怕你饿着，这架势都赶上扶贫了。"说着把那袋药也交给了她，"里面那个黄色盒子的茶，一会儿冲两包喝，据说驱寒的。"

"好的，帮我谢谢阿姨！那你记得吃东西，我回去啦。"

他应了，看着她的背影被门掩上。

第五章
命运常爱捉弄人

　　过了年很快便开学，爸爸妈妈们又来了一趟，带走了他们的寒假作业的同时送来了新课本和练习册。按照剧组安排，他们还有三个多星期才杀青，一回校就是月考，十分摧残人。

　　原本九中的初一初二阶段都是只有期中和期末考的，但边上杵着的十三中太过扎眼，九中觉得再输也不能输了气势，便也学着十三中给初一初二年级都安排了月考。陈望思及此处便有些悲催。晚上除了背台词和练习，两人不得不开始自学起了各科前两单元的课程。

　　一起做了几天作业后，谢致忍不住好奇道："你数学、生物真的可以啊。"数学练习册每节课最后两道大题，她总做得比他快，正确率也不低。反而他觉得十分简单的历史，她能纠结个老半天，最后写上一个错误的选项。

　　"科举正式诞生是隋炀帝时期啊。"看她咬着唇又用红笔打了个叉，谢致把课本推到她眼睛底下，"你看，隋文帝只是开始实行分科考试，隋炀帝才设的进士科。"

　　陈望恍然大悟，忙在课本边上做笔记，又翻开谢致的课本，学着他的样子在几个关键词上重重画了圈。

　　"平时看古装剧还挺有意思的，我也不知道怎么一到课本上就转不过弯了。"陈望觉得太没道理了。

　　谢致笑："那照这个趋势下来，高中你还是学理科吧。话说你高中想考哪个？"

　　她想了想："你肯定要考十三中的吧。"

　　谢致点头，照理是这样的。

　　"唔——我想考南实。"

他一怔："为什么？"

"十三中对我来说还是悬，而且我听说南实的理科特别好，我也的确有些想学理。"陈望掰着手指道，"还有我爸爸说，南实这两年考上 D 大的人不少呢。"

"你想考 D 大？"

陈望不好意思地挠了挠头发："好像还有点远呢……我也不知道以后我到底学得怎么样，毕竟初二还有物理，初三有化学。但我爸爸说可以先定个目标，以后如果有偏差再慢慢调整就是了，总比学习的时候没处使劲儿好。所以我就先做个梦，假装自己能考 D 大的医学院吧……"

"你要学医？"谢致微讶。

她撑着下巴"嗯"了声："目前是有这个打算吧。"

"为什么想学医？"

"也说不上是很想吧……"陈望歪了下脑袋思索道，"就是觉得很实用又靠谱。前年我奶奶病了，家里没人懂这个，差点给耽搁了。我就想如果我以后学医了，就能帮上忙了。但也不一定以后就真的学医了，毕竟听说学医好累的。"她摆摆手，"不说我了，你有想以后做什么吗？"

谢致静了静，摇头："没想好。"

"也是，太远了这些事。"她笑道，"说不定这部电影上映之后你忽然一夜成名，大红大紫，以后去拿个奥斯卡。"

他无语了片刻："你可真瞧得起我。"

"真的，"陈望煞有介事地点头，"你长得又好看，演技也好——欸，你说我是不是应该现在跟你要个签名啊？"

谢致："……"

陈望却越想越觉得有理，笑嘻嘻道了声"你等等"便跑去柜子边上，翻出了前几天副导演给她的一沓剧照，又拿了支马克笔，跑回桌子边坐下："喏，你挑一张。"

说是让他挑，她自己却也翻看起来，之前都没怎么细看过。这一张是絮絮第一次遇见阿衍，误打误撞给他解了围；这一张是絮絮趴在教室的桌子里发呆；这一张是阿衍倚在墙上等着放学的絮絮；这一张是两人在江堤上吹风——

"原来已经拍了这么多了啊……"陈望有些感慨。自己身在其中时总会有些恍惚，此时回头看去，最初接到剧本时的不知所措似乎已经是很遥远的心情了。但要具体说这两个月有什么长进，似乎也没有——兴许还是有的，只是她说不出来，也说不好。有些东西的潜移默化需要时间证明，十三岁的陈望凭她贫乏的词汇量，形容不出那是一种什么感觉。

手指停在一张照片上，是穿着校服的阿衍站得挺拔，身前是葱绿树枝与细碎阳光，身侧是延伸到未知角落的幽深巷子，他便站在光与影的交接处，一半干净透亮一半阴翳横生。她觉得好，拿起来要给他献宝："你看这——"

谢致已经将另一张照片推到两人中间："这张就好。"

陈望低头去瞧，是刚进组不久时花絮老师给他们拍的一张合照。那时陈望的马尾和刘海都还完好无损，十分乖巧。彼时刚结束一场气氛相对松快的戏，两人就站在单杠下，背后的墙上投下斑驳的树影。老师举着相机哄他们牵个手，她还没反应过来时，少年已经非常自然地牵住了她，手心干燥温暖。她低低地"哇"了一声，笑他血气旺，自带暖手宝。

这时老师喊他们看镜头："来，笑一笑，三、二、一！"

陈望看着照片上咧着嘴笑的自己："好傻啊……"

"怎么会。"谢致神色自若地拧开笔帽，把笔递给她，"你先。"

"先什么？"

他抬抬下巴："万一是你一夜成名了呢？你也得给我签一个。"

她想说"大哥您别开玩笑"，但还是接过笔，努力用最好看的字迹在絮絮的那一侧一笔一画地写下了自己的名字，末了谢致也依样在阿衍那侧写了名。他学的行书，连笔龙飞凤舞的，让自小一板一眼学楷书的陈望看着很是羡慕。

她又拿来剪刀，小心翼翼地沿着中间剪开了照片，结果拿起谢致那半张时，手不小心蹭到了未干的字迹。她轻轻"呀"了一声，但已经晚了，最后一笔的末端晕开了一小团渍。谢致见状，将陈望那半张好好地摆到课本上晾着，等字迹干透了才夹进课本里。

陈望举着那半张有些惆怅："本来价值千金的，被我这一蹭估计要打个折。"

"你怎么不说这是绝版呢，到时可就天价了，再怎么打折也不吃亏。"谢致配合她玩笑道。

两人闹了这一通已经有些晚了，急急忙忙把剩的一点儿练习题写了，谢致便收拾书本准备回房。临到门口，他忽然转过身叫她："陈望。"

正在拉书包拉链的陈望闻声抬头："啊？"

他似乎有些欲言又止，但最后还是问："你——如果中考分数够的话，会去十三中吗？"

她有些疑惑这突如其来的一问，却诚实道："肯定会呀，十三中那么厉害，我不去都会被我爸爸妈妈押着去。"

他点点头，关门离开了。她将其他照片收好后，单独把谢致那半张夹进本子里，再将本子放进行李箱的夹层里。

几年后高考，谢致考上了国内数一数二的电影学院。大二下学期，他接受了隔壁 D 大一个女孩的追求。

请她的舍友吃饭时，其中一位说起段考难得令人发指，她宁愿连上三堂解剖课。他停了筷子，在女生们的嘻嘻哈哈中突兀地插嘴："你是医学院的？"

那女生被整顿饭都并不活跃的谢致突然的一问问蒙了，呆了一下，点点头："是啊。"

谢致顿了顿，问："你们院——有没有一个叫陈望的人？"

"我们隔壁班有一位叫这个的，上一届师兄师姐里好像没有。"

女友见谢致神情恍惚，摇了摇他的手臂："怎么了？"

他回神，淡淡道了句"没事"便继续吃饭。

结账后，舍友们非常识趣地要先走，他却叫住了那位医学院的女生："能请你——帮个忙吗？"

"什么？"

他想，自己已经有女朋友了，似乎不该再打听其他女生的消息，但若是瞒着女友便更不该，索性大大方方说出了口："我从前有位好友叫陈望，很多年没见了，断了联系，只记得她从前说过想考 D 大的医学院。我想见一下你说的那位陈望，看看是不是我认识的那位。"

那女生"啊"了一声，下意识先看向谢致的女友，见她没有表态，有些犹豫："可以是可以……不过你忽然出现——"

"我不会找她说话，只看一眼。"

那女生松了口气，暗道这样倒好，她也不会平白当了给舍友感情添堵的冤大头："他们明天有早八，你九点多过来一趟，等他们下课我指给你看。"

第二天上午，那女生如约带谢致去了教学楼。听到下课铃响，他不由自主地有些紧张，手心微微出了汗。他攥紧了，却攥不住心跳。

几间教室的门被推开，学生们熙熙攘攘的，开始往各个楼梯口洗手间和饮水间散去，夹杂着或高或低的说话声。

"看，就那个，穿红 T 扎马尾辫的女生。"

谢致心下一颤，匆匆抬眼去寻，找到了那位女生，明眸善睐，肤色白皙，个子高挑，一手拎着浅色的帆布包一手拿着水壶，和同伴说说笑笑着朝楼梯口走去。

那女生心下嘀咕，道这位陈望可是这一届为数不多的美女之一，勾得人心猿意马。

见谢致许久不出声，她忍不住问："如何？是她吗？"

谢致垂眸敛了神色："不是，谢谢你跑这一趟。"

又过了不久，女友向谢致提出了分手，流着眼泪说了许多。谢致默然听着，无非是觉得他太过冷落她，让她没有安全感。可感情又哪是一蹴而就的事情，他答应她的追求，也试着去接受她喜欢她。只是他还没做到，她已等不及。说起来都有错，可又有谁真的罪不可赦了。

翻来覆去都是那些字眼，感情不够，时机有错。

他最后一次送她回校。临走时，她擦了眼泪执着地问他："谢致……你说实话，你要找的那个陈望——是不是你的前女友？你放不下她，是不是？"

谢致神色平静，淡声："不是，只是朋友。"

只是朋友。

谢致结束了自己正儿八经的第一段恋爱时，陈望在隔了一个市区的 X 大里，一边摸自己的心肝脾肺肾一边苦大仇深地写卷子。

她高三终究还是受了影响，即使磕书磕得昏天黑地，最后还是差了 D 大医学院的分数线八分，但最终被录入 X 大医学院的本硕七年制时，也是开心了一阵子的。

她知道学医又累又苦，但自认为是个不娇气能吃苦的人。结果每临近期末，还是和同宿舍的姑娘们抱头痛哭。

老师振臂一挥："什么重点？没有重点！难不成以后患者都躺你跟前了你跟家属说，对不住您嘞，这病不在我们的考试范围内。"

于是宿舍里的过道砌起了四道长城，最里头的三儿、四儿要上个卫生间跟长征似的。

最后一门熬完，教室角落的宿舍老大冲出人群一把捞过陈望："望崽！走走走火锅！"

陈望笑眯眯，反搂回老大的脖子，搂得有点艰难——老大一米七五，腿又细又长跟筷子似的，她搂了片刻，放弃。

三儿和四儿在其他考场，四个人回宿舍放了包。三儿还想化个妆，陈望觉得此举并不理智："你一会儿吃火锅身上都是味，脸还容易油，妆就容易花。而且你涂口红怎么好好吃肉？"

三儿觉得在理，最后四个人都顶着油头就奔东门的火锅店去了。

四儿是典型的江南妹子，惯吃甜口却吃不得辣，老大和三儿则无辣不欢。陈望处于中间派，能吃辣但比较菜，在老大点了鸳鸯锅底后点了一大壶酸梅汤。三儿爱挑战，点了盘脑花，看得老大脸都绿了。四儿看不过眼，荤素搭配着点好了菜。陈望最后补了豆腐皮和宽粉。

七月初的天气，虽然店里开了空调，四个姑娘还是吃得一脑门子汗。吃到一半，老大叫了几听啤酒，和着热气腾腾的火锅咕嘟咕嘟地喝了起来，陈望吃得两颊发烫，歪在四儿身上黏黏糊糊。

"干喝没意思，我们来玩'断指'吧，正好歇一歇。"老大打了个嗝，看着桌上还剩的牛肉、虾滑、青菜、冻豆腐，提议来个中场休息，"最先断完的人真心话大冒险，或者喝酒？"

"行啊，行啊，"三儿擦擦嘴，"单手还是双手？"

"单手吧，快一点。"

陈望有点不记得规则了，三儿便又讲了一遍。每个人张开手指，轮流以"我做过"或"我没做过"开头说一句自己的经历，其他人的经历如果与提问人不同，便要合上一根手指，第一个手指全部合上的人便要接受惩罚，而若没人"断指"，提问的人要自"断"一根手指。

老大第一个提问："我没玩过跳舞机。"她手长腿长，却要命的不协调。

陈望安全，四儿安全，三儿断了一根。

轮到陈望："嗯……我没抽过烟。"

其余的三人都没断，陈望认命地自断。学医的姑娘，都惜命啊。

三儿摸摸下巴，嘿嘿一笑："我谈过恋爱。"

整齐的一声脏话后，老大拍桌："望崽、四儿！灌她！"

接下来大家的火力都集中到三儿身上。四儿说了个"我没约过会"，老大说"我没牵——不对我牵过——我没早恋过"，她们都知道三儿是高三时抓着早恋的尾巴谈了个"黄昏恋"。陈望"出师不利"，反而让四儿断了一根。三儿很快反击，陈望和老大"折兵损将"，好在四儿又扳回一局。

眼看着三儿只剩一根小指"苟延残喘"，老大摩拳擦掌，冥思苦想了一会儿，来了一句："我还没经验！"

陈望瞬间懂了，第一反应是捂住四儿的耳朵："宝，你还是个孩子别听别听。"

三儿"唰"地红了脸，在"万众"瞩目下，挣扎许久后，合上了最后一根小指。

然后她就见面前仨姑娘一齐两眼放光，脑门上"快分享你深入探讨人体结构的经历"几个大字闪闪发光——要被闪瞎了。

陈望和四儿还比较矜持，然而有个十分不矜持的老大，什么细节都敢开口问，羞得三儿差点把她脑袋摁红汤里。最后老大告饶，喝了半听啤酒才算完。

三儿大概已经有了"置之死地而后生"的觉悟，下一轮第一个提问便直截了当："我接过吻。"

四儿笑："问我们几个母胎单身你这不是要自断——"

然后她们就看见陈望默默断了一根。

"……望崽！"

"阿望！"

"你不是没谈过恋爱吗！"

"啊啊啊！"

"你不单纯了！"

陈望咳了一声，望着天说："四儿四儿，轮你了。"

三儿拍桌："大儿、四儿！轰她！"

陈望溃不成军，合上最后一根手指后，咕嘟咕嘟喝了半听酒，不管余下仨姑娘怎么穷追不舍，她含糊透露了一点，便守口如瓶。

最后宽粉下了锅，四儿问陈望吃不吃，她抱着酸梅汤摇摇头，蹭着四儿的肩缓酒劲。三儿接手了陈望，让四儿能吃上口宽粉。姑娘晕晕乎乎的，埋在三儿头发里深吸了口气："……三儿呀，你头发真油。"

三儿觉得比起对老大，她对陈望还是仁慈，毕竟这回她只想把陈望摁清汤里。

陈望不知道三儿的一脑门子黑线，只是刚好借着这样不甚清醒的酒后与可以糊涂的考后，不用摸着肋骨答解剖，有那么点空隙可以酝酿一点少女的多愁善感，缅怀一下自己稀里糊涂就交出去的初吻。

说来也是好笑，电影拍到最后，陈望与谢致肢体接触也不算少，从一开始牵个手还有点放不开，后面拍结局时，絮絮抱着阿衍的遗体哭得撕心裂肺——其实摸着的衣服底下还是温热的，甚至前两条谢致的心跳还颇快，但她已经抱得毫无心理负担了。

末了谢致一边擦身上的假血一边笑她："你抱得还真是顺手，你看——"他把脑袋凑过去，"瞧见没，你都掐出印子了。"

"……我看不见我看不见……"陈望擦着眼泪不想面对。

她哭了几场嗓子已经哑了，谢致听在耳中，剥了颗薄荷糖塞她嘴里。

结束了结局的重头戏，齐昇让他们缓了一天后，安排了一场身体比较遭罪但感情相对缓和的戏。所谓身体遭罪便是要淋雨，但情绪并不激烈，这让陈望松了口气——这两个月她已经透支一年的眼泪了。

但这场戏的情绪把控还是让陈望稍稍苦恼了一下。设定是阿衍带着絮絮这个"累赘"，为了躲避那群小混混的围追堵截躲进了巷尾的杂物堆里。

齐昇给他们讲戏："你们要知道，前面你们也有牵手啊互相上药，但那是什么，一种'相依为命'的战友情，懂吗？但是在这里，是个转折点，"他转头对谢致强调，"尤其是阿衍，你这里，"他抓着谢致的手臂圈住陈望，"你这里，你情绪要更外露——虽然外面有人'追杀'，你们又淋雨，又冷又狼狈的，但是你怀里是个可爱的女孩子——"

陈望窘了，抹了抹额上的"雨水"。

谢致不自然地咳了一声。

齐昇十分淡定，继续讲："所以你看着她的眼神是有点心猿意马的，有侵略性的，因为阿衍是'身经百战'的，眼神是凶的，你前面演得很好，所以这里你看喜欢的女孩子的眼神也要有侵略性，有占有欲，明白？"他退开一步，"试试。"

谢致又咳了一声，就着圈住陈望的姿势，把她抵到墙角。陈望有些不自在地偏了下头，被齐昇打断："不对不对，陈望，你会感受到他的目光，会心跳加速，可以躲，但是外头还有人，你不敢有大动作，又紧张，你得更小心翼翼。"

陈望抬眼对上谢致"有侵略性"的眼神，不厚道地笑场了。她原以为大喜大悲是最难表演的情绪，没料到这种懵懂暧昧的感觉更让人抓心挠肺。

磕磕绊绊试了几条，拍了远景和中景。谢致还是比陈望要强一些，慢慢进入角色了。陈望慢几拍，也摸出点感觉了。她轻轻活动了下，站的时间长了，腿有些酸软。

人工降雨车继续运作起来，两人搁下羽绒服，回到杂物堆里重新开始。

其实她似乎也不用非常刻意地去表演什么情窦初开的紧张无措。尽管近来已经熟稔许多，但跳出来想一想，面前是个极好看的少年啊，加之这些时日的相处——

这是个足够让她脸红心跳的少年了。

陈望微微抿了唇，不自觉地，絮絮就变成她了。

一样的心底纠结，一样的不敢直面。

她分神给自己找借口，许是入戏太深，不无可能。

少年的呼吸抵在她脸上，肩上传来清晰的触感，是他的指节嵌着她肩骨。雨仍淅淅沥沥地下着，他额前的头发吸饱了水，水滴摇摇欲坠，眼看便要砸到陈望的睫毛，她微微垂眼，想错开他的目光——

旁边的废泡沫箱上，一只小蟑螂探头探脑，无辜地晃了晃触须。

如果是两个月前，陈望肯定面不改色地移开目光。但经年前那一遭吓，她无意识地就往反方向瑟缩了一下。

脚不自觉地一歪，打着了谢致的脚。加上地上湿，两人站的时间又长，她始料未及，面色一变，第一反应便是要去抓墙。不想谢致比她反应更快，原本抵在墙上的手飞快地往她背上一揽，身子一矮，稳住了陈望。

虚惊一场，她心里松了口气，想调整回刚刚的状态，抬了下头去寻他眼神。

然后她看见谢致错愕的眼神。

她从未见过的错愕。

她张了张口，欲用气声喊他，唇上迟钝地传来冰凉柔软的触感。

陈望呆滞地动了下冻得有点发僵的唇，大脑缓慢地告诉了她那是什么。

她觉得世界一片死寂。

僵了几秒，她猛地伸手推开他，少年身子晃了晃，并未往后倒但也迅速离了她。

陈望只觉得脑子烧成一团糟，脸也火烧火燎的，下意识就要张口喊停。嘴上一冰，她瞪大双眼，少年已重新逼近她，冰凉的手飞快捂住了她的嘴，同时朝巷口瞥了一眼。

陈望的眼珠彻底冻结，感觉过了一个世纪，才迟缓地，眨了下睫毛。

她看见少年的眼神仍带着戒备与压抑，耳尖却在昏暗的路灯与浓重的夜色下，如石榴粒一样红得几近透明。

巷子里回响着震耳欲聋的心跳声，分不清是谁的，杂乱无章，肆无忌惮。

陈望在这一声声中，意识缓慢回笼。

面前的少年不是谢致，是阿衍。

所以刚刚，是絮絮不小心亲了阿衍。

不是，陈望亲了谢致。

他们都在戏里。

齐老爷子一直觉得，活到这个岁数，不管是现实生活里还是影视作品里，各种意外各种狗血各种常人难以想象的场景，他都见识了不少。

但今天他想起了那句老话——山外有山。

也不是没见过这种"意外"的亲吻，但这种意外发生在两个初中生身上，太过巧合太过令人难以置信，可在当下就那么顺理成章地，发生了。

更让他惊叹的是，在陈望明显已经演不下去的时候，谢致在这样的慌乱面前，以令所有人瞠目结舌的速度，做出了阿衍应有的反应——

他捂住了差些叫出声的絮絮的嘴，戒备着仍在寻找他们的小混混，却本能地表现出了少年的羞涩与无措。

老爷子难得愣了片刻，直到看见监视器里的谢致硬着头皮把剩的一点演完了，才急吼吼喊了"咔"。

陈望瞬间跪下了。

膝盖直挺挺地扎进地面脏兮兮的水坑，她也不知道疼，整个人浑浑噩噩。助理姐姐的担忧声飘进耳朵里也好像隔了层厚厚的玻璃一样，全是"沙沙"的噪音。她像个极听话的布娃娃，助理姐姐给她套羽绒服就抬手，姜茶递到嘴边就张口咕咚咕咚地喝，也不喊辣，助理姐姐摁她坐下就坐下，化妆师让她闭眼就闭眼，递来了热水袋她就僵硬地抱住。

良久，口中热乎乎的辣气散了散，然后是很甜的桃子味。

陈望机械地咂了咂嘴，机械地抬眼。谢致站在面前，指尖捻着张糖纸。

嘴里那颗滑不溜秋的糖登时滚到了喉咙口，她惊天动地地咳起来，眼泪横飙。

太丢脸了……她狼狈地捂住脸，破罐子破摔："谢致对不起，我不是故意要夺你清白的。"

谢致要拍她背的手僵在半空中。

陈望还在自我检讨:"我真的不是故意的,真的对不起……总……总之你要我做什么赔罪都可以,但求你把这回事忘了吧……真的……"

少年蹲下来强行拉开她的手:"我没生气。"

她怔怔看着他。

他神色很平静,耳朵尖也恢复了正常的颜色:"是你说的,所以我会忘了这件事,但你也要忘,以后也不要提。"

陈望立刻:"我绝对不说!再也不说了!"

片刻后,谢致点点头,直起身子:"那我先走了。"

"……嗯。"

她看着他的背影,许久后,拉了拉来带她去换衣服的助理姐姐的袖子:"谢致……是不是——还是生气了……"

助理姐姐被问住,只能哄她:"怎么会,就是个小意外,没什么大不了的。"

真的没什么大不了的。长大后的世界里,也许满是这样那样的饮食男女,今天谁与谁海誓山盟明天谁与谁颠鸾倒凤,身处爱欲时觉得这世界都满满当当,回想起来不过嘴唇一闭一张,成了饭后谈资。

电影电视剧里的人们情到浓时便是亲吻,那是她所能想到的男女之间最亲密的接触。不是没有想过自己未来会不会和另外一个人亲吻,风花雪月样样都好——总之不是在阴雨迷离的幽暗巷尾,被小强吓到时,猝不及防地亲了自己的——

自己是什么呢?

什么都不是。

她对他有点私心,可他没有。所以将心比心,他大概是生气了的——最亲密的接触给了不相干的女孩子,换谁都会生气的。

陈望用被子蒙住头,在黑漆漆的夜里用力闭上眼睛。

最糟糕的结果,兴许就是以后当不成朋友了。

第六章
重归于好小同学

拍摄结束，陈望当晚便被爸爸妈妈接回了家。电影多用的同期声，只有一次通知她周六去补录几句台词。那天她并没有见到谢致。

后脑勺秃了的那一小块开始长出新的头发，摸上去有些扎手。陈妈妈带她去理发店给她剪了个圆乎乎的蘑菇头，修了下参差不齐的刘海，这才收拾出个能去学校正常见人的模样。

她摸了摸毛茸茸的发梢，想着估计到夏天便可以重新扎起来了。

月考果不其然退步了，陈望趴在桌上抄错题集，右手同时夹着黑笔和红笔轮转。夏夏摸摸她脑袋安慰她："你这也没办法呀，家里有事耽误了这么久没来上课。不过这才第一个月，都很简单，很快就能补回来的。"

陈望抬头笑眯眯："所以我不难过呀，这次考不好有借口可以用，我超安心。"

夏夏："……薅你啊。"

两人笑闹了一阵，夏夏问她："期中考后就要创意节了，你有什么想法没有？"

陈望停了笔，奇道："这不是还有一个多月才到创意节吗？怎么这么着急？"

"最近刚考完试比较闲嘛，过两周又是复习周了。万一期中考一结束老班就要我出策划怎么办？"

夏夏是文娱委员，这些活动她都是主要负责人之一。创意节其实和文化节都是一个类型，只不过两个学校都不想混在一起，于是九中便在春季学期办创意节，十三中在秋季学期办文化节。两个节都是持续半周时间，期间两个学校的师生可以凭证件互相串门。

所以去年四班的佳莹那场告白，让向来对八卦慢半拍的陈望也难得吃上了新鲜的瓜。

陈望对策划一类也不太擅长，笔帽撑着下巴，半天提了一句："诗朗诵？"

夏夏："你觉得老班会这么好糊弄吗？"老班说是老班，其实是个刚毕业两年的新老师，对学校的各种活动抱有巨大的热情。去年的国庆大合唱，其他班都是中规中矩地唱首歌，最多再加个钢琴伴奏。唯独他们班，不仅上了钢伴，小提琴长笛架子鼓，会乐器的都被叫上了，间奏时还赶了个男生上台打了套拳。最后没有抱回一等奖，拿了个颇微妙的"最佳创意奖"。

陈望又认真想了片刻："不对呀，你为什么不让班长帮忙，他也要负责的吧？"

"你觉得创意节和篮球赛，他会更关心哪个？"夏夏没好气地抱怨道，又拽着自己的辫子发愁，"我是怕到时我们没提出个好点子，老班弄出更折腾人的节目怎么办？"

更折腾人？陈望想象了一下，真诚提问："杂耍吗？"

事实证明不是杂耍，但也就比杂耍强一点。

勤勤恳恳复习了两周，终于勉强再次挤进班里前二十名之后，陈望被按在椅子上，套上了件材质十分廉价但形制还算正确的交领襦裙，发尾全贴着脑袋夹紧了，然后脑门上一左一右各安了个圆滚滚的发髻，扮成了个小丫头的模样。

她囧囧有神地看着夏夏："一定要这样吗？"

夏夏扮的是探春，在一脑袋塑料珠宝的"重压"下抬起头龇牙咧嘴："你要不和我换换？"

陈望闭嘴。

在否决了班委们的各种提议后，老班还是亲自出马了，拍板让他们演课本剧："小学时的《凤辣子初见林黛玉》，记得吗？我们就把前面一段补全了，把林黛玉进贾府也演了，时长就够了，好不好？"

难得这回大家都同意。演员们几乎是女生，男生们可以痛痛快快地准备篮球赛，女生们也因为可以扮一回古装而都十分期待。

陈望本以自己是短发为由申请当后勤，结果还是被拉来当群众演员了。她全程就站在"贾母"身后当个柱子，别说台词，多余的动作都不需要。

襦裙做得十分粗糙，远看十分光鲜其实内里都是线头，于她而言还有点长。陈望踮了踮脚，将飘到鞋子下的裙裾提起来。没想到时隔一个多月后又重新体验了一下演戏的感觉，不过从女主角到群众演员，跌价的速度真快。

她忍不住笑笑，被化好妆的夏夏捧起脸就是一顿揉："你穿黄色好看欸，这个发型也好看，显得超可爱！"

陈望回家后得到了陈妈妈各式补汤的投喂，先前在剧组被磨尖了的下巴迅速圆润了起来，连带着嘴畔的梨窝都深了点，捏上去的手感倒是很好。她被揉得嘟嘴，含混不清地嚷了一句，放弃。

倒是夏夏忽然停了手，偏着脑袋看陈望身后："那是不是——"她使劲眨眨眼，"谢致啊？"

陈望心跳漏了一拍，急忙用力挣扎，夏夏才赶紧松了手。她揉着脸扭头去看，穿着蓝白校服的挺拔少年站在不远处，见她转了头，侧头和身边的同学说了几句话，朝她走过来。

夏夏识趣地拎着裙子溜了，剩她傻傻地站在原地看谢致越走越近。

"你怎么来了啊？"

谢致深吸了口气，做出了刚刚看着就十分手痒的动作——和夏夏一样，使劲揉了揉陈望的脸。

少年的手劲可比夏夏大多了，陈望求饶："别——别揉——假发要掉——"

他放轻了点动作，手却没松，恶狠狠道："你亲完我就一个月没理我，啊？"

陈望登时脸涨得通红，手忙脚乱要去推他："你你你你你——你不是不让说的吗！"

谢致淡定："你说你自己不说没让我不说啊。"看她实在难受，他还是松了手，又忍不住打量她的打扮。小姑娘穿着鹅黄色的交领襦裙，外罩杏色的半袖，梳着双丫髻，十分乖巧。

他莫名觉得嗓子有些干，咳了一声。陈望还在搓脸，结果越搓越红，有点怨念又有点开心。

"你们什么时候演出？"

闻言，她抬头四处看了看，找到墙上的钟："还有半个多小时。"

"那时间够了。"他倚到墙上好整以暇地瞧着她，"你说的会忘了你——那啥——那回事的对吧？"刚刚脑门一热说得顺溜，现在倒磕巴上了……谢致又清了清嗓子，"我也的确没再提了。可你一拍完戏就跑，QQ也没回我消息，最近放学也没见到——"

陈望感觉好不容易降下的热度又有上升的趋势，抿了抿唇，支吾了一下："我——我没有故意躲着你，拍完戏手机就交给爸爸妈妈了。而且我……觉得你还是生气了……"

谢致莫名其妙："我生什么气？"

"就就——"她无措地比画了一下，"那、那个——初吻啥的，被我弄没了——你的——"

他从这混乱的语序中终于理出了点头绪："所以你觉得，你夺走了我的初吻，所以我生气了？"

陈望差点跪下："你你……你小声一点！这还有人路过的！"

谢致气乐了："那反过来我不也夺走了——你的吗？你生气了吗？"见她露出迷茫神色，他忍住再次揉她脸的冲动，"那你怎么就觉得我会生气？"

"因为——"她嗫嚅了下，"那时拍完我看你面无表情的，也不怎么说话，一下子就走了……"

他一愣，回想了一下当时的情形，不自然地摸了摸鼻子。

那时他不跑快点，他就绷不住了。

只有当晚和他视频了半小时的谢妈妈知道儿子走神了二十多分钟。

宋涵看着台上的街舞正看得正起劲，察觉有人走近了，见是谢致，把放在旁边椅子上的外套拿起来："那女生谁啊？"

谢致坐下："一个朋友。"

宋涵一脸看透的表情："啧，你特意跑来看演出，不会就是为了她吧？"十三中文化节时谢致演出一结束就回家了，最后领奖都找不到人，还是班长替领的。这次居然肯跑来九中看热闹，肯定有猫腻。

谢致翻了个白眼不想接话。

他的确是听说陈望要上台才来的，没想到她安静地站了全程。"贾母"搂着"林黛玉"哭时，她也十分淡定，光明正大地在观众面前走神，他看着忍不住乐了。

等他再去找她时，她已经换回了校服，拆了包包头。他有些遗憾方才没想着给她拍张照。

很久很久之后，陈望给他看了当年下台后老班拉着所有演员拍的一张合照，过了胶，保存得很好。小丫鬟在最角落里笑眯眯的。他跟她借了照片扫描了，备份了好几份。

在很久以后，他给女儿梳包包头的梦想破灭，拎起儿子的小胖腿给儿子换尿布。小娃娃鼓着腮帮子吐泡泡，他伸手戳破："臭小子。"

陈望没注意到谢致的遗憾，只觉得事情说开了，谢致对她的态度一如既往，似乎完全不介意那蜻蜓点水的一吻，有点微妙的失落感但更多的是开心。

她刚结束了回班后的大扫除，指间的水还未干穿不了手套，她带着谢致跑进校门旁路口的一家面馆，挨到里间搓搓手，攒出了点温度才呼了口气。

谢致一边打量店内一边脱外套："这就是你说的那家店？"

陈望一手抱住外套一手去抽菜单："是呀。而且今年开学后旁边其他店都多多少少涨了点价，只有这家老板娘厚道，料也没少钱也没加。"她把菜单推到他跟前，"你想吃什么？"

谢致瞄了一眼菜单，推回去给她："我没来过，跟你一样便好。"

陈望便直接把外套搁下，跑去柜台边跟老板娘点单："两碗牛肉加丸面，青菜要生菜，加——"她卡壳了一下，扭回头问他，"你有忌口吗？葱姜蒜香菜之类？"

谢致摇头，她便转回去继续："加香菜。"

她回座位坐下："这里到夏天时会有双皮奶，也很好吃。"

谢致"嗯"了一声，又问："你吃香菜？"

陈望点头："还行，平时没特意吃，但这里的牛肉卷着香菜蘸酱特别好吃，就这个。"她将筷子盒旁的瓷罐拉出来掀开盖子，"他们家自己做的，我也吃不出是什么酱。"

他抽了根筷子蘸了点，含到舌尖尝了尝："可能有点花生酱，还有点沙茶。"他又舔了舔，思考片刻，摇摇头，"不知道了。"

陈望看他伸舌头的动作，莫名有点脸红心跳，忙把膝盖上的外套推到另一张椅子上，假装散热，同时试图转换话题："你期中考考得怎么样？"

话刚出口，她就想咬舌头："……你当我没说。"

她都做好了再次被碾压的准备，不想谢致这次似乎有些苦恼："我数学没考好。"

陈望发出个单音："啊？"

他报了个分数，她有些意外："你们卷子出这么难的吗？"这回两个学校试卷不一样。

谢致摇头："应该不会差太多。"

见陈望一副踩到雷区的紧张和尴尬，他失笑："你别这个表情，我总排名还是没掉多少的。"说着告诉了她。

陈望扶住下巴："那你其他科是得考得多好！"她想起自己的成绩，有点颓，"我数学倒还过得去，但英语太差了……才刚过我们班平均分一点。"

"政治和历史呢？"他还记得她上学期期末不太好看的政治分数以及十分"喜庆"的历史选择题。

"这次还好。"

谢致想了想："要不你们的英语卷子给我一份？我回家试试。"

陈望眼前一亮："行啊，那你们的数学卷子也给我一份吧，我们班创意节的事已经算结束了，这几天晚上作业都少。"

"我明天去找老师要。那——周末我们对答案吗？"他试着开口邀她。

"可以呀，去——唔——市图书馆离你家远吗？"

谢致笑："去的话刚好要经过你家小区。"

两人最后定了周日早上八点半在陈望家小区门口碰面，说话间热腾腾的牛肉面送了上来，面在底下，面汤刚刚没过，然后铺上一层牛肉，边上挨两颗丸子，最后一撮香菜，再浇上一大勺酱汁，香气浓郁。谢致学着陈望的样子将香菜卷进牛肉里蘸酱后放进嘴里，吃完赞道："好吃。"

"安利"成功的陈望喜滋滋的。

见谢致夹起牛肉丸，她一激灵，忙提醒他："丸子里有汁，你小心——"

说晚了，谢致的门牙已经咬下去，陈望顿时感到鼻尖一热。谢致愣住，但立刻飞快地抽了几张面巾纸站起身去擦她脸，连连道歉。

陈望也有点哭笑不得，忙道没事没事："是我忘了说哈哈哈……"她一边躲一边看见他的慌乱模样有些忍不住想笑，下巴却被他轻轻捏住。

"别动，等下戳到你眼睛了。"

这时她才反应过来两人此时的距离有些近，然而谢致好像一心要弥补自己的过失，十分执着要帮她把脸擦干净。她只好干笑着转移话题："我第一次吃比你还糟糕，那时喷了我自己一身，刚好几乎都喷在校服白色的地方，还是中午吃的，顶着一身油衣服上一下午的课，最后我妈妈用漂白剂洗干净的。"

谢致把她鼻翼的最后一点油星子擦干净，然后也终于意识到自己有点冒失的举动，尴尬地咳了一声，将纸巾丢进垃圾桶后坐回去继续吃面，吃得鼻尖一层薄汗。

第二天放学后两人交换了卷子，晚上陈妈妈去陈望卧室给她送苹果时，见她桌上摆着份十三中的数学卷子，奇道："你哪儿来的十三中卷子？"

"谢致给的。"她跟妈妈报备，"妈妈，我周日和谢致去图书馆，他要给我讲英语。"

"好啊。"陈妈妈立刻答应，"我看你拍完电影都没再提到他，还有点奇怪呢。"

陈望脸一热，怕被妈妈瞧出什么，打马虎眼道："回来就月考嘛，而且月考完又期中考又创造节的，没碰上……"

"那中午就不回来吃饭了吧？"

"应该是。"

"别太晚，最迟下午五点半就要回家。"

"知道啦，知道啦。"

周日，陈望特意提早了几分钟下楼，不想谢致已经在小区门口等着了。小少年穿着深色的风衣，斜挎了个帆布包，坐在单车上低头摆弄着手机。

她回神，犹豫开口："你——要骑单车去？"

"是啊。"谢致抬抬下巴，"上来吧。"

"啊？"陈望指指自己，"你带我啊？"

"信不过？"

是信不过……她磨蹭着坐上后座，不放心地伸手抓紧了座椅。谢致回头看她坐稳了，一蹬踏板，单车利落地上了路。陈望控制不住，身子晃了晃，又怕影响他骑车，用力抓着座椅稳住了。

　　谢致技术不差，一路都骑得十分轻松。陈望过了最初的紧张劲，也慢慢放松下来有心思看风景了。她还是第一次坐别人的单车后座，颇觉新鲜，偏头去问他："平时没见你骑过单车呀，怎么今天要骑了？"

　　谢致朝后侧了侧脸，听清她的问话后道："坐车去图书馆太麻烦了。"

　　这倒是，地铁坐两站然后转一站地铁再出站等公交车坐两站，的确够曲折。

　　"前面有个坡，你抓紧了。"

　　"什么？"陈望话音未落，便感到身体一歪，脸已经撞到他背上，慌忙揪紧了他风衣的一角。谢致本专心致志地抓着后轮刹车，被后头的少女一撞分了心，差点把刹车捏实了。

　　车轮骨碌碌地转着，掠过乍暖还寒时候才抽了一点点芽的树枝，掠过刚被卷起的一张张拉闸门。天是没什么阳光的霜白色，麻雀三三两两停在电线上，合起来像一大张笔迹随意的手抄谱。

　　鸡蛋灌饼摊子前围了一圈人，老板麻利地摊着饼，老板娘则拔开暖水壶的木塞子倒豆浆。再旁边一摊是油条，锅边另一锅是茶叶蛋。虽然吃过了早饭，但看得陈望还是有点眼馋。

　　"我妈妈不让我吃路边摊的油条，但我爸爸有时会偷偷买给我吃，不过也不让我多吃，只肯撕给我半根。"

　　"那吃吗？"谢致忽然刹住车，回头看她。

　　"欸？"陈望呆了呆。

　　他笑，掉转了车头，骑到油条摊子前停下："老板，来根油条。"

　　老板接过钱，从热乎乎的油锅里捞了根油条装给谢致。谢致从一侧的盒子里抽了个一次性手套戴上，撕了半根咬到嘴里，剩半根递到她眼前："喏。"

　　"……谢谢。"陈望怔怔接过，咬了一口，又脆又软乎。

　　两人便站在摊子边一人捧着半根油条吃，边上斜着单车。她吃完舔舔嘴唇，真诚地又说了句："谢谢。"

　　谢致失笑："一根油条就这么开心，你也太好收买了。"

　　陈望咂咂嘴："我可好养了。"

　　他作势认真打量了一下她圆乎乎的腮帮子："的确好养，阿姨一喂你就胖了，大概很有成就感。"

　　但是她悲哀地承认自己最近体重真的往上飘了，夏夏每瞧她便要掐一把她的脸。

　　谢致话说出口便觉得不妥，试图补救："不过你再胖我也载得动你的。"

　　少女刘海儿都要冲天了。

　　他忍笑，拿过她手里的空塑料袋，包着自己的塑料手套丢进垃圾桶，重新跨上车座："上来吧。"

　　陈望抱着书包往后挪了一步："你真的……载得动？"

　　谢致噎住："……你刚刚是怎么过来的？"

　　她吸吸鼻子："飞过来的。"

　　他望天，下车，弯腰，伸手，捞……

　　"我错啦我错啦……"

　　谢致当然不会在大庭广众之下把女孩子扛起来，不过是吓陈望一下。车轮重新骨碌碌转起来，很快便到了图书馆。

　　陈望挑了窗边光线好的一张桌子坐下，习惯性地把笔袋试卷书本水壶依次掏出来摆好。谢致则简洁得多，只抽出了试卷和两支笔。

　　他将自己的数学考卷推给她："上面是答案，你对一下。"

　　陈望接过，也将自己的英语卷子给了他。

　　一时间对了答案，陈望揉揉头发："我也就比你多几分，果然你们的数学比我们的难啊。"她把试卷翻回前两面给他看，"我选择题最后一道是蒙对的，填空最后一道也不会，你这个答案解析我也没看懂。"

　　"填空的话我们班几乎都没做出来，老师说有用到下学期的知识点，算是附加题而已，一会儿我给你看笔记。"说着，谢致换了黑笔，拿了草稿纸把选择题的解答过程重新推了一遍给她看。

　　自习室里不止他们在讨论题目，因此他们的声音并不算突兀。讲完了数学，谢致又看了遍两人的英语试卷，把老师上课时让他们重点背的现在进行时的特殊动词默了一张让她回去背。

　　"不过这里，完形第七题，我没看懂。"

　　"哪里？啊这里，老师说不要套这个词的常用意思，要结合上面这句猜……"陈望回想了一下老师的讲评，依样给他解释了一遍。

　　互相讲了两张试卷，陈望还是有些犯愁："你说我是不是该再去买本英语练习册啊？单词总是记不牢。"

　　谢致的笔在指尖转了两圈："你平时做了作业之后还有时间吗？够你做其他练习吗？"

　　她掰着手指算了算："唔——周二和周四分别有数学和语文连堂，那天作业可能会多点。然后如果周末不用写作文的话还是有空的——啊作文我也很差。"她额头磕到桌上，有些绝望，"老师说我写的记叙文像煮过火的鸡胸肉，又老又柴。"

　　他被这个形容逗乐："要不下午去楼下书店看看？我记得老师给我们推荐过 F

大出版社的一本作文讲解，有框架总结和素材归纳。你看看能不能总结个模版之类，至少保证个及格分。"

"好呀。"陈望一喜，"那你也帮我瞧瞧英语的吧？"

"你做得完吗？"

"呃，挑薄一点的？"

图书馆旁有不少餐厅，多是做旁边学校的师生们及来图书馆的人的生意。到了饭点，谢致本想带她去自己觉得很好吃的一家杭帮菜，路过麦当劳时见陈望对着立牌移不开目光，顺着瞧过去——儿童套餐全新赠品皮卡丘系列钥匙扣。

"你想要？"

陈望有点不好意思，摆摆手："我就看看，而且我只喜欢其中一只，买了也不一定能拿到。走吧走吧！"

"可以跟店员说的。"

她意外："啊？"

"喜欢哪只？"

"……戴帽子那只。"

直到谢致端着餐盘到座位上坐下，从纸袋里掏出那只戴帽子的皮卡丘递给她时，陈望还有些目瞪口呆："真的可以啊？"

谢致失笑："可以啊。"顺手掀开了饮料杯盖，"只要不是没有，基本上你说要哪个，店员都会给你的。"

她宛如打开新世界大门："哇——我以前好喜欢一个系列，那时吃了两次拿到了两个一模一样的之后就放弃攒了。"她兴冲冲地拆了包装，立刻别到了书包上，"谢谢你。"

少年仍只是笑："快吃吧。"

她习惯性要撕袋番茄酱，这才注意到他已经撕开了一包，番茄酱全盛在他的杯盖上，有些诧异："好讲究。"

他摇摇头："我妈有点洁癖，如果直接挤到餐盘的纸上她就不会碰。我爸却很随意，被说了几次之后我也跟着弄杯盖上了。"

"我也是直接弄纸上的。"陈望看了看他，"但你应该——唔——"她斟酌着，"也有遗传到你妈妈的洁癖吧？"至少在剧组时，她每回去他房间，里面都是干干净净的。有一回他衣柜没关叫她看见，也都一摞一摞得整整齐齐。

"可能吧。"谢致颇无奈，"我妈给盯出来的，我房间一乱她就要帮我收拾，一收拾我就找不到东西了。"

陈望笑："我妈妈也是，不过是因为我喜欢收集很多东西。小时候的玻璃珠子呀糖纸呀，后来这些套餐的玩具，还有小学时老师奖的特别好看的文具，我舍不得用。不过我全都分类好，一个盒子一个盒子装着搁在书架顶上，看上去还算整齐，我妈妈就不念叨了。"

谢致心念一动："那我的'签名照'呢？"

"也收好了。"她自信满满，"我还是拿茶叶的礼盒，木的，这么大，"她比画给他瞧，"剧本呀通告单呀还有那袋照片，都在里头。"她咬着吸管喝了一大口橙汁，"还指望着你出名了我能发家致富呢。"

"那你可要收好了，万一我真出名了，会升值的。"他笑着接茬，却见她瞬间呆住的眼神，"怎么了？"

陈望露出听夏夏讲八卦时的专用吃瓜表情："我瞧见佳莹了欸……"

谢致一头雾水："你同学？"

她眨眨眼："佳莹呀，你不记得了？"

他认真在脑海里搜索了一下这个人名："不认识。"

"上学期十三中文化节跟你告白的女生呀。"

他一愣，终于在脑中链接到一点模糊的影像："啊……我不知道她叫什么。"他有些不自在地偏了下头，"而且我拒绝了，自然不会记得。"

陈望没察觉到他微妙的情绪："那时这事可轰动了，一开始只有私下在传，不知道谁捅出来叫老师们知道了。夏夏说她的班主任还去找她谈话，后续我就不知道了。"

"夏夏是谁？"

"啊，是我同桌——"她想想还有些乐，"那时寒假发成绩，她看见你来找我，一提我才知道你就是，那件事的男主角呀。"

谢致作势要去挠她刘海："你能不能好好学习。"

"能能能！"她忍笑往后躲。

陈望向来低调本分、好好学习、与人为善、谨言慎行，所以当向来八卦天线最为灵敏的夏夏一脸复杂地告诉她"你的照片被传 BBS（论坛）上了"的时候，她除了蒙，还是蒙。

啥玩意儿啊？

咋回事儿啊？

什么情况啊？

她知道九中有 BBS，但几乎没上去过，一时脑子里炸开了花。上电脑课时，她哆哆嗦嗦借着夏夏的账号登上去一看，在心里真挚而热切地问候了一下楼主的祖宗十八代。

内容很简单——在她看来很简单，就是她和谢致在麦当劳吃饭以及后面去书店买参考书时被偷拍了，还不是小灵通像素，估计是个十分贵的手机，两人的脸都看得一清二楚，连在书店时谢致带她去找那本作文讲解时随手拉了下她手腕的动作都被拍出十分暧昧的氛围。

陈望面无表情地翻看评论区，内心呕血地关了网页。

夏夏悄悄问："怎么回事啊？你们真的——"

陈望扳过夏夏的脸与她对视："你说，我和佳莹，谁好看？"

夏夏"拍案而起"："当然是你——"她卡了下，"好吧，佳莹好看。"

"是吧。"陈望掰着手指分析，"谢致连佳莹都拒绝了，怎么可能——你说是不是？"

夏夏认真思考了一会儿："也难说，我要是男的我就选你。"

陈望噎了一下："可你不是呀。"

"但谢致是呀。"

陈望望天："你这个逻辑不对呀……"

夏夏忙摸摸陈望的背顺毛："我知道我知道，你们是清白的。那现在怎么办？"她有些担忧，"你会不会被请家长啊？"

"请家长我倒是不怕……"毕竟爸爸妈妈比谁都清楚他俩是什么情况，知道谢致帮忙给自己补英语后陈妈妈对他还十分亲切。关键是三人成虎啊……

她的烦恼不无道理，过了两天，平时玩得好的另外几个女生也神神秘秘地跑来跟她求证了。又一个周末过去，周一的自习课时，陈望便在全班同学的注目下硬着头皮去办公室喝茶了。推门进去时唬了一跳——天，怎么教导主任也来了！

老班一介新老师，夹在中间也十分尴尬，开了口委婉道："陈望呀，最近有反映说，你和十三中一个男孩子走得——比较近，是吗？"

陈望涨红了脸，咬咬唇，犹豫着开了口："那个，老师，要不，呃——我能给我妈妈打个电话吗？"

老班愣住："什么？"

她小声道："我妈妈说的话，可能——"她偷偷瞄了一眼严肃的教导主任，"你们会比较信……"

老班听到陈望的提议，有点诧异地扶了下眼镜，似乎是因为没见过这么上赶着请家长的，但还是让陈望报了号码，开了免提打过去。

"喂您好，请问是陈望的妈妈吗？我是陈望的班主任，我姓孟。"

陈望就听见妈妈那边十分淡定而温和地和老班打招呼，心里松了口气，幸亏早在饭桌上和爸爸妈妈提前说了这桩乌龙。陈妈妈觉得好笑，陈爸爸却难得严肃："这也过分了些。怎么能把捕风捉影的事，还有照片，随便乱传呢？"

陈妈妈一听也觉得有些严重："是这个理。望望，你那天有没有见到什么奇怪的人？或者平时跟谁吵了架有矛盾之类的？"

陈望无辜地摇摇头，又忙说："应该只是认识的人八卦而已，没那么严重。不过妈妈，如果被问到，您能不能别说我和谢致——拍电影的事儿啊？"

"行的，我知道。"陈妈妈答应着，脸色却还是没缓和多少。

这边，果然老班才提了个话头，陈妈妈就笑着打断她："这事儿啊，是真误会。那个男孩子我们都认识，家长也都见过面。他们俩就是好朋友。望望这回期中考不是英语不太好吗？那个男孩子在十三中成绩好，所以那次他给望望讲了点英语，还帮她挑了参考书。望望有提前跟我打个招呼说要和他出去，回家时那个男孩子也和我见过面的。"

老班再次卡壳，尴尬地打圆场："哦哦，是这样啊，那挺好的啊，这周陈望的英语听写比上周有进步呢……"

陈望偷偷吐了吐舌头，他们这周根本没讲完新单元，没听写。她又偷偷瞄了眼教导主任的脸色，果然已经松动了许多，终于稍稍安了心。

等她走出办公室，借口出来上厕所实则来探风的夏夏忙拉住她关切道："怎么样怎么样？"

陈望笑眯眯："Safe（安全）。"

但她高兴得太早了。

因为放学后，谢致直接来敲她教室的窗户找她了。

在最热闹的放学时间，在闹哄哄的、人来人往的走廊上，淡定地推了窗户，朝着临窗的女生问："你好，请问陈望在吗？"

祖宗欸！

陈望的小心脏被雷劈得焦黑焦黑，硬着头皮再次在全班同学的注目下装出平静模样走到门口："……你怎么来了？"

谢致自然道："学生证押在门房保安那里来的。"

她扶额："我不是问你怎么进来的……"

看她一脸悲催，他笑了声："行了，用不着这么绝望，你等着看戏吧。"

她迷糊："什么看戏。"

他却卖了个关子不透露了，只说："那回一块儿买的英语题你带了没？我答案不知道放哪儿了，借你的复印一下。"

陈望看他笃定的模样，莫名地也有些放松了，慢慢"哦"了一声，钻回座位上翻出练习册又走出去："后面答案我没撕下来，要撕给你吗？"

"不用，"谢致整本接过来，"我现在去复印店，一会儿还你。"

陈望"嗯"了一声，察觉周围的喧闹声里多了两三句"主任好"，扭头一看，教导主任正背着手巡了过来，看到他们，扶了扶那副四四方方的眼镜。

她忙低头也说了句"主任好"。

谢致看她一眼，也转身淡定问好："主任好。"

教导主任打量了他们一眼，目光在谢致手上的练习册上停了停，没说什么，继续背着手经过他们走远了。谢致抬头看着主任的背影，重新看向陈望，扬了扬眉："你这是，过了明路了？"

陈望心梗："你这词用得，你先去印吧，一会儿和你讲。"说完她匆匆溜回了教室，躲着夏夏等人或八卦或疑惑的目光，飞快地收拾好东西抱着书包遁了。

陈望到打印店里时，谢致还在等着，估计是有哪个班拿了老师的推荐练习册来整本复印，老板娘在一边麻利地装订，机子"唰唰"地递纸出纸。见店内并没什么学生，陈望便把下午在办公室那桩同谢致讲了。

谢致笑："你倒是会打蛇打七寸，让阿姨直接帮你摆平了。"

"这不是没法子嘛，再这么传下去——唉，真不知道是谁做的……"陈望扁扁嘴。

"我本来今天去找你是想着帮你一把的，没想到你自己搞定了，比我的法子还好用。"

她微讶抬头："所以你是有招？才来找我的？"

他失笑："有一点吧，不过我答案是真丢了。"

"那你原本来找我是有什么法子？"

他摇摇头："反正已经派不上用场了，不说了。"

"那十三中那边呢？对你应该有影响吧？"陈望有些过意不去，"不好意思啊……"

"和你有什么关系，别多心。"谢致笑意敛了敛，轻描淡写道，"帖子虽然被转过去了，但版主是学生会副主席，很快就被删了。"

见她露出困惑神色，他补充："学生会副主席是我一个同学的姐姐，而且我们举报了那个帖子，所以很快就被封了。"

不是他自大，他也不是第一回被偷拍了，且向来对这一行为深恶痛绝，通常会在知悉的第一时间采取措施。这次是他疏忽了，毕竟他从未关注九中的BBS，这事刚在十三中冒了个头，在九中已经热闹过一阵了。

"哦……"她点点头，有些苦恼，"我们BBS的版主是毕业很久的师兄师姐了，等于基本没人管，举报也没用。"

"没事，很快就好了。"

她微讶："你怎么知道？"

谢致抬眼望了下周围，翘了翘嘴角，凑到她耳边低声道："我找到发帖的人了。"

她一惊，瞪大眼睛："你——"

他重新站直身子，手指贴上嘴唇："嘘。"

陈望刹住声音，眨了眨眼，脑子里转了几圈，还是忍不住用气声问他："你怎么找到的？"

机子停了下来，老板娘将所有印好的纸搬走。谢致掀开复印机盖子，一面翻出末几页的答案一面笑："帮我摁机子就告诉你。"

陈望磨牙，还是帮他调了颜色深浅摁按钮，不过几页的工夫很快就印好了。谢致将练习册还给她："走吧，出去告诉你。"

耽搁了这一阵，他们出来时学生已经寥寥，反倒是路边的文具店书店餐馆里多了不少要留校参加晚自习的初三生，热热闹闹的人声伴着食物的香气围住两人。

谢致看了眼渐暗的天色："你饿不饿？"说着习惯性要去口袋里掏糖给她，却摸了个空。

她摇摇头："还好。"

"斑马线靠我们学校那侧新开了家甜品店，顺路过去看看？"

"行。"

第七章
烂漫时光不晓意

　　他们班的男生最近都趁着午饭后和午休前短短的四十几分钟在练篮球，章宜远的一位女生朋友偶尔也会来看，总爱在他们打完球后拉章宜远去那家甜品店过午休，然后他们便要在午休点名簿上偷偷在他的名字后画个圈。因此他才知道有这么家新店。

　　进了店，果然陈望瞧见玻璃橱柜正中间的泡芙便两眼放光，趁着优惠一下子买了两个。谢致只要了杯饮料，看到泡芙上密密麻麻的糖霜和里面颜色浓得仿佛化不开的奶油，都觉得齁鼻子。可见她吃得喜滋滋，他又有些不确定自己的判断了："不会很甜吗？"

　　"我觉得刚刚好，奶油也很香。"她把吃剩的半个咬到嘴里，将纸袋递给他，含糊道，"你试试？"

　　谢致迟疑地接过，取出泡芙，谨慎地咬了一小口，皱了皱眉，又咬了一口。这次咬到奶油了，他登便连鼻子都皱起来，猛灌了几大口饮料。陈望笑得前仰后合，差点没咬住嘴里的泡芙，忙抬手扶了下，沾了一手糖霜。

　　谢致嫌弃地举起纸袋："这么甜，你怎么吃得下去的。"

　　她囫囵把泡芙吃完了，抽了张柜台的纸巾擦手，仍是乐呵呵的："是你太弱啦。"

　　他仍觉得不可思议："你都吃完一个了，不觉得渴吗？"

　　陈望得意地摇摇脑袋："如果不是要留着肚子吃饭，两个我都没问题。"

　　"我估计回家弄杯黑咖啡配着才吃得下。"谢致佯作敬畏地抖了抖肩，将纸袋边缘折起拎在手上，"走吧，坐车去。"

　　她紧走两步跟上他，问："对了，你还没跟我说你怎么找到帖子主人的呢？是谁啊？"

他无奈地笑了笑："先说好，听不懂别怪我啊！"

陈望眨眨眼："你是——瞧不起我的智商吗？"

"我可没有，"他赶紧澄清，"我只是怕有些东西你没听说过，比如，"他咳了一声，"IP 地址，知道是什么吗？"

她——被问倒了……

谢致一脸"我就知道"，思索片刻，言简意赅地解释了一下过程。

陈望似懂非懂，犹豫着问："所以——你是黑了那人的主页吗？"

谢致一噎："你可真瞧得起我。"

后来被偷拍被传流言成了家常便饭，他这一点小手段完全派不上用场，郁闷了一阵子，但慢慢地倒是试出了破招的新路子，此乃后话。

远处的绿灯亮起，公交车渐渐近了。陈望一激灵："那你查到那个人的名字了？是谁啊？"她瞥了眼开始减速的公交车，着急道，"快说快说，我要上车了！"

谢致好整以暇，抱臂笑道："快上车吧，你过几天就知道了。"

又卖关子。陈望无可奈何，乖乖上车了，临了靠着车窗又十分没威慑力地瞪了他一眼。窗外的少年笑得露出一口明晃晃的白牙，朝她挥了挥手，着实招人。她没骨气地热了脸，扭头不看他了。

公交车重新没入车水马龙中，此时陈望才慢慢静下来回想这一桩哭笑不得的闹剧。知后知后觉地，她意识到自己是和有好感的男孩子在众人面前牵扯到了一块儿。

她回想了下小学五六年级时，班上的男孩女孩有了所谓"绯闻"是什么样——多是又羞又气的，但似乎也有那么一两个只见羞涩不见恼的，那大概是因为"绯闻对象"便是自己喜欢的人吧。

那自己呢？生气？谈不上，但烦恼是有的，毕竟她实在不想莫名其妙当同学们的谈资。好像从头至尾她都处在这样一种好气又好笑的无奈情绪中，所谓的羞窘——唔，恕她直言，连那么乌龙的"初吻"她都慢慢泰然处之了，这一点暧昧的传言对她来说有点不够看呀……况且谢致待她一如既往的坦然，她也便觉得不过小事一桩。

所以她真的有喜欢谢致吗？还是说他们仅仅是处得来的好朋友，所谓"喜欢"不过是出于对他的欣赏，以及一起拍电影时朝夕相处所带来的错觉？

有这种可能的吧——陈望将头靠在杆子上，有些忧虑。电视上总爱讲些跌宕起伏轰轰烈烈的爱情故事，可主人公们为什么会相爱，好像总没给个明确的缘由，常用"一见钟情""一眼万年"等模糊的桥段搪塞过去。她已经见了谢致很多很多眼了，但也没觉得这一眼与下一眼有什么区别呀——至多像刚刚那样，被他某一瞬间的好容貌迷了眼。

不过他大概是对自己没什么多余心思的，方才提到流言传到十三中时，他面上的不快转瞬即逝，偏偏她那时福至心灵地注意到了。也是，若是换作她同不喜欢的人有了这样的流言，她大概也会不开心的。

欸？为什么和别的人有流言她会不开心，现下她只会感到无奈呢？陈望抱头，纠结地把自己的刘海抓得乱七八糟。

彼时陈望的小脑瓜还无法理解这样艰深的人生问题。事实上很多年后她也没能理解，她在这方面，大概天生便不是很敏感。

但她有个优点，想不通的问题会努力想，还是想不通便丢到一边。所以等到家时，她的注意力便全集中到陈妈妈炉子里的竹荪炖水鸭上了。

再过两天，她的注意力便集中到四班一个女生哭哭啼啼地被请了家长这件事上了。继佳莹告白一事后，陈望小同学再次吃上了新鲜热乎的瓜。

"抱住了？"

夏夏重重点头，又补充道："但我也是听人说的，毕竟谁都没看见。照片现在被教导主任收走了，不准我们私下议论。不过这哪拦得住……"

几个女生唏嘘，陈望也唏嘘。

就在昨天放学后的体锻时间，四班的班主任的办公桌上多出了个信封，里面是四班的一个女生和一个穿着职高校服的男孩子的几张言行亲密的照片。身为实验班班主任，那老师当下便气了个倒仰，风风火火冲到正在跑圈的四班队伍里把那女生拎回了办公室。当时办公室里还有好些被老师留下来改作业或者帮忙改试卷的学生，那老师估计气得够呛，也忘了避嫌，对那女生劈头盖脸就是一顿训。等教导主任闻声赶来时，半个年级都听到了风声。而今天午休时，那女生的家长便被请进了办公室。

"可是——"陈望疑惑，"抱一下——应该也还好吧？你看梦菲和我们班男生一起打球时不也总是勾肩搭背的吗？"梦菲是班上个子最高的女生，打起篮球来比一些男生还潇洒豪放。

"不止不止。"夏夏神秘兮兮地伸出食指摇了摇。

旁边另一个女生闻言惊讶："难道还有更亲密的行为？"

"我猜是。而且呀，"夏夏分析给她听，"听说，那个男生因为留级过几次，都快二十岁了。"说着一阵恶寒。

陈望也掉了一身鸡皮疙瘩。二十岁和二十八岁，甚至二十八岁和八十二岁她都觉得无所谓，但放到未成年和成年人中间——的确有些惊悚。

她心里隐约有个猜想，按捺了半天，按捺不住，放学后匆匆跑到十三中的操场上，果不其然看见谢致与一群男生正热火朝天地打篮球。她知道他要准备篮球赛，便没去打扰他，在角落找了个长凳坐，掏出口袋本背单词，时不时往他的方向瞄一眼。

直到谢致一身汗地跑去拿水壶，随意朝外一瞥，看见个穿着九中校服的女生，下意识多瞄了两眼，否则都没发现陈望在那儿。他忙撂下水壶跑过去，喘着气停下："你怎么来了也不喊我？"

陈望抬头见是他，笑着说："你不是在练习吗？不好打扰你。"

他本想坐过去，猛地意识到自己一身臭汗，味道大概不太美妙，反而稍稍往后退了退。陈望倒没注意到他的小动作，只是问："你们练完了？"

"还没。你先说。"

"哦。"她点点头，"没什么大事，我就想问，你知不知道我们年级四班，有个女生早恋被抓的事儿啊？"

谢致笑起来："这事儿啊，下午就知道了。"他转头，指着球场上一个瘦高个儿，"那个穿红色球鞋的，叫宋涵，看到没？他出的主意。"

陈望不明所以："什么？"

"我不是查到了发帖人吗？因为那个账号绑着学生证。刚好我们这两周经常放学打球，坐车回家时会赶上职高放学。上周我就注意到那个女生常跟我同一个时间段坐同辆车，周五下午坐到到职高那一站时，我看有个看上去比她大很多的男的上车后，和她好像很熟的样子，就留意了一下。他们下车我也下车，跟了一小段，"他摊手无辜道，"没办法，老天都要帮我，刚好看到他们……我就拍下来了。"

她瞠目结舌："你这也——"

"本来想以牙还牙，也把他们的照片放你们学校BBS上的，但注册需要学生证号码，我发不了帖子。最后宋涵给我出的主意，他和九中的一些男生玩得好，让我把照片洗出来后装信封里，他找人放到你们年级四班班主任桌上的。"

陈望呆滞："真、真是你们做的啊？"

谢致见她神色有异，心里一紧："你是——你是觉得我这么做，不好吗？"

实话说，他觉得这般损害一个女生的名誉，手段确实不太光明。但既然她让陈望受了委屈，那也不怪他让她感同身受一遭。至于结果闹得这么大阵仗，是她自作自受，怪不了别人。

陈望忙摇头："没有没有，你别乱想，我只是觉得，你这么做——"十分诚恳地说，"特别解气。"

她说完，就见谢致像是松了一口气，立刻笑得见牙不见眼，不由得也笑了。

圣人都说"以德报怨，何以报德"，她还不是圣人，自然记仇，又撇了撇嘴角："也不知道她是怎么想的，自己都不干净还要去诬陷别人。"

他笑："可不是。"

"不过，"她还有些疑问，"那个女生，我根本不认识她，更别说得罪过她了。她为什么要针对我？"

谢致有些尴尬地摸了下鼻子，含混道："谁知道呢。"

总不能说那个女生和那个叫佳莹的是闺蜜，那天见到他和陈望在一块，所以为佳莹打抱不平偷拍了他们。算起来，陈望也是被他拖累的。

"谢——致——你还打不打了！"

听到有人喊他，陈望忙收起本子起身："你快回去吧，我先回去了。啊，顺便帮我谢谢那个——"她不记得名字，"唔，帮忙的那位男生。"又从书包里拿了瓶饮料，"来之前买的，好像我们班男生挺爱喝这个，给你吧。"

谢致接过，顿了顿："我送你吧。"

她抿嘴笑道："就这一点路，而且你又不和我坐同一路车。我顺道再去买个泡芙。"她挥挥手，"走啦。"

谢致目送她走了，拧开瓶盖灌了几口水，嘴中有些咸味。

他重新跑回场上。章宜远贼笑着把球丢给他："见色忘友啊。"

他轻巧接过球，笑骂："滚。"

又过了一周，陈望便听说那个女生转学了，转去的学校听说位于离这边好远的一个片区，总之是不会再给她和那个二十岁男生接触的机会了。这样的事或许对四班有些影响，对其他人而言也就是几句闲谈的事儿，很快，校内篮球赛就吸引了更多人的注意力。

九中和十三中的篮球赛时间与赛制是一样的，初一初二每个班级都能派八人组队参加，采用双循环淘汰制，打全场。各自的决赛结束后，两个学校的初二年级的冠军还能来场友谊赛。

陈望与比赛自然没什么大关联，她个子小嗓门低，连啦啦队都不需要她，便只是帮着当后勤，做些看医药箱或者搬矿泉水一类杂事。

全年级八个班，七班的水平并不出挑，输多赢少，最后还是没混进四强。夏夏有些意兴阑珊，拉拉陈望的胳膊："阿望，你知道谢致有没有比赛啊？进四强了没有？我们去看看吧！"

"他有比赛，不过不知道怎么样了。"

"你没问他？"

陈望摇头，夏夏颇吃惊："你们不是关系挺好的吗？"

"他最近都在打球，我们也没天天见面啊。"她失笑。

"不是有 QQ 吗？"

"我周末才用手机，平时交给我妈妈的。"

夏夏夸张地倒退几步："你也太乖了吧！"

陈望乖巧点头："是的呀。"

夏夏胡噜她脑袋："说你胖你就喘。"

陈望的头发已经长长了些，搭在肩上，被她这么一胡噜翘得东歪西倒的，顶上迎风站起来一小绺。笑闹了一会儿，夏夏回到刚刚的话题："反正现在还早，过去看看热闹嘛。你看今天不也有十三中的人来我们学校。"她朝操场那边努努下巴。

陈望想着反正没什么事，就答应了，两人回教室拿上书包往十三中去。

十三中也十分热闹，操场上满是人，陈望咋舌："这——你还想看谢致打球啊？"她看着这一片人头攒动，有些蒙。

夏夏胸有成竹："我告诉你，女生最多那一堆就绝对是谢致他们班。"

果然等夏夏带她跑到女生最多的一侧跑道边上，她往场内一望，就看见穿着黑色球服的谢致，额头上束着发带，清清爽爽的模样。她回头对上夏夏扬扬得意的目光，拱手做佩服状。

两人都不想跟人群挤着，便只在外面一圈看着。陈望不大懂篮球，有限的篮球常识都是最近看班上的比赛时听着的一点皮毛。谢致身长腿长，样貌惹眼，却一直是控球传球那一方，配合队友投篮拿分。夏夏边看边直咂嘴："我还以为他会像漫画里那样，三分球拿到手软呢。然后关键时刻来个灌篮，哗——满场沸腾。"

"毕竟艺术源于生活且高于生活。"陈望抬手在眉骨处搭了个凉棚，"比分差距不算大啊。"

"谢致他们班领先还是落后？"

"领先一些，但追得挺紧的。"

前面忽然多出了几个高个儿，陈望踮了踮脚，放弃，听着里头沸腾的人声，低头小小地打了个哈欠，二氧化碳浓度太高，令人犯困。她看夏夏兴致正浓，也不好扫夏夏的兴，便拉拉夏夏的手："你在这儿等我，我去买点喝的，你要什么？"

夏夏要了葡萄汁，陈望便溜出操场，慢悠悠晃到食堂边的小卖部里，给夏夏拿了瓶葡萄汁，给自己拿了瓶上回给谢致买的运动饮料，付了钱往回走。

路上看见墙根底下一只小三花和一只大橘在掐架，她停下来一边兴致盎然地看，一边抱着瓶子喝了口饮料，咂咂嘴——有点咸，还有点柠檬味，不难喝。

"欸？你不是——"

陈望一开始没意识到是在叫她，直到和来人的视线对上才反应过来，眨了眨眼睛："啊？"

男生拎着袋矿泉水，穿着球服，满头大汗。她又仔细瞧了瞧他的脸——不认识。

"你是来找谢致的吧？"

　　她唬了一跳，谨慎地往后退了步，然后看见他的红球鞋，灵光一闪："啊！你是——那个帮他——"

　　男生笑起来："是我，我叫宋涵。"

　　陈望赶紧跟他道谢，宋涵摆摆手："嗨，小事一桩。你是来找谢致的吧？"

　　"呃——算是吧。"

　　"走，刚好快吹哨了，我带你过去！"

　　"啊，不用啦，我和同学一起来的。"她急忙拒绝。

　　"就歇五分钟，一会儿再回去找你同学也不晚啊。走走走，下一节我该上场了！"宋涵说着已经风风火火迈开步子了。

　　陈望没辙，只好小跑几步跟上他。

　　宋涵个儿高，走得大步流星，陈望人小腿短追了半截儿，站住了。

　　因为她清醒了一下——她没事要找谢致啊，就是来看个热闹。这男孩子一副理所当然助人为乐的模样，差点被带跑偏了。

　　但宋涵也不迟钝，见她没跟上来马上便折回来。

　　陈望想了想还是说："谢谢你啊，不过，呃，我就是来看个热闹，没什么事的，就不过去影响你们比赛了。"

　　宋涵心说奇怪，怎么觉得这女生对谢致——不太上心呢？看谢致对她的关心程度，感觉两人该是关系匪浅啊。

　　出于兄弟情谊，他还是劝："能影响什么啊？你又不是到场上捣乱。再说了，谢致看到你肯定高兴。"

　　陈望不解。这话怎么说？

　　"他前两天打球时还崴到脚了。"

　　陈望立刻跟上他。

　　宋涵的球服就像通行令，带着陈望在围观的一众学生中畅通无阻到了班上的休息区。正巧赶上裁判吹哨，场上的少年人们纷纷散开，各回各班吵吵嚷嚷地找毛巾找水。不知道他们班是不是风水好，队里的男生个个抽条似的挺拔，模样也端正。周围的女生们并未因为休息就散开，反而递水递毛巾得勤快，本班的后勤姑娘们悠闲地当着甩手掌柜。

　　陈望"啧啧"了两声："你们队很受欢迎啊……"

　　宋涵谦虚："还好还好，比不上谢致人格魅力大。"说着对场上扬声，"谢致！这里——"手指向抱着饮料的陈望。

　　陈望只觉得背后一凉，跟跄了一步。如果大家的目光是箭的话，她大概已经是块莲藕了。

谢致眼前一亮，小跑几步停到她跟前，有些惊喜："你怎么来了？"

她呆呆道："啊，因为我们班被淘汰了，没比赛看了。"

一旁喝水的一个男生呛住，咳得惊天动地，抖着肩膀走开了。

陈望说完也窘了，看他大汗淋漓，立刻转移话题："你先擦擦汗吧。"

谢致抓起毛巾随意擦了擦。毛巾特意没有拧得很干，擦了脸后额带上探出的一点头发湿漉漉的，衬得眼睛也如水洗过般，亮得晃眼。他却注意着她脑门上那一缕东倒西歪的头发："你这头发怎么了？"说着忍不住伸出手掌按了按，再松手，那缕头发摇摇晃晃地重新站起来，东倒西歪。

陈望脑门发烫，抬手摁住头顶："夏夏弄的……"她目光移到他脚踝上，干干净净的，"宋同学说你崴到脚了？怎么没处理呀？"

谢致随意地活动了下脚踝："没事，小学的时候崴到过，偶尔会有点发胀发酸。前段时间活动有点多，不小心弄到了一下，不严重。"说着伸手去够她背后的书包，拿了瓶喷雾出来，弯腰在脚踝处喷了几下。

陈望瞧他处理得随便，不太放心："你下一节还上吗？"

"嗯。"他收起喷雾，"一会儿结束了我就去医务室封些药膏，不碍事。"

她点点头，忽然想到这不是闲聊的时候，忙道："那你快喝点水歇一下吧，休息时间快到了。"

"嗯。"他顺手抽走了她手里那瓶运动饮料，拧开盖子大口灌了几口。

陈望一愣，来不及阻止："这瓶不是——"给你的！

谢致停下动作，询问的目光看向她。她支吾："这——我开了的……"

她没好意思直说自己喝过了，但他立刻便意识到了，耳朵尖腾地热了。他尴尬地放下瓶子，看着没了大半瓶的饮料，咳了一声："那，你还要吗？"

陈望窘迫："不了不了，送你了……"

少年错开目光，为表自己并不在意，欲盖弥彰地又喝了几口才拧上瓶盖。陈望浑身不自在，晃了晃手里的葡萄汁："我还有同学在等我，先走了，你加油……"

谢致低下目光："嗯，别待太晚了。"

总算离了谢致他们班的场地，她松了一大口气，匆匆找到夏夏，免不了又被打趣一通。陈望最近脸皮已经被磨砺得厚了些，强装淡定地受下了。

夏夏没见到谢致"大杀四方"的热血场面，不免有些失望。陈望却不觉得意外，毕竟谢致并非爱出风头的人。两人又随意去看了看其他班的比赛，眼见日头斜了，便打算回家。

折回校门口的路上，夏夏眼尖，忽然指向谢致他们班的场地："那边怎么了？"

陈望也望过去："怎么了吗？"

"人好多啊。"

"刚刚人也不少啊。"

"不对不对，"夏夏盯着人群中的白色身影，"好像有医生。"

陈望立刻想起谢致的伤，心里一"咯噔"，撂了句"夏夏你先回家吧"就急急忙忙跑过去。她跑到的时候老师已经疏散了大半前来围观的学生，因此并不费力便看见坐在休息区椅子上的谢致，和正在给他处理伤势的医务室医生。

但周围还是围着不少他班上的同学，陈望在人群外面，也就勉强瞧见个大概，看不太清楚他的表情，也猜不出他的伤势是否严重，有些不安。过了一会儿，一个人高马大的男老师跑来，背上谢致往医务室的方向去，旁边乌泱泱跟了半个班的人。

她站在原地看着他们远去，攥着书包带子，有些茫然。

操场上仍是热热闹闹的一片，各个场地的比赛多到了最后一小节，欢呼声叫好声此起彼伏。陈望听得口干舌燥，抿了抿嘴唇上的死皮，重新往小卖部的方向去，买了盒茶和一个面包，走到操场边的长凳上坐下，将面包放进书包里，而后咬着吸管发呆。

丁点儿大的一盒茶，她磨磨蹭蹭了半天才喝完，将纸盒捏扁丢进垃圾桶，迈步朝刚刚他们班的人走的方向一路找过去，东张西望了好一会儿，才在楼层一角找到了医务室。

她有些紧张，抬手轻轻敲了敲门，里面传来温和的女声："请进。"

她小心翼翼地推开门。

女医生在坐在桌前和蔼道："怎么了？"

陈望忙小小鞠了个躬："老师您好，我是来看我同学……"

"啊，刚刚那个男生吗？他没什么事，在休息。如果只是来看看的话可以先回去，毕竟人都来这儿也不方——"

"陈望！"

医生身后的帘子忽地被掀开，少年披着校服外套，坐在床沿朝她笑。

陈望一愣，又忐忑地看了眼医生的表情，这才小步走过去，替他把帘子放好，小声："怎么样了？"

谢致没回答："你怎么这么晚还没回家？"

"本来要回去的，看见你们那边有动静。"她看向他被裹得严严实实的右脚，"摔到了吗？"

"嗯，不小心被人撞了一下，摔的时候又崴到了。"谢致说着有些失落，"后面的比赛打不了了。"

陈望不擅长安慰人，笨拙半天道："先、先把伤养好嘛，然后明年好好打，明年可是有机会两个学校比赛呢。"

他抬头看她，蓦地重新笑了："你说的是。"拍拍身侧，"你坐下来吧，这么看你我脖子酸。"

她摇摇头："不了，有点晚了，我一会儿就走。你饿不饿呀？"她摘下书包，拿出刚刚买的面包给他，"给。"

谢致接过，并没拆开："医务室里不让吃东西，不过谢了。"又拉住她袖子，"天都快黑了，你一个人不安全。"

陈望怔了怔："有什么不安全的，这一路上都是学生，人来人往。倒是你，你要怎么回家？"

"我打电话给我爸了，他一会儿来接我。"谢致没松手，"刚好，你等下帮我拿书包吧，我们顺路送你回去。"

她呆了呆："这不太好吧……"

"有什么不好的。而且你不帮我，我就得麻烦医生送到校门口了。"

陈望踌躇了半晌，勉为其难地点点头："好吧……那我得打个电话回家先说一声。我去跟医生借个电话。"

"不用，我有。"谢致松开手，掏出校服外套口袋里的手机递给她。

她讶异，压低声音："你们学校不抓带手机的啊？"

他笑："抓，但医务室医生不管的。"低头先给谢爸爸发了条短信，然后将手机放她手上，"打吧。"

陈妈妈估计正在做饭，电话那头锅铲声不断，听了便嘱咐她要有礼貌，上车下车要说谢谢，不要影响叔叔开车，等等。陈望乖乖地一一应了。

谢致手臂支着下巴歪头看她打电话，从侧面可以看到她长长的睫毛，软软地耷拉着。

陈望挂了电话将手机还给他，碰巧来了新短信。谢致点开一瞧："刚好，走吧，我爸快到了。"说着将手机揣进校服口袋里，撑着床沿便要自己站起来。

她忙搀住他手臂，他失笑："不至于，我能走的，你帮我拿下书包就行。"

陈望依言把他的书包抱起来，看他走得一颠一颠的，眨眨眼："你别觉得丢脸啊，我扶着你吧。"

谢致瞧她一眼："……你肩膀借我搭把手？"

她速度地靠过去，他将手搁到她肩上，却也没怎么使力，仍是晃悠悠地走着。陈望也不好再开口，只默默陪他往校门口挪。

路灯早早地亮了起来，操场上的比赛早已结束，只剩稀稀拉拉的人影，时不时有学生与他们反方向擦肩而过。教学楼里时不时响起哨声，是值班的年级长开始赶初一初二的学生回家。

惯常的上学放学时间是不让轿车驶到校门口的，九中也好十三中也好，两个学校的学生加起来数量也不容小觑，路总共就那么几条，万一逆行了万一吓着了人便要堵上半天。

不过此时已经过了最热闹的时间段，因此他们终于出了校门时，谢爸爸的车已经停在路边了。

陈望在剧组里见过两回谢爸爸，但她还是局促地说着"叔叔好"，谢爸爸一面把谢致塞进车后座一面很温和地同她打招呼："真是谢谢你帮忙照顾他。"等她上车坐好后，还帮她关上了车门。

陈望跟谢爸爸报了地址。

"离我们家不远啊。"谢爸爸发动车子，打着方向盘驶到主干道上，又随口问她，"怎么不见你们一起坐公交车？"

她答得一板一眼："因为刚好在一个分岔路口上，所以就不坐一路车。"两人的家和那个路口刚好形成个三角形，中间隔了两三个小区。

谢致看她正襟危坐，觉得好笑："你把书包摘了吧，硌着椅背很舒服吗？"

"哦……"陈望依言松了书包带子，改将书包抱在身前。

谢致掏出她刚才给的面包，撕了包装后掰成两半，露出黄澄澄的肉松——她知道他不太能吃甜，特意没买奶油草莓芋泥等甜馅儿的。他嘴角翘了翘，仍是将一半咬进嘴里，另一半举到她眼前。

她抬起眼皮，摇头："你吃吧。"她刚刚喝了饮料，并不觉得饿。

谢致固执地把面包往她脸上又凑了凑，肉松几乎要粘到她嘴唇上。她只好乖乖接过，看着手上的面包有些犯难，生怕面包屑或肉松掉下脏了座椅，想了想，从包里拿了张面巾纸垫到面包底下，小心翼翼地咬下去。

谢爸爸看了眼后视镜，笑了下，喊谢致："你既然脚受伤了，周日就在家待着，别去了。"

谢致立刻咽下口中的面包："不行，大哥二姐都去，我也要去，要不以后阿远就不认我了。"

"她一个小娃娃，现在哪里会认人。"

"我脚没事，过两天就好了。而且又是坐车去坐车回来，进屋我就坐着，又不跑又不跳，能碍什么事。"

"小叔家没电梯。"

"不就三楼而已。我明天还要到四楼的生物实验室上课，就不去了？"

陈望听着他和谢爸爸讨价还价，感到十分新鲜。谢致想起旁边还有个女孩子，尴尬地收了点声音同她解释："我小婶刚生了个女儿，周日要摆满月酒。"

她恍然大悟，笑眯眯："那恭喜呀！"想到刚刚他似乎有说到名字，"——是叫'圆'？"

"不是，'远方'的'远'，就叫谢远。"

陈望琢磨了一下："……致远？"

谢致笑："对。我爷爷一早就给孙辈定好了名字，'宁静致远'。我伯父家的大哥就叫谢宁，二姐谢静，'致'就给我，剩个'远'字轮到妹妹——有点像男孩子的名字。"

陈望听得眼睛圆圆："我觉得很好听，而且——可以延伸出很多意思。"

"比如你的？"他将脑袋倚到颈枕上，"希望？盼望？愿望？"

"我妈妈说，希望我站得高看得远。"

"望女成凤？"

她摇头："站得高了可以看到更多东西，未来的选项会更多，然后能找到更合适的路子走下去。"比如 ABC 三个层次的路，她如果只看到 BC，选择了 B，容易有优越的错觉。但如果看到了 A，再选择了 B，即便是同样的轨迹，对自己的定位便会更冷静客观些，遇到障碍时考虑到的层面也会更周全。

多年后陈望说，觉得他离自己很远很远，像交叉的线朝着距离加大的趋势延伸。谢致想，在自己对未来的设想最多只到期末考的名次预想时，陈望已经想好了高中、大学的选择，想好了职业的方向，甚至已经知道了要去朝什么样的高度努力。

她像棵摇摇摆摆的小树苗，虽然根还不扎实，但知道劲儿往哪处使。他在一旁看着，有时会莫名心慌。他才是被落下的一方，可他也不知道往哪个方向走，才能追上她——他有时会不由得这样想。

事实证明，有时规划得再完备，也赶不上突发事件将全盘计划打乱的速度。而再迷茫的前路，也指不定哪天云开雾散，不知不觉就走到了某一步。

看客们把这种波澜，统一贯称为"造化弄人"。

第八章
谈起皆似当年月

"所以，你当年，为什么突然去了 M 国？"

咖啡馆里放着很轻柔的音乐，不时有杯盘摩擦轻碰时的叮啷声响。谢致平静地放下手，终于问出了这个问题。

陈望抓着纸巾，抿了抿唇，半晌："我妈妈，忽然查出了乳腺癌。"

谢致的睫毛颤了颤。

一旦开了话头，后面的叙述似乎就轻松多了。她吸了吸鼻子："很突然，我们一度以为是误诊，跑了几个医院，都说没错。可是当时几个医院，都不敢打包票说一定能治好。其实，多亏了那部电影，片酬，加上后来拍杂志广告的报酬还有其他的一些钱，和家里的资产加起来，爸爸决定送妈妈去 M 国好好查一下。"

"到了那边，结果出来不太乐观，最后决定入院接受化疗。但那些钱加起来，不知道能支撑多久，爸爸还得工作。所以他回国，跟电视台申请了员工宿舍，把车子卖了，房子租给别人……我必须留在那边陪着妈妈，所以——就没回去。爸爸给我办了休学，另外在 M 国找了学校，请了位保姆来照顾我们。"

"两年后，电视台里终于批下了我爸爸调去驻 M 国的工作申请，他就去 M 国陪妈妈继续治疗了。大概是高二下学期，我回国，插班进了师范附中，住校。但前面功课耽误太多了，最后也没考上 D 大……就按第二志愿，去了 X 大，学了医，实习和工作都在现在的医院里。"说完，她咬了下唇，轻声，"就这样。"

回想起十四岁的那个暑假，恍惚得像一个荒诞的梦境。爸爸整夜整夜地失眠，饭桌上再也没有妈妈花心思做出的新花样，亲戚们来来去去，说着哪里哪里有好的医生，哪里哪里的中药出名，甚至说东郊出去几里的半仙也颇灵。

她站在一圈人之外，脑中一片空白，哭不出来，又什么都做不了。浑浑噩噩上了飞机，听着医生语速飞快的英语，对着全是密密麻麻的英文的病历无能为力，把辣椒酱当成番茄酱挤得整盘面都是，辣得啪嗒啪嗒掉眼泪，抽噎着把面条放水里洗掉辣椒，然后将掺着凉水的糊面条往嘴里塞。

回国后住校，别人是进行第一轮总复习，她几乎是在上新课，做作业的速度比起别人慢了不是一星半点。宿管不让开夜车，她只能打着手电筒躲到阳台继续写。到了高三，和她一起挤阳台的舍友多了起来，宿管查寝看见六个被窝空了四个，四人被揪到走廊上站一排挨训，告到班主任那里差点被勒令退宿。老师念在她插班且家里没人照顾，这才网开一面，连着另外三个姑娘也只是写了检讨。

那时觉得生活艰辛，未来雾蒙蒙的一片全是灰霾。

服务员端了咖啡和可可过来，杯子放上桌的声响微不可闻，又安静地收走托盘。

谢致沉默良久："那，你妈妈现在……"

"在我大一快结束的时候回国了，现在每年都有复查，没什么大问题了。"她小心地看了看他的神色，见他一直皱着的眉头终于松动了点。

谢致端起咖啡抿了一口，苦得喉头发涩，又放下。

"为什么走的时候不告诉我？"

陈望把手掬到杯沿处取暖，氤氲的热气很快在掌心里起了雾。

"出国的决定太仓促，那时签证还没下来，我们也在等市里最后一家医院的检查结果，什么都无法预料，就不敢和你说。等最后终于无法转圜，我给你打了个电话。可能是经纪人接的吧，说你在工作，问我有什么事。我说我要去 M 国了，他说会跟你转告的。等了两天没等到你的电话，第三天就上飞机了……以为就去十天半个月，也没想到再回国就是两三年后的事情，以前的手机号也没了，等想起有 QQ 时，QQ 被盗了……"

所以音信全无，于他而言。

谢致眉头重新拧起，许久后重重往沙发上一陷，别开头松了松领子，声音有些哑："可能是，"他闭了闭眼，"那天我骑马，场地出了问题，跌伤了腿，在医院待了半个多月。公司封锁了消息，我怕你担心也没告诉你……当时的经纪人或许只顾着我的伤势，把你的电话忘了。"

十多年来，陈望设想过不止一种可能性，或许他以为她只是去旅游，或许他听了转头便忘，或许他在那渐行渐远的几个月里已经不在意她，很多很多或许，在等不到他电话的两天里，在为妈妈的病情恐惧的时间里，在初到 M 国持续失眠的那些夜晚里，她想了很多。

没有想到过这种可能性。

她耳朵发疼，有些茫然，不自觉攥紧了袖口："……那你的腿现在？"

"早就没事了，半点后遗症都没有。"他揉了揉眉心，"出院后，我给你打电话，说是空号。去你家，开门的是不认识的人。开学后，我去九中，他们说你休学了。我去问齐导演有没有你父母的联系方式，也没有。我去电视台问你爸爸还在不在那里工作，可台里姓陈的人太多。我——"谢致蓦地停住，许久，长出一口气，不再言语。

陈望听得眼眶胀胀地发酸，抬手揩了下眼，从包里拿出支笔，撕了张便笺纸低头飞快地写着，末了将纸推到他杯子边，低头盖上笔盖。

"手机号给过了，我的微信号和手机号一样，新 QQ、邮箱、家里座机、护士站的号码，全在上面……"她吸吸鼻子，"我应该不会再去哪儿，就算去你也能联——"

话卡在喉咙口，她猛地落入一个怀抱。青年不知什么时候走到她这一侧，单膝跪到沙发上，弯腰紧紧地抱住了她。

陈望先是僵，紧接着是慌乱，手抵在他肩上语无伦次："谢、谢致——"又不敢高声，"我、你——别有人拍到——"

"没事。"她感到他动了动，颈窝隔着毛衣甚至能描出他鼻子的轮廓，"这样看不见脸。"

她嘴唇动了动，再也说不出话，手仍抵在他肩上，终是慢慢改为环住他的姿势。然后她感觉到背上的力度又大了几分。

"……陈望。"

"……嗯。"

"对不起。"

她的泪还是落了下来。

"没关系的。"她说，"真的。"

他没有再说话。

"你家搬回去了吗？"

"嗯，爸妈回国就住回去了。"陈望扣上安全带。谢致见陈望坐好了，才打着方向盘上路。

已过午夜，陈妈妈不放心地打来了电话。陈望忙接起来，谢致只听她仍是那个乖乖应话的语气。

"我在路上了。"

"嗯——遇到个，朋友。"

"他送我回来。"

"车不多了，一会儿就到。"

"你一直和叔叔阿姨住？"等挂了电话，她听到谢致问。

"嗯，刚工作时住医院旁边的公寓，后来就搬回去了。"她试探着问，"你应该搬家了吧？"

"嗯。"谢致手搭着方向盘，"高中的时候，有粉丝跟踪到我家，就搬走了。新家——现在也不新了，我爸妈住着，我在华亭。"

陈望想到那一带的房价——她大概再奋斗个十年也就能在那儿买个厕所。

车里一时安静下来。片刻后，谢致问："你明天上班吗？"

"嗯。"

"有夜班吗？"

"嗯。"

"大后天？"

"白班。"

"那晚上能出来见个面吗？"

车子在红灯前停下，他侧头看她，眼神专注。

陈望耳根发热，低低应了一声，余光瞥到信号灯，生硬地提醒他："开车了。"

听到一声分不清是笑还是呼吸的气声，她小心地瞄了眼。

谢致专心地开着车，侧颜轮廓线条十分赏心悦目，比起少年时期少了点婴儿肥带来的柔软感，透出些冷冽的气息。他的眼皮很薄，嘴唇也薄，没有表情时习惯性地微微抿着，有种微妙又清晰的疏离感。

她收回目光，低头捏着手机，屏幕亮了又暗，暗了又亮。

车子在小区门口停下。陈望解开安全带，有些局促地同他笑笑："谢谢你，我回去了。"

"嗯，大后天见。"

她下了车，转身站好等他开车离开。谢致不禁笑了，降下副驾驶的车窗，探了半截身子过去："回去吧，我看你上楼。"

这个动作莫名又有了少年时的活泼感，刚刚看见的疏离仿佛成了她的错觉。陈望一怔："那——你开车小心。"她犹犹豫豫地转身，刷了门禁卡进去，回头看，他还是方才的姿势。

她心里有些发胀，摆摆手示意他走："这儿不能停车的。"

谢致笑着点头，将车窗升回去。陈望这才往家里的单元楼走。

等陈望的身影消失在视线里，谢致重新坐好，一手打方向盘一手掏出蓝牙耳机戴上，给向平川打电话："大后天晚上的直播帮我跟平台改个时间。"

那边的向平川松了一大口气："哎哟，你可终于吱声了，我都不敢跟你打电话。怎么，陈医生回家了？"

"嗯。"

"可本来直播就是平安夜活动啊，你要改什么时候啊？"

谢致这才想起那天是平安夜，顿了顿，说："那天下午行不行？两点到三点或三点到四点。要不改到 25 号也行。"

"25 号你要去拍 W 的封面，连着采访。我还是帮你问 24 号吧。"

"谢了。你再帮我——算了，我自己来，没事了。"

家里，陈妈妈将一炖盅银耳汤递给陈望，好奇道："你不是去看演唱会了吗？遇到熟人了？"

陈望垂着眼睛含糊其辞："刚好遇到，很久没见了，就出去坐了坐。"

"哦，"陈妈妈又随口问了句，"男的女的？"

陈望迅速把银耳汤喝干净，将炖盅塞回陈妈妈手里："我先去洗澡了。"

陈妈妈看她溜得飞快，心里有了答案，也不戳破，将炖盅洗完回卧室了。

陈望洗完澡回房间，看见床头手机的呼吸灯闪着，点开来，一个微信好友申请，一个 QQ 好友申请，备注：谢致。

她忙挨个点了"同意"，微信界面立刻弹出一条新消息："我到家了。"

她纠结着，点开表情包列表，从第一页翻到最后一页，又从最后一页翻回第一页，点开键盘，输入"嗯"，删掉，输入"晚安"，删掉，输入"好的"，发送。

她抱着手机仰面倒到床上翻来覆去，滚得头发乱七八糟才停下，又举起手机，没有新消息。她抿抿唇，打开微博，刷新——

【@谢致：永生难忘的夜晚。】

五分钟前的微博，转发和评论已经突破了四位数。热门照常是粉丝的美图表白与彩虹屁，还有些玩笑话。

陈望注意到那个"[拥抱]"，想到咖啡馆那一幕，脸红，迅速摇摇脑袋清空缓存，给那条微博点了赞，关灯，蒙被子，闭眼。

这算什么，在她刚决定把那些说不清道不明的所谓少女心思放一放，开始试图关注现实的感情归属时，勾起那些心思的"始作俑者"猝不及防地落入她的生活。

不过，这又如何？

她自嘲地笑了下——他的事业与生活与她有天壤之别，她也按着这么些年一成不变但又踏实而自得的轨迹在走。说起来，他们只是旧友。

可见了面，她又开始奢望着能回到少年时那样舒适的、毫无芥蒂的相处，即使中间已经隔了十三年的事过境迁，她还是奢望。

她还是没想象中的淡泊，是个贪心的姑娘。

不出意外，一晚上睡得并不太踏实，早晨起来哈欠连天，硬着头皮去上班。

小田憋了一晚上，中午终于逮着了陈望："昨晚是怎么了？忽然就说有人找你要走，有一瞬间我以为你被道上的人带走了。"

陈望哭笑不得，把一瓣橘子塞她嘴里："没事，就，一个老朋友，我们出去叙叙旧而已。"

小田半信半疑地咽下橘子："真的？男的女的？"

陈望眼珠子转了转："男的，颜好腿长，长得跟谢致似的。"

小田翻了个白眼，从陈望手上撕下两瓣橘子走了。陈望乐不可支。

下午站了两台手术，交班后陈望买了份面条回办公室，一边吃一边对着电脑敲病历。敲完她伸了个懒腰，从柜子里拿了两个苹果摆到桌面上，例行合掌，闭眼："夜班之神，请保佑我吧！"

陈望惯常会在病人们临睡前做个小查房，该处理的提前处理，把各种可能发生的情况以及应急措施跟陪床的家属们交代清楚，告诉他们什么情况可以自己应对，什么时候必须立刻叫护士叫医生。

她今天运气好，和她一起值班的护士是周老师，资历丰富而且十分靠谱，还不是"招财猫"。她把来上班时带着的一饭盒饺子拿到操作间里热了，"毕恭毕敬"地分了一半给周老师。

周老师一边吃饺子一边听她的"夜班之神"理论，摇头笑："你们年轻人才信这个。上回我看萍萍，值个夜班跟祭祖似的，讲究得要命，这也不能吃那也不能吃，桌上的东西要怎么摆，绝对不能提什么话，哎哟，折腾下来传呼都要响炸了。"

陈望严肃地竖起手指摆了摆："周老师，宁可信其有不可信其无。萍萍才进来，紧张嘛，讲究点也正常，等三个月之后肯定就糙啦。不过萍萍，"她忍笑，"我感觉有'招财猫'的体质呀。"上回郑医生和萍萍一起值夜，据说是这两年来最忙的一个夜班。

"急诊的文双，那招财的体质，才是院里响当当的啊。"周老师乐呵呵。陈望也忍俊不禁，文双的招财体质不仅"惠及"急诊，上回的连环车祸可是折腾了整个医院。

"我也说她运气太差了，说不定以后调其他科室能改善吧。"

"陈医生？"

陈望忙停了闲聊循声看去，认出了来人，有些讶异："思宜？"

王思宜笑嘻嘻，朝她晃了晃手里的袋子："陈医生，您现在在忙？"

"没事的。"陈望走过去，下意识地看向她的肚子，"哪儿不舒服吗？"

王思宜把头摇得跟拨浪鼓似的："听说你今天夜班，我来送夜宵的！"

陈望困惑："你怎么知——"

王思宜迅速贴近她耳朵，飞快道："其实我是谢致的助理来着。"

陈望傻眼了。

世界真小。

王思宜把袋子交到她手上："哥刚结束工作，就说过来给你送点吃的，但不方便上来，就让我跑个腿。他现在在车里等着。"又郑重其事地强调了一句，"这些都是他给你买的。"

陈望拎着沉甸甸的袋子，有些哭笑不得——这重量估计能包下明天的午饭，又感到有些暖。

"谢谢你还跑这一趟……也替我谢谢他。"

"嗨，小事一桩。那陈医生您忙，我先走啦。"

陈望送她到电梯口："真的谢谢，早点休息呀。"

"嗯嗯，陈医生再见。"

电梯门合上，陈望还拎着袋子，不自觉地走到窗边。从这里并不能看到医院门口，但就是忍不住要去看上一眼。

她回到办公室，把袋子里的东西一一摆到桌上，有黑米粥、烧卖、虾饺、生煎，全都还热乎着，盖子上一层水雾，角落的纸盒里还有个小蛋糕。

陈望看着，有些形容不出的情绪在心里翻腾。

把东西都放到柜子内的保温袋里藏好——要不早上交班前就肯定被其他人瓜分得一干二净了，陈望掏出手机，给谢致发了消息，郑重："谢谢你的夜宵。"

手机很快"嗡嗡"响起，她见到来电显示着"谢致"，有些紧张地接起："喂。"

"今晚不忙？"

谢致的声音贴着耳郭，她的小心脏又开始不争气了。

"暂时没事。"她抿了抿唇，"谢谢你还给我送吃的过来。"

"不客气。"他似乎笑了一声，"好吃吗？"

陈望心虚地看了眼柜子，不想拂他的意："很好吃。"

"不去睡会儿？"

"这就去了，你也早点休息。"

"好，晚安。"

陈望笑了："希望吧，晚安。"

后来，她这个夜班真的很太平，中间只去给位患者换了次药，给另一位重新接好腹部插管，其余时间都在值班室里，睡得算是安稳。五点多，她被叫起来进了趟手术室，出来时刚好交班，把谢致送的夜宵热了当早餐。

她没骗他，真的好吃。

24号那天凌晨下了场小雪，等陈望到医院时，路上的雪都已经被铲到树边，薄薄的一层，半化不化。她看见办公室里同事们在发苹果，才迟钝地想起今天是平安夜。

即使在 M 国待过三个圣诞节，对当时的她而言也不过是超市大降价的时候，常跟着保姆一起去扫货。医院的平安夜晚餐会比平常丰富一些，只是第二年刚好妈妈病情反复，惶惶不安，这平安夜也没给她留下什么好回忆。回国后高三那个平安夜，看见班上的同学个个去买苹果，说平安夜要吃苹果，她还糊涂了一阵——M 国没见过平安夜吃苹果的人啊……

不过要说有特殊意义的平安夜，也是有的。初二那年的平安夜，她跟着齐导演和谢致，去了金鼎奖的颁奖现场。

接到消息时，是周末她和谢致去图书馆自习，离开的时候门口有卖糖葫芦和烤红薯的大爷在摆摊，谢致好运气挑到个红瓤的，掰了一半给她，正一起在旁边啃时，谢致的手机响了起来。

他掏出手机一瞧，有些纳闷，看向她："是齐导演。"

陈望也一头雾水，摇摇头表示不清楚。

谢致把手上吃了一半的红薯塞她手上，擦擦手接起电话，跟齐导演问了好。

"是，我在外面。"

"她在。"

"好。"

谢致将手机放下来，开了免提。

"陈望也在啊。"

陈望忙说："齐导演好。"

"欸欸，好。"老爷子似乎很愉快，"我是有个好消息，要跟你们说一下。《放学路》呢，八月的时候送去评选金鼎了，昨天公司收到了入围通知单，咱们啊，拿了好几项提名，包括最佳男女主角的提名。现在还没正式公布入围名单，我先跟你们透个底儿，啊。"

两人一齐愣住。

陈望眨巴眨巴眼，第一反应是看向谢致。他也一脸不可置信，怔怔地回看向她。

"喂，喂，听得见吗？"

谢致如梦初醒："听得见听得见。那我们——是要做什么吗？"

"没事没事，暂时不用，离颁奖典礼还有一个多月呢，下个月 24 号，在香港地区。到时我还有制片人，还有几位老师，都跟你们一块儿去。你们就先回家跟爸爸妈妈说一声。"老爷子在那头爽朗地笑了，"别慌啊，这是好事儿！我手把手带的两个新人全入围了，你们可真给我长脸啊哈哈！"

老爷子又大致跟他们讲了下流程，才挂断了电话。

陈望一时还如坠云雾，傻傻地看谢致收起手机，捧着两块红薯有些无措："我们现在……怎么办？"

谢致已经清醒了些许，看见她的呆模样有些好笑，伸手把她的刘海揉地乱七八糟："没事，先吃完，回家再说。"

陈望知道自己有几斤几两，对于入围一事除了震惊还是震惊，甚至一度在想金鼎的门槛什么时候变得这么低了。陈爸爸和陈妈妈也傻眼了，紧接着便是欣喜，虽然不想声张，但陈妈妈坚持说去香港一定要打扮得漂漂亮亮的，带她上街买了好几套新衣裳，卡刷得十分痛快。

过了不久，网上公布了入围名单，陈望看着和自己的名字摆在一起的几位大咖的名字，看得心惊肉跳。

后来齐导演私下又给她打了电话，说是今年的最佳男演员竞争力要比往年小一点，没什么出彩的角色，谢致的表现就显得尤为出挑，因此获奖的概率不小。而女演员这边有两位老戏骨，她虽然表现得可圈可点，但应该是盖不过前辈的，安慰她说即使真没选上也别难过。

陈望闻言，反而松了一大口气，真诚地跟老爷子道谢，而后只当是去香港免费玩几天，毫无心理负担。

公司专门派了人，到时全程照顾赴香港的这一队人。

首先要考虑的便是陈望的礼服妆发。陈望被漂亮的造型师小姐姐带进更衣室，看到那件白色短袖小礼服的第一反应："这个，在评奖现场穿，"她忐忑地指了一下，"不冷吗？"

小姐姐乐了："没关系的，最多就冷一小会儿，内场会有暖气的。你先试试，看好不好看，合不合适。"

好看是非常好看的，锁骨上一层纱，渐变到胸前的布料是一片小白花的花海，连着袖子上也是轻飘飘的纱和细碎的花朵，裙摆一层一层下去，在膝盖处层叠盛开，露出细细的一双小腿。

小姐姐又拎了双高跟鞋来帮她穿上，陈望有点发怵，哆哆嗦嗦扶着墙站起来，两条腿直打摆，哆哆嗦嗦往镜子里瞧了一眼。

佛靠金装人靠衣装，古人诚不欺我。

小姐姐让她站直了，忙前忙后重新给她确认好尺寸，才让她换下来。

陈望忙不迭脱下高跟鞋，脚后跟贴到地板上，才找回点"脚踏实地"的真实感。小姐姐又问她要不要试试其他的，她对比了一下，发现刚刚试的小礼服已经是布料最多的一件了，于是摇头。

来回换衣裳，头发有些乱了，陈望干脆把橡皮筋解开，坐在外面的椅子上，张开五指有一下没一下地梳着头发。谢致在另一边试衣服，两人是一起来的，自然约好了一起回家。

她的头发已经长长，暑假时又去修了修发尾，留到现在已经能盖住半截上臂，不算密但又黑又直。手指顺到一半卡了卡，她侧着脑袋去找打结的地方，余光瞥见有个人影，是谢致。

"试好了？"

"嗯。"他走近了，"你——怎么这么快就好了？"他向来认为女生挑衣服试衣服会花很长时间，还想着自己结束了能不能来瞧上一眼……

"我觉得第一件就很好，也没什么要改的，所以就定了。"她刚要站起来，想起手上还抓着个头发结，咬咬牙用力拆了，不慎拔下两根来，疼得她小小地吸了口凉气。

谢致比往日要安静，一路走到公交车站仍一言不发。饶是陈望于情感上并不体贴入微，也察觉到了点低气压，踌躇了片刻："谢致，你——不开心？"

他似乎在想事情，有点被打断时的茫然："什——没事——也不算不开心。"

陈望慢慢"哦"了一声，也不再追问了。既然他说没事，那无非是两种情况，一是真的没事，二是不想告诉她。既如此，她也就不打算打破砂锅问到底了，别惹得他更烦闷。

谢致见她也不吭声了，反而迟疑了，咬咬牙："陈望，你——还想当医生吗？"

"还想啊，怎么了？"

"你这次入了围，说明你在演戏方面是有潜力的，或许——你不想试试当演员吗？"

陈望笑了："啊，这事儿啊……我知道自己的水平，你看我前期表演课上得磕磕巴巴，放不开手脚，后来在片场也是多亏齐导演，还有你，慢慢带着我，我才有点找到那个状态。还有剧本，故事写得好角色写得好，我也占了便宜。所以其实是很多很多好的因素推着我，我才忽然——唔，'学霸'了一回。但这些因素，缺了一个，我肯定就会被打回原形了。而且，我胆子小，演艺圈也不太适合我吧……"

谢致垂着眼睫不说话。

"我大概猜到你在想什么了。"陈望忽然伸手拍拍他的肩，真诚地说，"其他的我不多说，但我觉得你很有当演员的天分，不骗你。"

他轻笑了一声："为什么这么说？"

陈望不假思索："因为你长得好看。"

谢致大失所望："就这个？"

她"扑哧"笑了："当然不止了。我全程看着你演戏的，演技上的评价我还是有点发言权的吧。"

公交车从路口驶来，开始减速。陈望飞快地补充："你如果真的纠结，可以和你爸爸妈妈商量，甚至请教齐导演呀。齐导演经验那么丰富，听他的肯定很有帮助。"

"……也对。"

"好啦，快上车吧。"她轻轻推了推他的书包，目送他上了车，透过车窗朝他摆摆手。

转眼便到了 12 月底。陈望第一次去离家那么远的地方，下了飞机仍非常精神地贴着车窗看风景。香港地区的车辆都是靠左行，这也够她新奇了好一阵。

与之相反的，谢致一路哈欠连天，她见他脸色不好，拿了个抱枕给他垫在车窗边上，谢致便一路睡到了酒店。

到达酒店时天已黑透。陈望头次住这么豪华的酒店，仿佛刘姥姥进大观园，看什么都新鲜。谢致睡了一觉精神了些，但仍有些恹恹的，吃完饭便坐在沙发扶手上摆弄手机。

公司前几日让他和陈望都开了微博，申请了个人认证，本来简介一栏想让他写"演员"的，但他还没考虑明白，最后只填了"《放学路》男主角"。陈望的是"《放学路》女主角"。

有媒体已经拍了他们到达香港地区的照片，发了通稿，不过热度并不高。虽然是金鼎创办以来年纪最小的男女主角入围者，但不过是入围，且有齐导演的名头在前面镇着，很容易让人以为是"关系户"，加上电影还没正式上映，远没有某明星离婚后复合了的八卦吸引人。助理说今天最好发条微博，他拧眉想了许久，也不知道要发些什么，干脆起身拔了房卡，到陈望的房间串门。

陈望正在整理东西，光着脚踩在软乎乎的地毯上，在宽阔的房间里跑进跑出，像忙忙碌碌屯粮的松鼠。谢致觉得有趣，趁她正往衣架上挂衣服时喊她："陈望。"

"啊？"她下意识地回头。

他飞快地摁了快门，放下手机笑："没事。"

她立刻捂脸："你偷拍我？"

谢致无辜："没有。"立刻岔开话题，"你的礼服呢？怎么没看见？"

陈望成功被带跑偏："在助理姐姐那儿，怕压坏了专门收着。"

"你助理没让你发微博？"

"啊，说啦。"陈望也有点伤脑筋，"我刚刚拍了饭后甜点的照片，不过不太好意思发，也不知道该写点什么……"

"好吃吗？"

"好吃。"

"那你写'好吃'不就完了？"

"这么无聊——也行吗？"

"微博又不是工作报告，不用那么紧张。你拍了多少，借我一张交个作业？"

陈望瞪大双眼，这也行？

后来她没想到自己也慢慢变得爱时不时在朋友圈发吃的拉仇恨，挑着深夜发，且一点都不觉得无聊。

结果两人最后发的微博，一个发布丁一个发蛋糕，配的文字通通是"好吃。[太阳]"，导致此后很长一段时间，谢致的粉丝们探班时总会拉上一车甜食，并不嗜甜的谢致为此颇感压力。

谢致如愿以偿看到穿上小礼服的陈望时，心跳的的确漏了几拍。

平日里常穿着松松垮垮的校服的小姑娘换上裙子，还未长开的身形却已有了少女朦胧的曲线感，长发拢起梳成花苞头，露出弧度柔软的颈子和小巧的锁骨。化妆师也没给她化太复杂的妆容，装扮比较清秀，衬得她像株纤细玲珑的铃兰。

然而"铃兰"颤颤巍巍地踩着高跟鞋走得同手同脚的画面，让谢致的心跳迅速恢复正常。

他头疼地揉了揉额角："这鞋跟——应该不算高吧。"肯定不会高，两人是要并肩走红毯的，造型师绝不会让她的个头超出他一截。

陈望苦着脸："的确不高，但太细了，我怕走着走着踩崩了。而且我第一回穿，这几天练了好几次也还是走得不好看。"

关键是，她紧张。

谢致蹲下，打量了一圈她的鞋子："磨脚吗？"

陈望摇头："不会，这一点路还行。"若是时间长了，她大概就受不住。

"那还好。"他站起身，将胳膊递到她眼前，"你只要小心别被闪光灯晃了眼，我不会让你摔着的，放心。你先扶着我试试，习惯一下。"

陈望瞧他淡定自若的模样，没有握他胳膊，反而伸进他掌心里——一手的汗。

谢致被拆穿了心思，耳尖一热，别开脸咳了一声："快点。"

她忍住笑，乖乖挽住他的手臂。谁都是第一回见大场面，谁都不做五十步笑百步的人。

助理来同他们确认走红毯和进场后的注意事项。按理来说，最佳男演员的候选人和最佳女演员的候选人鲜是坐一块儿的，例如一些人会特意打招呼表示要同关系好的坐，和谁的座位得离远些，为了避嫌。但他们是初出茅庐的新人，齐昇便拍板让他们同自己以及片方等人都挨一块儿坐，况且若有人来寒暄结识，他作为长辈也能帮着引荐。想着有齐导演在前头，谢致在旁边，陈望的忐忑消了一大半。

谢致陪她又走了几圈，见她没停下的意思："好了，挺好的，先歇一下，万一练得脚疼就得不偿失了。"

他将她按到椅子上坐好，又问："喝水吗？"

陈望的确觉得喉咙有点干，不过摇了摇头："涂了口红，不啦。"

他这才注意到她的嘴唇，莹莹的一点朱微微抿着，像初熟的覆盆子。他忙移开视线："你在这儿等我一下。"

休息室里并没其他人，她也没带手机在身上，无意识地抓了抓裙子，又赶紧抚平了。也不知道爸爸妈妈一会儿会不会看直播——妈妈肯定会的，甚至很可能还要录像，爸爸不知道晚上用不用加班。说起来，她来这里的事儿，好像班上都没人注意，反而是班主任给她批假条时十分意味深长地跟她说了句"加油"。

正漫无边际地想时，门又被推开了。谢致拿着她的保温杯过来，另一只手递了根咖啡色的小吸管给她："在咖啡机旁边拿的。"又将保温杯盖子拧开了给她。

陈望有点蒙，没料到他还费心去找了吸管，讷讷地说了句"谢谢"，低头慢慢吸了几口水润润嗓子，便拧上了杯盖。

"你没喝水？"

"刚刚在外面喝了。"谢致靠上沙发椅背，伸展开双臂活动了一下脖子，"估计快了，我看到工作人员开始在引一些演员走了。"

话音刚落，就听见助理敲门的声音，陈望忙起身理了理裙摆。

"走吧。"谢致将手臂伸向她。

陈望点头，深吸一口气，把手放进了少年的臂弯中。

第九章
灯火陆离晃人心

"好久远啊……"

手机屏幕上，西装革履的小少年和亭亭玉立的小少女挽着手臂走上红毯。陈望估计自己是比赛型选手，当时在后台紧张到顺拐，上了红毯不仅走得稳稳当当，面对密集的闪光灯也没有面部扭曲，全程都笑得乖巧矜持，不至于在多年后回顾时生出惨不忍睹的羞愧感。

当然，她不是主角，主角在她身边。如果她把弹幕打开，应该会密集到什么都看不见。这届金鼎的全程录像，来欣赏少年谢致的粉丝占了点击率评论弹幕的半壁江山。那时的谢致稚气尚存，但眉目骨相已相当出挑，俗话说"美人在骨不在皮"，小小年纪已经吸引了一大波颜控的姐姐阿姨。那天晚上的直播过程中，他的粉丝就开始飞速增长，在他上台领奖后，那个速度堪称火箭上天，说是"一夜爆红"并不为过。

谢致咳了一声，伸出手来。陈望意犹未尽地把手机还给他，捧着杯子缓缓呼出一口气："一晃就这么多年了，这种情况该怎么叫？人是物非？"说完她又觉得不妥，自己摇了下头否定了这个形容。人也不是当年的人了，时间是很有存在感的东西，捉摸不到但遍是鸿爪雪泥。

他们都变了。

谢致明显不想在这个话题上过多停留，见她的杯子空了一半，随手拿过茶壶给她添满。他也是碰巧想起那年的金鼎，这才找出当时的录像给她瞧。本意是让她想起旧事可以放松些与他相处，不想平白多了点往事不可追的怅然气氛，与这暖融融的餐厅分外不搭调。

话题回到眼前，陈望又开始略感不安："你这样——真的没事吗？"

　　谢致好整以暇地坐在这餐厅里，帽子、口罩、墨镜一样没戴，连下午他说去医院接她下班，也是大大方方地站在车子边上，只戴了个口罩，惊得她在马路对面足足愣了好几秒。虽然不至于每天遮遮掩掩、躲躲藏藏，但可以这么——光明正大地出门活动的吗？

　　他笑了笑："不碍事，即使认出来也基本不会被人围追堵截。"而且他订的位置在角落，加上每张桌子边都摆着装饰用的屏风，设计得像半开放的包厢，基本不会有人在意其他桌上的客人是谁。

　　她转念一想，他这么多年和各种狗仔私生饭交手的经历不少，经验肯定丰富，她这个"外行人"操心也是白操心，遂慢慢放松了心神。

　　这时，对面忽然推过来一个木盒子，小巧玲珑。她纳罕，顺着拿着盒子的手看上去，谢致神色淡淡："当时拍完戏买的，本想着给你个惊喜。"

　　陈望听出了弦外之音——等他回来时她已经走了。她轻轻掀开盖子，是一条绳编的手链，中间一粒圆润的玛瑙珠子，一左一右两尾红鲤亲着珠子，样式可爱活泼。

　　谢致见她盯着发愣，又说："以前不太识货，跟着剧组里的老师去的，他买的翡翠，我看这个更好看些。现在来看，挺一般的。"

　　"不会。"

　　陈望打断他，又说了一次："不会，我很喜欢，谢谢你。"怕他不信，她迅速挽了左手袖口，将手链戴上。

　　她是医生，没有戴手表首饰的习惯，手腕上干干净净的，红红的玛瑙映着薄薄的皮肤和底下青色的血管。

　　谢致看着，蓦地笑了："买的时候，我比着自己手腕定的长度，想着你可以多戴两年。没想到拖了十多年，你戴还是刚刚好。"

　　她听懂了他的调侃之意，很没力度地辩解："读医怎么可能胖得起来。一开始上解剖课，好一段时间见不得肉菜。我还好，班上有个男生一个学期不敢沾肉。后来慢慢习惯了，又几乎天天熬夜，尤其是考前。"

　　她说起大学时的事情，谢致不由自主专注了去听。高中不用猜，她定是过得不开心。她提起时虽然平淡，他却不想戳她伤疤。大学不一样，再苦也是她乐意学的东西，说起来语气是有点埋怨又无奈，但又是甘之如饴的，他愿意听。

　　只不过陈望没有多讲，因为菜上来了。

　　谢致选的这家餐馆是家私房菜，主厨的拿手菜天南海北都有，没个主题，但妙在心别致，装盘也颇费工夫。陈望看着小小巧巧的盘子上又是雕花又是塔，有点下不去筷。

　　谢致好笑，动手拿公筷给她先夹了一筷子："别傻了，先吃饭。"

　　她脸热了热，低低说了句"谢谢"，尝了尝，味道极好，但吃不出来是个什么。

菜是谢致点的，她从前不爱吃洋葱，现在几乎已经没忌口了，便未关注他都点了什么。谢致看她表情纠结，筷子一顿："不好吃？"

"不是不是，"她忙解释，"只是吃不出来是什么，在猜。"

"是茄子。"

"欸？"陈望始料未及，下意识又夹了一点尝尝——还是没和茄子联系起来。

"你忘了？当时做过语文阅读的，刘姥姥进大观园，王熙凤给她夹茄鲞那一段。"他笑笑，"你那时不是很好奇，说既然用了那么多鸡去调味，为什么不直接做鸡肉，反而把茄子做得不像茄子。刚好这里的师傅会做，让你试试。"

他将少时的玩笑话记得这样清楚，陈望听得微怔，那种说不清道不明的情绪又开始蠢蠢欲动，忙垂了眼皮掩盖那一点赧意，含糊道："这样啊……我都没想起来。但是很好吃。"似乎为了证明这句话一般，她又夹了一筷放进碗里。

谢致也没再接话，桌上一时有些奇怪的安静。陈望寻了个话题："一直都在说我的事情，都没问你这些年怎么样。"

他轻轻一哂："网上不是都有吗？一看就知道了。"

"那不一样。"

"有什么不一样？"

陈望卡住。不一样就是不一样了，他还盯着自己讨个答案似的，这不是为难理科生吗？

"比如——比如你开不开心，有没有什么为难的地方之类的。"

她表述不出来，但还是想知道，他这些年，是否真的像在媒体面前表现出来的，那样好。

当时从金鼎回来，两人可说是名噪一时。媒体将他们吹得跟演艺界神童似的，吹得连陈望都有点犹豫自己要不要试试走演戏的路子。谢致比她早下决心，同家人商量后，由齐导演引荐签了家颇有声名的公司，算正式出道了。

她那时被各种声音包围，举棋不定，只好先闷声继续学业。他则开始忙碌起来，时不时要和学校请假，每次都带走一大摞作业。有时周末，她鼓起勇气在QQ上发个消息，通常要到夜深了才有只言片语的回复。

初二的下学期，他参演了一部电影，饰演主角的少年时期，又是古装又是武侠题材。期中考后，他在学校消失了一段时间。

一天晚上，她刚吹干头发准备睡觉，手机响起。点开一看，是谢致发的消息。

"我在你家楼下。"

陈望立刻捞了件薄外套，和还在看电视的爸爸妈妈随意扯了个借口，便急急忙忙跑下楼去。

谢致站在消防门外，穿着黑色的卫衣，戴着黑色的鸭舌帽，她险些认不出来，待确认了着实吓了一跳，匆忙刷了门禁卡开门跑到他跟前，张口结舌："你、你怎么……"

少年勉强扯出个笑："这不是怕被人跟踪嘛。"

"不是……"她看着他的颧骨，有点心惊，"你瘦得好厉害。"

他一愣，绕圈子道："最近吃得有点少，没事，我杀青了，过两天就能补回来。"

陈望直觉事情没这么简单，犹豫片刻，轻轻拉了拉他的袖子："你是不是——不开心？"

谢致苦笑："也不——算了，是有一些。"他将双手揣进兜里，"签约前，我爸妈也好，齐导演也好，都跟我说过，以后可能会遭遇些什么。我觉得我能忍受，扛得住，便签了。结果事到临头——还是有些高估了自己。"

陈望明白演员是个光鲜的职业，只是这光鲜背后的事情，她也算了解一二。只是她到底年纪还小，想象不到他面临的是多大的压力，在这晚春的风里，连一句劝慰都说不出来。

良久，她轻声问："那——你后悔吗？"

他立刻道："不——"顿住，又似乎叹了气，"我不知道。"

"我记得，你是签了三年，是不是？"

见他点头，她试着分析："那这三年没办法，你还得再坚持下去，三年后刚好高二。你就，唔，至少文化课不要丢掉，如果到时候你不打算当演员了，就可以准备考其他专业；如果还打算当演员，就可以准备艺考。这三年你就当个试验，试试你究竟习不习惯、愿不愿意当演员，实在不愿意，你也有后路嘛……"她说了一串，最后忐忑地问，"你觉得呢？"

谢致定定地看着她，半晌笑了："你在这方面倒是很聪明啊。"

陈望见他笑了，一直绷着的神经也总算松了松："说得好像我有哪方面蠢到无可救药似的……"

他低声："我和你想的一样，开弓没有回头箭，至少这三年，我还是得好好试一试。"

"那，单纯就演戏这方面来说，你喜欢吗？"

谢致不置可否："还挺有意思。"

"那就好。"否则这三年该多难熬。

"只不过——"他话锋一转，拉长了腔调。

陈望不解："什么？"

他忽然贴近她，近到睫毛都要碰到她的脸。陈望猝不及防，僵在原地。

"只不过我现在大半夜过来找你，还是现在这个样子，万一有人跟踪我，信不信明天你就上小报？甚至微博热搜？”

这人——陈望磨牙，一把推开他：“那你回去吧！我下来这么久，待会儿跟踪你的人没出来，我爸妈就出来了！”

谢致笑出了声，忙拉住她就要回过头刷门禁的手：“我跟你开玩笑的，喏。”

掌心里多了点东西，她摊开一瞧，两颗糖，不是之前那种水果糖，但包装很漂亮，上面还有金闪闪的英文，看不懂是什么意思。

“好了，你快上去吧，我走了。”

她闻言抬头，却蓦地感到身前一烫。好像是个极其短促的拥抱，因为等她回过神时，少年的身影已经闪到了好几盏路灯之外。

后来她学到一个词，叫“风中凌乱”。她把它放到那个情境下，觉得相当贴切。

时间告诉了她后续。谢致选择了艺考，当了演员，不过文化课倒真的没落下，当时的高考分数是超了普通一本线的，艺考又是专业第一，成了媒体和粉丝们继年纪最小金鼎得主之后又一个大夸特夸的点。

“不开心的，为难的，都有。”谢致平静地回答了她的问题，“但开心的，满足的更多，就继续走下来了。”

陈望慢慢应了一声：“那挺好……”

“而且，”他给她舀了一勺虾仁，“当演员，挣得多。”

这理由太有说服力，太真实了。虾仁里带着青笋的鲜甜味道，她含着虾仁，终于忍不住笑了。

谢致见她笑，也无声地弯了眼睛。

吃完饭，谢致说这附近的步行街因圣诞节，入夜后树上的彩灯都会点亮，问陈望想不想去逛一逛。

陈望第一反应仍是怕他被认出来，但见他十分自然的模样，不由自主便点了头。于是车仍旧停在餐馆的停车场里，两人慢悠悠地往步行街走去。

步行街上格外热闹，闺蜜们情侣们还有带着娃娃的小夫妻们，在喜气洋洋的街道上熙熙攘攘。店铺都摆出了装饰得琳琅满目的圣诞树，橱窗上挂着彩带和各式各样的袜子，以及槲寄生的花环。穿着圣诞老人的衣服的店员举着促销的牌子或气球在门口揽客，漂亮的女店员也都戴着俏皮的圣诞帽，穿着红色滚白毛的短裙。陈望裹着羽绒服，看着她们连丝袜都没穿的一双双大长腿，十分敬佩。

路边和中间的树上都挂起了一串串彩灯，金色银色一棵棵错落，远远望去像绚丽的银河。陈望仰头，转了两圈，找了几个好看的角度，掏出手机拍了几张，然后开了修图软件，选了一张，稍微调整了下曲线，发了朋友圈。

她收起手机，抬头正好看见谢致也将手机放入口袋里。见她看他，他走近两步：

"拍好了？"

"嗯，走吧。"

两人慢慢地走着，鞋子叩在地砖上的轻微声响隐在人们的说笑声中。耳边是此起彼伏的圣诞歌，还夹杂着嗓音低沉的"Lonely lonely Christmas"。陈望偷偷看了眼身侧的青年，自己好笑着今年倒可以假装不算"Lonely Christmas"，然后做贼心虚地收回目光，转而饶有兴致地看着橱窗里精美的摆件。

谢致问起她在 M 国的圣诞节，她便略去那些不大开心的事情，拣了些有意思的讲。

她没戴手套，走了这一小段路便感到手有点凉，习惯性地搓了搓。谢致注意到她的小动作，朝两边张望了一下："喝饮料吗？"他指了指转角处的一家奶茶店，店里坐满了人，很是热闹。

不待她回答，他抬腿便要过去。

陈望忙拉住他："人太多了，你别去，想喝什么？我去买。"

"……你挑吧，热的就好。"他又补了一句，"大杯的。"

陈望点点头，小跑着过去买了。

谢致打量了一下那家店，发现出口在另外一侧，便走到那边等她。他拿出手机，转了个红包给她，顺手点开她的微信头像，给她刚发的朋友圈点了个赞。

陈望看到手机上的红包，抿嘴笑着回了句"一杯饮料我还是请得起的"，并没有收。

她不觉得渴，便只点了杯热的柠檬红茶，也没要袋子，直接拿在手上。杯子热乎乎地暖着手，舒服得她舍不得撒开。

她推开玻璃门，一眼便瞧见满树烁烁下长身玉立的青年。他穿着深色的大衣，轮廓被灯光晕得模糊，晃出了缥缈的影，一瞬间和记忆里那个背着光的少年身影重合起来。那时她离他那样远，现在她离他一步之遥，却还是那样远。

谢致见她抱着杯子一动不动，快步走到阶下："怎么了？"

"谢致……"陈望张了张口，忽然道，"你十八岁生日时，我——"话刚出口她便后悔了，但为时已晚，只得说下去，"——我去了现场。"

谢致头脑有一瞬间的空白，而后飞快地在脑海里回想自己的十八岁生日。想起来了，那一年，他第一次举办了生日会。

他的生日在 6 月 20 日，对学生来讲是一个不太美妙的时间段——考试密集区。一直到了高三，6 月份考完了高考，他才终于松口，同意公司组织生日会。

他心跳忽如擂鼓，听到自己控制不住的声音："那你为什么不来找我？"

这是两人重逢后他的一个巨大心结，这两天他想了好几回。诚然他那时已经年少有名，不可能随随便便就让粉丝接触到他，但生日会那天，是有安排和粉丝的互动的。只要她坐得靠前一些——不，只要她举个手，摄像机就会转向她，他一定能看见她。

陈望抿了下嘴角，杯子的温度使她的血液流速正常了些。

"那时家里都在想着法子给妈妈攒钱，以备不时之需，结果我还买了你生日会的票，想想真是够败家的。"

她轻轻呼了口气。

"我记得位置是在中间吧，靠后一些。左右的女生都举着手幅，穿着深蓝色的——是叫应援服吧，挺有组织有纪律的，还在对口号。我是一个人去的，穿着日常的衣服，两手空空。她们注意到我，跟我搭话，我也回答不太上来。有个警惕性还挺高的，问我是不是'对家'，我还挺蒙的，只能摇头。"

"开场的时候你不是唱歌了吗？其实我完全听不清你唱了什么，尖叫声太大了，还有那种充气棒的声音，劈头盖脸的。"陈望想起来还有点好笑，"我是真没见过世面，在位置上一动不动，吓得像只鹌鹑。包括后面——现在我都忘了具体是怎么样的，就记得很吵、很热，我那时忘带水了，还特别渴。然后我就想，你也挺辛苦的，过个生日本来是要让自己开心的，这么折腾下来你开不开心不知道，累倒是挺累的。"

"到快结束的时候吧，你又唱了一首歌，唱着唱着就上了一艘船，连船带人地吊起来，慢慢地往观众席上空靠。停下来的时候，就在我上方，斜一点点的位置，我一抬头就看得见你。其实我有点紧张的，那时候，因为你只要往下面再瞧一点点，就看得见我了。不过你没有。"她讲到这里，喉咙有点发涩，"你身后就是灯光，你背着光站在船上，我那时忽然就想明白了。"

谢致沉默片刻："想明白什么？"

陈望有些自嘲地笑了下："其实，后来我看见你发展得那样好，成绩也很出色，就会不由自主地想，如果妈妈没有生病，如果我当时也选择去当演员，我会和现在有什么不同，会不会一切都比现在好。总觉得我们也算是同一条起跑线上的人，我是不是当时就，做错了选择。"

"但那时我忽然想通了。别说我的演技是半吊子，单单那样的灯光，那样的万众瞩目，就已经不适合我。也许几年下来我能做到像你一样安之若素，但我肯定还是不喜欢的。我们就像两条直线——"

她顿了一下，摇头笑笑："不对，理科生要严谨一点——两条射线。端点或许隔得不远，慢慢地有了交叉，但紧接着就是分道扬镳，而且随着时间的延伸，这个距离会越来越大。我们终究不是一路人，你会离我越来越远。"

"所以呢？"谢致打断她，神色晦暗不明。

陈望被这个问句截断了思路，一时有些怔愣。

"所、所以我就去读医了啊……"

谢致感到头一阵一阵地疼。他想说你"这样单方面地给我们的关系下了定义，却完全忽略了我的想法。你读医读法读金融都好，可这不该是你远离我的借口"。

他心绪起伏，蓦地伸手抓住她的手腕，用力一拉。陈望始料未及，脚下不稳往阶下栽去。

然后落入一个怀抱。

仍是一个极其短促的拥抱，短促到陈望分辨不出刚刚那一瞬间背上是否贴上了一只手，分辨不出这到底算不算一个拥抱。

面前的谢致很快往后退了一步，但手还没松开她的手腕。离得近了，她不得不抬头去看他，看见他的喉结动了动，随后听到他哑着声音开口："……别站槲寄生底下。"

陈望回头，果然，奶茶店的玻璃门下明晃晃地挂着一小束槲寄生。她后知后觉地红了脸，别开眼睛低声分辨："这儿没这种习惯，也没人会注意的。"

我注意了，谢致想说。但他忍住了，只说："这样就近了。"

他前言不搭后语，陈望没听懂："什么？"

谢致垂下眼睛，认真道："你说，我们离得远。但要重新靠近，并不难。"

陈望的目光随着他的落到被他掌控住的手腕上，感到脸更热了，忙要挣开。谢致配合地松了手，目光却没离开她："陈望。"

她惶惶抬头。

"你说的，都是你认为的。"他一字一句道，"我不认同。"

"不认同什么？"

"只要你允许，我会寸步不离。"

这天晚上，陈望是攥着一大杯凉透的柠檬红茶回家的。

陈爸爸陈妈妈出门散步看热闹去了，还没回家。她把杯子和未开封的吸管搁到桌上，脑中被那句话搅得一塌糊涂。

她虽然情路单薄得可怜，但不代表她天生在这方面缺根筋。这几个字组合起来的意思，结合当时的情境、谢致的神色——她控制不住自己要想歪啊！

不能再想了，再想就真要自作多情了！明天还要上班呢！陈望拍拍脸强迫自己冷静下来，撕开吸管插入杯中，喝了一大口茶，凉得她手臂起了鸡皮疙瘩。

结果第二天，她浑身都起鸡皮疙瘩了。

谢致作为实力与流量兼具的艺人，一直是媒体关注的焦点，然而绯闻却很少，原因无他，他的澄清总是特别快。

　　大学刚毕业时，一次他被拍到和同组的女主角一起有说有笑地吃饭。早上上的热搜，中午他便发了微博，言简意赅："是朋友。"很快女方也发微博澄清此事。一年后女主角和他公司的前辈领证时，还专门发声感谢了给他们牵线时不幸被媒体当了靶子的谢致。

　　后来，谢致半搂着电影女主角的照片再次被送上热搜。这次不到两个小时，谢致便发了微博："是合作方。"五分钟后工作室转发了这条微博："是假摔的合作方。"当天晚上女方公司发声明，称是不小心绊倒时谢致扶了一把，并向谢致道歉。至于多少人信是真摔了——反正那份声明底下几乎没人信。

　　经此两遭，再有媒体捕风捉影，通常在谢致还没睡醒时，对方便已赶在前头迅速澄清，万一成了下一位"合作方"，那九成九是没合作的机会了。加上他确实没什么花边，谢致已经远离作品和节目之外的热搜有很长一段时间了。

　　"所以！现在已经一点了，谢致和他的工作室都没动静，这说明什么！"小田一双眼亮晶晶的，说出了全体吃瓜群众的心声。

　　陈望干笑："……说明他还没睡醒？"

　　"昨天可是平安夜，良辰美景孤男寡女干柴烈火，难不成昨晚他们——嘿嘿嘿。"

　　医学生对人体构造一贯是"透过现象看本质"，再漂亮的身体剖开来都一个样，因此向来说起荤段子面不改色。按道理小田这种段位陈望完全招架得住，但这话里的主角不自知地指向了陈望。

　　早上她还没到医院，就收到了王思宜的微信："陈医生，那啥，你们昨晚被人拍到了，现在上热搜了……"

　　她脑袋差点直直磕上地铁的玻璃。

　　"如果是媒体还能事先压一压，但是是路人——是我们疏忽了。不过你别紧张！看不清楚你的！而且是路人认出哥的，手机拍摄时离得远，照片不清晰的！你别担心，我们会处理好的，你好好工作！"

　　"……对不起，给你们添麻烦了，谢谢你啦。"

　　"陈医生您千万别这么说！小事情，别担心！"

　　她点开微博看了眼，果不其然看见"谢致夜会神秘女子"在热搜榜上名列前茅，又翻了一下具体内容，几张照片的确是他们的背影，有一张他侧头看她，侧脸就清楚了很多，至于她，则只有背影和模糊的侧影。两人其实从照片上看并没什么亲密举动，唯一一张算是能引人遐想的，是他把她从槲寄生底下拉出来时拍到的，他的手扣着她的手腕。

　　所以一开始，粉丝们和路人虽然吃惊，但也不少人觉得寻常，并不算什么绯闻。直到下午，谢致和工作室还没表态，群众就不由得开始联想了。

"事出反常必有妖，这么久了还没澄清，不会真的是女朋友吧？"

"哪里久了，这才一个上午。"

"可是致哥很讨厌绯闻的啊，前几次都澄清得那么快，这次女的不是圈里人又不可能先发声明。"

"会不会是家人啊，妹妹之类的。"

"妹妹的话应该更亲密一点才是啊，你看图三两人中间都能再塞一个人了。"

"不太亲的妹妹也有的嘛。"

"不亲的话怎么会单独约出来啊，平安夜欸。"

"平安夜约会肯定不简单。"

不不，只是她昨天晚上没值班而已。陈望揉了揉额角。

"话说女生跟致哥约会还穿这么大件的羽绒服啊，换作是我，冻死也要穿得好看点。"

"可就算这样，跟致哥一比还是小只。"

"完全看不到脸啊，拍的人好没技术。"

"原来我老公喜欢长头发的吗？我昨天才剪了短发，嘤嘤嘤。"

"醒醒，我老公现在在我怀里睡午觉呢。"

"这么糊也挡不住我老公的美貌，侧颜无敌啊！"

"想在他鼻子上滑滑梯！"

……

"阿望！"

陈望吓了一跳，拿着手机的手都抖了一抖。徐瑛已经"砰"地趴到她办公桌上盯着她："你看热搜了没有，谢致那个？"

她吞了下口水："……有看。"

"那女的是你吧？"

陈望瞪大眼睛："不——"

"那外套是我们逛街时买的，我绝对没瞎。"

陈望哑口无言。

大意了。

见她默认，徐瑛在对面的椅子上坐下，拍拍心口："我第一次离热搜这么近，有点紧张。"

陈望反而被逗笑了："我也很紧张。"

"你紧张？"徐瑛把椅子往前拖了拖，压低声音，"你们是男女朋友啊？"

陈望立刻把头摇成拨浪鼓："怎么可能，我们——就是认识。"

"怎么认识的？"

"……说来话长。"

"长话短说！"

陈望斟酌了片刻："你——看过《放学路》吗，那部电影？"

徐瑛点点头："看过啊。"

"那个絮絮，是我。"

徐瑛眨了眨眼睛，抬手扶住了下巴。

另一边，王思宜看着仍然淡定地在镜头前拍照的谢致，又看看向平川，忍不住出声："哥，热搜你不管吗？"

"管啊。"向平川努努下巴，"等他发。"

"这都下午了，粉丝都在等呢。"

"那你去跟他说。"

王思宜立马道："我不敢。"谢致对陈望态度不一般，她又不傻。

向平川语重心长："你还小，不懂，这事儿得他自己表态。"

"谁说我不懂了。"她小声嘀咕。

向平川一眼看出她的心思："没你想的那么简单。"

小刘明显要上道许多："我猜，哥是不知道怎么说吧。"

"可能还不只是这样。"向平川摸摸下巴，故作高深。

谢致结束了拍摄，换下衣服，终于重新拿起了手机。

热搜仍十分欢腾，因他的沉默而愈来愈热烈。消息一栏一如既往，满满的红点。他点开加号："是——"

是什么？

昨晚才因陈望单方面给两人的关系下定义而气恼，转眼自己就被要求交出一个答案。他不爱虚与委蛇那一套，向来有一说一，可与陈望——他不想与她流于朋友之交，试图在脑中找到个更亲密的关系定义，半天，无果。

兜兜转转、百转千回了十四年，只是朋友。

谢致觉着此事不妥，当下却又挫败而无奈。

傍晚，陈望终于看到了"特别关注"一栏的红点，立刻点开。

【@谢致：是朋友。】

底下已经是五位数的转评，表白有之高兴有之放心有之。陈望握着手机，说不清是释然还是怅然地长出一口气。差点就自作多情了，她想，不应该不应该。

第二天她休息。这几天，一个谢致从天而降，惹得她心绪不宁，另一边还惦记着工作，着实让她的头脑有点混乱。于是她早早就洗漱，蒙头大睡到第二天午饭时才醒。

是被枕头下的手机吵醒的。她迷瞪着眼去摸手机，习惯性划拉了下屏幕，还在吵——不是闹铃。于是往左边移了点，划拉了下，不吵了。

"喂……"

"你还没醒呀？"陈妈妈的声音响起，"快点穿个外套下楼。你爸载我回来，现在去台里了，东西太多我一个人拎不动。"

陈望一头滚进被子里，咕咕唧唧半天，认命地起床穿外套拿钥匙下楼。

今年的春节比去年早了半个多月，陈妈妈已经开始准备年货了。东西满满当当摆了半个客厅，陈妈妈瞧她还蹲在地上发呆，把她往卫生间里推："一脸油，快去刷牙洗脸。给你带了米线的外卖，洗完快出来吃，一会儿就凉了。"

受到食欲的鼓动，陈望总算拖拖拉拉地挪动了步子，洗漱完到餐桌边拆外卖盒子。陈妈妈状似无意地提起："刚刚门房的老钟说到你了，问你是不是有男朋友了。"

陈望一口米线还没咽下，一脸茫然："啊？"

陈妈妈气定神闲："他说前几天晚上有个男的送你回来，看你俩在门口依依不舍的。昨天晚上也是同一辆车送你回来。"

陈望默默把脑袋埋进碗里。

第十章
有你有我新一年

去年的除夕，陈望是在值班室过的。今年虽然还得上大年三十和初一的白班，但至少可以陪爷爷奶奶吃年夜饭了，初二休假，能去外公外婆家，陈望很满意。

大年三十的下午，陈望只待下班便急急忙忙拎着包溜了。陈爸爸早等在外面，接上她便直接往爷爷奶奶家去。

回国后，她住校，每周末爷爷奶奶和外公外婆都会做上一堆好吃的，拎着大包小包去看她，周六是爷爷奶奶，周日是外公外婆。因此高三虽然学得辛苦，她反而重了不少，脸上一掐全是肉。

去年没能陪几位老人过年，她很是过意不去，到了之后格外殷勤地给爷爷奶奶端茶倒水，给在厨房准备年夜饭的伯母和陈妈妈打下手。

不一会儿，堂哥一家也到了。小侄子瓜瓜已经能口齿清晰地叫人了，去年出生的果果在堂嫂怀里睡得正香。陈望瞧着香香软软的小娃娃便爱不释手，可当堂嫂笑嘻嘻地要把果果放她怀里时，她又怕自己抱不好宝宝，一边笑一边直往奶奶身后躲。

奶奶笑眯眯地拍拍她的手："望望得练啊，以后就派上用场了。"

堂哥在一旁唯恐天下不乱："就是，过了年就二十八了，你抓紧点儿。"

陈望言之凿凿："我十月底才过的生日，刚满二十七岁不久，不要给我恶意虚涨年龄！"

奶奶才不管她十七岁还是二十七岁："你瞧瞧你哥，二胎都有了，这么多年也没见你往家里带过谁。你又成天忙，一点不上心。阿玲啊，望望忙，你要替她操点心啊。"末一句是对着陈妈妈说的。

陈妈妈意味深长地瞧了陈望一眼，陈望假装没看见。

那天她为了阻止陈妈妈丰富的联想，老老实实交代了和谢致见面的事情。陈妈妈听到是他，很是意外，许久后叹了口气，只说她也很久没见到他，他若得空可上家里坐坐："你们以前关系那么好，叙叙旧是应该的。"

那时谢致常给陈望讲题，送她回家时陈妈妈就总给他塞些吃的。后来他只把陈望送到防盗门口不再上楼，陈妈妈便改做些糕点，让她带去学校给他。如今看到谢致这样出色，陈妈妈替他高兴，心里也总对陈望感到些微遗憾。只是陈望再三说自己并不想当演员，便也就尽量不再去纠结。

旧友重逢是好事，就是有点失望。她倒是希望送女儿回家的是男朋友呢……

陈望看得懂陈妈妈的失望与"鞭策"，低了头专心致志地给瓜瓜喂苹果泥吃。瓜瓜一口一口地吃得香，吃完乖乖说"谢谢姑姑"。陈望笑眯眯，弯腰把他抱起来："嗬，小家伙一段时间不见又重了不少。"

"瓜瓜，你是不是背着姑姑吃什么好吃的了？姑姑都要抱不动你啦！"

瓜瓜严肃了小脸："没有，爸爸才背着我们吃好吃的！"

"真的啊？"陈望佯装生气，"他都吃什么好吃的了？"

瓜瓜脆生生道："他和妹妹抢吃的！"

果果才这么一丁点大，吃的不外乎是——陈望立时笑得死去活来，见堂哥窘得气势汹汹要杀过来，一面大笑一面抱着瓜瓜可劲儿往厨房逃："嫂子！嫂子！救命啊，哈哈哈哈哈——"

陈妈妈嫌弃地把她撵出来："去去去，一会儿熏着瓜瓜了，要玩上外头玩！"

最后堂哥把儿子拎了回去，陈望憋着笑假装一本正经："孩子小呢，年轻人以后注意点影响，该锁门的时候得锁个门啥的。"然后在堂哥作势要收拾她之前飞快挨到奶奶边上乖觉地看电视。

年夜饭十分丰盛，除了饺子，大鱼大肉总是少不了的。陈望一时嘴馋，对那道猪颈肉多下了几筷子，不一会儿便觉得有些发腻。堂嫂因为要顾着孩子，吃得快，已经到屋里给果果喂奶去了。长辈们还在桌边，吃饱了没离席，热热闹闹地说着话。陈望借口吃撑了，倒了杯果汁解腻，一边慢吞吞地喝一边挪到窗边发呆消食。

电视开着，但没人管它，屏幕里自顾自地开始了春晚的歌舞。陈望看了会儿开场，见下一个节目不是小品，便分心去摸手机。各种群里已经开始发红包了，陈望点开普外大群搓手等着，果然不到一会儿，张老师的红包就到了。

她飞快地抢了一个——居然是运气王，好兆头！

其他医生起哄要运气王表示一下，她便发了个数字好看的红包，几乎秒空。她截图发群里："都说医生是和时间赛跑的职业，瞧瞧你们这手速。"

悲催地轮值除夕夜的邓医生吐槽："你没看，那几个病房拉了个病友群，患者也好家属也好，个个都在抢红包。"

"这也太过分了吧！"

"应该把老邓也拉进去的！"

"？"

陈望正要发个表情包跟着起哄，顶上忽然冒出红包提示，她迅速地点进去抢了，弹出详情界面时被金额吓了一跳，这才发觉出不对劲——是个单个的红包。她返回聊天界面一看，是谢致发的。

自上回平安夜以来，两人有段时间没联系过了。年底医院忙，他的通告也多，都找不到什么合适的机会说上话。

他许是看到了领红包的提示，很快发了消息："吃完饭了？"

"你发红包做什么……"

"新年快乐啊。"他回得理直气壮。

陈望无奈，无缘无故收他这么大的红包，她良心不安，包了个比他的略小一点的红包发给他。

那边停顿了片刻，她才看见红包被领走的提示，略松了口气，转而问他："你怎么能玩手机？"虽然他的节目排在十一点多，可按理他现在正坐在观众席前几桌，摄像机随时会切画面的。

他回得很快："盲打。"

"……"

她回了个"瑞思拜"的表情包，又很快加了一句："你别玩了，电视上都看得见的。"

"你在看电视吗？"

"是啊。"

"行。"

他果真没再发消息来。小品开始了，她将注意力重新放到电视上。镜头扫到观众席时，屏幕上的谢致清风朗月似的，一派端然，她又瞟了眼手机，确认一下刚刚的聊天不是她吃撑了的幻觉。

长辈们开始往客厅来，陈望自告奋勇去洗碗。等擦干净手出来时，奶奶乐呵呵地招她到沙发上坐，塞了两个鼓鼓的红包给她："来，这是爷爷奶奶给你的压岁钱。望望新年平安、健康，工作顺顺利利，然后早点找个男朋友，啊。"

"谢谢爷爷！谢谢奶奶！"她笑嘻嘻，"我还小呢，还能多拿几年红包。"家里的习惯，压岁钱可以一直领到结婚那年。

爷爷抱着瓜瓜笑："那你想领到几岁？"

陈望假装认真思考："也不要太大，那样显得我脸皮太厚，七八十岁就差不多了。"

爷爷奶奶大笑，陈望被妈妈戳了脑门。

大家仍说笑着，她偷偷刷了下微博，算着谢致的节目的时间。他之前也上过两回春晚，这次是去年一部电视剧大爆又得了奖，他才时隔几年再一次答应了邀约，和另外一位歌手、一位演员有个唱跳的节目。

说起来谢致这些年新学的技能不少，拍武侠就去练武术，拍警匪就去学开直升机。二十多岁骨头都硬了，也不知道找哪儿的老师压的腿，两年前上综艺时跳的一个男团舞实在很——她看得老脸一红，十分惭愧。

总算等到谢致出场，陈望不由得支棱起耳朵，只是不敢明目张胆直盯着电视，手里拿着手机翻来覆去地解锁又锁屏，再假装随意地瞟一眼电视。陈妈妈倒是看得很专注，陈爸爸也听了陈望最近与谢致走动的事，感叹过两句，此时两人出奇一致地认真看节目。

"这是不是当年，和你拍电影那个？"堂哥看了半天，问陈望。

陈望点头，他得了答案就没接着说什么。那一年于叔叔一家而言并不好过，他不想提，倒是陈望玩笑了一句："我当时就该跟他多要几张签名，现在拿去拍卖的话得挣多少啊。"

这边说着，节目也结束了。她再开微博搜了一下，果然春晚的话题底下已经更新了许多谢致的粉丝们发的图和视频，段子手们可能还在找梗，暂时没什么有趣的发挥。

瓜瓜年纪小，过了十点就哈欠连天，此时在堂哥怀里已经睡得一下巴的口水了，果果已经醒过一阵，但现在也又开始打瞌睡了。左右没有守岁的习惯，爷爷开了口，让他们一家先回家去，明天再过来也是一样。接着又说陈望明天还要上班，要他们一家也回去。陈望知道老人家熬不了夜，也没打算久留，便说过零点就走。

倒计时前的盛大歌舞表演到尾声，眼看着主持人们准备上台串词了，这时，陈望接到了谢致的电话。

他那边很安静，她有些奇怪："你不是在台下吗？"

"没有，我在车上，过一会儿就到家了。"

她皱眉，出于医生的直觉："你嗓子怎么了？"

那边静了一瞬："没事，有点累而已。"

"那你好好休息啊。"

"嗯，回去吃几个饺子就睡。"

"别吃太多。"不好消化的。

"我知道。"他轻轻地笑起来，听到她那边的响动忽然大了些，"零点了吗？"

陈望瞟了眼电视："嗯。"

"新年快乐。"

"你也是，新年快乐。"

她听到他低低的笑声，像把小刷子一样轻轻扫着耳膜。

"我记得，那时在江堤上，我们也是一起过的零点。"

陈望也想起来了，抿了抿唇："是啊，那天的烟花很好看。"

"第二年零点的时候，我突然接到临时的通告安排，一谈起来就忘了时间，想着明年一定要再跟你一起过零点的。"

这个明年，有点久。陈望咬住下唇，不吭声。

谢致也没说话。他很想问，现在的明年，明年的明年，或是更久之后的新年，他能不能和她一起过。

问不出口。

"下班后有空吗？"

陈望从手术室出来，摸出手机，点开未读消息，显示着一个小时前，来自谢致。

"有，怎么了？"

顶上很快出现"对方正在输入"的字样，接着就收到了新消息："给我输液的医生今天临时有事，你方不方便来给我扎个针？东西都有。"

昨晚的预感成真了。她拧眉："你怎么了？"

这回停了很久才发来消息："有点肺炎。"

陈望的眉毛拧得更深了。

"地址？"

那边很快发了个定位："你到的时候给我打电话，保安要登记认人的。"

"好。"他的住处，管得严些是正常的。

她扣上手机，一时间心情有点七上八下的，回到办公室敲着病历时都有些心不在焉，暗暗祈祷接下来没有突然的急诊和手术。好在她顺利下了班，急忙往地铁站去。

陈望不常去那一片，出了站还有点找不着北，靠着定位一路找到华亭。她打电话给谢致，果然听他的声音比昨天又哑了许多。

在保安处登记完毕，她找着楼门坐电梯上去。电梯门一开，就瞧见谢致倚在门框上等她，披着件薄薄的开衫，十分闲散的模样，只是两颊有些病态的潮红，眼尾也是一圈红，衬得嘴唇不自然的白，活脱脱一个病美人。

陈望看见他的糟糕气色，立刻不自觉地又皱了眉："开门吹风做什么？快进去。"

他从善如流地退回屋内，等陈望进屋关了门才伸手锁好。陈望放下包换了鞋，职业病使然便去探他额头，手掌拂起些许碎发贴上去："量过体温了没有？"

感觉体温还是偏高，她又问："去医院看过吗？验过血拍过胸片吗？输液几天了？之前的医生开的什么？"

她一面碎碎念一面去翻他放在茶几上的病历与药单。单侧轻微感染，挂的是头孢，口服的是些抗生素和退烧药。

谢致微微含了笑，不紧不慢地挨个回答："去过医院，血正常，拍了CT。今天应该是输液第五天，一开始烧得比较厉害，一天挂两次，用的头孢和左氧氟沙星。因为要彩排和表演，所以昨天做了次雾化，临开场挂了瓶头孢。今天早上两三点睡的，醒来就觉得比昨天严重了点。今天应该要挂两瓶，东西都在那儿。"他指了指茶几上的塑料袋，"明天医生就会过来。"

陈望边听边看他的病历，末了放下："体温计有吗？先量体温。"

谢致取了电子体温计含到舌下，待听到提示音后取出递给她。37.9℃，低烧。见他还坐在沙发上瞧着她，她叹气："你先去上个厕所，然后到床上躺着，我准备好就过去。"

谢致起身进了房间。她熟练地准备好东西，举着瓶子和输液管进去。他人已经半卧在床上，边上摆着根落地式衣帽架充当点滴架。

"扎左手？"

谢致点头，陈望便抓过他的手给他系止血带，微微用力捋了捋手背。

他的手也生得好，手指细长，指节分明。她选好血管，松止血带，打开输液器，将针头插入瓶口，关调节夹，挂上瓶子，排气，消毒皮肤，扎止血带，检查输液管。

"握拳。"

针头轻轻推入血管，见回血了，陈望稍稍一送，松开止血带和调节夹，说："松手吧。"最后用胶布固定好针头，调了调滴速。

她动作很快，谢致完全没感到疼，一晃神她就已经收拾好垃圾出去了。不一会儿，她端了杯温水给他："喝完睡一觉，你现在要多喝水多休息。医生应该有跟你说吧，最近不能吃太油腻或者辣的，酒不能喝，有些水果也不——"她絮絮叨叨着忽然顿住，"你晚饭吃什么？"

谢致本想说让向平川或者哪个助理给他送点，话到嘴边吞了回去："外卖吧。"

陈望再次皱了眉头："不好，添加剂什么的太多了。"她想了想，"叔叔阿姨不照看你吗？"

"没告诉他们，大过年的。"谢致垂了眼眸，将水喝干净了，陈望伸手接过杯子，便听他淡淡道，"晚点我自己煮个面之类的吧。"

陈望看了看他病恹恹的模样，又看了看才开了个头的点滴瓶，脑中闪过个念头，又有些退缩了，拿着杯子有些迟疑。

　　谢致偏开头低低咳了几声，她回过神，忙问他要不要痰盂纸巾。他仍咳着，却摆了摆手，停下后缓了缓，挪了挪身子欲躺下。她将杯子放到床头柜，伸出手扶他躺好，随手掖好被子。

　　谢致闭着眼，脸侧着陷在枕头里，瞧着颇有些憔悴。

　　陈望咬了咬下唇，终于还是开口，踌躇问道："那……你还有一瓶，我也得等着给你换，要不我弄点给你吃？等换好第二瓶我再回家？"

　　谢致立刻睁开眼："一起吃吧，怎么能让你饿着回家。"

　　"这倒没事，反正我们都习惯不按饭点的——"

　　"不行。"他坚持。

　　最后陈望妥协了，软声："行吧。那你睡，我去瞧瞧做点什么，做好再叫你。"

　　谢致满意了，闭上眼。她轻轻关上门，走到客厅给家里打电话。陈妈妈有些不开心："大年初一的干吗突然说不回家吃饭了？米都下锅了。"

　　陈望看了眼谢致的房门："那个——谢致病得有点厉害，临时请我过来给他输个液，得挂个两瓶，暂时走不开。"

　　"怎么了啊？多严重啊？"

　　"也不算严重，轻度肺炎，还有发烧。他这几天忙，疲劳，就拖着了。"

　　"这样……欸，输液不是有护士看着吗，怎么你也得留下？"

　　"呃——我在他家……"

　　那边静了一会儿，然后陈妈妈说："那别待太晚了，弄完早点回来，明天一早还要去外公家的。"

　　"知道啦。"

　　挂了电话，陈望在沙发上呆了呆，后知后觉地有尴尬感冒出来。这才见面几回啊，她就跑别人家里了，还做饭，好像很不妥。但她是医生，顺手帮下病号也说得过去吧……她苦恼地想，若是到其他男人家里，妈妈大概会觉得她很不矜持。

　　但妈妈似乎并未多心，没有往什么暧昧的猜测靠拢。连妈妈都知道她和谢致不会有半点风月上的可能性，她反而当局者迷，不好不好。

　　她拍拍脸冷静了一下，这才有心思注意谢致家的装潢。很简洁大方的风格，像宜家的样板间似的，十分规矩。东西摆得不算整齐，但也不至于像狗窝似的，还是看得出有收拾的模样。

　　她走进厨房转了转，厨具看上去都有用过的痕迹，基本的调料也都有，只不过——她拉开冰箱门，里头有点干净……一盒鸡蛋，一把青菜，几罐酱，两瓶酒，和几袋速冻饺子。

　　她有点犯愁，又拉开冷冻柜，幸好，有条鱼和几块瘦肉。她把鱼和瘦肉拎出来解冻，又拿了鸡蛋和小白菜，把厨房门仔细关严实了，开始乒乒乓乓地料理食材。

她剁肉末的动静不小，处理完轻手轻脚地去卧室里看了眼。瓶中还有大半，谢致睡着了，呼吸平缓。陈望又检查了下针头位置和滴速，看到加湿器里的水所剩无几，便到卧室的卫生间里小心地接了些水添进去，这才悄悄关上门出去。

谢致是被憋醒的，毕竟睡前喝了一大杯水。睁眼时室内一片漆黑，他一手捂着眼睛一手摁了灯的开关，等眼睛慢慢适应了灯光才移开手，自床头柜取了眼镜戴上，撑起身子下床，自己举着瓶子进了卫生间。洗完手，他又洗了个脸，看着清爽了些才走出去。

陈望听到动静，啪嗒啪嗒跑出来："谢致？"

看到谢致的瞬间，她又呆了一下——他戴眼镜好好看啊……不不不跑题了！

她迅速要去接他手里的点滴瓶。谢致笑笑，举高了让她够不着："没事，我自己拿。"

"那你到餐桌边坐着？菜都好了，在锅里温着，看你睡得沉就没叫你。"

"好。"

陈望把衣帽架搬出来放到他椅子的左手边，又钻进厨房盛粥端菜。

谢致看她穿着自己的围裙忙进忙出，这个规规矩矩的屋子里忽然就有了与从前截然不同的温和气息。之前也不是没有女性朋友来家里做过客，但他有私心，固执地认为陈望带来的感觉是不一样的。

原来餐桌顶上悬挂下来的那盏小灯亮起来这样好看。谢致碰了碰灯罩上的花纹，淡淡含了笑意。端着盘子出来的陈望险些又看迷了眼，而后再次自我检讨。美色误人，美色误人。

她在厨艺上资质平平，也就是个凑合吃着还行的水平。晚饭做的白灼小白菜、肉末蒸蛋和蒸鱼，都是清淡的菜色。她握着筷子有点忐忑："我做饭一般，可能不合你口味，你多担待啊……"

她小心翼翼地看谢致舀了一勺蒸蛋放入口中。谢致瞧她如临大敌的模样，失笑道："很好吃。你是不是对自己有什么误会？"

她松了口气，笑了笑也开始动筷："我好一段时间没做饭了，又是第一回用你的锅呀炉子什么的，挺怕搞砸的。"说着顺手用公筷夹了几块鱼肉搁在盘子边，慢慢挑出刺后推给他。

谢致配合地吃了，最后用干干净净的三个盘底表明了对她厨艺的肯定。

给他换了第二瓶，陈望又一刻不停地收拾碗筷进厨房，想了想说："你不经常在家吃饭？冰箱的东西好少。"

"前段时间忙，很少在家，没敢买太多东西，怕放坏了。"谢致在沙发上坐着，膝上搁着本杂志，目光落在陈望的背影上。

她理解地点点头，又问："我看到——你还喝白酒吗？最近不能喝啊。"

他一愣，随即笑了："那是过两天要带去看齐老师的。"

陈望手一顿："是——齐昇导演吗？"

"嗯。"

之前听小田说过他会经常去看齐导演，原来是真的。

"……齐导演身体还好吗？"

"当时做了几回大手术，这几年身体状况已经调养得不错了。平时师母不让老师沾酒，也就我过年的时候拎一小盅过去，喝两杯再拎回来。"

"这样……"她心不在焉地应了句，有点怅然。她出国得突然，和谁都没来得及打招呼，而第二年齐导演就进了 ICU。比起谢致，她真的是个小没良心的……

"过两天一起去吗？"他忽然问。

陈望蓦地回神，手上一滑，碗一歪撞到盘子上，清脆的一声响。

她手忙脚乱地拿起碗，见没有破损，这才松了口气。谢致举着瓶子快步走进厨房："没事吧？割到手没有？"

"没有没有，没碎。"

她尴尬地用清水把碗冲洗干净搁好，见他还站在一边，忙说："你快回去坐着。"

"你还没回答我。"他看着她。

陈望窘迫地捋了下鬓角的碎发："当然好——我只是在想，带什么东西去好，果篮还是什么的……"

谢致微微扬起嘴角，说："你不用担心，我来准备。你最近什么时候有空，我去接你。"

"明天刚好放假，接下来就没有休息了。我初四上夜班，初五下班之后可以吗？"

他皱眉："下夜班后去休息，别去了。"

她摆摆手，说："哪就那么弱了，说不定那天晚上太平能睡个好觉呢。"见他还要说，她抢先赶人，"快出去吧，你在这儿挤。"

谢致无言地看了眼宽敞的厨房，乖乖出去了。

陈望迅速把剩的碗盘洗干净晾好，擦干手到客厅里，给他准备好棉棒和止血贴，便打算回家了。

谢致看了眼点滴瓶，出声留她："只有半瓶了，挂完我送你回去。天都黑了，你一个人不安全。"

陈望忙阻止他："可别，你吹趟风回来，今天这两瓶就白挂了。"

"我现在已经好多了。"

"你是医生？"

谢致不作声了，很快又说："我让助理送你回去。"

"不用不用，真的。"她摇摇头，"我上地铁和到家都给你发个微信。"

谢致这才松了口，起身举着瓶子目送她进了电梯。陈望被他的紧张劲儿弄得有些惶恐，依言在进站时给他发了消息，到家后又发了一条。

过了一阵，他回了一张手背贴着止血贴的照片。

虽然谢致说不用她准备，但陈望想想，自己于情于理都不该空手上门。只不过齐导演又不抽烟，酒也不能喝，她思来想去，拉着陈爸爸到茶叶店里当参谋。父女俩挑来挑去，买了个安溪铁观音的礼盒。结账时，禁不住柜员的打折诱惑，又选了套天青釉的茶具。柜员信誓旦旦说是汝窑的，陈望暗道如果真是汝窑的哪里只这个价。

徐瑛玩味地摸了摸下巴："所以你们明天要去齐昇家里做客？"

"嗯。"陈望咬了咬下唇，"我还有点紧张呢。"

"哎，也是。"徐瑛拍拍她的肩膀，"换我，突然和一个大明星成了朋友，别说和他又是吃饭又是拜访长辈，光站一起我估计腿就打摆了。"

陈望黑线："……我紧张的不是这个。"

"那你紧张什么？"

"唔——齐导演当年对我们都很好。结果，你想想，怎么说，我当年也算不告而别，回国了也没有再联系，人情上就很理亏了。后来齐导演大病，谢致一直很关心他，这么多年也常去走动。和他一比，我好像白眼狼啊……"她苦恼地支着下巴，"明天我都不知道要用什么表情面对齐导演了……"

换徐瑛黑线了："你想太多了吧。你当年那是迫不得已，再者你也说了，回国时谢致已经大红大紫，你就是一苦兮兮的应届高三生，能怎么联系。齐大导演这个岁数了，什么样的人没见过，你该是什么样就是什么样，老人家肯定会理解你的。"

她已经听陈望说了小时候的事情，一想到面前这个乖乖巧巧、人畜无害的姑娘是差点拿了金鼎影后的人，就不由得"与有荣焉"，又忍不住感慨造化弄人。

"话是这么说——"陈望老老实实道，"我还是紧张。"她见长辈就退缩的毛病，这么些年就没克服过。

徐瑛无奈道："那我救不了你。"把盒子里最后一个烧卖解决了，她拍拍衣服起身，"走了走了，你同学的报告出来就告诉你。"今天夏夏来产检了，是徐瑛科室里的另一位医生负责的，陈望也跟着过去"旁听"了。

门忽然被人敲了敲，小田推门进来，手里拎着个纸袋："陈望，你的外卖。我刚刚去取的时候顺手把你的拿来了。"

徐瑛疑惑地转头，上下打量了一圈陈望，目光习惯性地停在她肚子上："你最近饭量这么大了？刚刚不是才吃了烧卖吗？"

陈望一个头两个大，把纸袋里的玉米汁分了一杯给小田当谢礼，等小田走后无奈地揉了揉额角："肯定是谢致……"

"啊？"徐瑛纳闷，"啥情况？"

"就，"陈望无奈又好笑，"从见面之后，他只要知道我夜班就要送夜宵过来。年前不是忙嘛，我那时在朋友圈发了值班表吐槽来着，他就让助理按我值班的时间送过来。我说不用，太麻烦人家姑娘了，这回就直接订外卖了……"

徐瑛乐了："听你这么说，我怎么觉得他在追你呢？"

陈望从袋子里摸出个糍饭团朝她脸上一丢："别瞎说，吃还堵不上你的嘴。"

徐瑛轻松接住："堵，堵得住。"看破不说破，她先猜一把嘛……

待徐瑛走了，陈望拍拍脸，掏出手机给谢致发消息："谢谢你的外卖，但以后真不用啦。"她有点好笑，"我妈本来就给我准备一堆了，你又送来，搞得办公室里天天盼着我值班，他们第二天好来蹭早饭。"

"那好吧。"他回得很快，"不忙的话早些休息。明天什么时候去接你合适？"

"下了班就好了。"

"下班后你回家歇歇吧，午饭后我再去接你。你定个时间？"

陈望想想也是，她总不能顶着油头和一身医院的味道去拜访长辈："一点半？"

"好。"

第二天，陈望下班回家，迅速吃了午饭便去洗头洗澡。回房间换了身衣服后，解开头巾开始吹头发。家里的吹风机历史悠久，只不过这么多年除了声响大些，没有其他毛病，家里也就凑合着用。吹风机在耳边哇啦哇啦地叫唤，她分神看了眼手机，已经一点十分了，不禁有些着急，梳头发的速度一乱——按摩梳拔不下来了。

她忙关了吹风机，试着去解——好像缠得更紧了点。这下她不敢乱动了，捂着脑袋急急忙忙跑出房间："妈妈妈妈妈妈妈——救命——"

厨房里没人。

她把遮着视线的几绺头发撩起来看了圈，听到客厅里的电视机声音，忙折回去客厅——

沙发上坐着她亲爱的爹妈，还有个青年。青年穿着衬衫长裤，眉目清朗，一派端正的好模样，含了礼貌的笑意。

谁能告诉她为什么谢致在她家?

陈望顶着一头鸡窝,举着鸡毛掸子似的按摩梳,结结实实地,僵住了。

她一片空白的脑子里弹出的第一个反应是,幸好她不是穿着睡衣出来的。

安静得只剩电视机弱弱的广告声的客厅里,全场第一个回魂的是陈妈妈,当机立断起身推她:"回房间,回房间。"说着便摁着她的肩膀迅速同她进了房间。

房门关上前还能听到陈爸爸尴尬地招呼谢致:"喝茶喝茶。"

"谢谢叔叔。"

房门上了锁的瞬间,陈望一头栽进被子里,欲哭无泪:"妈妈妈妈,他他他什么时候来——不是,他怎么会来啊……"

陈妈妈把她从被子里挖出来,无奈又好笑地戳她脑门:"我怎么知道。小时候怎么都不肯来家里,今天突然就上楼了,我和你爸都吓了一跳。知道你在房间里换衣服,就没叫你出来。"

她把陈望按着坐好,耐心地捋出梳子缠出来的结,接着道:"谁想到你忽然冲出来吓人,又吓了一跳。"

陈望的脸烧红:"您别说了求您……"

"又是门铃声又是说话声,你就一点都没注意到?"

"吹风机声音太大了嘛,回头我就买个新的……"陈望愤愤地戳了戳无辜的吹风机,"都是它害的!"

陈妈妈把她的头发从按摩梳中解救出来,又给她揉了揉头皮,最后一拍:"行了,快点收拾,别让人等久了。"

陈望弱弱地拉了拉妈妈的袖口:"我……能不能不去啊……"

陈妈妈给了她个怜悯的眼神:"你说呢?"

陈望认命地松了手。

此后陈望贯彻了装鸵鸟到底的方针,拎着东西垂着脑袋一声不吭地离家下楼。谢致将礼盒绳从她手心里抠下来,把东西并到一只手上,另一只手去拉她的手腕:"生气了?"

她忙把手抽出来,下意识看了眼四周:"你别……"她可记得上回,他只拉她一下就被抓拍得清清楚楚。

他从善如流地收了手:"那你别垂头丧气的了。你不着调的模样,我又不是第一回见。想想你那时扬言说要打蟑螂,结果挂我身上不撒手,花絮老师还录像——"

陈望急得就去拍他手臂:"你别说了!"

"好好,我不说。"他微微弯腰,对上她躲闪的眼神,"那你也别生气了,嗯?"

她避不开他的视线,嗫嚅:"我没生气……就是有点丢脸……"

谢致把东西放进后备厢,将她塞进副驾驶座坐好:"这有什么,"说着也上了车,开了暖气，"叔叔阿姨又不会和人乱说。"安全带系上了，轻轻的一声"嗒"。

可你瞧见了啊！陈望别开脑袋，嘟囔："谁知道你会到家里去……"

"是我不好。"谢致极自然地背锅，"我也是早上才考虑到，这么多年没见，又是过年，既然都到你家楼下了，怎么说也该拜访一下叔叔阿姨。别的不说，以前阿姨做的点心没少便宜我。没提前跟你说，对不起。"

他认错得这样痛快，陈望反而觉得自己似乎有点理亏，忙道："你别——不是你的问题……"她卡了下，果断，"怪我家的吹风机！"

谢致轻笑了声，也不问原因："好。"

第十一章
曾经沧海不自知

陈望看着眼前的四合院，呆住了。

谢致拎着礼物，瞧她一脸傻愣愣的："怎么了？"

"齐导演——住这儿啊？"

"是啊。"

她轻轻吸了口凉气："齐导演家里不会是——"她纠结着措辞，"大户人家？"她没见识过有钱人家，但还是耳闻过，在这个地段，能买一套四合院，不只是钱多就办得到的。

谢致被她战战兢兢的模样逗笑："老师家三代都是农民。十多年前，老师的一位好友要移民，临走就把这四合院便宜卖给老师了。要说有背景，也该是那位好友。不过，当年老师做手术后，嫌城里空气不好，和师母搬去郊外的疗养院住了几年，这几年才重新搬回来。平时也不常住这儿，嫌太太太冷清。现在是过年，老师的儿子女儿回来，这里能住一大家子，又方便亲戚朋友走动聚会，所以老师师母就会到这边住上半个月左右。"

"这样。"陈望被自己的胡思乱想闹红了脸，不过很快又紧张了起来，小心翼翼地同他确认，"你真没和齐导演打声招呼？没说——我会来？"

"嗯。"他点头，"给老师个惊喜，不好吗？"

"我怕吓到齐导演……"

谢致失笑："怎么会？是你长得吓人吗？我没看出来。"

陈望试图挣扎："那——你那时不也吓到了吗……我都看见你……"她越说声音越小，脑袋也垂下去，"……在台上走神了……"

谢致还是听清了她说什么。他没有接话，两人之间一时有片刻的安静。陈望抬起头，只当自己是说错了什么，张了张口想解释点什么，可又想不出有哪里该认错的地方，喝了一嘴冷风。

谢致回过神，轻轻笑了下："我和老师，怎么会一样。"

她干巴巴应了声，心里琢磨着他这句话听着怎么像是有些别的意思？还是她想多了？睡眠不足的原因吧，也可能是刚刚的尴尬让脑回路有点接触不良了。她晃晃脑袋，强迫自己清醒一些。

"走吧。"谢致先迈开了步子。陈望忙跟上，见他两只手拎满了东西，顿时在心里谴责了一下两手空空没眼力见的自己。

"我自己拿吧。"她说着便伸手要去拿他手里的茶叶和茶具。但谢致没松手，她又不好抢，只好默默收回手。

"方姨，新年好。"

来开门的是位圆圆脸的小个子阿姨，见是谢致，立刻笑起来："哎呀，谢致来啦。"

谢致也笑，颇为熟稔地同她寒暄，又侧过身给陈望介绍："这是在老师家里帮忙的方姨。"

陈望连忙局促地点头："方姨好。"

方姨脑筋转得飞快，还没等谢致介绍陈望，立时拍手笑道："哟，带女朋友来了。"

陈望顿时涨红了脸，拼命摆手："不是不是，您误会了——"手忙脚乱中瞥了眼谢致。

谢致接收到她求救的信号，心中微妙，但还是替她解围："这是位朋友，老师很久没见她了，我带她来认门。"

方姨笑成了个掩口葫芦："现在是认这个门，将来认哪个门可就说不准喽。"

谢致这才发现自己说的话让方姨钻了空子，余光在还没反应过来的陈望身上停了一瞬，不禁有点耳热，咳了声转移话题："老师和师母呢？"

方姨关好门，走在前头给他们带路："先生在院里折腾那缸金鱼呢。小卉年前弄回来的，本意是给先生太太养着玩，结果刚搬回来就被先生骂，说万一小孩子跑来跑去掉缸里怎么办。可说了要扔，又舍不得了，只好说把缸垫得高一些，小孩子够不着，平时再看得紧些，也就是了。不过这院子啊，太大，小孩子一跑起来，大人撵都撵不上。昨儿个，小山不知从哪旮旯拖出条梯子，都积了半寸灰了，和他妹妹闹着要上房顶看星星，最后被他爸逮住了。你也知道庆维是舍不得下重手的，结果手刚举起来，小山就干号得十里八方都听得见，哎哟可真是——"

方姨嘴皮子翻得飞快，陈望听得稀里糊涂，看谢致神色平常地听着，偶尔还能接个茬，深感佩服。

三人进了院门，陈望立刻又开始有些紧张了，下意识就往谢致的影子里缩，努力降低存在感。

谢致好笑，正要转头，就听齐导演乐呵呵地喊他："谢致，来来来，我早上去买了对蝶尾，来看看——哟，你干吗拎这么多东西？"

谢致笑道："因为这里不止我一人的东西啊。"说完转头去哄躲他背后的陈望，"快出来。"一面又扬声道，"老师，您看谁来了。"

齐导演微微眯了眼，推了推鼻梁上的花镜，仔细瞧去，"哎哟"了一声："这是——"

陈望小心翼翼地挪出来，拘谨地鞠了一躬："……齐导演新年好。"

"哎呀，是陈望啊！"齐导演喜出望外，拄着拐杖快步走来。

陈望赶忙迎上去搀住老爷子的胳膊。老爷子笑眯眯，细细端详了她片刻，拍了拍她的手："是陈望啊，都长成大姑娘啦，漂亮。"

陈望眼眶微热："好多年没来看您了，您最近身体好不好？"

"好好好。"老爷子忙招呼她坐。

谢致也走到齐导演的另一侧，一手接过拐杖一手扶着他的胳膊，三人在院中的石桌边上坐下。

老爷子的眼睛就没离开过陈望，许久后才欣慰地笑道："好，好，能再见面，好啊。"

"对不起，一直都没来看您……"

"嗨，傻姑娘说什么糊涂话。"老爷子爽朗一笑，又关切问道，"说来，当年是怎么了？突然就没联系了？"

陈望言简意赅地说了个大概。齐导演听罢又关心了一下她母亲的身体状况，得知一切都好，才长出一口气，拍拍她的手："否极泰来，否极泰来。"

陈望笑着应了："是，借您吉言。"

谢致方才去帮方阿姨接茶水了，此时正好端着托盘过来，给老爷子和陈望倒了茶。

齐导演便顺势指了指谢致，笑道："你当年走得那么突然，这小子看上去没啥，心里急得哟，干什么都魂不守舍的。初三，第一次月考在剧组里，没参加，期中考跌到班里三十多名，他爸妈慌得很，来问我是不是该让他暂时别接戏了。我把他叫家里来，聊了一下午。后来时间长了，中考压力上来了，他才慢慢缓过来。"说到这儿，老爷子又作势指了指陈望，"小没良心。"

陈望知道是玩笑话，红着脸认了，偷偷瞄了眼谢致。他正好也看向她，被抓了现形的她心跳漏了一拍，随即强作镇定地端起茶杯喝了口茶。

"那你现在做什么工作？"

"是医生，在 D 大附普外。"

"医生好啊。"老爷子欣慰，"就是辛苦些，尤其你一个女孩子，要注意身体，别总仗着年轻就不把自己身体当回事儿。"

已经奔三的女孩子厚着脸皮点头："嗯，知道啦。"

"你也是。"齐导演又转向谢致，语气变得不客气，"你看看你，不到三十岁身上哪块皮哪块骨头是好的！"

谢致扶额："您夸张了啊。"又看向陈望，"别听老师瞎说，我年底大体检哪哪都正常，百毒不侵。"

刚给百毒不侵的谢致打过点滴的陈望："……"

老爷子从鼻孔里哼了一声："现在好了，陈望是医生了。陈望啊，你以后多看着他，别让他成天摔摔打打的，又熬夜又不吃饭，不听话就给他来一针。我的话，他是越来越不肯听了。"

陈望哑然失笑："我努力吧，可我也管不着他呀，哪天您该把他经纪人叫过来，立个军令状之类的。"

老爷子扶了扶眼镜，奇怪道："你们不是——"

"咳。"谢致重重清了下嗓子。

陈望不明所以："什么？"

老爷子顿悟："没事儿。"转而同她聊起些家长里短的事。

过了一阵，陈望口袋里的手机响了，见是医院来的，便先到一边接起来。

老爷子见陈望走远了，压着声音问谢致："你不喜欢陈望啊？"

谢致被这突如其来的一问呛着："什么？"

老爷子有点急："小时候我就看你对人小姑娘挺上心的，后来她走了，你还那么牵肠挂肚的。你说你长大了交女朋友吧，也没个定性，我知道的时候都黄半年了，这四五年也没见你有其他动静。我之前还和你师母琢磨，说你不会还惦记着陈望吧。想想，又觉得不会，你都和别人处过对象，明显不是在一棵树上吊死的人。可又单这长时间，我和你师母都替你着急啊。"

谢致被这番形容弄得哭笑不得："您和师母也真是——"他想说些轻松些的词句，可顿了顿，敛了眉目，掩了那些难辨不明的情绪。

"您说得对，我算不上多长情的人，不会在一棵树上吊死，没有到非谁不可的地步。以前我也觉得，和其他人在一起，不算坏，之所以没成，仅仅是因为碰到的刚好不合适。只是——"

他目光停在不远处正举着手机，表情认真地和同事讲着电话的陈望。

"再见到她之后，忽然发现其他人都不合适了。"

谢致说完，低头抿了口茶水。

齐导演也没再言语，好一会儿，才重重拍了他的肩膀一下，恨铁不成钢道："那还不赶紧把人追到手！什么时候成了什么时候再上我这儿来！"

陈望刚收起手机，转身就看见谢致被齐导演用力拍了肩膀，吓了一跳，忙回去坐好："怎、怎么了吗？"

老爷子笑眯眯："没事，这小子不争气，我教育教育他。"

谢致回她一个安抚的笑，随手给杯子都添满了茶水。

"哎呀，小谢带女朋友来了？"

陈望再次被窘到。谢致已经很淡定，拉她起身："师娘，您别听方姨的假情报，这是陈望。"

她忙不迭跟来人问好："师娘好。"

师娘虽说上了年纪，但打扮得整整齐齐，眉目清秀，年轻时定是个美人。她似乎对这个名字并不熟悉，还是齐导演在一旁出声提醒："就是絮絮。"

师娘这才恍然大悟，忙上前亲热地拉住她的手："原来是絮絮啊，我听说你好长时间了。怪我，女大十八变越变越好看，和电影上的小姑娘都不太一样了。"

陈望被漂亮的老太太夸得脸热。老太太仍拉着她笑道："我老伴说絮絮是个普普通通的小姑娘，我看电影时就说不像，明明秀秀气气的，以后长开了会更好看。瞧，我说得没错吧。"末一句话半嗔半笑地看向齐导演，齐导演喝着茶装聋作哑。

老太太继续一脸满意，松开手往后退了步，目光在两人中间转了转："好，好，登对。"

陈望想，被这么一而再再而三地误认为是谢致女朋友，她真的要膨胀了。尴尬地又解释了一遍，老太太似乎有些意外，但很快便将此事翻篇，提起了晚饭的事。

"今晚小卉、庆维他们都到婆家岳家去了，就我们几人。陈望啊，晚上想吃什么，我刚买菜回来，鱼肉蛋都有，还有几只蟹。家里还有燕窝，我给你炖一盅，就加冰糖红枣，女孩子喝这个好。"

怪不得齐导演看上去不是话多的人，却请了位爱说话的阿姨。估计阿姨和师娘很聊得来。陈望一方面被师娘的热情暖到，一方面又有点招架不住，求助似的看向谢致。谢致却只是笑，还轻轻推了她一把："我们陪师娘去厨房吧。"

师娘说："不用，有小方呢，你们别在外头，冷，进屋去喝喝茶聊聊天。"

"师娘，我给您打下手吧。"陈望忙说。

虽然外头是古色古香的四合院，但里面的装潢还是颇现代化，厨房里各式器具一应俱全，甚至还有个烤箱。师娘一边给土豆削皮一边道："我外孙女爱吃什么饼干蛋糕的，我自己闲着无事就学了。你们小女孩都爱吃吧，晚点我再弄一点，你带回去当零嘴。"

"不用啦师娘，"陈望仔细地把菜洗干净，"师娘，还有什么要帮忙的？"

"啊，那把这两个土豆切成丝吧，切丝可以吗？"

"可以的。"陈望接过刀，切了几下熟悉了刀具，速度便慢慢上去了。

两人说着话，免不了又提到当年家中的事情。师娘听罢也宽慰了她几句，不由得也提到了齐导演当年的病。

末了师娘笑道："大过年的，不说这些了。小陈啊，交男朋友了吗？"

话题可以跳得这么快的吗？陈望来不及反应，嘴比脑子快了一步："还没……"

"你是医生吧？医院里小伙子大把大把的呀。"

"这个，"陈望尴尬地笑笑，"太忙了，都没时间考虑这些。"

"家里人就不着急？"一旁择菜的方姨插嘴问。

"着急还是有点的，但没遇到合适的，也没办法。"

师娘半玩笑半埋怨："哎，现在的年轻人，都不爱结婚生小孩了。我当年是没法子，四处奔波，三十多才生，还是双胎，现在想想都后怕。结果俩不省心的长大了，也一直拖，都是三十多才成的家。你说说，女人想生孩子的话，拖太晚不行的啊。小卉当年进产房，可没把我吓死。"

陈望点点头："是，年纪太大的话各方面风险都总体要高一点。不过，现在技术设备都慢慢上去了，顺顺利利生产的高龄产妇也不少。"

"好在啊，都平平安安过来了，我也就放心多了。现在啊，都操心小谢呢。"

陈望没料到话题突然又绕到谢致身上，一时也不知道怎么接。师娘似乎也没打算让她接，继续说："他大学刚毕业时，我老伴一个朋友的孙女，喜欢他喜欢得不得了，只要小谢到家里，半个小时不到肯定也跟着来了，平时也总找他，去探班什么的。那姑娘长得跟模特似的，名校毕业的，性子也好，大大方方的，算得上是门当户对，我们都觉得不错，小谢却总是淡淡的。姑娘追了人大半年吧，终于盼到点头了，在一起了，刚好那时也是过年，两人一块儿到家里来了。结果，元宵刚过，就散了。问吧，只说不合适。以后再想给他介绍，就成天说不急，忙，慢慢来。"

陈望这下真不知道该怎么接了，只好生硬地转移话题："……师娘，土豆丝切好了。"

"啊，好好。那你去歇歇，就几个菜，炒炒就好啦。"

"没事的，我帮您吧。"

"别别，你衣裳颜色浅，万一溅到就不好看了。去外头走走，或者陪你老师说说话。一会儿就开饭了，啊。"

冬天的太阳沉得早，外头已是黑漆漆的一片。廊下挂着几个灯笼，走近了瞧便能发现里头都是灯泡，梁上安着线，远看倒也很有氛围。

陈望随意拣了一处坐下，因是背风，并不觉得多冷。古色古香的院，初升的月，风吹叶动的低响，光线柔和的灯泡，金鱼缸边的制氧机。如同两个世界的交错般，令她有些恍惚。

从网上看到的谢致，他自己口中的谢致，旁人话中的谢致，她眼中的谢致，纷纷杂杂地缠绕交叠，让她总要陷入一种雾一般的茫然。彼此空白的时间太长，纵然再见，她仍容易带着旧时的记忆，不自觉地便要去寻他的变化，然后试着小心地调整自己的态度。可她不是个聪明的姑娘，适应的能力远没有那样快，面对他时控制不住的心慌。

时间划出的沟壑，让她听着他的事，也好似听着陌生人的故事。照理她应该听进去，可仍有一种游离在这些事情之外的感觉。

小时候的人们都是柔软的，好包容的，再迥然的性格，只要没有恶意，总能试探出相互契合的一面。长大了，形状便越来越分明，开始长出壳子，与他人乍然相遇，只有清脆的一声响。

"怎么在这儿吹风？"

陈望从胡思乱想中清醒过来，看到谢致站在身后，捋了下耳边的碎发，说："没什么，看看风景，齐导演这个院子挺好看的。齐导演呢？你不陪着他？"

谢致挨着她坐下："老师饭前要吃粒药，吃完他去躺一会儿了。师娘呢？还在厨房？"

"嗯，说怕油脏了衣服，让我出来了。"

"和师娘聊了什么？"

"说来说去都是当年的事，还有齐导演，还有你的事。"

"我的事？"他心里一"咯噔"。师娘不会乱说话吧。

然而天不遂人愿。陈望慢慢开口："嗯，你前女友的事。"

谢致沉默，半晌才说："盛情难却，加上长辈的好意，一时间……"

她好久才反应过来他的意思，"扑哧"笑出声来："所以，只要女生特别主动，你就没辙是吗？"

"倒也不是。"他慢条斯理道，"如果我不是单身，多主动我都挡得住。"

陈望低头笑笑："没有说你耳根子软不专一的意思，就是没想到，你看上去还不太好搞定的，原来女生主动就缴械投降了啊。万一你的女友粉知道了，怕是每天都有个加强连来堵你。"

谢致心说并不是，但也没有反驳，顺着她的话调侃了一句："那你可得替我保密。"

"只不过，"她搓搓手，哈了口气，"你又不给人主动的机会，又不会自己主动，难怪齐导演和师娘要着急。"

谢致似笑非笑的："谁说我不会主动？"

"嗯？"陈望不解。

他没回答，站起身："进屋吧，外面冷。"

回到屋内时正好瞧见方姨在摆碗筷，陈望赶紧跟着进厨房里端菜了，谢致则去喊齐导演。等陈望端着盘红烧鲤鱼出来时，就见谢致正往两个白酒杯里倒酒。

她忙把他拉到一边："你病还没好彻底呢，不能喝酒。"

"我陪老师抿一口而已，老师最多也只能喝半杯，师娘盯着呢。"

"那，"陈望卡了一下，"那也不行，你还要开车呢。"

"晚点小刘就来了，他送我们回去。"

她犹豫了一下，最后退一步同他商量："那第一口你沾一点，齐导演还要喝的话我替你。反正我这么久没来拜访齐导演，陪他老人家喝点赔罪是应该的。"

谢致微讶："你会喝？"

陈望缩了缩肩膀："可能会吧。"

他好笑："什么叫可能会？"

"黄酒倒是陪我爸喝过一点，白酒应该也就比黄酒烈一点吧……你带的那瓶是多少度的？"

谢致垂眼瞧她底气不足的模样，明明清楚她没有其他意思，只是单纯关心他——他忍不住轻轻捏了捏她攥着他袖子的手："我只沾下唇，你不要勉强自己喝。"

师娘擦着手从厨房里出来，瞧见餐桌边拉着手小声说话的两人，原本压下去的那点不确定的猜测又冒出来了。

万一小谢对陈望有那么点——那她方才在人姑娘面前都说了些啥呀……

于是，当晚餐桌上，谢致得到了师娘过分热情的布菜照顾。

他果然并没怎么喝，一杯酒只沾了沾唇。倒是陈望给自己斟了一杯，谨慎地用舌尖点了点，感觉可以接受。等谢致同师娘说了两句话，回过头就发现陈望已经很实在地将那杯酒敬了老爷子后喝干净了。

"陈望。"谢致低声喊她。他顾着老师的身体，带的酒虽然不烈，但她第一回喝，怕是受不住。

陈望已经感到脸有点发烫，但神智非常清楚，回了他一个安心的笑："没事，我觉得还行，有点上脸而已。"

然而她忘了自己昨晚才值了夜班。酒精加上睡眠不足，等下桌的时候，她已经有点发晕了。

谢致见她目光开始飘忽，一把扶住她胳膊："头晕？"

师娘闻言忙走过来："这是醉了？"

"没事没事。"陈望不好意思地扶住脑袋，"有、有点困而已……"

"她上午才下夜班。"谢致想起来了，替她解释道。

"哎，你说你，什么时候来不是来啊，人家上夜班你还把人带过来，这不是折腾人吗？"师娘责怪道。

陈望忙要说是自己坚持的，被谢致截了话头："是我的错。"

"好了，你们还站着做什么，赶紧扶人坐下。小方，去弄杯蜂蜜水。"齐导演喊道。

陈望被他们的兴师动众弄得有些尴尬，只好顺从地到沙发上坐好，捧了蜂蜜水小口小口地喝。

谢致低头给小刘发消息，收起手机后接过她手里的杯子："我让小刘过来了，一会儿我们就回去。"

"我真没事，你不用那么紧张。"陈望失笑，"你陪齐导演和师娘再多坐一会儿。"

"哪就差这一时半会儿的。"齐导演也到客厅里来了，"你们就早点回去歇着，下次再来不也是一样？再晚点，我儿子女儿两家也要回来了，你想这样晕晕乎乎地认人吗？"老爷子调侃她。

陈望一听，只好乖乖听话了。

走的时候，师娘又往她手里塞了两大包特产，又说今天没时间了，下次一定给她做饼干。陈望又感动又无措，还是谢致开口："师娘给的，你就拿着。"她才连连道谢着收下了。

上了车，暖气比方才屋子里的还要足，陈望被烘得迷迷糊糊的。谢致将靠枕垫到她脑袋底下，又不知从哪里弄出条薄毯给她盖上："你睡一觉，到了我喊你。"

她着实犯困，此时也没法子考虑矜持不矜持了，头一歪便闭上眼睛。小刘识相地把空调风速调低了一档，车里便只剩下窗外传来的隐隐约约的风声。

口袋里的手机轻微地振动一下，谢致拿起来，是向平川发消息来确定《踟蹰》的排练和演出安排，又说有部新片的邀约，文件都发他邮箱里了，让他回去找个时间看看。因为主角之一的宋敏宋老师这两年身体状况不太好，下个月月底再演一场便要入院休养，变相等于《踟蹰》要封箱较长一段时间，所以剧组对这一场很是看重，他下个月的大部分精力也都会花在排练上。

谈到最后，向平川随口来了一句："这也说不准就是最后一场有宋老师上台了，机会难得啊，你不请陈医生去看看？"虽然票早就被抢光了，但谁手里不会留几张内部票呢？

谢致手一顿："什么位置？"

"都不差。"

"那你留一张出来。"刚发出去，他想想又撤回改了，"多留几张。"

"行，给你留中间的。"

车子上了立交桥，连着几个大转弯。睡得无知无觉的陈望跟着惯性东倒西歪，谢致察觉到时，姑娘已经直直地往车窗上撞了。他忙伸出手臂去拦她，被险险拦住的陈望反向一仰，脑袋便倒在他肩上了。

小刘听到响动，抬头望后视镜看了一眼，迅速移开目光专心开车。

姑娘的脖子压着他手臂，头枕在他肩上，拍过不少感情戏的谢致，很没出息地僵住了。

过了半天，他才慢慢地伸出左手，接过右手里的手机，继续给向平川发消息。

向平川："你输入法抽风了？打的什么乱七八糟的？"

谢致："……"把消息撤回了，重新打，"晚点再说。"

车开到陈望家小区门口。谢致低头看了看，陈望还完全没有醒来的意思。虽然私心想再多待一会儿，奈何这里不能停车。

他正要开口喊她，话到嘴边犹豫了一瞬，轻轻扶起她坐直了，让她好好靠着靠枕，才慢慢收回已经麻了的手臂，装作无事发生的模样。

若是她醒了知道自己枕了他一路，按她那个性子，估计要窘迫好长时间，说不定还会躲着他，得不偿失。

"陈望，陈望，到家了。"

陈望晕晕乎乎地醒转，蒙蒙地睁眼看了看身侧的谢致，又转过头看了看车窗外熟悉的大门口，意识才慢慢回笼，略懊恼地扶住头。

"……不好意思我睡糊涂了。谢谢你们送我回来，那我先走了……"

她抓起包就开了车门，被迎面的寒意一扑，身体不自觉地晃了晃。陈望强打起精神站稳了，转身正打算同他们道别，车门被另一只手扶住。

"小刘，开一下后备厢。然后你到附近转两圈，十分钟后来接我。"谢致说着，长腿一迈也下了车。

陈望愣愣地看着他从后备厢里拎出师娘给的特产，这才察觉到他的用意，忙要上前接过："我自己来就行，你快回去吧。"

然而小刘在谢致关上后备厢后，便十分机智地打着方向盘开溜了。谢致将她伸来的手轻轻扶住了："我怕不送你上去，你会在楼梯间睡一晚上。"

陈望脸热："哪有这么夸张……"

她住的小区历史不算短，没有电梯，楼道装的也是声控灯，谢致将脚步踩得极重，灯才颤悠悠地闪了闪。他随口问道："叔叔阿姨没有搬家的打算？"

"没有。"陈望小小地叹了口气，"之前给妈妈治病，欠了亲戚们一些钱，虽然早就还清了，但这几年也没攒下多少积蓄。不过这里离我爸单位近，也还算方便。我倒是想呢，等我爸退休后，找套好一点的，把这边的卖了，看东拼西凑能不能够个首付。反正我同爸妈住，别人付房租的钱我拿来还房贷，应该是可以的吧。"

"你结婚了也把叔叔阿姨接过去住吗？"

陈望感到耳朵尖又开始烧了，但谢致的表情太过云淡风轻，仿佛问的不过是稀松平常的事情。她尽量自然地收回目光，低头假装看台阶："这还远着呢，单着也不是没可能，我爸妈也不会嫌弃我。"

"不想结？"

"不是不想，就是，还没遇到合适的……万一哪天突然就遇着了，一下子就结了也说不定。但反正现在还没有，不急不急……"

苍天大地，她为什么要同他讲这些。

幸好谢致似乎也没打算在这个问题上再多停留，反而回到刚才的话题上："那你想找什么样的房子？"

陈望心里松了口气："唔——有电梯的，楼层也不要太高，小区绿化好一些，或者附近有公园绿地之类的，我爸妈有个地儿散步。"

谢致想了想："华亭还不错。"

她笑出了声，佯作敬畏地往旁退了一步："那除非我家被划入拆迁范围。"

他也轻轻弯了嘴角，将她往回拉："别撞着栏杆。"

送她到家门口，谢致将东西交给她："太晚了，我就不打扰叔叔阿姨了，你进去吧。"

请他进门喝杯茶的话在嘴边转了一圈，最后陈望说："谢谢你，那你路上小心。"

"嗯，早点休息。"

目送他的身影消失在楼梯拐角处，陈望才按了门铃。

过了几天，陈望收到谢致发的消息，提及下个月月底的《踯躅》有可能是宋敏老师最后一场担任主角的演出了，问她想不想去。陈望顿时陷入纠结："想去，但我不知道那天有没有值班和大手术。"

"没关系，我多留几张票，你可以和朋友或者叔叔阿姨来。"

她想了想，坚定："我一定去，实在不行换班就好。"

他发了个摸头的表情包："不用勉强。"

"没有，我很喜欢这部话剧，本来去年年底想再去一次的，没去成。"

"你看过？"谢致的手指停在屏幕上的"再"字上。

"嗯，去年年初那场去了。"

"我记得那场结束后，有主演签名的环节。"良久，那边才冒出这么一句话，

"我没见到你。"

"……对不起。"

"别玩手机了，菜都凉了。"对面的徐瑛敲敲她的餐盘，"和谁聊天呢，一张脸精彩纷呈的。"

陈望下意识地捂了脸颊："哪有。"

徐瑛一副"你当我瞎"的表情。陈望迅速重新拿起筷子，岔开话题："那个，我朋友问我下个月要不要去看话剧，他留了票，说我可以带人去。"

"什么话剧啊？"

"就是《踯躅》。"她把谢致的话原样讲了一遍。

小田的眼睛亮了："那我要去！"

徐瑛倒是一脸高深莫测："朋友？"

陈望咳了一声："去不去？"

"去去去，换班都要去。"徐瑛笑得贼兮兮，"不过，人是特意请你的，我们就是个顺带吧。"

她把"特意"二字咬得极重，陈望装聋作哑。小田听不懂她们打的哑谜，一脸茫然。

晚上同爸妈说了，陈爸爸摆摆手："你就和小徐她们去吧，我们不爱看悬疑的。"

"啊……那好吧。"陈望拿出手机，点出和谢致的对话框，正要打字，无意瞥见陈爸爸一副欲言又止的模样，"怎么了爸？"

陈爸爸尴尬地咳了咳："就，之前说的，你蔡叔叔问你最近忙不忙，他儿子——"

陈望正按着文本框的手指一僵，抬头，舌头打了下结："要、要相亲？"

"也不是，但也算——总之就是想让你们俩吃顿饭聊聊天，就当交个新朋友。"陈爸爸说着自己都有点心虚，"反正你们都在 M 国待过，应该能聊上一点吧？"

陈望哭笑不得："您又不是没见过我在 M 国的成绩单，人家是去深造镀金的，哪有可比性了。"

一直假装看电视实则支着耳朵在听的陈妈妈忍不住插嘴："也没让你同人聊学习呀。你们聊聊兴趣爱好，聊聊工作？"

陈望："妈您自己说出来不觉得尴尬吗？"

陈妈妈噎了一下："那，你把人当患者家属，你就自然了。"

"这还没过元宵呢，您别这么咒人家。"

"我们平时也不逼你，只不过你蔡叔叔都和你爸共事这么多年了，至少都是知根知底的人家，你去瞧瞧也好。"

虽然不情愿，但毕竟是爸爸的老同事，陈望还是硬着头皮答应了。她揉着额角重新拿起手机，解锁完一瞧，和谢致的聊天界面上显示着十分钟前她发了一条语音。

她什么时候发语音了？

陈望正要点开听听是怎么回事，下一秒，页面上弹出一句话——

"你要去相亲？"

第十二章
回忆在左路在右

如果人生是一场大型的 RPG（角色扮演）游戏，陈望想，她的童年、入学、求职等便是主线，妈妈的病是第一节点的大 Boss，高考紧随其后。在突破了毕业阶段这个第二节点的大 Boss 之后，她现在在工作这条线上平稳地进行着剧情。

初中那段拍电影的经历，是入学线上的一条支线，认识谢致，是她获得的宝箱奖励之一。只不过，这条支线，对主线的剧情渗透大了些，甚至在无意识中，影响了她婚恋线的展开。

那场演唱会，原本她是打算将它作为一道分水岭的，谁知道误打误撞，触发了旧支线的新系列。纵然她心里是欢喜的，但主线摆在那里，她还得继续走大剧情。

所以虽然她对着自己无意中发出的语音消息凌乱了很久，但还是回了个"嗯"。

谢致没有再发消息来。

直到睡前，微信也没有动静。陈望莫名有点烦闷，蒙头睡去，完全忘记了票的事情。

不久，那位蔡叔叔的儿子就发来了好友申请。陈望点了通过，中规中矩地打了招呼。他也很礼貌地回了，道了名姓，叫蔡志彬，得知她是医生，主动将见面的时间交由她来定。

陈望看了眼值班表，选了下周三晚上。他又问她是否有偏爱的餐厅或菜式，陈望回："您随意。"

他最后选了家西餐厅，陈望无可无不可地答应了，将餐厅地址复制到了周三下午的日程表下面。

徐瑛得知她要去相亲，很是诧异："怎么突然就有行情了？"

"我爸同事的儿子，总得给他个面子。"陈望摊手，"反正就是吃顿饭，我看他也没有很热情，应该也是被爸妈押着来的。"

"人怎么样啊？"

"才聊了几句而已，哪看得出来。不过还好吧，不会像网上说的那些奇葩，一上来就要自拍或者问要生几个孩子跟谁姓。"

徐瑛来了兴趣："长什么样啊？有照片吗？"

陈望点出他的朋友圈给徐瑛瞧，徐瑛接过手机往下翻："哟，长得可以啊，很端正。"又翻了翻，"还健身，不错呀。"又翻了翻，"为什么还留着和前女友的合照？"

陈望咬着狮子头："我又不是他现女友，他留着也没什么吧。"嚼嚼嚼，"而且你看他前女友和我完全不是一个类型，肯定不成的。"

"可是分手了还一直留着，他是心太大还是旧情难忘啊？"徐瑛对他的好感度已经降低了不少，"如果他还和前任藕断丝连，你可千万离远点。"

陈望忍俊不禁："你放心啦，我就是去见个面安一下我爸妈的心，没打算多接触的。"

"你不喜欢这种类型？"徐瑛把手机还给她。

"我也说不准我喜欢什么类型，"陈望思索着，"就是，不太合眼缘吧。"

徐瑛挑眉："那谁合你眼缘？谢致吗？"

陈望被呛了一口，白她一眼："长成他那个模样，谁合眼缘？"

"他知道你要去相亲吗？"

"嗯。"

徐瑛一脸不可思议："你连这个都告诉他了啊！"敢情他俩是奔着当闺蜜的道路上走啊。

"不是故意的……"陈望尴尬地把过程说了。

徐瑛笑得死去活来："怎么你总能摊上些不靠谱的状况呢？"

"体质吧，体质。"陈望沉痛道。

到了周三，陈妈妈硬是让陈望穿了条裙子才放她出门。但人算不如天算，当天下午紧急加了台大手术，等陈望换下刷手服往地铁站跑时，时针已经开始往"9"靠拢了。

她一边慌忙地发微信给蔡志彬道歉，一边随手把在手术帽里闷了一下午的头发解开抓了抓，又掏出口红随意抹了点，看着玻璃里的人大致是个能见人的模样了，才松懈下来喘口气。

"没关系，你慢慢来，路上小心。"

陈望又发了个跪地道歉的表情包，暗暗决定今晚这顿无论如何得她请。

到达餐厅门口时，穿着制服的侍应生上前来迎。

"有约了人，姓蔡。"

"蔡先生的预订，两位是吗？"

"嗯。"

"好的，您这边请。"

她跟着侍应生踩上铺着厚厚地毯的旋转楼梯，顶上垂下细细的水钻串起长度参差的帘，半遮着暖色的灯光。陈望看着周围颇富贵的装潢，觉得下午的两台手术大概是白做了。

"好，大家收工吧，辛苦啦辛苦啦。"

舞台上的灯光缓缓暗了下来。谢致摘下眼镜，习惯性地捏了捏鼻梁。

回到休息室，他将衣裳换下，草草卸了妆。王思宜把保温杯盖子拧开："哥，喝水吗？"

谢致接过杯子抿了一口："向平川呢？"

"出去接电话了。"王思宜见他神色有些疲倦，"哥，一会儿的夜宵，还去吗？"剧组的大家每次舞台彩排和正式演出后，都要聚一起撸个串喝几杯。

谢致沉默片刻："今天就不了，我跟他们说一声。手机给我。"

王思宜忙将手机递过去。谢致在群里说了一声，发了个红包以表歉意。

这时向平川推门进来，说："刚刚片方跟我再三确认了，我说没有问题，就这么定了。晚点他们会发合同，等姚姐看完了再发给你看看。"

"好。"谢致收起手机。

"哥，车已经开过来了。"王思宜收到司机的微信，同谢致说。

向平川扭头问："不去吃夜宵了？"

"不了，今天有点累。"谢致起身穿好外套，戴上口罩，"走吧。"

"我怎么瞧你最近心情不太好啊？"上了车，向平川打量了谢致一圈，问道。

谢致淡淡回道："没有。"

向平川摸摸下巴。工作状态还是很正常的，私下里就瞧着没前段时间有精神。他私生活不复杂，绕来绕去不外乎那几样，要说最近对他影响较大的——

"最近和陈医生没联系？"

见谢致不出声，向平川继续试探："陈医生没空理你？"

谢致："……"这个经纪人跟的时间太长了，该换了。

他别开头看窗外。向平川见他不回答，便觉得自己猜得八九不离十了，装模作样地叹了口气，完全没有意识到下岗的危险："我虚长你几岁，得说说你。陈医生平时就忙，你也是工作起来没个正点的。你要说没事闲聊两句，早上发消息估计得半夜才能回。你都这个岁数了，怎么还跟高中生似的，为这么点小事闹别扭啊？"

"你别乱猜。"谢致脸色一冷。

"不是因为这个啊？"向平川早就免疫了谢致的冷脸，不怕死地继续说，"那是什么？不过陈医生工作忙，这个岁数也差不多要考虑结婚的事儿了，以后结婚了，生小孩了，你们能联系的机会就更少了，还得避嫌。说来我就没弄明白过你什么心思，没见着之前又念念不忘的，见着了后又，'君子之交淡如水'似的，什么进展也没有。你是想进展还是不想进展啊？不想的话我觉着你们这样当朋友也挺好，想的话——"

"赵叔，停车！"

开车的赵叔吓了一跳："啊？"

正滔滔不绝的向平川也被惊住了："你做啥？"

临近十字路口，前面的车刚好因红灯开始减速。车子刚停下，谢致便拉上口罩迅速开了车门，车门被甩上时"砰"的一声。眼见他跑上人行道后往后去了，向平川伸长了脖子，也没看清楚发生了什么事。

陈望正坐在公交车站的长椅上给徐瑛发消息，听得一侧响起急促的脚步声，随意看去，一双眼瞪得又圆又大："……谢致？"

"你怎么在这儿？"

她张了张口，哭笑不得："我还想问你呢。"

谢致没回答："这不是你从医院回家的路，有事过来？"

陈望有些不自在，低了头摆弄着手机，含混不清道："我来相亲啊……"

谢致静默了片刻后，听到自己强作淡定的声音："他没送你回家，让你一个人坐公车？"

"呃——出了点事情……"见他还站着，她忍不住说道，"你先坐下，你这样太惹眼了。"

"出什么事了？"他坐到她身侧。

陈望言简意赅："相亲对象的前女友来了。"

谢致脸色一变："为难你了？"

"没有没有。"她赶紧摇头，"我从坐下就觉得有点毛毛的，上菜时刚好人就过来了。我瞧着场面有点，呃，不好收拾，就赶紧先走了。"

谢致松了口气："那就好。"

陈望回想起来还有点坐在吃瓜前线的兴奋："我还是第一次见到这么，唔，跟电视剧一样的场面，还想看看后续的。他前女友很漂亮的，艳光四射，但一点都不盛气凌人，泪汪汪的样子也很好看，可惜有点偏执了。"

他看她完全是看热闹不嫌事大的样子，好气又好笑："一会儿她迁怒到你身上，看你还乐。"

她老实道："是啊，她的高跟鞋鞋跟又细又长，而且桌上的牛排还在冒油，万一闹起来，我大概没什么全身而退的可能性。"她转而看向他，"那你怎么也在这儿？"

"今晚过来彩排。"

陈望这才察觉到这儿离剧院不远，但——"你走路过来的？"

谢致尴尬地咳了一声，站起身："先去吃饭，你方才什么都没吃吧，想吃什么？"

陈望成功被带跑偏，环顾了一圈："我对这一片不太熟。"

"往回走到路口左转，有条餐饮街，我去过几次。要不要过去看看？"

她犹豫了："但你这样——"

他轻笑："不碍事。"

"好吧。"

陈望的担忧果然多余了，街上来来往往都是只顾着吃的食客们，在并不很明亮的路灯和夜色的遮掩下，谁都没旁的心思去注意与自己擦肩而过的人是谁。她慢慢放松了心情，被香味勾起了食欲，开始觅食。

只不过最近过年，大鱼大肉和零食吃了不少，她便不敢大半夜的再吃烧烤一类上火的东西，看了看，买了一小碗鸡汤馄饨，要了两个勺子，递了一个给谢致。

谢致原本不饿，看她吃得香，想着站在路边树影里并不引人注目，忍不住将口罩往下拉了拉，也舀了一个，手顺势贴着另一边的碗沿取暖。

陈望见他舀了就要往口中送，忙把嘴里的吞下提醒他："小心烫。"

谢致动作一顿，换作吹了吹热气才吃下："挺好吃的。"

"我给你再买一碗吧？"

"我不饿，你吃。还想吃什么，我去买。"

"没事没事，待会儿再说。你再吃一——"

话未说完，外套口袋里的手机便"嗡嗡嗡"地响起来了。她将勺子搁到碗里便去摸手机，谢致将碗拿过来，手虚虚地盖住碗口。

"是我妈。"陈望说着接起来，被陈妈妈的大嗓门唬了一跳。

"望望，你在哪儿啊？"

"妈妈妈妈妈，我在吃饭呢，怎么啦？"

"哎哟，刚刚你爸那个同事打电话来，说他儿子前女友去找你麻烦了！你没事吧？"

之前还是"你蔡叔叔"，现在就是"你爸那个同事"了，看来连妈妈都恼了。

陈望哑然失笑，安抚亲娘："我没事儿，不是去找我的，是找他儿子的。人一来我就撤了，饭都没吃上呢。我现在在外头吃着呢，吃完我就回家啊。"

"他前女友没把你怎么着吧？"

"能把我怎么着啊，我一不违法二不违背道德的。再说了我溜得特别快，真的。"

"你说说你爸他们台里都是些什么人，介绍的一个比一个不靠谱！合着我闺女，好模样好学校好工作出来的，在他们眼里就只能配这种人啊？"

陈望赶紧顺毛："妈，妈，别气别气，不值当，不值当啊。我现在在小吃街上呢，想吃点啥，我带回去给您，不给老爸！"

陈妈妈气呼呼："不想吃！气都气饱了！"过了一会儿，"有驴打滚吗？豌豆黄也行。"

陈望在这边点头犹如小鸡啄米："有有有，我一会儿带份回去啊。"

哄好妈妈挂了电话，她松了口气。谢致问："阿姨生气了？"

她尴尬地笑了笑："你听到啦？"

他摇头："听你的话猜的。"

"都说你是什么货色，别人就给你安排什么档次的相亲对象。我妈大概是生气那些介绍人看轻我吧。"

陈望注意到他还帮她护着馄饨，轻轻"呀"了一声，忙接过来："谢谢。"

"那阿姨觉得，什么样的人才配得上你？"

馄饨搁了这一段时间，已经不烫了。陈望正塞了一个进嘴里，闻言赶紧吃了，开玩笑说："大概是既有潘安的脸，又有和珅的钱吧。"说完她自己都觉得这个笑话好冷，忙把碗举了举，"你再吃一个？"

谢致的话停在嘴边，当下转了几圈，最终仍是怕唐突了她，将话连同一个小馄饨吞了。

陈望把剩的两个吃完，丢完垃圾回来，见谢致正拿着纸巾擦右手掌心，蓦地想起他方才护着馄饨碗不让热气跑出来的模样，一时心头有些发胀。

谢致重新戴好口罩，见她在原地呆呆的，递纸巾的手一顿，抬手帮她擦了嘴。

陈望猛地回神，慌忙自己拿过纸，讷讷："谢谢，我自己来……"

她强压下那点异样心思，假装忽然对路边一摊烤翅起了兴趣。但转念一想，她吃烤翅的形象不太美观。谢致已经拿出了零钱，她忙摁住他的手："不了不了，吃了上火。"她看向旁边的另一摊，买了根玉米棒。

谢致见那玉米硬邦邦的，朝马路对面望了眼："喝饮料吗？"

陈望正好一口咬下去被噎得够呛，忙不迭点点头。

"想喝什么？"

陈望顺着他的目光看向对面的奶茶店："果汁或者茶吧。"

"在这儿等我。"谢致将口罩往上又拉了拉，迈步走去。

陈望捧着玉米棒，看着他渐渐没入幢幢人影。

他的身影很好看，长身玉立。

她想。

陈望低头又咬了一口，缓慢地嚼，咽下，惆怅。

不太好吃，早知道还是买烤翅了。

但她的注意力很快又被不远处的烧烤店吸引了。倒不是被烤串香着了，是厨子搬出了足足半只羊，麻利地开始片肉，另一人在旁边也毫不拖拉地串签子。

专业也是切肉的陈望有种遇到同行的亲切感，怕谢致一会儿找不到她，没敢走开，就远远地看着热闹。

正看得入神，眼前蓦地一暗。一侧忽地一股大力扑着她往旁一倒，背上一紧，鼻尖贴上一个人的心跳。她瞬间瞪大了眼，呆呆地任人抱着自己闪到路边。

青年敞着外套，她便直接被扣进他怀里，遮天盖地的温热，以及极浅的须后水味道。

陈望的第一反应是，幸好自己没举着手，要不玉米得糊他一身……

耳边传来一声有点耳熟的"哎哟我去"，她眨眨眼，好半天回了神，愣愣地抬头，看见谢致绷紧的下巴。

他正侧脸看向她刚刚站着的地方，她顺着瞧过去，更呆了，半晌后出声："老、老大？"

身形高挑的姑娘扶着腰一脸无语："用力过猛，差点摔个狗吃屎。"

陈望顿时乐了："老大你什么时候来的！"她当即想扑过去，一动，这才发现自己还被谢致抱着。

他察觉到她的动作，正巧低下头来。陈望猝不及防撞进他目光里，红了脸："你先松开我。"

谢致没松："认识？"

"嗯。"

他这才放下手臂。她立刻便扑过去，欢喜道："老大，你怎么来啦？"

老大任她挂着自己脖子："我来培训啊。夭寿的，大过年就把我们撵过来，路上还塞车，堵到天黑才下高速，我刚到酒店里放了东西出来找吃的。本想着明儿再和你联系的，没想到正巧就瞧你一个人在路边发呆，想扑过去吓你一下的。谁知道，"老大说着意味深长地往旁边的青年瞧了一眼，"还被人截和了。"

陈望一囧："呃——你待多久啊？"

"就一周，天天上课，烦死个人。"老大一脸生无可恋，"就在 A 大里头，说有德国来的专家，还有新家伙，让我们过来见见世面。"

"啊，那个啊，我被叫去听过一次讲座。"

"咋样？"

"暖气特足，容易犯困，但逸夫楼边上那个食堂不错，秋刀鱼很好吃。"

"你的重点很清奇啊。"老大翻了个白眼，目光又回到了谢致身上，玩味，"这是你——"

"朋友！"陈望抢先说。

老大一滞，又仔细瞧了瞧，"啧"了一声："你这朋友长得很像谢致啊。"

陈望又囧了："你不是对娱乐明星之类的脸盲吗？"

"没办法，我对谢致的印象比较深刻。"老大摊手。

陈望纳闷："为什么？"

老大也纳闷："你不记得了？"

"记得什么？"

"就你住我那儿的时候啊，那时是年底，你又轮转到急诊，天天忙成狗。一次你回来都快十二点了，在厨房弄泡面，我在客厅看电视，刚好是一个访谈节目，嘉宾是谢致来着，问到初恋啊女朋友啊反正就是感情上的事。你端着碗过来一起看，忽然就啪嗒啪嗒狂掉眼泪，把我吓个半死，以为你是人女友粉老婆粉啥的，听到人谈恋爱难受。"

谢致不动声色地支起了耳朵。

"结果你是被辣哭的！"

谢致："……"

陈望险些跪下："大哥大哥可以了我想起来了！"

老大还不放过她："壶里还全是开水没能喝的，最后拿冷冻室的冰块救了你一条小命。天冷，把自己冻得，第二天牙龈就出毛病了，哼哼了两三天。"她摇头晃脑的，"印象太深了，能不记得？"

陈望："大哥，大哥，住嘴吧！"她一面捂老大的嘴一面余光瞥到谢致。他侧过了身子，但微微抖动的肩膀出卖了他的内心。

她真的是一个懂事又稳重的姑娘，但不知道为什么谢致总能好巧不巧地看见她脱线又智障的一面。

老大被她捂得直翻白眼，将她的"爪子"扒拉开反过来就是把她的脸蛋一顿揉，还是老大的同事过来找她时拯救了陈望。

等老大离开了，陈望还在搓着脸。姑娘手劲忒大，她都快被揉出香肠嘴了。

谢致把吸管插好，将果汁递给她："怎么就辣成那样了？"

陈望反应过来他在问泡面的事情，尴尬得把吸管口咬成一条线："是老大买的，我不太认识那个牌子，那个口味也是第一次吃，没怎么注意调料包，全下了……"

他忍不住笑起来："我还以为——"

陈望抬头看他。

他顿了顿："和你老大以为的一样。"

她复垂了眼，咬着吸管，胡诌了两句："的确很难受啊，别人都谈了好几场甜甜的恋爱了，我还在母胎单身，而且忙得半死才挣那么点钱。人比人气死人，太难受了。"

谢致微怔，半晌开口："两场，不甜。"

"嗯？"

他随手将她左手上没吃完的玉米拿过，装回塑料袋里后拎在手上。

"大学交过一个，她嫌我太冷淡，一个月就散了。后来那个你应该知道了，齐老师牵线，她追得紧，一段时间后我答应了，但她或许只是享受'攻略'我的过程，在一起不久就觉得没意思了，而且我也和她还是合不来，就分了。所以，不甜。"

她听得一愣一愣的，意识到他在反驳她说的"好几场甜甜的恋爱"，交代了"情史"，脸瞬间红到脖子根："我就开个玩笑，你不用这么……"

谢致见她的吸管已经扁得看不出缝了，默了默，还是先放过她了："你刚刚跟阿姨打电话说要买什么？"

陈望宛如抓住了救命稻草，忙不迭点头："啊，嗯！要驴打滚，或者豌豆黄。"她急急忙忙往前走去，一副开始认真找店的模样。

谢致轻轻叹了口气，紧走几步跟上她。

托蔡志彬的福，陈爸爸又连吃了一周的白菜煮白萝卜。

陈望后来有再收到蔡志彬的微信，除了道歉似乎还想给她讲一个挺长的故事。陈望实在对痴男怨女的戏码不感兴趣，委婉地拒绝后删了好友。

徐瑛表示赞赏："不删留着过清明吗？"

陈望深以为然地点点头，手上把装着烤猪蹄的袋子口子扎紧了，又套了两层保鲜袋，这才把烤猪蹄放进包里。她再不给她爹偷渡点肉，她爹就凉了。

但烤猪蹄的味道太香了，即使裹得严严实实，拉链一拉开，孜然和五香粉的香气还是在包里弥漫开来。陈妈妈没好气地瞪了陈望一眼，陈望干笑了两声，见陈妈妈没多话，忙抱着猪蹄去书房里塞给了陈爸爸，过了一会儿又端了杯陈妈妈泡的说是能降血脂的黑茶进屋。陈爸爸心虚地把茶喝干净了，这事儿便算翻篇了。

一周后，老大结束了培训，没跟着大部队走，另外找了家酒店住，然后约陈望出来吃饭。

服务员刚收走菜单，老大便幽幽地说了一句话："望崽，我怀孕了。"

陈望一口柠檬水全喷桌面上了。

老大嫌弃地"噫"了一声，抽纸巾擦桌子。陈望仍保持着柠檬水在下巴滴滴答答的状态，呆滞："……啊？"

毕业后，三儿回家乡找的工作，后来得到了去德国进修的机会，现在还在和各种面包土豆作斗争。四儿跟着男朋友回南方扎根了，两人谈到今年已经挨过了七年之痒，年前说今年很可能就摆酒了。老大本和陈望一起进了 D 大附院，工作两年后也响应父母的召唤回去家乡了，可以说和陈望的关系最近。只是，陈望自从两年前听她说和劈腿了的男朋友分手后，就没听过她有什么新桃花了。

老大继续嫌弃地抽了张纸巾，往陈望湿答答的下巴上抹了几把，把纸巾往垃圾桶里一丢，这才重新靠回椅背上，有点往事不堪回首的模样："你记得我跟你说过高中时我追的那谁吗？"

陈望眨巴眨巴眼，努力回想了片刻："你说的是，当时坐你后桌那个男生，后来被你烦到找老师调座位那个？"

"就他。"老大叹气，"过年前有个同学会，他之前一直在国外，回国后也是在这儿发展，所以这么多年没见，乍一看他比以前更人模狗样了。"

陈望惊悚："你见色起意了？"

老大很冤枉："你想想他高中时躲我跟躲瘟疫似的，现在不再吓他一把都对不起我那喂了狗的少女心。所以我就临走的时候随口问了一句，结果他说行，我才是被吓到的那个好吗？"

陈望继续惊悚："你们就，约了？"

老大望天："开弓没有回头箭嘛……"

"一、一发入魂？"

"呃——两三——"

陈望抬起眉毛。

"好吧，见了四五回。"

"没做措施？"

"做了！"老大也一脸问号，"我也觉着奇怪！"

陈望黑人问号脸："你这同学有点强悍啊……"

老大扶额："应该是套过期了……"

陈望倒吸一口凉气："这都到家里去了？"

"久旱逢甘霖嘛……"老大抓了抓头发，又随即说，"你这个纯情老阿姨不会理解的。"

纯情老阿姨面无表情："那你现在要怎么办？"

老大喝了口水，闻言奇怪地看了她一眼："当然是打掉啊。"

陈望皱眉："不和他商量一下？"

老大摆摆手："有什么好商量的，我们连出于饮食男女的关系都谈不上，更何况更深的精神层面交流呢。这事也不怪他，'锅'我自己背。"

见陈望还是拧着眉毛，老大笑笑："我知道这样残忍，但不负责任地把孩子生下来，未必就善良到哪里去。我自己一个人养大孩子，咬咬牙或许也办得到，但单亲家庭的孩子，承受的非议总要比别人多。"

陈望叹气："我知道，没说你残忍，只是——你高中喜欢那个人那么久，重逢本来就不容易，虽然是阴错阳差，但好歹也是再续前缘了不是？你就没想过——同他往下发展发展？这个孩子说不定，也是个契机。你真不打算同他好好谈谈？"

老大一哂："我高中时，喜欢他喜欢得尽人皆知。教导主任来找我谈了好几次话，我说我绝对不掉年级前二百名，若掉了我就周一到升旗台下念检讨。然后我真的没掉过，除了高考，掉到了五百多。可是他不喜欢我，又有啥用？反而越来越招他讨厌而已。"

"复读了，然后上大学，忙成狗，我都没那个心情去想他了。要说我高中的确很喜欢他，可放下了也没觉得有多难受，相反会觉得很好笑。我羡慕那时我能那样剃头担子一头热，现在这个年纪我是做不到了。可我真的不知道为什么会喜欢他，除了长得还行，成绩比我好，就是块又臭又硬的石头。即使再见到他——"她顿了顿，"也只是觉得不甘心。"

陈望无奈："就因为不甘心，你就这么把自己赔上了？"

老大举起手："我发誓，我就是脑子一热，赌气了而已，发展到今天这个地步，我也没想到。"她沉痛地反省，"大概是回忆自带滤镜，我就这么栽了跟头。"

陈望一愣。

但她没愣多久，因为老大紧接着就说："不提了，我是想问你能不能拜托徐瑛给我手术啊？"

"你要在这儿做？"

"是啊，我都跟医院请好假了，住的酒店也订好了。在家难免要被多问，刚好在这儿就解决了吧。"

"你来之前就知道怀孕了？"

"这倒不是。"老大摇头，"多亏你安利我去吃那个秋刀鱼，我一筷子下去就觉得不对劲，第二天早上验出来的。"

"验孕棒没出错？"

"总不能三四种同时出问题吧。"老大耸耸肩。

陈望皱眉："等做完手术住我家吧，客房给你收拾出来，让我妈给你补补，小月子也是月子，不能轻视。"

老大纠结："别吧，太麻烦阿姨了。"

陈望没好气："知道麻烦以后就别瞎赌气了。算了，我不说你，看徐瑛到时会不会把你骂得体无完肤。"

老大表示头痛："所以我才让你去和她说嘛……"她亲自去说肯定会被数落到自闭。

陈望刚上大学时，陈爸爸陈妈妈都还在M国，也都知道老大作为舍长很照顾她，大一的寒假甚至想把她带回家里过年。因此陈望说要带老大来家里住一周，陈妈妈哪有不允的，迅速抱了床新被子出来晒。

只是陈妈妈思想还是比较传统，想来不会理解老大这么复杂的情感纠葛，因此陈望稍稍撒了个小谎，说老大目前身体状况怀孕有风险才打掉的孩子。

她给徐瑛发了微信，当天晚上便收到老大一连串号啕大哭的表情包。原来徐瑛下班后就直奔老大住的酒店，把人拎起来教训了一通。

陈望回复："该。"

第十三章
面目全非又何妨

　　骂归骂，徐瑛还是很快安排了时间。手术很顺利，加上陈妈妈的悉心照顾，老大恢复得很好。陈望和陈爸爸出门上班，家里只有老大同陈妈妈，老大本身也是个活络的性子，才几天，陈望便差点多了个干姐姐。

　　只是没想到，这天她突然收到老大的微信，吓得她撒腿就往骨科狂奔。

　　陈妈妈正坐在走廊的椅子上，见她火急火燎地冲过来，反倒嗔怪她："医院里跑什么跑，别撞着别人。"

　　"妈！您怎么了？"陈望把头发往脑后一捋便蹲下去看她的腿。

　　陈妈妈忙拍拍她的手臂："没事没事，就不小心摔了一下而已，医生非要给我打石膏，看着阵仗有点大而已。"

　　"骨折了？"

　　"没有没有，大夫说了，小伤，养养就好。"

　　"哪个医生啊？"

　　"唔——姓何。"

　　何医生说没什么事，那就不是大问题了。陈望仍细细地看了一圈被封得严严实实的脚踝，确定不像很严重的样子，才略略松了口气："怎么摔的？"

　　"这不是今儿洗楼梯嘛，下楼时没注意，在防盗门那滑了一下。幸亏有个小伙子路过，把我背上楼，小陶坚持得来医院一趟，他还送我们来，帮忙挂号什么的。"

　　陈望这才注意到一旁的老大："谢谢老大！回头我请你吃饭！"

　　老大顺手就敲了她一下："客气啥。你该和你们物业投诉了，这都怎么打扫卫生的，弄得——"

　　见老大突然噤声且迅速别开了头，陈望疑惑地转过脑袋，身后不知何时站了个青年，个子很高，穿着身一丝不苟的西装，鼻梁上架着副无框眼镜，一手还拎着贴了药单的塑料袋。

他推了推眼镜，很轻地弯了下嘴角："陈医生吗？"

"哎呀，谢谢你啊谢先生。"陈妈妈热情地招呼他。

陈望这才反应过来这便是送陈妈妈来医院的人，忙拍拍手站起身就是一鞠躬："真的谢谢您送我妈妈来！"又忙接过袋子，"您稍等，我把钱给您！"

青年仍是很淡地笑了下："举手之劳而已。况且，还要谢谢陈医生和阿姨这几天帮忙照顾子佩。"

子佩？

陈望怔了怔，才意识到他是在叫老大。她诧异地扭过头，见老大陶子佩完全不看向这边，又僵硬地扭回去，干笑了两声："请问您是子佩的——家人？"

"不是，"青年微微颔首，"我姓谢，谢宁，是她男朋友。"

陈望："……抱、抱歉，您说，谁？"

临下班前接到了急诊的呼叫，结果陈望离开医院时，已经是晚上九点多了。

她心里悬着事，火急火燎地赶回家，一推门，陈爸爸陈妈妈都坐在沙发上看电视，收拾得干干净净的餐桌上留着盘炒面和一碗汤。

脱了西装外套挽着衬衫袖口、围着围裙的青年淡定地擦着手走出厨房："陈医生。"

陈望受到了惊吓。

青年依旧很淡定："帮你热一热？"他指的碗盘。

她慌忙摆手："谢谢谢谢，我自己来我自己来，谢先生您去喝杯茶？"

"没事。"谢宁还是端着盘子回身进了厨房，又端了碗汤出来，"能麻烦陈医生把这汤给子佩端去吗？"

"可以可以！"陈望急忙就要伸手，往前一步才发现自己由于太过震惊还没脱鞋，匆忙踢掉鞋子跑去洗了个手，才接过热腾腾的鱼汤。

她拧了拧客房门把手，发现被锁上了，挠了挠门板，压低了声："老大，我。"

门开了条缝，陈望闪身进去。躲在门后的老大又立刻把门关上"咔嗒"落了锁。

陈望黑线："你防贼呢？"

"比贼可怕多了。"老大抓着头发盘腿坐回床上。

陈望把碗递给她："喏，快喝吧，你男朋友盛的。"

"屁！"老大气急，目光落在奶白色的鱼汤上，又悻悻接过碗一口一口喝干净了。

陈望递纸巾给她擦嘴，顺手把碗搁到桌子上，也盘腿上了床："说吧，怎么肥四（回事）？"

"舌头捋直了说话！"

陈望眯眼，老大只好缴械投降："先说好，我和你一样蒙的。"

"他怎么找来的？"陈望问，"你告诉他的？"

"怎么可能！"老大愤怒地抓着枕头，"他往我手机里装了定位追踪的玩意儿！"

陈望："啊？"

老大继续咬牙切齿："肯定是趁我睡着时弄的！变态！"

"他不知道你出差吗？怎么就突然杀过来了？"

"就，我前天跟他说，以后别联系了，然后把他拉黑了……"

"你提了分手？"

"没在一起过哪里算分手呀。"

陈望疑惑："你怎么说的？肯定是你没说清楚或者把他惹急了，要不怎么突然就找过来了。"

老大缩了缩肩膀："我说他技术太差了……"

陈望："……你活该。"做措施了都还能中标，这已经厉害到超出她的常识范围了好不。

"你随便说个过年时相亲有了男朋友不行吗？"

老大继续缩肩膀："可过完年他临走前我们还见过面……"

"你们到底见了几回啊？"

"真的就四五回！"

陈望翻了个白眼："一回七次？你那'男朋友'看上去文质彬彬的，原来深藏不露啊。"

老大气急败坏地就要来掐陈望的脸。陈望哈哈笑着跳起来躲，又马上被扑倒在被子上。两个姑娘滚成一团时，门"咚咚"响了两下。

两人噤声。

老大立刻松手，翻身滚下床就又躲到门后去了。陈望无语地看着瞬间退缩成鹌鹑的老大，理了理衣服下床。

门外是谢宁。

"陈医生，要在屋里吃饭吗？"

"没有没有，我现在出去。"陈望干笑着就要出去。

"碗。"他抬了抬下巴。

她这才想起来，迅速折回去拿碗出了客房。门被关上后又是"咔嗒"一声响。

"谢先生，今天真的太谢谢您了。"陈望有些尴尬，"您去歇歇吧，剩下的我来。"

"是啊是啊，小谢，来喝茶喝茶。"陈爸爸也招呼他，又推了推陈望，"快去吃饭。"

谢宁从善如流，解了围裙去客厅了。陈望迅速吃完炒面洗干净碗盘，切了盘水果送到客厅。

陈妈妈又叫住她："微波炉边上我用盐水泡了葡萄，你去洗洗然后给小陶弄点去，补血的，但别太多，凉。"

"欸。"她刚应下，又猛地看向谢宁。

谢宁面上一派平静，看得她一肚子疑问，端着葡萄溜进客房："谢宁知道你打掉孩子的事了？"

老大捂脸："阿姨把我卖得太快了……"

"怎、怎么说？"

老大吃了两颗葡萄，清清嗓子，给她重现了上午谢宁送她们回家后陈妈妈和谢宁的对话。

"小谢哪里人啊？"

"就是这儿人，不过母亲和子佩是老乡。"

"你们谈多久了啊？"

"我们是高中同学。"

"哟，那得认识很多年了吧。"

"是。"

"同学好啊，知根知底的。"

"是。"

"那你和小陶一个地儿工作？"

"我公司目前在这边。"

"那的确有些照顾不到啊。"

"是有些。"

"医生都忙，更要注意些。你也多提醒提醒小陶啊，要不年纪轻轻一身毛病，这次又是小产，对身子损害更大。回去好好调养调养，等身子好了再要孩子的好。"

陈望惊呆，她娘真是卖得一手好队友……

"他、他什么反应？"

"他没啥反应，还说这次是他不好，以后一定注意。"

"他是不是早就知道了啊？"

"怎么可能。"老大摇头，"我自己去药店买的验孕棒，后面的事儿也就你和徐瑛，还有叔叔阿姨知道。"

"那他怎么这么淡定？渣男吧！"陈望愤愤不平。

老大纠结了一下："好像——也不是……"

"嗯？"

"他回头就把我丢房间里了，说……说他这段时间没忌烟酒，对孩子也不好，他现在开始就不沾了，还说什么，等我想了再要孩子。"

陈望扶下巴："什么情况？"

老大扶脑袋："他好像打算娶我。"

陈望的下巴扶不住了。

老大捶床："我也跟他说了，说这事儿是个意外，大家都是成熟的大人了，不用有什么负罪感，以后桥归桥路归路的，我也没半点想怪他的意思。"

陈望紧张："然后呢？"

"他没理我。"

陈望："……"

"然后他就在这里连做了午饭和晚饭。"

陈望："这都什么谜一样的展开啊？"

老大也很绝望："你问我我问谁？"

陈望一把握住老大的手："你听我说，你可千万别因为你们之间有过孩子就对他另眼相待或者心软了什么的，无事献殷勤非奸即盗，他着急跟你结婚的话就更要小心了。万一他有什么遗传病、隐疾，或者有家暴倾向，或者是要形婚什么的，这年头什么乱七八糟的渣滓都有。你一定一定一定别被他骗了！"

老大也反握回去，郑重其事地点头："我知道的。我已经把原本的高铁票退了改成后天傍晚的，帮你照看阿姨两天我就立刻回去！"后天就周五了，周末陈爸爸在家，就不愁没人照顾阿姨了。

"这么急？"

"哎，本来我也不能耽搁太久，要不回去会累死的。"

"说回来，你回去也要注意着，可别为了补工作就不吃饭不睡觉的，你这还没恢复完全呢，别糟蹋了我妈这几天的汤汤水水。"

老大摆摆手："晓得晓得。但一会儿你一定要帮我！"

陈望眨眼："帮什么？"

很快她就知道了。

谢宁说不打扰陈妈妈养伤，没一会儿就准备告辞，临走前来敲客房的门。老大整理好表情，开门。

"阿姨受伤了也不方便照顾你，这几天你先住我那儿。"

老大也学着他那淡淡的模样："正是因为阿姨受伤了，我才更得留下来。白天阿望和叔叔都在上班，阿姨得有人看着。"手却偷偷掐了陈望一把。

陈望会意，帮腔："是啊。谢先生您白天也要上班吧，子佩一个人待着能休养什么啊，还不如让她陪陪我妈，两个人互相有个照应，我们反而更放心。"

谢宁静了静，才开口："那你送我下去吧，不然叔叔阿姨总要猜我们是不是要分手。"

问题是我们在一起过吗？

老大脸上明明白白写着这句话。陈望忍笑。谢宁视若无睹。

但这个要求也不算过分，老大也不想让陈妈妈多心，便点了头。谢宁抬手拦住她欲出屋的脚步："把外套穿上。"

陈望拿过羽绒服给老大穿上，然后和陈爸爸一道送他们出门。待门关上了，陈爸爸感慨："小陶这个男朋友就不错，体贴、细心。"

陈妈妈却持保留态度："那也难说，你看看，小陶现在不适合怀孕，他还不注意些。小姑娘家家的还没结婚就没了孩子，多伤身体，还损阴德。"

陈望打了个哈哈，重新将注意力放到陈妈妈的脚上："妈，您这几天就别出门也别那么勤做家务了。买菜让爸到他们台边上那个超市买，家务等我下班回来。最近也别晒被子了，要不您又要爬上爬下。"

"嗨，真没什么事，那医生非要给我打石膏，歇两天就好。"

陈爸爸也劝："你就老老实实待着别再瞎折腾了，这不万事都有我和望望吗？实在不成吃两顿外卖也没什么嘛。"

"哎哟，你知道那外头餐厅用的什么油什么菜吗？那里头得加了多少味精多少添加剂啊。而且等你下班，那超市里的菜都是别人拣剩的，不新鲜，那些员工一天给它喷几百遍水，看着青翠，一下锅就全黄了。"

"哪有你说的那么严重，那它从地里，再到超市里，中间转了几趟都没事，在超市里待半天就烂了啊？你就别操心了，我还能把烂番薯叶弄回来不成？"

"那可难说，你这些年进过几回厨房？葱和韭菜都分不清。"

"胡说，我老陈家也是种菜好几代的。"

陈望适时打断："爸，我渴，有茶吗？"

"有有有，等等，这茶冲好几回了没味道，换泡新的。"

陈爸爸端着茶盅进厨房洗了。陈望口袋里的手机振动了一下，她掏出来，是老大发的微信。

"我被他拐上车了！"

"？！"

"他说有话要讲，外面冷让我先进车里坐着，他开暖气。结果他一上车就锁车门踩油门了！"

"要我去救你吗？！"

那边过了一会儿，才有消息进来："算了，我又不是第一天认识他，他也不是那种会把我怎么样的人。而且他说他的确有事要跟我谈，只是怕我跑了才骗我上车的，明天他上班就把我送回来。"

陈望皱眉："……那好吧。你别心软啊！"

"明白明白。"

她同陈妈妈说了老大被谢宁接走了的事。陈妈妈点点头，随即又说："那你让她注意些啊，他们现在不能，那啥，啊。"

陈望端茶杯的手一歪，哭笑不得："老大也是医生，不至于这么乱来啦。"

只是，说来也巧，她和老大上下铺的交情，回忆里居然都有一个姓谢的男孩子，还都被套住过。人生啊，总是有两三桩说不清楚的奇怪缘法。

姓谢？

宁……宁……

宁静致远？

陈望登时被一口茶呛得半死。

陈望纠结了一晚上，最终还是没有向谢致打听谢宁的事情，毕竟有太多不确定性，贸贸然去问他，也问不出什么。终归是老大自己的事情，她再关心也不好随意插手，万一横生枝节就糟糕了。

好在第二天早上，谢宁说话算话，把老大送了回来，陈望下楼时，正好瞧见老大下车。

待谢宁开车离开，她急忙问："如何？你们谈得怎么样？"

老大重重叹了口气，直白："我不信他。"

陈望一怔："啊？"

老大又叹了口气，没有回答，拍了下她的肩膀："没事，反正我明天就走。你快去上班。"

"……好吧。"

陈望只好收起满腹的好奇心，乖乖地去医院了。

到了晚上，两人挤在床上，一边叠衣服一边说话。听了个大概，陈望也有些糊涂了："他——高中——喜欢你？"

老大没好气："说是这么说，你觉得我会信吗？"

陈望老实地摇摇头。

"还说什么，当时在学校没意识到，毕业了发现惦记上了。既然这样早干吗去了？我大学研究生那些年他去哪儿了？他都和别的女的把车开到民政局门口了好吗？"

陈望赶紧把杯子端给她："好好好，不气不气。"顺便将她手里被揉成咸菜的毛衣抢救出来。

老大喝完水，拍拍心口顺了顺气："知道的，我也没有说多生气。我就是，有点失望而已。"

老大握着杯子不再出声，半晌将杯子搁回床头柜上，很轻的一声响。

陈望垂了眼，良久说了一句很没用的安慰："以后会遇到更好的。"

"是吧，我也这么觉得。"老大瞬间又恢复了笑嘻嘻的模样，手上叠衣服的动作也加快了些，"三条腿的蛤蟆不好找，两条腿的男人遍地跑，你说是不是？"

"嗯。"陈望打起精神，又岔开话题聊了些别的。见老大开始打哈欠，便也去洗漱了。回房时见客房门缝里的灯光已经暗下，略惆怅地叹了口气。

这世界说大也大，说小也小，小得八竿子打不着的人忽然就有了莫名其妙的关系，又大得遍寻不到一个两情相悦的良人。

第二天她下班后，踩着点去高铁站送老大。

拖着行李箱的老大十分无语："你当我是第一回离家上大学吗？上一天班累都累死了，还跑来做什么？"

陈望干笑了两声："顺路嘛。"

老大翻了个白眼："就算一孕傻三年，我也不至于这么智障好吗，崽崽。"瞧着陈望，又叹了气，伸手抱了抱她，"行了，你别这样，我真没啥事，就当一场春梦而已，别担心。"

陈望一噎，很坚决地摇头："我没多想，单纯觉得下一次得是三儿回国后才能见上面而已，还不知道猴年马月呢。"

老大"哼哼"笑了声："我觉得你还不如指望四儿摆酒会更快一些，三儿都沉迷资本主义的空气无法自拔了。"

广播里传来检票通知，老大将行李箱竿一抽："行了，我走啦，到家了再同你说一声。"

"好，一路顺风。"

目送老大过了闸口，陈望轻轻呼了口气，准备搭电梯去坐地铁。眼风掠过一个有点眼熟的影子，她又回去仔细瞧了瞧。那人察觉到她的视线，也望过来。

是谢宁。

她有些诧异，立在原地一时也不知道是该无视还是该打个招呼。谢宁朝她微微点了下头，转身离开了。

这——算什么？

晚上老大发来报平安的微信，陈望犹豫了片刻，没和老大提这个插曲，只发了个"朕知道了"的表情包。

大概真如老大所说，不过无痕春梦一场，陈望再没听老大提起谢宁半个字，也便渐渐将这事儿撇开了。只是老大请的假略长，回去后忙得脚后跟打后脑勺，宿舍四人打了两次语音电话，她总是第一个没声儿的，甚至累到打鼾。三是个唯恐天下不乱的，把第二回通话录了音，特意将老大的鼾声剪出来群发了。

老大气势如虹地撂下一句："你这辈子敢踏进祖国半步试试。"

王思宜寻了个空特意跑了医院一趟，来给陈望送话剧票。陈望对这段时间以来跑腿了好几趟的王思宜十分过意不去，坚决不让她走，给家里发了个消息，下班后请她到附近吃火锅。王思宜见拒绝不了，干脆也不客气，开开心心地同陈望一块儿走了。

吃完同陈望道别，王思宜又回了公司一趟，见向平川的办公室还亮着灯，有些惊讶："哥，你们怎么都还在这儿？"

"刚要走。"向平川鼻子灵，使劲在空气里嗅了嗅，"一股火锅味。"

王思宜自己低头闻了闻："还行吧。"

"票给她了？"谢致问。

"给啦。陈医生太客气了，硬要请我吃饭。对了，还让我谢谢哥。"

谢致笑了下。向平川瞅他一眼，装模作样地唉声叹气："陈医生还跟你这么客气啊？"

谢致没理向平川，转头跟王思宜说："你到那天提早联系她一声，到时到剧场门口接她，等散了请她到休息室等我一下。"近来都忙着话剧的事，她也不会主动联系他，一拖下来，他都好久没见着她了。

王思宜心领神会："懂了懂了。"

可是到了演出当天，王思宜却只见到了两个不认识的姑娘。个子较高的姑娘面露歉意："是王小姐吗？我们是陈望的朋友。陈望她临下班时进了手术室，到现在都出不来。我们只能先过来了。"

"啊……"王思宜顿时有些进退两难，又忙笑道，"没关系没关系，我先领你们进场，两位跟我来。"

她带徐瑛和小田入座后，到后台找到向平川："哥，陈医生没来。"

"啥？"向平川意外，"为什么？"

"说是到现在都还在手术室里。"王思宜看了一眼化妆间的门，忧虑，"怎么办？要告诉哥吗？"

向平川撑着下巴，果断摇头："先别，等演出完再说。"

　　陈望下手术台时已经九点多了，等换下衣服收拾好东西，外卖送到时，时针指向已经过了"10"。

　　她将碗搁到电脑前，一边吃一边打病历。吃到一半想去柜子里拿份报告，起身太猛，顿时眼前一黑。她慌忙伸手去摸桌沿，扶着桌子缓缓蹲下，闭眼等着这一阵眩晕缓过去。

　　模糊间听到办公室门口传来响动，忽然又有急切的大踏步的声音。她晕晕乎乎地想抬头看一眼怎么回事，肩膀被一只手把住："陈望？你怎么了？"

　　她揉了揉眼睛抬头，看清了来人，着实吓了一跳："谢致？你怎么来了？"

　　戴着帽子的谢致拉下口罩："话剧结束了，我跟徐医生问了你的办公室。"

　　她有些歉疚："对不起啊，放你鸽子了。"

　　"别多想，先起来。"他扶她坐回椅子上。

　　陈望有些难为情："我没事，就是有点低血糖，刚刚起来太猛了，眼花了一下而已。"

　　谢致皱眉："你不是医生吗？"

　　她失笑："医生又不是百毒不侵，况且医者不自医嘛。"坐回椅子上这才想起自己还一嘴油，忙抽了张纸巾使劲擦了擦嘴。

　　谢致看到电脑前已经没有热气的拌饭，又皱了眉："你就吃这个？"

　　"啊，"陈望忙将盖子盖回去，"一会儿再热一下好了。"想起他刚刚的话，小小吃了一惊，"你跟徐瑛问的我办公室？"

　　他点头："结束后和徐医生田护士在后台打了招呼。"

　　徐瑛可能还好，不知道小田的三观会不会受到冲击……

　　陈望将旁边的椅子拖出来，谢致坐下："你今晚值班？"

　　"没有，只是想着反正都这个点了，干脆把一些东西处理完再走。"她瞥见电脑屏幕，连忙按了两下"保存"，又问，"你怎么过来了？"

　　谢致将帽子摘了，靠上椅背："我后天就进组了。"

　　她一愣："……这样。开机吗？"

　　"提前进组，要学点东西。"

　　"学什么？"

　　"演一个渐冻人，要事先去当地一个疗养所体验一阵子。"

　　陈望睁圆了眼："霍金那个病？"

　　"对。"

　　她有点感兴趣："讲的什么？"话音刚落立刻捂了嘴，"是不是不能剧透？"

　　谢致失笑："没关系，你想听就告诉你。"

　　陈望摇摇头："不了不了，我就是随口一问，到时我自己看就好。得拍多久啊？"

"国内两个月左右，后期还得去趟英国取景。"

"厉害呀。"

"所以大概三个月见不到了。"谢致突然说。

"所以来看看你。"

陈望："……"

她真的不是傻子，即便在这方面再不开窍，也能模糊察觉到点什么东西。但一来心里总有那么点理智在笑话她自作多情，二来，有些东西越了界，就覆水难收了。

谢致很轻地笑了一声："你是不是在想，我总是说这些模棱两可的话，很让你为难？"

陈望一惊，有些张皇地看向他。

他仍是淡淡笑着："除了你，我也没这样去试探过别人。"

空气凝滞，她感觉到自己闷声跳得飞快的心脏，咬了下唇，许久，艰涩开口："我不知道——我猜得对不对……"

"应该是对的。"他说。

她尽力不动声色地平复了一下呼吸，低声道："可是，谢致，我已经变了。"

他眼神一暗。

"我不清楚，你现在——究竟有多少是因为小时候的我，才——才会有这种想法。也许你只是惦记着以前的那个陈望，又或者，你想象中的陈望。我和那个陈望相差甚远，甚至截然不同，也是很有可能的……你听得懂吗？"陈望有些语无伦次，后背沁出了汗。

前车之鉴就在昨天，回忆的滤镜多么害人不浅，她深切感受过了。十四年那样长，长得足以让人面目全非。她于他是如此，他于她又何尝不是？

谢致静默了片刻："我明白了。"

陈望松了口气，又有失落从心底渐渐涌上来。

"从前的陈望，已经不是现在的陈望了。"

"……嗯。"

"可对我来说，只要是你，就很好。"

纵然他内心总有种固执的坚持，觉得她再怎么变，也不至于会偏离多少，而重逢后的相处，又让他认定了这份坚持。

然而退一万步讲，即使她真的变了，变得面目可憎，似乎也不要紧。

是她就好，怎样都好。

陈望听懂了，一双眼微微睁大。

第十四章
两地隔开两心知

被表白了应该是什么心情？

陈望读书时也被表白过，甚至在 M 国时，都有金发碧眼的男生格外偏爱她这样黑发黑眸的东方女孩。她会感到开心，因为那是别人对自己的欣赏与喜爱，也会感到抱歉，因为她无法用同样分量的心情回应这样的喜爱。回应不了的原因也多少有些差别，但寻根究底，不过是不喜欢罢了。

现在不一样。

她问自己，喜欢谢致吗？

答案是肯定的。

但是她……

单身久了便会有这样的毛病，习惯一个人消化日常与情感，要想接纳一个人，势必要先撕开一道口子。好的结果便是与另一道口子好好地黏合了，渐渐长成一个更完好的整体，而坏的结果便是被晾着，只能在时间里发炎流脓，再等着结痂。她自然相信爱情，却对爱情会发生在自己身上保持怀疑。

然而它似乎真的发生了，陈望有些无所适从。

可她很开心。

谢致还在等她的回复，她忍不住抬手捂了捂热乎乎的脸，低了头，再次在心里唾弃了自己十分低下的表达能力。

他似乎看出她的羞窘，低低笑了一声："你不用急着回答，我也只是怕，"顿了顿，"怕我一走三个月，回来时你又被介绍给了谁或者看上了谁。我总得找个法子先绊住你。"

陈望大窘，嗫嚅半天："十四年也没看上过谁，这才三个月……"说完自己也囧了。

谢致笑意却更深了，真正开怀的模样，眼底眉梢都是藏不住的笑。她瞧着他，恍惚又看见少年的他惯常笑时唇红齿白的模样。

她又一字一字回想了一下刚刚自己说的话，小声吐槽了一句："我也……也没答应你什么吧……"

他听到了："我也没同你说什么吧。"

陈望："……"他如果说是在开玩笑她就打死他。

谢致接收到了她的羞恼，仍是笑，伸手去拿她桌上的外卖盒："别吃这个了，你先忙你的，我去买新鲜的回来。"

陈望反应不及，眼睁睁看着他拎着塑料袋走了，半天后知后觉，捂脸一头磕到办公桌上，发出又羞又颓的一声"啊"。

等谢致买了热腾腾的夜宵回来，就见陈望保持着脑袋搁在键盘前的姿势一动不动的。他好笑地把袋子放到桌面上，伸手拉她起来："做什么呢？"

陈望没想到自己一发呆竟然呆了这么长时间，慌忙抬头："没事！"

然后看见谢致又笑了。

这次她只晃神了一瞬间，因为下一秒她就意识到他在笑什么了，迅速亡羊补牢地伸手捂住了额头。

谢致很识趣地移开了目光，不看她额头上明晃晃的一块圆圆的红印子，转而开始拆夜宵盒子："快吃吧，吃完等你忙完你的，送你回家。"

陈望看着他满满当当摆了一桌："你不吃吗？"

"我不饿。"

"总觉得你一直对我的饭量有些误解。"每次他送的夜宵，都够养活整个办公室的医生们。

"那我陪你吃点。"他很自然地先夹了个虾饺放进她碗里。

至少不是他干看着她吃了，不至于那么尴尬，陈望稍稍松了口气，强行把注意力放到食物上。

只不过到底是没心思工作了，吃完收拾好垃圾，陈望便关了电脑。

谢致是自己开车来的医院，照旧将她送到小区门口。陈望临下车时，他牵住了她的手腕，对上她投来的略疑惑的目光。

"陈望。"

拉住她的瞬间，他其实有些后悔，因为他并没有想好要说些什么，只是一想到下次见面得是三个月后，蓦地有些放不下。

他现在不想，也不能去同她讨一个答案，况且他也没有认认真真明明白白地告诉她自己喜欢她，他们之间不该这样不清不楚。

都近而立之年了，还像个毛头小子似的，谢致一瞬间也觉得好笑，顿了顿，轻轻松开了手指。

"没事，等我回来再说。你早点休息。"

陈望却不动了。

她低头看了眼自己光秃秃的双手，有些懊丧地抿了抿唇，又灵光一闪，从背包里掏出钱包，把最里面的夹层拉链拉开，拿出一条串着玛瑙珠子和两尾红鲤的手链。

她没敢看谢致的脸，低着脑袋一把将他的手拉回来，拿着手链系扣的手在抖，错位了两三回，才把手链好好戴在了他手腕上。手链于她松松垮垮的，于谢致而言就是只多一指的宽度了。

"你、你回来再还我。"

连钱包都没装回包里，陈望就抓着敞开口的背包和钱包，落荒而逃。

她明白自己胆小的性子，可她也不能一直站在原地不动。她喜欢的人，她也要试着去争取一下。况且他既然要吊她三个月，那她也不能让他好过。

所谓"礼尚往来"。

虽然自己还是逃了，但比以前可要有出息多了！陈望自我安慰道。

陈妈妈莫名其妙："你喝酒了？脸跟煮熟的虾似的。"

陈望强作淡定："没有，家里暖气太热了。"

陈妈妈："你应该还是喝酒了，这都停暖一个多星期了。"

而门房的钟伯打了个哈欠，见小区门口的车子到现在还没有开走的意思，忍不住提着手电晃晃悠悠地走近，敲了敲车窗："小伙子，这儿不能停车的啊。"

谢致总算回了神，忙打了方向盘离开。

陈望活到二十七岁，才切实体验了一把十七岁少女被感情搅得一颗心七上八下的感觉，想想也是有点悲催。只是一来谢致到底没有把话挑明，二来他工作特殊，她这份纠结的少女心思完全倾诉不出口。倒是小田，现在见到她都一副"士别三日刮目相待"的表情，陈望咂摸着，莫名捕捉到了一点敬畏感。

徐瑛敲小田脑袋："多大出息，不就是见了个活的明星吗？"

小田把脑袋摇成拨浪鼓："不不不，主要是，阿望居然和谢致那么熟，那——么熟欸！我觉得这件事的震惊程度快赶得上我爸和刘德华是上下铺那种级别的了。"

徐瑛翻了个白眼："明星也是正常人啊，这医院上下这么多人，随便拉一个人出来，七拐八拐的也能和哪个明星扯上关系的嘛。年轻人，淡定点。"

陈望默默瞟了徐瑛一眼。你当初刚知道时没比小田强到哪儿去吧……

徐瑛选择性屏蔽信号。

陈望偷偷在桌底下掏出手机,点开微博的"收藏"。第一条就是上午粉丝到机场给谢致送机时拍照后修的图。照片上的谢致戴着口罩,臂弯里搭着件风衣,心情很好的模样,倒数第二张里,他微弯了眼睛,抬手跟镜头打了招呼。衣袖滑下露出的一截手腕上,是醒目的红鲤与玛瑙珠子。

她悄悄抿唇,又放大瞧了两眼,这才又偷偷收起手机,佯作有在听小田同徐瑛说话的模样。

下班后,她看见手机上多了几条微信消息,两个小时前,都来自谢致。

是两张医院和病房的照片,底下一条文字:"明天就住进来了。"

她有些讶异:"住在病房里?"

"或许说是来当志愿者比较合适。"地铁上,她才等来谢致的回复,"有患者愿意给剧组提供帮助,明天开始会跟着医生和护工学着照顾他,顺便观察他的日常生活。"

陈望想象了一下:"那你是不是得学着控制肌肉之类的?"

"是啊,之前私下找老师学了,现在勉强能控制脸上单独一部分地方动,还得练。"

她发了个"打call打call"的表情包,结果下一秒手机就在手里"嗡嗡嗡"地响起来了。她囧囧地接起来:"不是这个打call啊……"

那端传来低低的笑声:"下班了?"

"嗯。"她应着,随意抬头看了眼路线图上的红点,"还有两站。"又垂眼,咬住唇角的笑,"你回酒店了?"

"刚从医院出来,在车上。"

"还有工作?"

"没有,明天才开始。"

"那你晚上早点休息。"刚下飞机就跑来跑去,也就是他们这种把飞机当公交似的习以为常了的人才做得到。

"嗯,你也是,明晚不是得值班?"

陈望一愣:"你怎么知道?"

"你办公桌上压着值班表,你自己的班次还用荧光笔涂着。"

他也瞧得太细致了吧……

"你可别给我点外卖了啊。"

谢致笑出了声,贴着耳郭传来:"好,你自己带足些。"

"知道啦。"

地铁车厢门缓缓拉开,陈望这才发现已经到站了,急忙往外走。谢致听到报站声："你好好走路，我先挂断了。到家给我发个消息。"

"天还没黑透呢……"

嘴上这么说，她到底还是给他发了，只是发完后忽然想到什么，点开了另一个对话框："思宜，你方不方便和我说一声，谢致住的酒店和房间号啊？"

王思宜秒回："可以呀陈医生，不过你要做什么？探班吗？"

"不是不是，我能不能拜托你一件事……"

当晚谢致看着送上门的一大袋夜宵，好笑地扶额，在群里喊向平川等人过来分了。

向平川得知是陈望点的，看向谢致的眼神十分欣慰："不容易不容易，你总算长进了。"

谢致说："滚。"

今年的春节来得早，春天却迟迟不至，小区里光秃秃的树上没有半点冒芽的意思。暖气也不善解人意，照着以往的时间停了，加上盘桓不肯走的倒春寒，医院门诊忙得脚不沾地，普外也没好到哪里去。

陈妈妈秉着"上床萝卜下床姜"的坚定理念，每天早上捏着鼻子也要灌他们父女俩一人一大杯姜水才肯放他们去上班。

因着换季，最近科室里每个医生手上都不少病人。张主任资历最老，交到手上的有几个棘手的病人，头发眼见着又灰了一把。其中有一位本来在民广医院，但入院几天都没查清脏器异常出血的原因。陈望跟着张主任去了两次远程会诊，最后决定将病人转来 D 大附看看。

寻着个休息的间隙，她又去妇产科转了一圈。夏夏的预产期已经到了，宝宝却稳稳地待在肚子里，似乎半点出来看看这大千世界的意思都没有。徐瑛说暂时还是正常状况，但再拖个几天，可能就要打催产针了。

夏夏听说可能要多挨一针，本就有些焦虑的心情更焦虑了，眼泪啪嗒啪嗒地掉，一掌打在先生的背上："都怪你！"响声惊天动地。

夏夏的先生任她拍，一面给她揉着水肿的腿："怪我怪我。馄饨吃不吃？虾肉馅儿的。"

陈望安慰她："没事的，徐瑛很靠谱的，你乖乖听她和主任的话，肯定顺顺当当的。"

夏夏哭着哭着打了个嗝："关键时候还是姐妹靠得住，男人都是大猪蹄子！"

夏夏的先生很淡定："嗯。妈已经跟菜市场的猪肉摊主说好了，摊主保证，等你月子的时候，每隔两天都把新鲜的猪蹄留给她。你不爱吃黄豆，放花生炖好不好？"

"嗝……也不要海带……"

"那放点红枣好不好？到时把油给你撇了。"

陈望和徐瑛看着他们夫妻看似不在一个频道却意外和谐的对话，叹为观止。徐瑛作势捂了捂鼻子："我窘得慌。"

陈望善解人意地给她递了保温杯："喏，缓缓。"

徐瑛配合地喝了一口，羡慕地叹气："我要求不高，找个以后在我生娃前也能这么关心我而不是只关心娃的男人就成。"

陈望很赞同地点点头，又打趣她："首先，你要先找到人。否则单你一个，要突破生理极限有点困难。"

徐瑛敷衍地拍拍她的肩："是啊是啊，我又不像你，有个那么优秀的基因集合体在旁边时刻准备着。话说，"她眼珠子狡黠地转了转，"优良基因摆在那儿，你还不手脚快点？尽早优生，幸福一生哦。"

陈望认输。

她为什么想不开要跟妇产科的同事比玩笑的下限。

看完夏夏，她回到办公室，点开朋友圈刷了刷，正巧看见王思宜刚发了一条。她顺手就点进了王思宜的主页，结果才发现王思宜前段时间晒过一组夜宵照片。不知道王思宜有没有设置分组可见，反正配字相当大胆粗暴。

"谢谢老板！谢谢未来的老板娘！"

陈望微窘，又看见详情页的点赞列表里有谢致的头像，更窘迫了。

第二天晚上，传来了夏夏发的消息。

陈望刚脱下手术服，急忙换了件新的白大褂赶过去时，人早就进产房了。想着徐瑛在里面，稳妥得不能再稳妥了，她便没有换无菌服进去，只是在外头等着。家里的老人们估计都还在赶来的路上，夏夏的先生早就进去陪产了，此时产房外没有其他人。

想着估计没有这么快，她便下楼买了瓶果汁。她磨磨蹭蹭着喝完，回去就看见个六斤二两的女娃娃在保温箱里酣睡了。

"很顺利，一会儿工夫就自己滑出来了，特乖。"徐瑛看了眼宝宝，夸道，"夏小姐也很配合，我们就喜欢这样省事的姑娘。"

"夏夏怎么样？没有什么异常吧？"

"暂时没什么岔子，现在睡着了，她先生守着呢。刚刚在产房里，汗流得比太太还夸张，好像是他在生似的。"

陈望笑了："谢谢你啦，你快去休息吧。我进去看看她。"

她进了病房，夏夏果然睡熟了，很放松的模样。她无声地同在床边给夏夏擦脸擦手的先生点头打了个招呼，便安静地走了。

等翌日午休时，她再去瞧夏夏。彼时家中长辈们都在，夏夏的婆婆正在喂她喝汤，宝宝在夏妈妈怀里。见是她来，夏妈妈千恩万谢的，感谢她为夏夏的事费心。陈望连连表示没什么，和长辈们寒暄了两句，才去问夏夏："怎么样？没有哪里不舒服吧？"

"没事没事，现在没有啥比得过刚宫缩时那种痛。"夏夏笑着把孩子从妈妈手里接过来，又递给她，"来来，让她认认她望阿姨！"

陈望有些胆战心惊，又不好拒绝，只能屏息呼吸小心翼翼地把襁褓接过来，手上一团热乎乎的，软得不可思议。小小姑娘躺在她送的懒人包巾里，闭着眼呼呼大睡，菱角一样的小嘴动了动，接着似是陷入了更香甜的梦境。

她看着爱不释手，又问："名字想好了吗？"

"还没呢，外头三个大男人，到现在还在三国争霸。"夏夏吐槽。

夏夏的婆婆也笑："我老伴啊，非要给囡囡起名叫超英。"

超英赶美——陈望忍俊不禁："这名字，是威风了些。"

因为下午还要给张主任做一助，陈望也没有久留，只跟夏夏说明天再来看她，便回去准备了。

歇了片刻，见时间差不多了，陈望往嘴里丢了颗水果糖嚼吧嚼吧吞了，一如既往熟练地换清洁鞋，刷手，配合护士穿好手术服。

病人被推进手术室里，各项工作准备就绪，无影灯亮起，手术开始。陈望先行完成了手术区域的消毒，开腹，之后同样穿戴齐全了的张主任走上手术台。

"他有凝血功能障碍，虽然没有胆结石，但出血量还是偏大。"陈望汇报。

"是肝太差了，再晚一点就得移植了。"张主任接过手术刀，示意二助，"抽吸。"

手术室里规律地响着仪器的"嘀嘀"声，输液管里的液体不紧不慢地滴下，时间平缓淌过。张主任动作娴熟地操作着，陈望则专注地帮着牵拉、固定。

一切都很顺利。

旁边闲着的护士们已经开始讨论晚饭去吃比萨还是麻辣烫了，似乎医院附近还开了一家新的烧烤店。张主任听了嫌弃："年轻人别动不动就吃垃圾食品，当心哪一天就是同事给你开膛破肚了。"

这种威胁没有丝毫震慑力。器械护士笑嘻嘻："张主任，您昨天中午的麦当劳袋子还没丢呢。"

张主任身为老师的面子被折，立刻就要讨回来，瞧了眼刀下，随手便点了个幸运观众："欸，小赵，考考你眼力，这个肝虽然差，但为什么还不需要肝移植？"

刚轮转过来实习不到半个月的小赵战战兢兢地凑过来，"这个""那个"了半天，试探地张了下口："因为没有肝源？"

"没有肝源是没法移植，不是不需要！"张主任好气又好笑，手里拿着家伙，又不好敲他脑门，"在学校里学的都还给老师了？再给你一次机会。"

小赵求助地望向陈望。陈望倒是想比个口型提示他，奈何口罩把脸遮得严严实实，她又没有一双能说会道的眼睛，爱莫能助。

但她平时没少吃小赵的零食，出于人道主义精神还是开口转移话题："老师，我中午没怎么吃饭来着，我们速战速决？"

"止血钳。"

张主任手起刀落，又把小赵揪回来："最后回答一次，说不出来回去挑两篇SCI让你背诵并默写全文。"

小赵汗都要下来了，小心翼翼地瞧了瞧，"咦"了一声："老师，那旁边怎么有点不太对啊？"

"哪儿呢？"

"就是肠道附近，陈医生你手往左一点，再——对，就这儿！"

张主任凝神细看了两眼，神情忽然严肃起来，挥挥手，小赵忙乖乖往后退了两步。陈望瞧着也有些紧张了，眯着眼仔细看着屏幕，又低头去细瞧，问："是肿胀吗？"

"小陈别动！"张主任忽地提高了嗓门。陈望唬了一跳，僵着不敢乱动了。其他人也都面面相觑，一头雾水。

张主任从器械护士手中接过手组织剪。陈望紧紧盯着显示屏里张主任的动作，大气不敢喘。

然后她也发现了不对劲，脑子里一瞬间闪现出最坏的几种可能性，又有另一个声音告诉自己，不至于不至于，术前检查什么的全都一项不落地做了，别胡思乱想。

可是她又看向张主任，张主任的眉头从方才到现在一直锁着，也不聊天了。院里多数的手术间有个传统画风，便是主刀开的玩笑越多，聊天的时候越放松，手术的成功性就越大。听着"嘀嘀"声似乎在安静的手术室中越来越响，她开始有些忐忑。

不只是她，包括本来在玩手机的麻醉医生，所有人都屏息静气地盯着手术台上的张主任。

良久，张主任垂下手臂，口罩遮住了大部分的表情，但大家都看见了他眼神里的忧虑，以及听到了他强行按捺着呼吸，说出的一个冗长的单词。

单词的尾音被手术室内死一般的寂静吞没了。

陈望觉得自己像个快递包裹。不止她，手术室里的所有人，一下手术台，立即就被打包送入了隔离观察室。

出了这么大的事外面不可能没反应，据说当天晚上电视上便播了新闻，网上也一片声讨隐瞒中东地区出境记录以及病史的患者及其家属的声音，事件在热搜上飘了两天。

这些都是陈妈妈告诉她的。她被隔离得严实，只能用房间里的电话打回家安抚爸爸妈妈："没事的，真没事，说着可怕其实只是以防万一，主刀的张老师到现在都还好好的呢，因为睡得好，整个人精神了好多。而且我在这儿住得挺好的，"她环视了一圈，"又宽敞，采光也好，厕所浴室都有，还有电视，小田还把办公室的书给我拿来了。我大学都没住过单人宿舍呢。而且我们这也算工伤了，工资不仅不会扣，说不定还有补贴呢。"

陈妈妈一颗心就没放下来过，自得知陈望被隔离，嘴边已经长了圈燎泡。她忧心忡忡："真的不能去看看你吗？"

"别别别，"陈望忙劝阻，"您来了也没用呀，瞧得见进不来，不是更难受吗？您不如，唔——研究研究菜谱，等我出去给我做顿好的补补。"

陈妈妈还是忧虑："我明天就去几座庙里拜拜，给你求个平安符。"

"好。"妈妈有个寄托也好，要不天天在家里悬着心，也太受罪了。

她又哄了妈妈许久，才挂了电话，躺到床上望着天花板发呆。

说实话，不考虑自己被感染的可能性，被隔离还——挺新鲜的……她自己安慰自己，就当是带薪休假吧，正好空出时间写论文。

只是当晚，她便出现了头痛的症状。一时间整栋楼草木皆兵，连副院长都穿着拖鞋赶来了。她哭笑不得，百般解释这是自己生理期时偶尔会有的毛病，都安抚不了一众焦虑的同事。几位医生连头发丝都查了一遍，确定她只有头痛没有其他毛病了，才略略放下心。看见副院长的拖鞋，她心里颇感抱歉。

陈爸爸陈妈妈到底还是找徐瑛帮忙，来隔离室看她了。只是他们进不来，只能隔着玻璃用电话联系。

她一接起来就听见妈妈压抑的啜泣声，心里一酸，又忙挤出笑来安慰妈妈："妈，我真的一点事儿没有，副院长都拍板我没事的，您别听徐瑛瞎说，她头发长见识短，没见过这种阵仗吓到了而已。"

陈妈妈抽噎着说不出话来，陈望却知道她在想什么。妈妈经历过一只脚踩进鬼门关，此生最怕不外是至亲同样遭受那般的煎熬与痛楚。女儿当年只是个小小人儿，最大的忧虑应该是考试成绩，而不是陪着自己在异国他乡求医问药，生怕哪天就没了妈妈。如今自己除了求神拜佛，半点忙也帮不上。

见妈妈难过，陈望叹气，试着转移话题："老陈同志，我几天没回家，您就这么照顾我妈啊？"

陈爸爸也没有了玩笑的心思，扶着陈妈妈的肩膀只是愁："吃得惯吗？被子会不会太薄啊？医生们都怎么查？什么时候能确定没事啊？"

陈望耐心地将在隔离间里的一天二十四小时都细细讲给父母听，巨细无遗。虽说父母大多听不懂，但同他们多说一些，多少能让他们更安心些。末了她又劝："你们不要胡思乱想，我自己的身体还能不清楚吗？况且还有这么多人在看着，别说现在只是观察，就算万一真感染了，也不是绝症啊，是不是？"

陈妈妈终于止了啜泣声："呸呸呸！"

陈望从善如流："我错了我错了，呸呸呸呸呸！"

待父母走了，陈望抓着徐瑛兴师问罪："你告诉我爸妈做什么？"

徐瑛在玻璃那边举起双手告罪："你在里头不知道，昨天晚上有多吓人。我就怕你真有什么好歹，叔叔阿姨还被蒙在鼓里，万一有什么遗憾那真的就弥补不了了。"

"呸呸呸！我吉星高照！"陈望说，自己又叹了口气，"你说这也真的是，太背了。术前检查做得那么细，怎么就愣是没查出来呢？"

"这玩意儿潜伏期多长，躲的技术又堪比特务，你又不是不知道。都怪他们，成天把医生当仇人，问个病史跟问银行卡密码似的。这下好了，整个手术室，谁要是出了什么一丁点儿毛病，不用网友，院里自会有人把他们扒了放网上去。"

"……那是违法的吧？"

徐瑛仍是气冲冲的："救死扶伤救死扶伤，这种人救屁啊！挂起来游街示众都是损害市容！"

骂了一通气顺过来后，徐瑛又说："夏小姐也知道了，非要来看看你，被我拦回去了，也没告诉她你在哪儿。"

"那就好，那就好。你替我转告夏夏一声，我什么事儿没有，她好好坐月子去，等我出来了再去看她。"

"行。那你乖乖的啊，可别讳疾忌医，有事要吱声啊。"

陈望好笑："知道啦知道啦。"

过了两天，护士来量体温时，有些黯然地说，小赵半夜发了烧，被紧急送进了隔离病房。陈望一惊："烧到几度？"

"不高，但就是一直不退，早上还开始腹泻了。"

"有出血吗？"

"没有。"

陈望喃喃着："不是高烧，没有出血，应该不是……应该不是……"她又猛地抬头，"那张老师呢？"张主任是离得最近的。

"张主任目前还没有事。"

她点点头，略略松了口气："已经白天了，如果过了今天没有新的问题，应该就不是了……"

"是啊，老师们也是这么说的。"护士安慰她，"没事的陈医生，主任们都看着呢，肯定不会有大碍的。"

"嗯……"陈望还在想着小赵的事，忽然想起什么，"没有外传吧？"

护士连连摇头："医院外头蹲了好多媒体，院长说了，没有确定结果前一点消息都不能漏出去，警察也警戒着。"

但午饭送来时，陈望又听说，器械护士发起了高烧。她顿时没了胃口。张主任和她是与患者血液接触最多的几个人之一，他们俩目前都还没出现任何症状，那就说明小赵和器械护士只是普通发热，并不是被感染。一定是这样的……

她不断安慰自己，又开了电视，守着新闻频道，结果一下午都没有看到与此事相关的任何报道。没消息就是好消息，她对自己说。

心情一直放松不下来，草草吃了几口晚饭，陈望便有些撑不住了，洗了澡便上床躺着。

本以为会失眠，但或许是脑子里的弦绷得有点久，一躺下来，居然没一会儿便睡着了。

电话突兀地响起来，陈望被吵醒，昏昏沉沉地掀开被子，披上外衣下床，下意识看了眼时间，十二点多。她抓起听筒困倦道："喂，您好……"

"……陈望。"

她一愣，睡意带来的滞后反应让她一时反应不过来是谁，脑子里又缓慢地过了几遍那个声音，蓦地清醒："谢致？"

"……嗯。吵醒你了？"

她下意识地扒拉了下头发："没有，是我睡得太早了……"她有些困惑，"你怎么——知道这个电话的？"

"问的。"那边静了静，"你怎么样？"

"啊……我挺好的，什么症状都没有。"也是，毕竟都上热搜了，她又没带手机在身上，他联系不到她，很容易猜到。

"你是——刚拍完戏吗？收工这么晚啊？"

"你到窗前来。"

陈望不明所以，依言搁下听筒，开了灯后拉开窗帘。

对面的楼里，同一层，巨大的落地窗前，映出个顾长身影。他拉下口罩，朝她笑了笑，举着手机的右手上，一道手链状的暗色。

她不可置信地睁大眼睛，傻气地揉了揉眼，再睁开，站在那里的确实是谢致。她忙跑回去重新抓起听筒："你怎么——你不是在——"

"我来看看你。"

陈望哑了，抱起电话挪到窗前。他还站在那里，望着她的方向，听筒里传来他的声音："不过我两点的飞机，再过一会儿就要走了。"

她感觉耳朵发烫，有些无措："那、那你快走吧，别一会儿赶不上了。怎么突然回来了？有事要办？我没事的，不用还特意多跑一趟。新闻里写得吓人而已，别当真。"

"……不是。"

"什么不是？"

"我回来，就是来看你。"

陈望的脸"轰"地烧起来，思绪顿时一塌糊涂，却还能分神庆幸自己是背光的，她能看见他的眼神，他却看不清她的神色，也就看不见自己番茄似的脸了。

心头涌起一股暖意，缓缓地淌进血液里。她有些动容："谢谢你……"

谢致的笑敛了敛，眼神里有些道不明的情绪。隔得远了，陈望注意不到，没听到他的回应。她把电话机贴到心口，试着平复了一下乱了不止一两拍的心跳，说："时间应该差不多了，你用不用早——"

"陈望。"

谢致朝玻璃走近了一步，对面病房里的人似乎怔住了。她穿着松松垮垮的病号服，披着针织外套，头发还有些乱，抱着电话的模样有些呆呆的。

他张了张口，握紧了手机："……我刚刚去护士站要电话，没要到，说只能告诉家属。我不敢打电话给叔叔阿姨，怕打扰他们休息，又没有你同事的联系方式。好在田护士回来了，她认得我，我才问到这个电话。"

陈望有些蒙，不知道他这话是什么意思，无意识地应了句："这样啊……"

"太麻烦了。"

"呃，是有点吧，但这是规定嘛，毕竟最近想混进来采访的媒体挺多的，医院防得很紧，万一随便谁都能打——"

"所以，"谢致顿了顿，"如果我是家属就好了。"

陈望宕机了。

"你——"

"等你出来，"他深呼吸了下，看着她，缓道，"等你出来，嫁给我好不好？"

陈望手一松，电话"啪"的一声摔到地上，散架了。

第十五章
从相悦开始新篇

天亮后，来量体温的护士看到床头四分五裂的电话机一脸惊讶。陈望尴尬地扯谎："昨晚做梦，不小心把它扫地上了。"

护士了然，说晚点来换台新的电话机。

等护士走后，她倒回床上把自己蒙进被子里，一回想起昨晚，脸上好不容易降下去的温度又腾地升回去了。

昨晚她呆了半天，才发现已经牺牲了的电话机。她手忙脚乱地把它抱起来，欲哭无泪，只能别开脸，把散架了的电话机举到窗前晃了晃。至于谢致，她是无论如何都不敢再看他一眼了，也就没看见他忽然笑起来的模样。

然后她匆匆拉上窗帘关上灯，外套都没脱就钻回被子里，直到天蒙蒙亮才睡着了一会儿。

结果中午来送饭的护士还夹了张字条进来给她。她展开，上面写着："不用急着回复，好好休息。"

没有署名，但用脚都猜得出是谁留的。

她觉得不能再这么让脸烧下去了，再烧她就出不了这隔离室了。于是她拿起新电话拨通了徐瑛的号码："徐瑛，我……昨晚被求婚了。"

只听那边"哐当"一声，紧接着是徐瑛急匆匆的脚步声和一迭声的追问："要命了，你发烧了？烧糊涂了？多少度啊？医生过去了吗？我现在上去……"

陈望囧："我没烧！我也没糊涂！我说真的！"

徐瑛刹住脚步："你没烧？"

"嗯。"

"吓死我了，没烧就好没烧就——等——啥？你被求婚了？"

　　陈望扶额："……嗯。"

　　徐瑛不可置信："你那现在除了医生护士谁进得去啊？别是做梦了吧？"她说着走回了办公室。

　　"……我也想是做梦啊。"可醒来发现那个电话机真的光荣牺牲了，证据确凿。

　　"那你说说是谁啊？昨儿轮值的医生可都结婚了吧，难道是哪个小护士忽然看上你了？"徐瑛一脑门子问号，顺手拿起水杯喝了口水压惊。

　　陈望纠结了一下："那个，我先说明我真的没发烧啊。"她咬了咬唇，半晌，"是——是谢致……"

　　徐瑛把水灌进了领子里。

　　陈望这厢只听到一声中气十足的"哇啊啊啊啊啊"，然后就是东西磕碰滚落的各种乱七八糟的声响，下意识地将听筒拿远了一点。

　　良久才听到徐瑛心有余悸的声音："差点把今儿收的病历给淹了……"

　　"没事吧？"

　　"没没，不是，你这啥情况啊？啊？"徐瑛擦着滴答着水的衣摆，很是迷惑。

　　陈望磕磕巴巴地把事情经过笼统说了，徐瑛听得目瞪口呆，半晌感慨："谢致还挺有魄力……"又说，"要不是跟你熟，我差点都以为你们是先上车后补票了。"

　　陈望有气无力："亲，你是想让我出不了隔离室才使劲调戏我吗？晚点还要量体温呢！求放过。"脸上的热度再蒸腾下去她能烧坏体温计。

　　徐瑛忍不住问："那你怎么想啊？"

　　"什、什么怎么想？"

　　"答应他还是拒绝他？"

　　"我不知道……"

　　徐瑛卡了半天："……你还想答应啊？这才见了几回啊？"虽然她总猜他们很有戏，但速度也不该是这么快的吧！

　　"我们都认识十四年了。"谢致说。

　　宋涵对他的逻辑很服气："可中间空了十三年啊，你就那么笃定人家会答应你？"

　　谢致搁下杯子，松了松领口，淡淡："不笃定。"

　　宋涵一噎，满腹吐槽没地儿下口。

　　他与谢致一块儿读了初中高中，大学被亲爹押着去读了商科，"不好好学习就回去继承家产"的典型代表。所幸他对从商也感兴趣，读得不算痛苦，又去英国镀了层金，回来就进家里公司"打工"了。

　　这次他投资了这部电影，请谢致来出演也是他给的建议，谢致同样很给面子地应了。最近难得空闲，他便特意过来剧组看热闹，结果被一句"我跟陈望求婚了"砸傻眼了。

两人虽没到"生死与共"的程度，但也是能为对方两肋插刀关键时反插对方两刀的交情了。这么多年，他晓得谢致心里隐隐记挂着陈望，知道他们重逢也替他高兴，只是这进展，前面磨叽得令人窒息，现在超速得叫人发蒙。

他瞧着谢致有一下没一下地摩挲着手腕上的红鲤，还是忍不住要吐槽："不说别的，你这四舍五入是求婚了吧，是吧？花呢？戒指呢？蜡烛呢？都没有的话，单膝跪地呢？你好歹拍了这么多年戏，求婚的套路再烂俗也是个仪式，你就这么——糊弄过去啊？"

谢致不答，许久才说："等她平安出来。"什么都会补上的。

他没有半分敷衍陈望的心思，想着什么都要给她最好的。昨日的话的确是他冲动了，后来他也有些后悔，却不是后悔同她求了婚，仅仅是因为觉得太草率。

但也好，至少说出口了。

现在只求她好好的。

桌上的手机屏幕亮了亮，他垂眼，是一个微信好友申请。

对面的宋涵也看了眼屏幕。

谢致解锁了手机，宋涵正巧看见他桌面，后槽牙酸了酸，作势搓了搓手上的鸡皮疙瘩。

谢致没理他，点开了那个好友申请。

"谢先生您好，我是陈望的朋友徐瑛，她让我加您一下。"

他立即通过了申请。

"徐医生您好。"

好友申请通过的通知和谢致的消息一齐抵达徐瑛的手机，着实把她吓了一跳。她赶紧回："谢先生您好。"

她是个知情识趣的人，不待谢致问就噼里啪啦地打字："陈望用不了手机，托我转告您一声，她没事，您安心拍戏，有什么问题我会帮她转告的。"对自己传信青鸟的身份认识得相当清楚。

"她今天怎么样？"

"很正常。"

"大概还要隔离多久？"

"这个说不准，毕竟其他人有出现发烧的症状，一切都要等他们的诊断出结论了再说。如果后续结果不乐观，那她相应被感染的可能性就更大，观察的时间要更长些。"

很久，那边才回复："我知道了，谢谢徐医生。"

徐瑛这才感觉自己的语气太像"保大保小"一样生硬了，赶紧亡羊补牢："但谢先生您也不用太担心，到目前为止，与患者血液接触最多主刀医生并没出现什么症状。陈望是一助，首当其冲的也不会是她。"

"但愿如此。"

她继续试着补救："她屋子里的电话坏了，明天应该就换好了。不过虽然可以打，但也是有时间和次数限制的。"意思是不可以用来煲电话粥。

谢致听懂了，跟她道谢。想起凌晨时陈望在玻璃后扭开脸举着缺胳膊断腿的电话机羞窘又无措的样子，他轻轻笑起来，回复："谢谢徐医生。"

"客气了。"

两人的对话告一段落。徐瑛松了口气，翌日把对话记录转述给陈望听。陈望："……你吓他做什么？"

徐瑛："？"胳膊肘这么快就往外拐了？

不过今日传来了好消息，小赵和器械护士陆续退了烧，各项指标数值也都正常，没有被感染的迹象，喜得陈妈妈又立刻去上了好几炷香。

而陈望被"求婚"后，凌乱了两天也就淡定了，抽出几本"砖头"里的书签，继续写论文。没有再听到同事出现疑似被感染的症状的消息，隔离室里好吃好喝地养着，她的论文进展颇顺，唯一的缺点就是不好找老师修改，她写着很是没底。

谢致没再打电话来，她估摸着时间，猜他差不多该出国拍戏了。这样也好，她实在不知道如果听到他的声音，该对他说些什么。

徐瑛也很头大。谢致每天固定要问她陈望的情况，即便一周后出了国，也算着时差掐着点来问，自己却一个电话都没打过去。现在的年轻人，操作太迷幻，徐瑛很困惑。

但她很快就把这个疑惑丢爪哇国了，赶去接"刑满释放"的陈望等人了。

是的，手术室里的所有医生护士都有惊无险地度过了观察期，可以离开隔离观察室了。

陈望才到家门口，就被一个火盆挡住了脚步。陈妈妈坚持要她跨了火盆才能进家门，去去晦气。她哭笑不得，乖乖照做，然后才把为她担惊受怕了许久的爸爸妈妈抱住。紧接着，爷爷、奶奶、外公、外婆等一大家子亲戚又挨个来看她，家里热热闹闹了几天。

她给谢致发了消息："我回家了。"

他许是在拍戏，过了很久，发来了一张图片。那时她已经关了灯，躺在床上酝酿睡意，偶然睁眼，瞧见床头柜上的手机呼吸灯温柔地闪烁。

是手写的一行字："会わなきゃいけない人には、絶対、会えるんじゃない。"

他会写很漂亮的英文花体字，少年时曾在那本挑给她的练习册上，洋洋洒洒地秀了一把。只是他什么时候还学了日文，写得也怪好看的。

她笑，回："什么意思？"

"怎么还没睡？"

"刚要睡。"她追问，"你还没说，这是什么？"

"之前看了一部渐冻人题材的日剧，这是里面的一句台词。"

"什么意思？"

"命中注定要遇见的人，无论怎样都会遇见的。"

陈望一愣，慢慢红了脸，把头埋进了被子里，片刻后又被热得不得不掀开，将那张图点开，保存原图。

第二天，她把那张图发给了网上定制手机壳的店家，报了手机型号，在把客服小姐姐磨得几近崩溃时总算弄出了满意的样图，千叮咛万嘱咐后才下了单。

过了几天，手机壳送到家里来，她换上，很满意，麻溜给了店家好评。

再次检查确定没有问题后，陈望他们才正式复工。科室的同事们坚持要给"大难不死"的她和张主任庆祝一下，猜拳决定了一个值班的冤大头后，其余人欢欣鼓舞地去了医院不远处的火锅店。冤大头李医生以头抢地，好在大家都还有点战友情谊的，给李医生送了满满两袋子的夜宵。

宿舍的另外三个姑娘则嚷嚷着下回聚会一定不让陈望掏钱，陈望把聊天记录截图了，留作证据。

四儿在那端温温柔柔地笑："不止聚会，我结婚时你人到就行，红包我倒贴一个给你。"

陈望同老大、三儿立刻"拍案而起"："你要结婚了？"

四儿有些腼腆地"嗯"了一声："准备过几天去领证，国庆时再办婚礼。"

三儿着急："求婚呢？你怎么啥都不和我们吱一声啊？"

"也就不久前，其实不过是个仪式，我们都口头谈过几回结婚的事了。况且，当时望崽还在隔离中呢，我哪开得了口啊。"

说来也好玩。宿舍四人按床位号排的序，陈望是二号床，几个人一琢磨，叫老二有点容易想歪，叫二儿又太拗口，后来某日老大顺嘴喊了声"望崽"，几人都觉得这叫法"朗朗上口"，就都这么喊上了。

被点到名的陈望赶紧顺从民意："我现在没事了，你快开口！"

"哎呀很俗套的，就是，他带我去了家挺高级的餐厅，现场弹了首钢琴曲，然后就——嗯，掏戒指……"四儿脸皮薄，含含糊糊的。

老大哪里肯放过她，隔着网线也要盘问她个彻头彻尾。末了，三个姑娘对着手机摄像头捧脸："哇……"

三儿由衷地说："你男朋友真的会撩。"起初他追四儿，宿舍其他人都觉得此君花样太多，绝非纯良的四儿的良配，一日二十四小时轮流给四儿当护花使者，防得滴水不漏，以至于即便过了这么多年，他每听到四儿要来同学友们聚会，仍都要提心吊胆个把月，生怕四儿被她们洗脑后回家要同他划清界限。

几人嘻嘻哈哈闹了一通，最后终于敲定了此次视频会议的最终任务：国庆，无论如何也要把假期空出来去喝四儿的喜酒。

陈望摘了耳机，后知后觉——自己是不是，也刚被求过婚来着？

刚放下的手立刻又使劲往脸上搓了搓。

谢致让她不用急着回复，就真的连个消息也不发，除了上回她主动告诉他出院的事情，倒还真一副埋头拍戏的样子了，剩她一个人在这儿悬着心。

思及此，陈望不禁有些埋怨，可隐隐又有些甜意。

情路单薄就是有这样的缺点，没见过世面，淡定不下来，任人牵着鼻子走。

她轻轻叹了口气，不知怎的忽然想起一桩旧事。

那是初二下学期时的事了。当时谢致已然声名大噪，去哪儿几乎都要被无数双眼睛盯着，遑论更疯狂的"私生"了，加上他开始接戏，去学校的次数屈指可数。在九中和十三中的篮球赛如火如荼时，陈望已经有段时间没见过他了。

她虽然比他自由些，但也总有人认出她是絮絮，谈不上指指点点，可被人围观的滋味也确实不好受。

篮球赛进行到最后一场，两个学校的初二年级冠军在九中的操场上举行了友谊赛。陈望避开了人群，到临操场的教学楼四楼，寻了个没人又瞧得见比赛的走廊角落看热闹。

十三中的初二年级冠军就是谢致他们班。初一时谢致伤了脚，没能参与最后的比赛，那时她还安慰他到初二时争取一把。不承想，他初二时已成了炙手可热的少年影帝，仍是参加不了，有些遗憾。

友谊赛的时间是周六下午，还没到最热的时候，阳光暖洋洋的，照得人都倦懒了起来。

她看了一会儿就有些犯困，晃了晃手里的饮料瓶，就想下楼去找夏夏一起回家了。不想才退了一步就撞上一个人，她回头一看，吓了一跳："你怎么在这儿——不是，你怎么找到我——也不是，你来做什么？"

谢致摘下棒球帽，把口罩也拉下来："闷死我了。"顺手把她手里喝了一半的冰红茶抽走，就着还未散尽的冰凉劲儿将瓶子捂上了脖子。

陈望瞧他一脑门子汗："你在这儿待一会儿，我去小卖部给你买瓶新的。"

"不用，我不渴，就是热而已。"谢致又换了一边捂了捂，这才拿下瓶子，"怎么一个人在这儿？"

"操场太热了，人又多。"陈望说，"你还没说呢，你怎么也知道这儿？"

"问你同桌的。"谢致说着往底下瞧了两眼，"哪边领先？"

"你们班。"陈望也跟着看，右手在眉骨搭了个凉棚，"要是你上场，大概我们学校的都要倒戈了。"全九中的姑娘都得成他的啦啦队。

身侧的手一凉，紧接着就是少年人的热度贴着掌心传来。陈望一怔，却见谢致淡定自若道："这样应该就不会了。"

他的手刚拿过冰红茶，有点冰凉的水汽，但体温又很快将那点凉意蒸腾干净了。她张了张口，"为什么"滚到嘴边，被谢致一声"你看，宋涵想投三分"给挡住了。

陈望被这一打岔，刚再看向操场，就见球已经离了宋涵的手，"砰"地撞上篮筐，骨碌碌滚了半周，掉了出来。

谢致"啧"了一声，似乎有些失望，手却仍没松开她的，仿佛忘了这回事。

她眨了眨眼，别开头，试图去忽视心里头那点异样。两人牵手拥抱也不是没有过，连亲吻都乌龙过一回，她再扭捏，好像有些小题大做，而且像心里有鬼似的。

陈望心里念叨着"没事没事小事小事"，心不在焉地看着操场，却控制不了后脖子渐渐漫上的一层薄薄的热意。

楼下比赛正酣，谢致似乎专注地看着赛况，丝毫忘了他手里抓着什么。她小心翼翼地动了动食指，换来的是因进球而欢喜的谢致下意识一握。

她蒙蒙地看回操场，十三中进了球？

后来是怎么松开的手，陈望已经不记得了，只记得额前一片暖洋洋的日光和后脖子那令人窘迫的红，还有只有自己听得到的，按捺不住的心跳声……

福至心灵地这么一回想，陈望倒到床上，又细细回想了少年时同谢致的相处，半晌，猛地一个鲤鱼打挺坐起来。

她似乎，因着两人拍电影时实在混得熟，玩笑话也好，肢体接触也好，她都不会多心，抑或说，强令自己不要自作多情。可时隔多年再去想，他对自己的态度，还有总是不着痕迹的维护关照，以及自然而然地"占便宜"——

他不会以前就喜欢她吧？

陈望今晚不知道多少次抬手捂住了脸。

手机的呼吸灯亮了亮，她从纠结的心思中回过神，划开屏幕。

是夏夏的微信，邀她下周去参加女儿的满月。

陈望想了想，包了个大红包给她："我就不去啦，刚出院不太好。"

夏夏立刻着急地回："瞎说，你这是大难不死必有后福，我还想让宝宝蹭蹭你的福气呢！"

"哎，好好好。其实主要是，满月酒都是你们的亲戚嘛，我只认识你一个，又不可能一直黏着你是吧，那我多尴尬。"她又发了个猫猫卖萌的表情包。

夏夏只好说："好吧。那说好了啊，等我出月子了一定要请你一次，不准拒绝！"

"你把红包收了我就答应你。"见那边半晌没动静，陈望又催她，"快点，这是给宝宝的，你就是替她保管，可别私吞了啊。"

过了一会儿，微信才送进红包被领取的通知。

隔了两天，陈望从手术室出来换好衣裳，在办公桌前打开一天没看的微博，就看见"特别关注"一栏的红点。她点开，是谢致个站发了微博：

【PEK［飞机］今日到达。】附着九张精修过的机场图。

他回来了？

陈望手心顿时沁出了汗。

没出息！她暗暗唾弃了一下自己，立刻摁灭了屏幕，假装自己是个宠辱不惊的淡定姑娘。过了一会儿她又忍不住，解开锁屏，放大其中一张图。

手腕上明晃晃的两尾红鲤。

似乎要戳穿她的心虚，界面上方忽地冒出一条消息。

谢致："我回国了，晚上有空吗？"

陈望咬了咬唇，打字："有。"

手机立刻"嗡嗡"响起，她吓了一跳，慌忙小跑到走廊上接起，又似被什么堵住了嗓子眼，说不出话。

"陈望？"

她"嗯"了一下，没听到自己的声音，忙捂住话筒轻轻清了下嗓子："……嗯，我在。"

"晚上一起吃饭，可以吗？"

"可以……"

"你想吃什么？现在有没有要注意的，比如忌口之类？"

"没有，都没事了，你别担心。"

"看你朋友圈，说刚吃了火锅，要不要吃点别的？还是想再吃一次火锅？"

"都可以的，你定吧。"

"好。你今天什么时候能下班？"

"应该正常时间。"

"那我——"

"哥哥哥，你先等会儿你抓一下把手前面急转了！"

突兀地插入了一个慌慌张张的女声，陈望愣住："……是——思宜？"

"……嗯，没事。"

"陈医生，有事！"王思宜冒着被扣工资的风险嚷道，"我们被'私生'盯上了，现在在高架上生死时速呢！"

陈望一颗心立刻悬了起来："怎么会……"

"别听她瞎说，一会儿就能甩掉了。"谢致打断她，"别急。你接下来还有没有手术？"

"没有了。"陈望却不容他打岔，"那你们现在去哪儿？"

谢致看了眼驾驶座旁显示早已偏离路线十万八千里的导航："我也不知道。"

"有地方可以避一避吗？"

"已经找人来帮忙拦了，应该下了高架就能甩开。"谢致听着还是很平静，温声安抚她，"你别急，没事的。"

"那你千万别回家啊！也、也别去——你能去哪儿啊？"陈望急得团团转，"让司机师傅千万开稳一点——对了！"她急中生智，"你们来我公寓里吧！"

谢致一怔："你公寓？"

"不不，是老大在医院旁买的小公寓，我们刚工作时一起住的，后来她回家乡了，钥匙先就放我这儿了。你们没地方躲的话可以去那里避一避，我去开门！"

谢致还没开口，支着耳朵旁听了半天的向平川迫不及待插嘴："那太谢谢你了陈医生！你给个地址！"

"好，我发给你！"陈望果断掐了电话，发了地址过去，顺便匆匆脱下白大褂冲回办公室，"李医生我有急事早退一下，有事你打我电话！"

"欸，好——"李医生慢半拍地从电脑前抬起头来，已不见陈望的人影了。

那间小公寓离医院很近，过了马路拐进小路就到了，之前一直有租出去，不过上一户已经搬走两三个月了，这期间也没人来。

陈望一开门就是扑面而来的被闷久了的土腥味，赶紧任大门敞着，跑去把所有的窗子都打开了。

她开了电闸，摁下几个灯的开关，好在都能亮。她又四下转了圈，终于在厨房角落找到了被闲置已久的吸尘器，一握上去就是一个浅浅的手印。她只好又从旮旯角里翻出两条看上去还算干净的抹布，先把洗手间的洗脸台冲洗了，然后洗了抹布给吸尘器擦了擦，这才给吸尘器接通电源，换了拖鞋，开始扫屋子。

扫了一半，她随意擦了擦手，看了眼手机上的时间——已经过了下班时间，兴许没有什么事了。保险起见，她又跟李医生确认好，这才发微信给妈妈："有点事，晚一点回去。"

搁下手机，陈望无意中瞥见客厅窗台上几个光秃秃的花盆，不由得走近了，拉开纱窗去看。

盆里只剩一点零星的杂草，很没精神地趴在土里。之前住在这里时，虽然忙得团团转，她还有闲心买了盆绿萝，也没怎么养，它自己就争先恐后地抽芽了，长势过于喜人，藤蔓长长地往楼下坠，她才把它挪到靠窗的柜子上。后来一位也爱侍弄花草的医生来家里，看见她的"绿萝"，笑得直打嗝。她那才知道，那是盆红薯。

陈望重新关紧纱窗，拿起吸尘器。将地板打扫干净了，她又另拧了条抹布，把客厅的皮沙发、茶几、柜子等也擦了两遍。来到厨房，她抓着抹布，有点犹豫——也就在这里待一会儿吧，擦还是不擦呢？

楼梯间传来脚步声，陈望这才惊觉自己刚刚为了通风，大门一直都没关，急忙小跑出去，一抬眼就看见正站在门口确认门牌号的谢致。他仍是戴着口罩，不过没戴帽子，听到她"啪嗒啪嗒"的拖鞋声，循声望向她。

陈望迎上前两步，歪了歪脑袋去瞄他身后，"欸"了一声："思宜和你经纪人他们——"

尾音生生被一个拥抱截停在空气中。

她眨了眨眼："谢、谢致……"

"嗯。"他的声音闷闷的，隔着口罩贴着耳郭，有一小块薄薄的温热。他似乎注意到了口罩，因为陈望感觉背上的手忽然松开了一只，然后那一小块温热空了空，下一秒取而代之的是更热的体温和他的气息，直截贴着她脖颈。

陈望瞬间如被踩了尾巴的猫，脊背一阵过电的感觉。谢致察觉到她一瞬间抖了一下，埋在她肩颈处低声笑了，轻轻给她顺了顺背。

陈望僵硬，好半天后才开口："那什么，门没关，你——"

谢致随意抬脚往后一踢，门"啪"的一声被踢关上了。

陈望："……"

好吧，抱就抱吧，只是——

"我手里还、还有抹布，脏……"她弱弱开口。为了不弄脏他衣服，一直举着手臂，时间一长，有点酸。

谢致一顿，似是无奈又好笑地笑了一声，慢慢松开她。陈望默默放下手，抹布已经被攥得比咸菜还咸菜了。

她低头强作镇定："你没事吧？他们人呢？"

"他们回去吸引火力了，况且总得稍微教训一下。"谢致轻描淡写道，一手将口罩摘下来随手搁到鞋柜上，一手把她手里的抹布解救出来，"要扫什么，我帮你。"

"不用啦，都扫得差不多了。这儿有段时间没人住了，比较脏。沙发我擦干净了，你坐吧。"陈望想把抹布拿回来洗了，谢致却没松手，绕过她往洗手间去了。

她跟着过去，谢致已经把脏抹布洗了，正巧转头来问她："晾哪儿？"

"搭洗手台上就好。"

没了活儿，陈望手脚都不知该往哪儿放，洗了手站在客厅里有点茫然，半晌终于想出个话题："一会儿你怎么回去？谁来接你？"

谢致无奈地笑道："陈望，你不用这样。"他走近她，低头去找她略有些躲闪的目光，"我没有逼你的意思，你没必要这么——"他顿了顿，找了个词形容，"害怕。"

她急忙抬头："我知道！不是怕你，我只是有点紧张……"为了证明自己的话，她四下看了一圈，从茶几上拿起手机，将背面举到他眼前，"你看。"

谢致看清了她的手机壳，骤然笑起来，唇红齿白，好看得要命。他抬手，顺势将手机同她的手包住："所以你这是答应我了？"

陈望回想了一下答应是答应什么，大窘："不、呃、你——我——"

她有些急，想说哪有见面半年求婚的，又想说婚姻好歹不是小事怎么能上下嘴皮子一碰就"私订终身"了，还想说那样仓促的求婚显得她太好骗了，好些想法在脑子里吵吵闹闹，然后她问了一个最蠢的问题。

"不、不是应该先谈恋爱吗？"

说完她恨不得咬掉自己舌头——为什么变成她主动了？矜持呢？陈望你个智障！

谢致大笑起来，将两人手里碍事的手机抽走，重新握住她的手，从善如流："好，是我着急了，我错了。"他笑着凑近她，低了声音，"谈恋爱的话，我能亲你吗？"

陈望瞬间满面通红，瞪大了眼——刚不是说你太着急了还认错吗？

他没给她争辩的机会，另一只手已经扶起了她的下巴。陈望欲要挣扎的话才到唇边冒个口，就成了谢致长驱直入的机会。

陈望认为自己于情事上并非两眼一抹黑的愣头青。

她知道亲吻可以不仅是单纯的嘴唇贴着嘴唇，可以十八般武艺，吸吮舔咬花样百出，一样一样列出来够拼许多篇论文。从前老大的一大兴趣爱好，便是在宿舍里深情朗诵网上下载的各种桥段烂俗的霸道总裁爱上我式言情小说，以将她们的隔夜饭恶心出来为最高目标。她每每听见女主角被亲到窒息腿软都觉得不可思议——接吻用的嘴，呼吸用的鼻，两者工作并不相互妨碍，怎么就亲到脑子缺氧了，傻的吗？

是的，傻的，包括自己。

她沉痛地认清了这个事实。

因为直到谢致稍稍退了点，贴着她的唇低笑"别屏气"时，她才记起呼吸这回事，身体的直觉动作便是吸了一大口气。

所以她错过了推开他的时机。

他又凑了上来。

原先抓着她的那只手不知什么时候已经移到了腰后，下巴上的那只——谢致见她一直蒙蒙地看着他，唇角弯了下，抬手将她的眼皮轻轻合上了，然后更深入地吻她。

陈望囧了——亲吻闭眼睛，她怎么连这种基本常识都忘了，也太丢人了……一时窘迫，她有点埋怨，很轻地在他舌尖咬了一下。

然后她感觉，面前的青年，似乎有点狼变的趋势？

她低估了一个素了太久的年轻男人的"觅食"能力。

家里，陈妈妈听到客厅里的手机响了，擦了手出来接电话，一听皱起了眉头："怎么现在才说不回来吃啊，饭都煮上了。"

"就，临时出了点事情，我得耽搁一下，不知道要弄到几点。"陈望坐在沙发上心虚地跟妈妈扯谎，又很没气势地瞪了旁边的罪魁祸首一眼。

谢致忍笑，待她挂了电话，将水杯递到她唇边。陈望没接，开了前置摄像头，看着自己过分饱满红艳的嘴唇和像打了几百层腮红一样的脸颊，微恼："我今晚怎么跟我爸妈解释啊？"

"嗯……晚饭吃太辣了？"谢致点开外卖软件，将手机递到她跟前，"晚饭想吃什么？"

她往沙发另一端挪了挪："你先离我远点……"

他听话地将手机收回去，作势要点单："麻辣小龙虾盖饭好不好？"

陈望磨牙。

谢致笑出了声，仍是挨到她身边，抓过她的手。

她低头看两人交叠在一起的手。以前看网上刷的关于谢致的照片，有人特意将他的手放大了整理出一组图，夸他指骨长，指节分明，又不会瘦骨嶙峋，是双十分耐看又有力的手。如今这双手光明正大地裹着她已经被消毒液腐蚀得并不细嫩美观的手，有种两个世界的墙壁碎裂的错觉。

谢致侧头专注地端详她神色："怎么了？"

陈望老实回答："第一次谈恋爱，新鲜。"

出道多年，谢致不敢说深谙爱情剧的套路，但也勉强算半个行家，自认为在感情上也可以波澜不惊一些了。然而他现在深觉自己之前的幼稚——在真心喜欢的人面前，他的理智不一会儿就溃不成军了。譬如现在陈望简简单单的一句，便已经听得他耳热，忍不住又想偷个香。

　　陈望没有意识到危险，待发觉谢致的气息近在咫尺时，羞得手忙脚乱就要躲，结果没掌握好平衡，"哎"的一声就往后倒，手扑腾中错误地把谢致的衣服一扯，两人齐齐倒在沙发上。

　　谢致怎会放过此等"天赐良机"，压着她慢条斯理地亲了又亲，把在片场学到的观摩到的，以及梦见过的，一样一样试了个遍。

　　最后陈望放弃挣扎，只求他别留印子，她不想在夏天穿高领。混沌中还有心思去庆幸刚刚有把沙发擦干净，以及困惑于情侣恋爱第一天的进展也这么快的吗。

　　谢致察觉到她走神，不轻不重地在她下唇咬了一口："专心点。"

　　陈望："……"好气啊，想咬回去，又记起刚刚咬他的"下场"，怕了。

　　结果晚上回家，陈妈妈看她的嘴唇："你吃蝎子了？"

　　"……麻辣小龙虾盖饭。"

第十六章
我记得你记得我

洗完澡倒到床上，陈望点开微博，发现"特别关注"一栏多了个红点。

【@谢致： ［锦鲤］ ［锦鲤］】

……她的手链还在他手上！

底下已经热热闹闹地讨论开了。

"啊啊啊，是最近每次照片上都戴的手链吗？"

"蹲个店址！"

"转发这条锦鲤，明晚就能睡到谢致。"

"我都找瞎了也没找到同款，是什么高定吗？"

"不是吧，好像很普通的地摊货啊……"

"哪里地摊货了，那颗玛瑙那么透！"

"反正只要哥哥戴，地摊货也能戴出高定的气质！"

陈望又默默给微博点了个赞，正想退出，手指一顿，点开了最底下的一个分组。分组里同样只有一个用户"@陈望w"。个人主页里是两位数的关注与三位数的粉丝，最后一条微博来自十三年前。

【@陈望w：节日快乐！［图片］】

配图如今看来十分直男，是她那天放学时为了给自己过六一，去那家甜品店买泡芙时拍下的装饰橱窗用的星星灯。

当年开通微博时，"陈望"的用户名已经被占了，她脑筋转不过弯，还是谢致建议她后缀加个英文名一类的。她没有英文名，就试着打了个"w"，误打误撞通过了。后来又弄了认证，去颁奖礼露了脸，加上后面电影上映，她和谢致一起组队去拍了两三回杂志封面和海报一类的，等到她出国前，也是有几万粉丝的。

　　只是当年微博还没有如今的热度，她又不太会玩，账号一度是交给临时的助理打理的。出国后与谢致断了联系，她想用微博私信他，才发现密码不知什么时候被改了，只好注册了个小号。但谢致大概是屏蔽了未关注人的私信，她的消息如石沉大海。

　　她看着那个头像，有点惆怅。她是个念旧的人，虽然已经不用这个账号了，但还是很想要回来。只是她也试着去找了客服，几次交涉皆不了了之，无奈放弃。

　　陈望翻了个身，又盯着那个头像一会儿，一个用力坐起来，咬了咬唇，退出账号，输入当年的 QQ 邮箱名，然后，小心翼翼地敲下了当年的密码。

　　登录。

　　密码错误。

　　……她就说嘛，这世上哪有奇迹，不存在的！

　　她认命地倒回床上。

　　末了，她再次划开谢致那条微博的转发列表，找到那句"转发这条锦鲤，明晚就能睡到谢致"，转发。

　　皮一下很开心。

　　但是第二天早上醒来她就蒙了。

　　四位数的消息提示和"叮叮咚咚"的提示音，什么情况？

　　她手忙脚乱地点开转发和评论，全是"吸欧气""真锦鲤""蹭""姐妹有觉一起睡""苟富贵"之类的，来自她昨晚的那条"皮一下"。

　　她打开详情页，翻了底下赞数最高的那几条，才弄清楚发生了什么，哭笑不得。

　　谢致点赞了她的微博。

　　"你怎么知道我微博的？"

　　陈望百思不得其解——她没印象自己有告诉他自己的微博号啊？

　　"问徐医生的。"到了医院后，她收到谢致的回复。

　　交友不慎。

　　"对不起，我忘了别人可以看到我的点赞。"他知道陈望低调又谨慎，与他在一起都不知是下了多大的决心，结果恋爱第二天他就给她惹了个小麻烦。

　　"没事。"她回了个"举高高"的表情包，又笑，"我也体验了一把火了的感觉。"看了眼时间，接着发了条"我去查房了"，才搁下手机忙去了。

　　于是，恋爱第二天，是勤勤恳恳搬砖的女主角，与休假第一天闲到发芽的男主角。不过谢致心态很好。陈望的工作性质如此，在所难免。

　　但后来，他就不太淡定了。

　　陈望喜提了一个手术高峰期，手术服俨然成了第二层肌肤。即使有陈妈妈天天投喂，体重仍是以令人惊悚的速度往下跌。

她跟徐瑛说："这就是传说中的事业爱情双丰收吧。"

徐瑛很同情地看着她："谢宝钏独守寒窑啊，陈平贵你摸摸良心。"

"寒窑"里的谢宝钏："……"

他多年夙愿得偿，个中喜悦无需多言，本想趁着休假好好同陈望腻歪两三个月，然而很快就意识到她住在家里的缺点。

陈望之前的生活太过规律，又是个事事向家里报备的乖乖女，平日里在医院忙得团团转，下了班也不常在外头玩，要找个理由搪塞家里都费劲。加上他不便随意出门，约会也够呛。两人隔着半个城市，几乎只能电话联系，同城却生生凹出了异地恋的姿势。

他问："要不，我找个时间去拜访叔叔阿姨？"

陈望从一沓病历前抬起头："我觉得，我会被看得更严。"

谢致想到陈妈妈始终没把他往"女婿"这方面考虑的态度，只好默许她拉长战线。

陈望一忙起来，每日挤地铁回到家只想蒙头大睡诸事不管，谢致也不好打搅她，只是一颗满溢的心日益悲催。陈望也不好过，明明已经有伴了，苦了累了还得自己挨。等某天下了班不管不顾冲到大门口抱住谢致时，她才意识到想念比自己以为的还要深。

谢致隔着口罩将下巴抵在她颈窝里，顾虑着公共场合，无奈又克制地叹气。

他想了两天，从陈望那儿要来了老大的微信，一下子转了一年的房租给她，而后叫了人上门，将公寓里里外外打扫干净后，又亲自去添置了些家具，然后提了行李箱住进去。

当天等陈望下班后，他将她领进门："你上班累了就到这儿歇歇，睡一觉住一晚都好，别再折腾那么远回家了。"

陈望顶着黑眼圈感动得无以复加，回去就和陈妈妈斟酌着讲了："之前老大那套公寓有新的人租了，客房空着。我最近太忙，天天来回还是太累了，想放点东西过去，有时在那边住。"

"租客谁啊？男的女的？"

"呃——老大认识！"

陈妈妈想想，答应了。第二天，陈望便装了几套换洗衣服和一些日用品，将包塞进公寓的客房里，然后风风火火地跑去上班。从"异地恋"一下子进展到"同居"，谢致愣了半晌，低头闷笑。

陈望这天下了夜班，迷迷糊糊地开了门就想往客房的床边飘去，被谢致扳了个反方向往客厅推："先吃点东西，洗了澡再睡。"

她从昨天白天到现在连半小时都没躺足，靠着在心里倒计时交班撑到现在，此时着实已经松了弦，歪在沙发上耷着脑袋昏昏欲睡。

谢致拧了条毛巾出来，将她的头发拨到脑后，捧着她的脸细细擦了一遍，然后蜻蜓点水地吻了一下，奈何她已经困到连脸红的神经都歇菜了。他有些好笑，但多是心疼，起身进厨房把锅里温着的鲜虾小馄饨盛出来，自己先吃了一个，觉得馅不烫嘴了，才哄她："陈望，张嘴。"

事实证明即使困到这个地步，身体的本能还是听从了食物的召唤。她乖乖张了嘴，将馄饨嚼吧嚼吧吞了。一个下肚，已经麻木的食欲就渐渐被唤醒。谢致顺利地将一碗都喂下去，然后给她擦干净嘴，商量着问："洗澡吗？"

她吃了东西，脑子已有些清醒，想着自己一身脏不能去床上，但要撑着身子忍着倦意去洗头洗澡又太困难了。在心里天人交战了一会儿，又对比了一下舒舒服服的床和狭窄的沙发，还是努力爬起来去衣柜里找衣服了。谢致瞧她晃晃悠悠的，伸手扶了她一把。

等陈望洗完，谢致把她按到床边坐好，给她吹头发。

陈望被热乎乎的风烘得晕沉，还不忘提醒他说："你轻点啊，我最近头发掉得厉害，别一会儿秃了……"

谢致失笑，将风速调低。陈望被他照顾得舒舒服服，脑袋一点一点的，最后很干脆地一歪。他赶忙举高了吹风机，另一只手将她往后一揽，姑娘便窝进了他怀里。

睡着了。

他关了吹风机搁到一旁，手换了个姿势，另一只手将枕头拉过来，然后轻手轻脚地扶着她躺下，盖好被子，将空调调高了点。

陈望这一觉睡得沉，醒来还有些恍惚，头重脚轻地爬起来去拉窗帘，被肆无忌惮的阳光照得眼花。闭眼缓了缓，她趿拉着拖鞋出去。

谢致在厨房里，背对着她不知道在料理什么。她好奇地挪过去，正巧看见他在熟练地刮鱼鳞。

他听见她的脚步声，侧头："怎么这么早就醒了？"

"睡多了晚上会睡不着的。"她说，"你还会处理鱼啊……"

谢致笑了笑："没你剖人肚子那么熟练。"

陈望囧："别说得我像汉尼拔似的……"又问，"你去买菜了？"

"嗯，给你熬个鱼汤。"

"你这么贤良淑德啊。"

"是啊，有没有考虑一下嫁给我？"

"……我考虑考虑。"

长进了，经得起调戏了。

客厅里响起了微信提示音。陈望自告奋勇去帮他拿手机，一看锁屏界面："是向先生的微信。"

"你帮我念一下，锁屏手势是个反的'Z'字。"

陈望依言解了锁，刚好就是微信页。她点开对话框，念给他听："新 show 给了几个时间，你选一个。明天下午三点，后天上午十点，大后天上午十点……"

"你替我回个'1'。"

"是'知道了'的意思吗？"

"嗯，省事。"

她发完，习惯性地要退出 APP 再锁屏，结果手指一动，桌面壁纸弹了出来。

几树星星点点的灯，光晕柔软，树下是个举着手机抬头专心拍照的姑娘，侧脸轮廓秀气，勾了圈淡淡的光影，身后是模糊错落的灯光。

陈望看清那个姑娘的样子，蓦地红了脸。

谢致将鱼汤炖上，洗好手就见陈望抓着他的手机发怔。

"怎么了？"他走过去，顺势低头，随即莞尔。

陈望回神，手机宛如个烫手山芋，一时抓也不是放也不是。

谢致咳了一声："不好看吗？"他觉得挺好看的。

她无意识地抬头，然后就看见他耳朵红了……

见谢致微窘，陈望反而不尴尬了，笑出声："你那么早就居心不良了啊？"

谢致的不自在也就几息之间，见她"摩拳擦掌"有反调戏的意思，一把揽过她，低了头在她耳边轻声："还有更早的，你信不信？"

陈望"唰"地红了脸，飞快跳开。段位太低，还需修炼。

但不久，她的好奇心又被勾了起来："更早的是什么？"

谢致挨着她倒到沙发上："吃完饭带你去。"

要出门？陈望想爬起来，奈何谢致手长脚长，完全压制住她，只好放弃。他安抚地摸了摸她的发顶，亲了下她的额头："陪我待一会儿。"

美色当前，陈望没把持住，然后——又睡着了一会儿……

下午，谢致载陈望回自己的家。陈望第二次到他家，想，第一次时还是纯洁的医患关系，第二次就不"纯洁"了。

谢致一打方向盘，车子驶入了地下停车场："有些东西，很早就想给你看了。"

进到家里，他带她来到卧室，拉开衣柜，从顶格里拿出一沓东西。

陈望本还在好奇地打量衣柜里的东西布局时，就被他手上的东西吸引了目光：

"这是——"

一本相册，几张光碟。她翻开相册，第一张就是少年的谢致陈望穿着黑白校服手牵手的照片。当年她的那张剪成了两半分藏了，谢致的却完好无损。她再翻，果然下面就是写着她名字的那半张。

她笑出声："字好丑啊。"

"怎么会。"谢致说，"你是我见过字最容易看的医生了。"

说到这个陈望就很惭愧："连笔什么的我总是写不好，给大家丢脸了。"周围哪个医生不会一手飘逸潇洒的"鬼画符"，只有她，端端正正像在写田字格，看上去就很不"专业"。

"一会儿再看，先看这个。"谢致拿着光碟，牵她到客厅坐好。

陈望见他拿起个遥控按了几下，窗帘便慢吞吞地合拢，一块幕布自天花板缓缓垂下，伴着她头顶上的投影仪一起降下来。

她很土包子地"哇"了一声："这么高科技啊……"

谢致失笑，给她倒了杯水后，将一张光碟放进机子里。她一双眼睁得圆圆，看着他的动作："是什么？"

他坐回沙发上，舒展开手脚，拍拍肩膀。她挨过去，就听他说："看了就知道。"

一个会议室，很精神的齐导演、制片人、编剧，然后是——穿着十三中校服的谢致和穿着九中校服的陈望。

剧本研读会！

她先是惊，后是蒙，末了窘得埋头在沙发上找缝："啊啊啊啊啊你为什么会有这个！"简直是黑历史！惨不忍睹！

谢致大笑："老师给我留的。"

幕布上的小陈望磕磕巴巴地念着台词，幕布前的大陈望满世界想找个抱枕捂脸，没找到，自暴自弃地伸手揽住谢致，把脸埋进他胸前："换碟换碟！"

谢致找了个舒服的姿势搂住她，说什么都不换。陈望窘了半天，末了还是忍不住侧了脑袋去看录像了，只不过一到丢脸的地方就立刻缩回去当鸵鸟。

当年的花絮老师真的很敬业，把大大小小的事情都录了下来。两人一起在滂沱大雨里哆嗦，互相把假血往对方的脸上抹，转场时比赛吊单杠，还有除夕夜一群人在江边放烟花。那些已经久远到模糊的片段一点一点地在记忆里修复清晰，那些早已被淡忘的心情也跟着悄悄苏醒，像在土壤里沉眠了一个冬季的藤，在渐暖的天气里缓慢而安静地抽了芽。

她看着看着，忘了窘迫，却渐渐湿了眼眶。谢致垂眼，见她眼角微湿，抬手轻轻抹了那一点水痕。

陈望如梦初醒，有些不好意思地用手背胡乱擦了下："好怀念啊……"又问，

"为什么只有你有？"

"有留给你一份的，当时老师拿到公司时让我顺便交给你。只是那段时间我没回学校，就先搁下了，没想到一搁就这么久。"他瞟了眼幕布，"你看看下一段是什么？"

陈望不明所以地转过头，然后就看见黑场结束，幕布上出现了哆哆嗦嗦的"陈考拉"和望天的"谢桉树"。

她迅速果断地把脸埋回他怀里，听到他笑得胸腔都在震。

"你现在同当时那个姿势几乎一模一样。"

陈望窘归窘，小小地回头看了眼，又禁不住笑了，半是埋怨地拍了他一下："你是看了多少次啊？记得这么清楚。"

"……很多次，数不过来了。"

他语气里的笑意淡了。她察觉到，抬头时正巧对上他低下来的目光。

谢致顺了顺她的头发，语气听不出情绪："你刚走时，找不到你，那时经常看。时间长了，偶尔想起你，就再拿出来看看。有段时间，不怎么想起你了，结果有次搬家时看到，又看了一次，重新想起来了，然后就不太敢看了，收起来了。但有时还是忍不住，会拿出来再看看。"

"其实当时决定当演员，除了挣得多，自己也不讨厌这个行业的原因，也有一点私心……总想着，我出名了，万一你哪天回来了，想找我了，会容易得多。"

陈望好不容易压回去的眼泪顷刻间开了闸。

她把那些感情搁置了，给自己画地为牢时，没有想过有人会将自己珍之重之地放在心里。

她控制不住自己要去想象，想象仍是少年的谢致在自己"不告而别"后，一遍一遍地看着录像时，是怎样的心情；想象已经长大的谢致在尘封旧事里，再看到这些录像，是如何的感受。

自己就是个始乱终弃的人渣……

谢致见她瞬间泪流满面，愣过之后无奈地轻笑："哭什么？傻。"

她猛地倾身抱紧他，哭得抽抽搭搭："我……我不知道你一直……一直记着我……我没敢找你……对不起……我太没良心了……呜哇哇哇……"

他听着她语无伦次，抬手将她抱得更紧："不是你的错，陈望，你……不要这么说自己。再见到你之后，我一直，"他深吸了口气，换了句话，"我也是长大了才意识到，我喜欢你很久了。"

有些感情如烈火烹油，烧得人神魂颠倒，心醉神迷。有些感情是细水长流，不疾不徐地叫人溺在这一汪里。

而陈望于他，他形容不出来。

不是空气，因为他自认为离了她，也不是就活不下去。可她就安安静静地在空气里，薄薄地散开了，像某一日转瞬即逝的清淡的栀子气息，即使注意到了，也仅仅是很缥缈的一点香。

但那一点，就那样细细密密地渗进了呼吸里。他避无可避，心甘情愿。可他已走了太远，他找不到回去的路，找不回这一点香气源头的那一朵栀子。

万幸上天厚待，他还是找回来了。

陈望哭得累了，才发现谢致的领口被洇湿了一大片，尴尬后知后觉地涌上来，忙推了推他。谢致松开手，抽了张纸巾一点一点地擦干净她哭得乱七八糟的脸。

陈望耳热，自己拿过纸巾胡乱擦了擦，想想还是觉得太丑了："……我去洗个脸。"说完匆匆跳下沙发跑开了。

录像早已结束，待陈望洗了脸梳了梳头发回来，见茶几上还有张光碟："这个也是花絮吗？"

"是《放学路》。"谢致扬了扬，"想看吗？"

"……看吧。"她也许久没看了。

两人坐回沙发上，这次不用谢致示意，陈望自己乖乖挨近他，看到他肩上那一片湿，犹豫："你要不要换件衣服？"

"没事。"他伸手从一旁的玻璃罐子里拿了颗糖，单手剥开了喂给她。

陈望含了含，尝出熟悉的味道，有些惊讶，横过去抱了玻璃罐子来，端详了半天："这个牌子居然还在啊。"

"网上找的，好吃吗？"

她重重点头。

"那我也试试。"

她连忙要从玻璃罐子里再掏一颗出来，下巴一紧，脸被转过去。谢致侧过头，亲了她一下后："嗯，真的挺好吃。"然后又压下来，舌尖一卷，把剩的半颗糖卷走了。

卷……走……了……

陈望脸爆红。

等她好不容易平复下来时，电影早已播了大半。阿衍牵着絮絮穿行在污水横流的巷子里，头顶的天被横七竖八的电线切割得七零八落，偶然停下一只不知名的鸟。很阴郁的画面，背景音乐却欢快得如泉水叮咚，两相对比，有些黑色幽默的意味。

不知谢致是否这样，反正她如今再看，一时联想起的多是现场拍摄时的场景，加上刚刚哭了一场，她看着倒不觉得沉重压抑，相反会因为想到一些有意思的旧事而乐出声来。

但看着看着，她乐不出来了。

幕布上，阿衍将絮絮压在了雨夜巷子里的墙上。

……她那乌龙而令人尴尬的初吻啊……

陈望偷眼看谢致，他似乎很淡定，她也只好假装平静，试图用"艺术审美"的目光继续看。

然后她瞪大了眼睛。

惊慌失措的絮絮身子一歪，在被阿衍扶了一下后，手忙脚乱地攀住他的肩膀，转头——

亲上了他。

沙发上的陈望登时蹦了起来。

她目瞪口呆地看着幕布，又目瞪口呆地看向谢致。

这怎么和她当年看的版本不一样？

不是，不止当年，现在也没有过这个版本啊？

谢致如愿以偿地看到她一副被雷劈了的模样。陈望见他笑得开怀，反应过来，定是齐导演留的。她窘道："怎么回事啊？"

他重新将她揽过来顺毛，解释道："当时虽然是意外，但我们怎么说都把这段演完整了。老师觉得好，就剪进去了，当时送去评奖的就是这一版。后来要正式上映时，听说是觉得这样有早恋的'嫌疑'，这一段就被掐掉了。"

感谢审核人员。要知道她第一次看成片是班主任组织全班到电影院看的，要是当时荧幕上把这一段放出来，她就没法在学校做人了。

她心有余悸地拍着心口将这一段说了。谢致听了却仍只是笑："我倒是很失望，只不过那时脸皮薄，不敢问老师有没有留档。后来拿到这张碟，老师还跟我挤眉弄眼说有惊喜。"

好吧，连齐导演也是个唯恐天下不乱的。

晚上没有回公寓，谢致说明早送她去上班，陈望便拿了他一件旧 T 恤当睡衣，然后晃去洗澡了。出来后正要去客房，被他一把拦下推去了主卧。

陈望："？"

"客房总是向平川睡的，你去我房间，我睡客房。"

"没事的，医院里忙的时候什么乱七八糟的床没睡过。"陈望失笑。但经不住谢致坚持，她只好妥协跟他去了主卧。只不过时间还早，两人就一起窝在主卧吹空调。

向平川给他发了新电影的邀约，谢致便随意坐到床边，翻开笔记本电脑去收邮件。陈望好奇地把脑袋伸过去搁他肩膀上："是什么题材？"

她穿着自己的衣服，身上是熟悉的沐浴露味道，乖乖地趴在他背上。谢致不由得有些心猿意马，清了下嗓子，强行把注意力转移回文件上："仙侠的，几个神仙爱来爱去，没什么意思。"

陈望看了几眼："现在的神仙都只和神仙谈恋爱了啊。"

"嗯？"

"以前的神仙不都'思凡'吗，都是和凡人谈恋爱。和妖怪的也有。"她指了指屏幕，"现在都讲究门当户对了，神仙只和神仙谈。"

谢致若有所思："是吗？"

陈望眼睁睁看他将电脑合上，放到一边，随手把眼镜也摘了，盘腿转身，然后，把她扑倒了。

她此时才有点"羊入虎口"的危机意识："你你你……你干吗！"

"你什么时候跟叔叔阿姨说我们的事？"他都没名没分这么久了，"或者你家对门卖不卖房子？我搬过去，'门当户对'。"

陈望笑："你信不信，我爸妈知道后，会立刻让我搬回家？"她指了指现在正压着她的男人，意思不言而喻。

"所以你是说，直接等到谈婚论嫁了，一步到位？"

陈望囧："我没这么说……"

他将头埋到她肩颈边，颇怨念地长出一口气。她有些歉疚，捧起他的脸："我不是不想告诉他们，只是想再稳定一些……"

生怕他误会，她又赶紧补充："不是不信任你。我们既然，咳，从前就是两情相悦……那耽搁了这么久，以后更加好好在一块儿。但比如，你看，我们的工作就是挺明显的一个问题。我忙起来一整天不见人影，回家就睡，你一旦开机就是几个月不见人。我们其实算，唔，聚少离多？"

见他没什么表情，她又试探道："我们现在才在一起，情分还浓，可如果长年累月地消耗下来……哐……"

下唇被狠狠咬了一口，没出血，但留了个清晰的印子。

她愣愣地看着他。

"当年那一点模糊好感都够我念念不忘十三四年，现在不过一两个月你就觉得感情脆弱了？你是有多不相信我！"谢致咬牙切齿，想把她脑袋瓜敲开来，将那些胡思乱想捆了丢到爪哇国去。

陈望呆了半响："……对哦。"

现在又明白得这么快了？谢致一口气堵在嗓子眼。

她立刻乖巧讨饶："我错了！我就是太在意你，总怕以后有个万一，才会胡思乱想的！"

他一噎，气瞬间消了大半，剩的那一点无处可去，愤愤地低头咬上她锁骨。她微微吃痛，没防备就叫出声，可出口的声音连她自己都唬了一跳。

她是想气壮山河地"嗷"，不是猫一样地"呜"啊！

最后她听到的一句话是："我不去客房了，好不好？"

……你倒是给我开口说"不好"的机会啊！

总之，这一晚的陈望虽然不至于"丢盔弃甲"，但也被吃了不少豆腐，又总提心吊胆谢致要再度"狼变"，第二天起来，精神很是萎靡。

谢致也意识到昨晚闹得有点过，有些讪讪，很殷勤地喂她吃了早点，送她去上班。陈望气鼓鼓，挂他脖子上"啊呜"咬了个印子，抹抹嘴装作很潇洒地推门下车，扬长而去。

不过，他这样努力地想让她在这段感情里感到安心，她也不能让他一味迁就照顾自己。感情这种东西，总是要一起朝一个方向努力才妥当。

只是同谢致商量要不这次调休回家的时候就跟爸爸妈妈摊牌时，他安静了片刻，然后把头搁她肩膀上，闷闷道："算了，等我进组了你再说吧。"

陈望自小家教就严一些，当年他同她出门，雷打不动要在傍晚六点前送她回家。现在或许没有门禁了，但万一叔叔阿姨知道了——他真有点怕她被关禁闭……

陈望乐出声，安抚似的摸了摸他的脑袋。

徐瑛打量着陈望，口中"啧啧"："一谈恋爱整个人都变了。"

陈望不自觉地摸了摸脸："有吗？"她觉得没变化啊。

"哎，不是说你谈恋爱就整容了啦。"是散发出来的给人的感觉不一样了。从前也是很温和恬淡的姑娘，但现在一有了喜欢的人，眼角眉梢的温柔甜意就压不住了，像素色白描图上用朱砂点染了一瓣红，较之从前鲜妍了不少。

陈望捧着脸不好意思地笑了笑，说："他前几天还说过，我隔离那阵子麻烦了你不少，想请你吃个饭来着。"

徐瑛"嚯"了一声："怎么，我算娘家人了？"又笑，"行啊，别太见外就好，随意吃些家常的。"

陈望得了准信，回去同谢致讲了。最后想到徐瑛是辣椒堆里长大的，谢致找人打听后，约在了一家川菜馆，水煮鱼头和辣子鸡就摆到了徐瑛眼皮子底下。姑娘眼睛发亮，在看到谢致结账后还额外拎了一袋灯影牛肉给她，更是有了变成婆家人的趋势。

陈望还抱着一大瓶酸梅汤在旁边"吨吨吨"。这家川菜的味道好，但辣的后劲大，她心知自己的水平，但忍不住，夹了几筷子谢致给她备的不加辣的几盘菜后，筷子就飘移到了那几盘红通通上头。爽快是真的，现在舌头发麻也是真的。

谢致拿了湿纸巾，抬起她的下巴一点点把她满脸的汗擦干净，然后掏了颗牛奶糖喂她。

拎着灯影牛肉的徐瑛捂眼："老子的 24K 钛合金狗眼啊……"

她很干脆地把手上那个自进屋就没离身的礼盒塞到陈望手里："哎，我没什么想说的了，你们能再续前缘也是不容易，好好的啊。"又转头同谢致说，"我们家陈望第一回谈恋爱，你多担待些，不许欺负她啊。"

本就因被辣而双眼雾蒙蒙的陈望很感动，眼睛更加水汪汪。但等徐瑛上了出租车，她顺手打开了那个盒子，立刻像个被点着的炮仗般，"啪"地合上了盖子，眼睛里的水汽被陡然飙升的脸部温度蒸腾得一干二净。

谢致没看清，倒是被她吓了一瞬："怎么了？是什么？"

陈望把头摇成拨浪鼓，往旁闪了几步："什么都没有！"

谢致直觉不对劲，但见她神色有异，也便不追问了。而陈望一回到公寓，立刻将那个盒子塞到了衣柜最底层，又拿一床闲置的被子将它捂得严严实实。第二天杀到妇产科抓着徐瑛的肩膀猛晃："你！居！然！给！我！送！几！条！破！布！"

徐瑛被摇得猛翻白眼："什么破布！那个牌子很贵的！料子也很舒服！而且我精挑细选过的，超符合你的气质，穿上肯定又纯又欲，保证谢致三天下不了床！"她甚至添了计生用品，为防万一还是不同尺寸的，就在盒子夹层里，上哪儿找她这么贴心的朋友啊。

陈望脸通红，憋了半天："你个流氓！"

徐瑛继续翻白眼，指了指地板："亲，这可是妇产科，要是人人都不流氓，我就没饭吃了好吗？"

陈望败走。

晚上陈望躺在沙发上敷面膜，谢致坐在地毯上敲电脑，神情认真，敲一会儿，思索片刻，继续敲。

他戴着副金丝眼镜，习惯性微抿着唇，没有表情时像清清冷冷的谪仙，倒是难怪人家想邀他演仙侠片。只是谪仙现下也被她拖入这万丈红尘了，她可真本事。

谢致察觉到她的目光，转过来："看什么呢？"

她笑眯眯："看你好看。"

他扶额："别招我啊。"

陈望仗着有面膜糊在脸上，无所畏惧，继续笑眯眯。

茶几上的手机忽然响起来，两人齐齐看去，是陈望的手机。

"帮我开个免提吧。"

谢致照做。

"望崽？"

"老大？怎么啦？"

"谢宁来了。"

这个名字有点久违。她愣怔了一下，旋即一骨碌坐起来："他去做什么？"

"你问我我问谁？"

陈望一噎："我当然要问你啊……"

老大卡了一下："……也是。"

"什么情况啊？"

"他跟他公司申请调过来了，今天到我医院来了。"

"你等等！"她打断，"他不会是跟你说，是为了你才申请调过去的吧？"

那边的人一顿："那倒没有，他就说，租的房子在附近，还没收拾完，找我出去吃个饭，熟悉一下周边。"

陈望突然变得敏锐了："他这是要近水楼台先得月，温水煮青蛙啊！"

旁边一直贯彻"温水煮青蛙"方针以及近来刚实行"近水楼台先得月"战略的谢致："……"

她想说这厮花样一看就不少，你千万要当心别又被套了，电光石火间想起上回去高铁站送老大时见到的那个身影，话到嘴边有点犹豫——万一他是真的对老大上了心呢？

然后她总算想起旁边有个谢致了，急忙道："你先等等，我问问谢致！"说完扭头，"你是不是有位堂哥就叫'谢宁'？'宁静'的'宁'？"

谢致大致听出了个意思，扶了下眼镜："我的确有位堂哥叫'谢宁'，前几天也说过要调走的事，但得再说详细点，我才能确定是不是一个人。"

电话那头的人磕巴了："望、望崽？怎么回事儿？大半夜的你和、和谁在一块儿呢？"

陈望也卡了卡："呃，谢致啊……"

"你们——"

"啊……我们——在一起了……"她嗫嚅了一下，"刚刚我敷面膜呢，他给我开了免提……"

半晌，那边传来一声暴躁的粗话。

第十七章

亲切友好双方会

陈望和谢致，两人在沙发上面对面坐好。陈望甚至应景地切了半个西瓜，拿了柄勺，一边挖瓤一边摆出个准备认真听故事的姿势。

谢致："……"他指了指西瓜，陈望立刻殷勤地挖了一勺最中间的喂过去。

他悠悠吃完，掏出手机，翻出一张合照："这是之前拍的全家福，第二排从左往右第三个是他。"

她探头细细一瞧，笃定："是同一个人。"

他收回手机："那应该和陶小姐说的对得上号。堂哥高中时，我大伯母身体不太好，大伯父忙，大伯母就申请调回家乡工作，方便休养，他也一起转去读书了。只不过大学和之后的事情，我不是很了解。他现在和别人合伙开公司，负责技术开发那一块，其实自己就是半个老板。去年年底那边刚成立了一个工作室，他过去帮忙，也顺理成章。"

"不是不是，我想知道——"毕竟是他亲戚，陈望斟酌了一下用词，"他在感情上，呃，坎不坎坷？"

谢致莞尔，很直白地说："不渣。"

陈望噎了一下："可我之前听老大说，谢先生——说是惦记她，但之前差点就结婚了……"

"嗯。他们是家里介绍认识的，听说处得平平，但也算互相看得顺眼，就继续谈下来了。后来两家人一起吃了饭，算是订了婚，本来打算前年年底就领证办酒的，结果——"谢致咳了一声，言简意赅，"捉奸在床。"

陈望一脑门子黑线。艺术果然源于生活。

"不过也有好的一面，至少大伯父大伯母再也不敢随便给他介绍人了。"谢致玩笑，又说，"但毕竟是私事，后来他有没有再谈女朋友，我就不清楚了。只是我觉得，"他试着开口，"他不像是会欺骗人感情的人。"

陈述完毕，他目光再次落到西瓜上。陈望心不在焉地喂了他一勺，苦恼道："所以其实，这也探不准他现在是个什么想法啊……"

这回换谢致好奇了。他将西瓜和勺子拿过来，喂她一勺："那，他和陶小姐是发生了什么？"

陈望吧唧吧唧嘴："他们有过一个孩子，打掉了。"

谢致险些握不住勺子："什么？"

她这才意识到这句话有太多令人浮想联翩的空间，忙把来龙去脉细细讲了一遍，又虚心求教："你拍过那么多感情戏，分析一下？"

谢致好笑："这种事情，我们再分析也没有当事人清楚。但我猜，谢宁是想追求陶小姐的，不然也不会大费周折跑回去。不过，陶小姐既然当时那么坚决地打掉孩子，估计不会轻易松口。"

陈望点点头，转头抱着手机去给老大汇报情报了。而这厢，谢致给谢宁发了个表情："〔蜡烛〕"

很久之后，谢宁："？"

那边老大听完，沉默半天，豪气道："管他要做啥，兵来将挡水来土掩，老娘还怕他不成！"

陈望："……你这莫名其妙的凌云壮志是？"

"别说我了，你什么时候和谢致'暗度陈仓'的？我就说你当时哭成那样是绝对是因为谢致谈恋爱！"

陈望气急败坏："我真是被辣的！你买的什么破方便面，变态辣的调料绿色的包装，反人类反科学！"

"行行行，我不管，你老实招来，怎么在一块儿的？多久了？进展到哪一步了？我可告诉你，血淋淋的教训在我这儿呢啊，没啥别没套，有啥别有娃。"

陈望望天："我没有你那个精神境界。"

"你不纯洁点也无妨啊，我就不信谢致对着你这么个，虽然清汤寡水了一点但好歹也是'上汤娃娃菜'，是吧，还能坐怀不乱无动于衷。"

陈望莫名想起某些画面，脸诡异地红了红，胡扯两句就要挂电话。回头看见谢致正倚着门框，似笑非笑地望着她。

而听筒里还传出老大的大嗓门："他要是真对你没反应，那可不是闹着玩的，关系后半生幸福呢。不过现在科技这么发达，万一真有毛病也不能讳疾忌医，我跟你说——"

陈望"啪"地摁断通话，立刻把手机丢开，果断扑过去搂他脖子。谢致接住她，叹气："我现在希望谢宁赶紧把陶小姐拿下，'为民除害'。"

陈望立刻抬头，要同他再确认一遍："你说的，谢宁不渣的啊，不会乱祸害人的啊。"

谢致好整以暇："这种事我怎么说得准，就算现在给你打包票，你信吗？"

陈望："……"

征得老大的同意，隔天陈望把这事儿也跟徐瑛讲了。徐瑛表情复杂，半天后问："那个谢宁长得帅吗？"

陈望回想了一下："还不错，高高瘦瘦的，戴个眼镜，斯斯文文。"

"那好办。"徐瑛摊手，"反正观望着嘛，最后如果能破镜重圆当然不错，实在没缘分了，多睡几回，也不亏。"

妇产科的同志真的总能"另辟蹊径"，陈望拜服。

明天是调休，陈妈妈炖了鸽子汤，嘱咐陈望回家吃饭。于是陈望让陈妈妈多留一碗，下班后和徐瑛一起回了家。徐瑛捧着碗，趁陈妈妈进了厨房小声问："你就这么，三天两头地把谢致晾公寓里啊？"

"嗯。"

"还没跟家里说？"

陈望也小声："不知道怎么开口，可能等他进组了再说吧……"

"他一进组可就是几个月不见人了啊，片场又那么多美女，你就没点危机感？"

陈望很诚实地摇了摇头。如他说的，他要对别人动心，哪会拖十几年。

徐瑛一窒："我看你对异地恋是一无所知。"

陈望放下碗，看了眼厨房的方向，才说："我不担心他会变心，但我怕我想他。"

……好家伙，谢致那厮给这姑娘灌什么迷魂汤了。徐瑛后槽牙酸了酸："你就欺负我单身狗。不和你说了，我要和我的钱白头偕老去了。"

陈望面上笑着，心里却很清楚。谢致已经陪她两个多月了，最近也一直在接触剧本，估计很快就要开工了。果然过没多久，谢致就说，准备接个古装剧。

他已经有段时间没接电视剧了，这次难得遇上个不错的角色，便不想错过。她看了看，的确是个挺有意思的剧本。是一个群像类的故事，背景架空了春秋战国时期。他的角色算是主角之一，出生在一个贫困农民家庭，少年时困于生计不得不另找出路，机缘巧合之下得以拜大儒为师，又在求学过程中选择了自己的道，逐步成长成一位雄韬伟略的谋士，但最后蒙受主君猜忌，不愿背负莫须有的污名，选择自尽身亡。

她挺喜欢这样带有悲剧色彩的角色，也很支持他去试试。谢致含笑："但这剧一开机估计要半年，你就这么舍得下我？"

她用力摇头："舍不得。"

"那——"

"但我识大体明大义。"

他顺她的话头："那识大体明大义的陈医生，能从我背上起来了吗？"

她继续摇头。

好吧，他也舍不得。

于是他默许了只要在家陈望就寸步不离地黏着他的行为，且很享受。

谢致的大部分日常用品其实都搬到了公寓里，收拾行李也很方便。陈望掰着手指头算时间，果断先把一件大羽绒服塞了进去，然后发现半个箱子就没了。

谢致进了卧室，看她蹲在地上对着箱子干瞪眼，忍俊不禁，将羽绒服抱出来。陈望就见他展平了羽绒服，左叠右塞，还没看清楚他做了什么，方才还不安分地鼓成一团的羽绒服就变成了四四方方的豆腐块。

然后是风衣、毛线衫，再到略薄一些的秋装，最后是夏天的衣服。他出远门习惯了，收拾起来有条不紊。陈望插不上手，干脆再次趴到他背上。

谢致"负重"去拿他的电脑平板剧本等一类杂物，又忍不住叮嘱她："等我出门，就回家里住吧，阿姨好照顾你，要不你一忙起来就不顾三餐。然后平时多带点水果去办公室，值班的时候能休息就歇一歇，别熬太过了。不忙的时候给我发个消息，我收工就给你打电话。"

她哭笑不得："知道啦，以前没你的时候我不也过得挺好的。"感觉到身前的人僵了僵，她立刻识相补救，"当然有你更好！"

他无奈地笑了笑，手伸到后面摸了摸她的头，继续手上的动作。陈望趴在他背上，本也没什么情绪，听着他平静地收拾的响动和规律的心跳声，离别前的不舍无声地一点点涌上来，不由得又紧了紧手臂。

明明三个月前还是个打不死的小强般的单身狗，现在就矫情成这副样子了，陈望你可太没出息了。

她吸吸鼻子，选择继续没出息地趴着。

谢致察觉到她的情绪起伏，没说话，轻轻握了握她搁在他身前的手。

门铃在这时候响起。他猜是外卖员将外卖放门口了，就没动，略等了等才起身，"负重"挪到门口开了门。

拎着保温壶和饭盒的陈妈妈，隔着玻璃门，和青年面面相觑，然后抬头看了眼门牌号，又再次和青年面面相觑。

陈望见他没动静，自他肩上探出个脑袋——

然后以平生最快速度从他背上滚下来，滚得太急，"砰"地撞上了鞋柜。

谢致忙一把将她捞回来，另一只手开了门，镇定："阿姨好。"

陈望扶着腰龇牙咧嘴，半晌尴尬地喊："妈……"

陈妈妈觉得——她啥都觉不到了。

很多年前，当陈妈妈拉开家门，看见自家的小小姑娘身边多了一位小小少年，尤其是个长得好看的小小少年时，是有一瞬间的警觉的。这是多数母亲的本能。

只不过，后来她见谢致并不爱上门，和陈望也一直保持着好朋友的关系，也就没再瞎想，像从前招待女儿的好朋友那样，常让陈望带点自家做的零嘴给他。

再后来，因为自己生病，得知陈望和谢致断了联系，此后只偶尔在电视荧幕和网上了解到谢致的近况，见到谢致那样出色，除了带有一种看邻居家小孩成才了的感慨，也总对陈望有些歉疚。毕竟，若不是自己生病，陈望也是有可能走上演员的道路的，指不定会比谢致出彩。母亲嘛，千好万好都比不上自家孩子好，对自家小孩总会有种谜之自信的。

陈爸爸和陈望猜到她的心思，时不时开解她，她也知道自己又胡思乱想了，渐渐也就不断暗示自己不去想这些，连带着对谢致的印象也慢慢淡薄了。

直到今年，乍闻两人久别重逢，谢致又特意上门拜访，她自然高兴，又见两人时隔多年似乎不见疏远，也颇觉欣慰，猜想时间到底不至于太过分，没将少年时的情分消磨殆尽。

然而，她万万没想到，少年时的情分没被消磨殆尽，反而似乎——

"变本加厉"了？

陈妈妈坐在沙发上，心情复杂地看着茶几对面的女儿。陈望并腿坐在小板凳上，双手乖乖搁在膝盖上，眼观鼻鼻观心，安静得像只鹌鹑。

谢致取了姗姗来迟的外卖放到厨房，然后倒了杯水出来："阿姨喝水。"

"哎哎。"陈妈妈手脚不知道往哪儿放，本能想站起来，但想到目前这个情景，硬生生坐定了，强行淡定地喝了口水。

然后就看谢致也拉了个小板凳坐到陈望身边了。

……有种她是封建大家长、堂下是两个私奔未遂的小辈的微妙感。

陈望也有这种叫人哭笑不得的感觉。

按理她和谢致嘛，男未婚女未嫁，实属成年人正常且健全的交往，但面对家里时，总有种说不上来的局促。许是她之前没有经验，事到临头难免胆怯。

陈妈妈喝了半杯水，终于开口说了第一句话："小谢这是要——出远门吗？"

陈望一怔，抬头顺着陈妈妈的目光看去，谢致的行李箱还在客厅一角敞着，码了大半个箱子的东西。

"是，过几天要进组了。"

"去多久啊？"

"可能要六个多月。"

"这么久啊，那拍完得是冬天了吧。"

"嗯。"

"那冬天的衣服记得带啊。"

"带着了，谢谢阿姨。"

陈望听着这对话一头雾水，正纳闷时，就听陈妈妈终于开始往他们俩身上的事问了。

"小谢一直住在这儿吗？"

"刚搬过来不久。"

"哦……住了多久啊？"

"两个月左右。"

然后陈望就感受到一道凉飕飕的目光瞥了过来，下意识缩了缩脖子。她就是两个月前跟家里提出要住这边的……

谢致在茶几底下安抚地握了握她的手。

"那——你们大概是什么时候，在一块儿……"

"三个月了，上部戏杀青后，在一起的。"他的手微微用了力，陈望看向他，就见他耳根红了，神色却还是很淡定，"我追的陈望。"

陈望脸红，陈妈妈——卡住了。

"哦哦……"陈妈妈有点接不下话，干脆埋怨起女儿来，"怎么不跟家里说一声儿，也不带人上家里坐？"

陈望弱弱辩解："这不是——想过几天再说嘛，结果您就过来了……"

陈妈妈哼了一声："是怕我们为难小谢吧？等他去拍戏了，天高皇帝远，我们就管不着了是吧？"

于是陈望不吭声，权当默认了。

谢致张了张口，但也意识到"是想两人单独多待在一起"这话对着长辈说不出口，最后只说了句："阿姨对不住，没能早点去拜访您和叔叔。"

陈妈妈忙摆手，恢复了和蔼可亲的模样："没有没有，你们年轻人的事儿，有自己的考虑也是应该的。"

"拜访长辈是应该的，只是陈望担心我一拍戏就走半年，跟长辈草率打个招呼就走显得礼数不够，所以本想着拍完这趟刚好临近过年，再正式上门拜访，多陪陪您和叔叔。"

陈望听得目瞪口呆，这人真是扯谎不打草稿。

"这有什么礼数不礼数的，你忙是没法子的事儿。再说，你和阿望好好的，我们也就开心了，那些虚的，不用计较。"

"是，我会好好对陈望的。"

眼见着妈妈和谢致愈聊愈投机，陈望简直服气。待谢致去阳台接电话时，她立刻扑妈妈边上："妈——"

陈妈妈没好气地戳她额头："你啊你，有了男朋友就忘了娘。我说呢，以前恨不得天天待家里，现在居然要搬出来住，合着是'金屋藏娇'了啊？本事了你。"

"妈妈妈妈妈妈，别呀，我就是，"她看了眼卧室的方向，小声，"才在一块儿没多久呢，想更踏实点再和你们说……"

陈妈妈立刻紧张起来："他不专一了？"

"没有没有没有！"陈望把头摇成拨浪鼓，"他特别特别好，是我还有点，患得患失的……"

陈妈妈松了口气，摸了摸女儿的脑袋，温声道："谢致很优秀，我看着品性也不错。你和他一块儿，说实话我虽然没想过，但细想起来，他小时候就很照顾你，现在长大了，人也更稳重了，看你样子，想必待你很好，我也是放心的。只是，我的女儿也不比人差到哪里去，你完全配得上这样一个男孩子。你肯定有自己的闪光点，他才会喜欢你的，是不是？"

见陈望垂着脑袋，她又说："况且，感情这种事，你在乎才会患得患失，这说明你对他上了心。没有哪段感情就一帆风顺，两个人总要慢慢磨合，总会面临些挑战挫折，何况女孩子本就心思细，会举棋不定是正常的。但，只要你们俩是向着对方的，是坚持要一起走下去的，只要不伤及原则性的东西，再困难也会慢慢过去的。"

"难道我现在说，谢致待的娱乐圈太乌七八糟了，莺莺燕燕太多，又一分开就半年，太不安全了，要你同他分手，你就愿意和他一刀两断吗？"

"又或者，你相信他，但时间长了，万一听到些狗仔捕风捉影的传闻，你还会像现在这样相信他吗？都是没定数的，是不是？"

陈望急忙替他说话："他不是这样的人。"

"我知道，就是举个例子而已。你这样是正常的，连我偶尔还要嫌弃你爸呢，特别是他最近有点磨牙的毛病，我可烦了。只是啊，信任与包容是要慢慢积累的，一方面你要对自己有信心，一方面对他有信心。妈妈把话搁在这儿，你就勇敢地去试试，保护好自己就行，万一，实在觉得不好了，就回家里来，啊。"

"……嗯，我知道了。"陈望吸吸鼻子，软声应了。

陈妈妈说自己吃过午饭了，不打扰他们，只再坐一会儿就走了。谢致将还冒着热气的薏米莲子汤盛出来，端了一碗给陈望。

陈望喝了一口，想起刚刚的窘况，忍不住笑了："你还真是临危不惧，我都蒙了，你还能处变不惊的。”

谢致笑：“没有，我也一手汗。”

“不过你厉害呀，还能扯礼数什么的，我妈都被你镇住了。”

谢致笑意淡了淡，将她拿着汤勺的手握住：“不是扯的。”

陈望不明所以地抬头。

“我爸妈想见你很久了，只不过我觉得叔叔阿姨还不知道我们的事，就把你往家里带，对你不太好。既然现在阿姨知道了，明晚或者后晚，两家人吃个饭吧。”他抬起另一只手，摸了摸她的脸，“这样我出门放心些，你也放心些。”

她一愣，嗫嚅：“你——刚刚都听到了？”

他轻轻摇了摇头：“只听到了后面一点，不是故意的，对不起。”

“我知道，没事的。”她主动揽住他的腰，“你已经做得很好了，是我不好，有时候爱胡思乱想些有的没的。不是你的问题，我会好好调整自己的，你别担心。”

谢致将她抱起来，坐到椅子上，将她按在腿上坐好：“我也是第一次追到自己喜欢的人，不知道怎么对你好。没关系，一起学。”

陈望把头埋他胸前使劲点头，抱得更紧了。本来很温情的话题，谢致却被蹭出了点火气。他紧了紧手臂，哑声：“你饿不饿？”

她摇头：“你饿了？”

“嗯。”

她忙挣扎着要下地：“我去热一热——欸！”

突如其来的腾空感，她手忙脚乱地搂住他脖子：“你——”

然后被丢到了主卧的床上，紧接着一个身影压上来，拉开她领子，在锁骨处轻轻咬了一口，然后细细密密吻上来。她只来得及告饶一句“别、别留印子”，就被封口了。

等她手脚发软地把被揉得乱七八糟的衣服捋了一捋，就瘫在被子里抬不起手了。这还没切入正题呢，实战时她这小身板还不得散架了……

谢致埋在她颈侧平复了会儿呼吸，撑起身子瞧她：“吃点东西？”

陈望谨慎地抓过被角：“说清楚，吃什么？”

他笑了，低头又一个绵长的吻，最后克制住起了身，到餐厅把陈妈妈带来的烧卖热了，又端了碗汤，眼睛瞥见陈望的手机还在桌上，顺手也带进了卧室。

陈望还窝在被子里回魂，被他捞进怀里喂食，吃了两个就摇头：“不吃了，要不晚饭该吃不下了。”

谢致见她又要往被子里倒，将她拦腰捉回来：“那你还睡？不怕晚上睡不着？”

她噎了一噎，反过来质问：“不是你害的？”

他从善如流地点头：“嗯，我错了。”

　　她狐疑地看他，正要说你怎么这么乖巧，就见他又开始慢条斯理地解衬衫扣子。

　　"所以我决定补偿你一下。"

　　陈望严肃地摁住他的手，语重心长："你都要进组了，即将清心寡欲半年，得提早适应一下。"

　　谢致动作一顿："难道不是因为我要进组了，所以你更该可怜我一下？"

　　陈望还没想出反驳的词，就又被他扑倒了。谢致闭着眼按住要挣扎的她，笑："逗你的，不折腾你了，陪我躺一躺。"

　　怀里的人果然不动了。

　　但过了一会儿，她将手机举到他眼皮底下："但我妈叫我和你分房睡。"

　　谢致："……"

　　既然要见家长，谢致转头和谢爸爸谢妈妈说了。要和天上掉下的儿媳妇见面，谢妈妈喜不自胜，揽过了订餐厅的任务，大手一挥预约了一处看夜景极好的酒店顶层包厢。

　　谢致有些诧异："只是家里人见个面，会不会有些过了？"

　　"就是家里人见面所以才要去那儿啊。"谢妈妈解释，"一来环境好，菜也不错；二来那儿那么高，不怕人偷拍。"

　　谢致："……"怪他。

　　丑媳妇要见公婆，陈望很紧张，下班后快速冲回公寓洗头洗澡，拎出一条白色的连衣裙，一边换一边感慨自己有先见之明，在这里预备了两三套能见人的装备。

　　她点开微博，随意找了个看上去操作难度不大的盘发教程，开始照葫芦画瓢。可惜在手术室里游刃有余的手，到了自个儿脑袋上就变成了残障，怎么兜都要散一截儿出来。

　　谢致倚在门口看她手忙脚乱，哑然失笑，走到她背后探头看她手机，问："怎么弄？"

　　"就这个。"陈望指给他看，又对着镜子侧了下头，"麻花辫倒是编好了，就它说这样盘——"她比画着，"我明明就是按着教程来的。"

　　他看了眼："可能你自己弄不顺手。"他将两股麻花辫顺着图上的指示盘起，又将些碎发塞好，最后拿起缀了碎花的发梳轻轻推进发髻里："好了。"

　　她对着镜子转了转脑袋："可以呀，厉害！"她笑眯眯地把耳夹拿起，仔细地别到耳垂上。

　　她没有打耳洞，情愿被耳夹夹疼了也不肯去遭耳钉枪的罪。银色的细链垂着的蔚蓝色的耳饰，像一汪静谧的湖水。

谢致低头，在她莹白的耳垂上含了一含，又轻轻地一捻，如愿看见那上面染上了层绯红。

她自镜中瞧见他动作，羞得就把他往外轰。他佯作摇头叹气："用完我就丢。"但还是识趣地出去了。

陈望自暴自弃地看了眼桌上的化妆品，行了，腮红可以收起来了。

耽搁了这么一会儿，两人到酒店顶层时，长辈们都已经在等着了。陈望顿时紧张起来，谢致安抚地摸了摸她的肩头，牵起她的手推门进去。

事实证明，有他们没他们都一样。两位爸爸还有些矜持，但两位妈妈已经聊得热火朝天了。

看见他们进来，谢妈妈就笑："才和阿望妈妈说，当年第一回见面我儿子就敢当着人家妈妈的面抱人家闺女，你看，第二回见面，反倒只牵了个手，我说谢致你可是越活越回去了。"

陈妈妈则在一边笑成了个掩口葫芦。

谢致早已免疫了谢妈妈的调戏，淡定一颔首就算打过招呼，转而朝陈爸爸陈妈妈温声问好。陈望也忙不迭对着谢爸爸谢妈妈喊"叔叔阿姨"，礼行到一半就被谢妈妈扶住手。

谢妈妈仔细端详了她一通，由衷笑了："倒和小时候区别不大，但长开了，秀气。"末两句是对着陈妈妈说的，又转回来同她笑，"千盼万盼可算盼到他把人领回来了。这么几年，不怕你笑话，我也不是什么老古董，他哪天领个男生回来的场面，我都在脑子里预演好几遍了。结果那天猛地就说谈女朋友了，我还以为没睡醒，把他爸爸胳膊都掐青了一块儿。"

陈望想笑又不敢笑得太过，抿着嘴十分乖巧的模样。谢妈妈在心里感慨，还以为儿子本来就是很有主见一人，在演艺圈遍览群芳后，心气儿指不定会更高些，得那种——年轻人怎么形容来着——哦对，御姐范儿的女生才镇得住他，没想到最后居然被当年那个温温柔柔的小姑娘收服了。

她还要说话时，谢爸爸就走过来咳了一声，道："先坐吧，让他们上菜，边吃边说。"

那边谢致正和陈爸爸站在一起，不知道谈了什么，转过来时正好对上她的目光，朝她一笑。陈爸爸也看向她，然后走过来，拍了拍她的肩膀。

她小声喊了句"爸"，陈爸爸笑了，也小声说："目前来看，我闺女眼光不错。"

她的脸顿时热了热。

餐桌上气氛很是融洽。谢爸爸陈爸爸要开车，以茶代酒互敬了两杯后就聊上了，两位妈妈则已经约着要去做美容了，说话间又谈到之前是如何操心各自儿女的终身大事，立刻又丰富了共同语言，陈望便抱着酒杯在一旁听。

末了，谢妈妈拍了拍陈望的手，柔声道："小致过几天又要出门，这一走就要到年底，委屈你了。以后都是一家人了，平时有什么事尽管开口，没事也上家里坐坐。如果小致欺负你了，我替你收拾他。"又趁着陈妈妈去洗手间时，掏出块观音玉坠就要塞给她，"这是他奶奶托我带给你的，叫你一定收下。"

陈望不懂，但也猜到这玉非同小可，慌忙要推拒，谢妈妈却带了耍赖般的笑意，摁住她的手："这我不管，我不过是传话的。你不收，等过年小致回来了，再让他领你去，你亲自还给奶奶。"

面嫩的陈望哪里是谢妈妈的对手，一时间进退两难，捧着玉坠如个烫手山芋，下意识地便求助地望向谢致的方向。

谢妈妈含笑瞧她，打趣："小致也帮不了你，而且，你要赖，也得赖他。他跟我们提起你时，说的是女朋友，等到了老人家跟前，就说是未婚妻了。"

她留心看陈望神情，果然看姑娘的脸瞬间通红一片，笑得更是开怀。哎，年纪大了没什么兴趣爱好，就爱调戏调戏小辈。自己儿子已经调戏不动了，没意思，还是小姑娘有趣。

等吃完饭回到家，陈望举着玉坠就到谢致面前"兴师问罪"："你都跟老人家说了些什么啊！"

谢致圈住她的腰："迟早的事，我提前跟爷爷奶奶说一声不好吗？"

她一噎："那我拿着，怎么好？"

他伸手将她的手连同玉坠一起包住："没什么的，这个应该是奶奶的私房，肯定不止给你一个人准备的。奶奶的心意而已，给你你就收下，平时不能戴就放包里，能保平安的。"见她还是犹豫，他又说，"一个坠子，有什么慌的，你且等着看，万一以后陶小姐真的和谢宁成了，长孙长媳还有个祖传的镯子。"

陈望嗔他一眼，没辙了，只好找了一小块布慎之又慎地将坠子包起来，放进随身包里的夹层内，又问："你和爸爸都说了什么？我看你们一直聊得很好。"

"都有，提到了以前阿姨生病的事情，也聊了你的事，还问了我以后怎么打算。"

"你怎么回答的？"

他好整以暇："奔着结婚去的啊。"他轻轻刮了下她耳垂，看那一汪湖水荡漾，"可惜不是到叔叔阿姨家里，要不叔叔说不定都把户口本拿出来了。"

"……"陈望拨开他的手，扭头去卸妆了。

谢致出发那天是一大早上的飞机。天才蒙蒙亮，向平川的电话就如催命一般闹起来。他眼疾手快地将电话掐了，轻手轻脚地起身洗漱换衣服，最后检查了一遍行李。

陈望昏昏沉沉间察觉到动静，摸索着下床，也懒得睁眼细看，手脚并用地趴到他背上。

　　谢致心中顿时软得一塌糊涂，在向平川的催命符再次响起后，终是恋恋不舍地将她抱回床上，拨开她睡得乱糟糟的头发，吻了吻："我走了，你再睡一会儿。"

　　等她起床时，就收到他的消息："登机了。"

　　她回："一路逆风。"

　　徐瑛得知谢致进组了，特意前来约陈望吃晚饭，十分贴心地给她铲了一大块比萨："前段时间约饭都不敢叫上你，就怕打扰你们俩这个离别在即。怎么样，有没有突然不习惯或者比较低落？"

　　陈望失笑："过去二十几年不都是单身过来的吗，有什么习惯不习惯的？"

　　"啧啧啧，不一样不一样，"徐瑛分析得头头是道，"以前是'天高任鸟飞，海阔任鱼跃'，现在你飞也好游也好，都有条线拉着你了。况且你们腻歪了这么段时间，突然分开了，不会孤枕难眠吗？"

　　陈望佯作思考片刻，然后说："十几个小时的手术站下来，你会难眠吗？"

　　徐瑛果断："不会。"

　　话题结束。

　　陈望将公寓的门锁好，继续回到家里住，生活恢复到从前单身的模样，除了隔一两天会同谢致通个视频电话。两人都非常清楚对方的工作状况，知道在工作期间如果发了条微信，回复可能就是几个小时后的事情了，因此非常默契地跳过了"微信传书"这一茬。

　　以及，她也多了个小小的恶趣味，就是在谢致十天半个月的一条微博底下，混在一众星星眼的小姑娘中间喊"哥哥""老公"，还收集了几套彩虹屁，换着花样复制粘贴，有一次误打误撞被赞到了前排，弄得她还有点膨胀。结果谢致给她发了张截图，图上是"关注人的评论"，一张长图下来全是她的"虎狼之词"。

　　陈望："……我看不见。"

　　谢致将那几个"老公"圈出来发给她："没关系，除了你没人能有底气这么喊。"又补，"但下次还是想听你亲口喊。"

　　陈望装傻："……网不好，你发的什么图？"

第十八章
一半生活一半念

拣了个休息日，陈望终于和已经约了好几个月的夏夏一块儿吃了饭，还一起看了电影。结束后她又顺路去了趟医院，给苦兮兮的徐瑛送夜宵。

刚走到妇产科门口，就见一男一女在对峙。男人看上去在暴走边缘，女人泫然欲泣。这种场面陈望也不是没见过，很淡定地路过了，进到办公室把袋子往办公桌上一搁，才八卦地开口："外面什么情况？"

徐瑛大剌剌地往椅子上一瘫："还能是啥，女的怀孕男的不认呗。"她顺手一指墙上的时钟，"你猜我现在去睡一觉起来，他们吵完了没有？"

陈望："估计还没有。"

"所以我决定！"徐瑛非常潇洒地甩袖插兜站起来，越过她拉开门。

陈望忙几步跟上去看热闹，就见徐瑛走到那一男一女跟前站定，抱臂微笑："宋先生，刘女士，从我们这儿往南下两个红绿灯路口就是亲子鉴定中心。您这胎儿也十周了，可以做检测了。七天出结果，您二位到时再来？"

男人一拍脑门："我真是被气糊涂了，怎么没想到这个呢！谢谢你啊徐医生！"又扭头跟那女人凉凉道，"听到没有，明天一早我带你去做鉴定。你现在把事情说清楚还来得及，要是七天后结果出来证明你在坑我，老子不把你告到倾家荡产就不姓宋。"

那女人的神色顿时有些瑟缩，嘴里含含糊糊地只骂他"没良心"。迟钝如陈望也瞧出了点端倪，咳了一声，意有所指道："徐医生，今晚不是还有两个产妇——"

"哦对！"徐瑛给了她一个"上道"的赞许眼神，施施然插兜，"那二位慢聊，我先走了。"

"欸！"那男人忽地出声。

徐瑛背对他翻了个白眼，扭头："还有什么——"

然后就见他面带惊喜地指着陈望："陈——陈望？"

陈望纳闷："您哪位？"

他顿时笑了："真是你啊？我是宋涵！"见她还一副摸不着头脑的样子，忙补充，"以前十三中，你来看谢致打篮球时，我们见过的。"

陈望脑子里很快出现了一双红球鞋，不由得轻呼了一声。

宋涵开了瓶橙汁递给陈望，然后自己拧开了瓶冰可乐，仰脖一气喝了小半瓶，才舒了一口气。

两人随意在大厅的长椅上坐下，陈望这才在一脑袋疑惑中拎出了个最紧要的："那女人真是来讹你的？"

宋涵重重点头："我怀疑那女的脑子有毛病！就两个多月前，我去趟酒宴，醉了直接让人在楼上开了间房歇着。她半夜钻我被窝里躺一晚上，醒来就说我和她——"

他卡了一下，正在想直刺刺地说这个词是不是不太好，就见陈望无比自然地接了茬："发生了关系？"

"……对！"宋涵哑了下，继续吐槽，"陈医生你说说，我只是喝醉了，又不是断片，发生了啥就算真忘了，身上怎么着也会有感觉吧。再说了，我都喝醉了，还有那力气——呃，是吧？她弄个蛋清倒床上就当证据了，当所有人都和她一样吃霸总小说长大的啊？"他说着都觉得天方夜谭，"而且她——都怀孕了，也不是什么都不懂吧？就这样来讹我，我真想为她背后的人鼓掌。"

陈望问："背后的人？"

"嗯，肯定是有人指使她来套我的，要不就这智商，哪里可能是她自个儿策划这出戏？"

"你得罪人了？"

宋涵挠了挠头发，避重就轻道："哎，就是，我现在在家里公司工作，给我爸打工呢。底下有人不服气，刚被我打过脸，可能气不顺。也有可能是对家公司，那有一家伙鼻孔长眉毛上，成天想给我下绊子。目前我猜的就这俩，具体还得回去查查。"

有钱人的生活真是精彩，陈望忍俊不禁："那我该怎么称呼你？宋少？"

他立刻摆手："别别别，陈医生你还是叫我宋涵就好。再说了，我现在照理，还得叫你一声嫂子呢。"

陈望呛住："啊？"

"我刚忘了说，我和谢致一直是哥们儿来着。"他笑着说，"之前我就看见他手机桌面了，要不我也不能认出你来。恭喜你们啊，修成正果！"

陈望有些赧然。这段时间始终是谢致在陪着她，她也未曾想他除了工作上的交际往来可有其他一二近友。宋涵只当她害羞："哎，我我也不是多八卦的人，就上次找他出来，他说同你在一块，我才知道的。"

她忙道没事，把话题转回去："那你明天——"想想改口，"今天要带刘小姐去做鉴定吗？"

"去啊，怎么不去！"宋涵把手指捏得"咔咔"响，"她这么污蔑我，我不给她后头的人回个礼，多没礼貌啊。"

陈望猜着接下来说不定要涉及点商业机密，不是她一介外人可以随意过问的，于是只点点头："刚刚的徐医生是我朋友，如果有手术一类的事情可以问问她。"

"好。"宋涵将可乐喝完，瓶子捏瘪了扔进垃圾桶里，"陈医生，你住哪儿？我先送你回去？"

"那麻烦你了。"

第二天视频的时候，她将这段小插曲给谢致讲了。谢致听完"哈"地笑出声来："人生如戏人生如戏，他之前还跟我抱怨说电视剧里那些很拉风的总裁经历的桥段，他一个都没碰上，早上脸都没空洗就被撵去上班，别人加班他陪着加班，别人放假他还加班，别人最多'996'，他是'007'。"

陈望觉着这其中或许有夸张的成分，但还是咋舌："他不是富二代吗？"

"所以不少人暗地里鄙夷他，这几年他拿下了几个大项目才好过一些。"

果然有钱人的日子也不一定就很好过，那天在医院里的事情说不定只是冰山一角。

她正想表示同情，就听谢致话锋一转："不过他在商场上比较粗暴，以牙还牙型的，收拾起这些事非常痛快，而且转头就跟他爸哭诉，骗个假期出去旅游度假。"

陈望："……"不愧是商人，半点亏不吃。

很快，她就感受到了宋涵的"以牙还牙"是个什么路数。

查出来是对手公司的董事干的，宋涵一边啧啧"你一大把年纪欺负我一个年轻人要不要脸丢不丢人"，一边同样从女人下手，找人把他的一溜情妇一给揪了出来，像简历一样码得整整齐齐附上些亲密照片，包得漂漂亮亮的送去了他大舅子手上。他妻子懦弱，大舅子却是个一点就着的脾气，抬出扫黄打非的架势就让人挨个把他的藏娇金屋掀了个底朝天，还顺势拖了个怀孕的闹到医院要她打胎。董事急吼吼穿了裤子奔去拦，双方人马在妇产科前闹得人仰马翻，好不热闹。

不怪陈望知道得这么详细，那天倒霉催的徐瑛正好又在场。她烦不胜烦，又不得不和同事们上去假意劝解维持秩序，混乱间眼镜还被人一巴掌打了下来，然后被踩了个稀碎。

高度近视的徐瑛，暴走了。

暴走的徐瑛把保安队叫上来了。

她一分钱没挣到还倒贴了七八百块钱去重新配了副眼镜，心情十分抑郁。闻讯的小田和陈望赶来顺毛，正巧看见她坐在眼镜店的椅子上，目光涣散，神情冷漠。

三人最后去吃了西餐，侍应生问牛排要几分熟，徐瑛面无表情："全熟。"

侍应生："好的……"

小田瑟瑟发抖。没有眼镜的徐医生跟解除了某个神秘封印似的，好可怕！

最后这件事由陈望转述给谢致听，谢致又和宋涵提了一句，宋涵十分歉疚，忙寻了个时间带着个红包和一箱零食去医院跟徐瑛道歉。刚吃完午饭的徐瑛宛如见到了一个人形的水逆般惊悚："您又怀孕了？"

宋涵一踉跄："我应该没有这个功能吧？"

其实宋涵是个聪明人，买零食前特意向陈望咨询了徐瑛的喜好。陈望自然回答她爱吃辣。可当徐瑛拒绝了红包、只拆封了零食后，看见满满的一箱"变态辣""超级无敌辛辣""三包不过岗"——

"这人是个傻子吧？"

陈望笑得死去活来。

今年的夏天结束得意外的早，降温似乎是一夜之间的事，连陈望起床时都忍不住打了好几个喷嚏。年轻人尚且如此，老人家就更危险些。陈望打电话给谢妈妈，得知老人们一切都好，嘱咐了些注意事项后，便急忙去给外婆输液了。

外婆有高血压的毛病，加上这几天着了风，数值忽然就又上去了。陈望不放心，觉得还是输几天液比较保险。

扎完针，她陪着外婆说话，果然就听外婆提起："阿望啊，听阿玲说，你谈朋友了？"

外婆耳力不太好，陈望虽有些不好意思，但还是在外婆耳边大声说："是，他人很好，等过年我带他来见您。"

老人家闻言笑了，又问："有照片吗？"

……居然没有！

陈望囧——两人在一块儿几个月，她居然连谢致的照片都没拍几张。她赶紧上微博，从谢致站里找了一张图给外婆看："是他。"

外婆眯起眼睛瞧了瞧，夸道："端正。"

嗯，对老人家来说，这是级别很高的赞美了。陈望笑："我会告诉他的。"

本在厨房里做饭的外公也来看热闹，然后一脸"看透"："你别被阿望骗了！她们这些小女孩就喜欢拿网上的明星照片，说是自己的老公！"

陈望："？"

外公"哼哼"一笑，指着茶几上的平板电脑："上次阿宣来给我买的，我已经会刷微博了。"阿宣是小舅舅的儿子，正在读研。

……厉害。陈望拱手做佩服状，但还是得澄清一下："他真是我男朋友。"

外公："呵呵。"捻了根牙签回厨房剔虾线了。

陈望看着外公的背影无语凝噎。感觉外公从一线教师队伍退下来后，一张铁齿铜牙失去了用武之地，也就耳背的外婆能泰然处之了。

她低头飞快地给谢致发消息："你有我们的合照吗？"

半小时后，谢致："我找找，怎么了？"

"我说你是我男朋友，我外公不信。"

又过了一会儿，手机屏幕亮起来。陈望点开，点开，又点开："……你到底偷拍了我多少次啊？"

谢致发了个粉丝用他的脸做的表情包："〔捧脸〕拍得不错吧。"

是还可以，没有在她睡得口水横流时或者吃饭狼吞虎咽时抓拍，照片上的姑娘眉眼秀气，气质恬淡，颇能骗人。

"我就是拿这个照片给奶奶看的，奶奶一眼就喜欢上你了。"

她回："那你有没有什么，能让我外公外婆一眼就喜欢上你的照片啊？"

"我再找找。"

紧跟在这句话后的是一张陌生的照片，可能是刚刚一直没发出来，凑巧了。

场景陌生，小图上的人也有些久违。陈望一愣，点开了细看，是个长头发穿着格子背带裙的小姑娘，踮脚站在衣架前正往上头挂外套，却转了个脑袋回来，表情有点呆。

好像是在当年去颁奖礼时住的酒店？

她一时怔住，随后怅然。

造化弄人，她再一次深切感受到这个词的恶劣与无奈。

陈望回头看了眼正闭目养神的外婆，拿起手机跑到阳台，果断打了电话过去。那边很快接起，谢致带着笑意的声音传来："怎么了？"

她吸吸鼻子："想你了。"

那边安静了片刻，陈望后知后觉有点尴尬。她平时不是这样直白的人，却越来越容易被旧事勾起情绪，一时冲动就想跟他说。她恼少时的自己迟钝又不解风情，生生耽搁了这许多年，现在想一股脑地将年少时没说出口的情愫连同现在的份一起塞给他。

但她口拙舌笨，开了个头就不知怎么续下去，支吾了几下："你、你现在收工了吗？吃饭了没有？明天用不用起早？"

耳中传来一声熟悉的轻笑："收工了，还没吃，明天得起得早一点。"

"那你今——"

"我很想你。"

谢致看着窗外慢慢沉入高楼背后的天色，很认真地又说了一遍："我很想你，陈望。"

秋天仿佛只在四季簿上停留了一页，一夜之间，陈望就把毛衣套上了。医院里同样多了不少因温度骤降而大小毛病层出不穷的患者，门诊再次陷入人满为患的状态。而本该跟着团团转的文双，好巧不巧，怀孕了。

徐瑛给她做了产检，十分委婉地告诉她最好歇上半个月，只提了一嘴就乖觉地闭上嘴了——这个时候能批下假就怪了。

文双本人倒还很淡定，问了些安胎的事情就回去继续认命地搬砖了。陈望路过门诊看着她在一大群病原体中泰然自若，都忍不住要为她捏一把汗。好在领导也是过来人，加上徐瑛拿着产检报告煞有介事地跟人分析了一通，最后把文双调去了体检科，皆大欢喜。

陈望见外婆身体慢慢好转，松了口气，转而开始担心其他老人的状况。探望过了爷爷奶奶后，她又跑去问了谢妈妈家里老人家的身体状况和病史，列了些注意事项。谢妈妈颇觉窝心，内心感慨女孩子果然是贴心小棉袄，她前二十多年都没体验过，太遗憾了。

陈望又找了一天调休，带了礼物去看齐导演夫妇。过完年，齐导演一家就搬回平时的公寓里住了，地段并不算非常"高贵"，但胜在绿化好，健身设施也不少，看着的确很适合养老。

开门的仍是方姨，见到陈望笑得合不拢嘴"我上次就说了，上回来是认这个门，下回来可就不一定是认这个门了，果然被我说中了吧，快进来快进来。"

她不太明白方姨的话，但也听出了调侃的意思，腼腆地笑了笑。齐师娘也走到门口来，笑着打断方姨："行了，小姑娘面皮子薄。谢致好不容易把人追到手，回头你把人吓走了，他不得找你拼命？"说着就来拉她的手，"小望，快，你昨天说要来，早上我就给你烤饼干了，刚出炉，还热着呢，来试试。"

"欸，谢谢师娘。"

进到客厅，齐导演也笑眯眯地等着她。她忙叫"齐导演"，结果齐导演"啧"了一声："你叫她师娘，怎么叫我就变回导演了？'嫁鸡随鸡，嫁狗随狗'，跟谢致一样，喊我老师！"

陈望红着脸改口了，这才把礼物送上。是一个泡脚桶和一大包药材，里面她一袋一袋地按分量和效用装好了，又给方姨带了双手套和一支护手霜。

　　师娘让方姨拿去收好，拉着陈望在沙发上坐下："中午就在家里吃，菜都买好了。天冷，咱们吃羊肉。"

　　陈望虽然只见过师娘两回，但总有种师娘无时无刻怕她饿着、一见到她就想投喂的错觉。本想跟去厨房给师娘帮忙，又被师娘按在了沙发上："你坐，和你老师聊聊就好。"

　　齐导演自然要问到谢致的新戏。陈望将自己知道的和齐导演讲了讲，齐导演慢慢喝了口热茶："现在管控越来越严了，很多东西都不给讲，没有以前自在。这个剧情还行，但可供发挥的余地也不是很大。谢致现在知名度是有了，但一直没能再拿个金鼎，是个问题。"

　　"他前年不是拿了个最佳男配？"

　　"他第一部电影就拿了金鼎啊，起点太高了，业内对他的要求一直都很高。这些年来林林总总的小奖虽然看上去还行，但含金量嘛，内行一眼就看得出来。他现在跟那些，什么小鲜肉大流量比比，绰绰有余，但拿到大场合去，还是有点不够看啊。"

　　陈望想了想："您是想让他往海外拓展？"

　　齐导演笑："有人骂我崇洋媚外，其实某种程度上，我的确更推崇欧美的一些做法，包括一些奖项，也比国内的很多说出来更好听。但欧美圈子，你知道的，对亚裔面孔一直算不上友好。他又不能也不肯走歪路子，那就只能靠作品说话，可他目前也没有足够出彩的角色可以去争取。"他又慢悠悠地喝了口茶，"金鼎不是一个顶点，那只是对部分人来讲。对谢致而言，那是一个坎，他把这个坎迈过去了，空间就会开阔很多。"

　　陈望失笑："您真的对他很有信心。"

　　"那可是我一眼挑中的男主角啊！"齐导演"哼哼"了两声，又点点她，"要是你当年也走演员的路子，如今你和他，谁混得好还不一定呢。"

　　陈望很有自知之明，闻言也只是笑。齐导演看出她的心思，摇头："你不信，过来看看。"

　　齐导演拄着拐杖晃到书房，摸出老花镜戴上，开了电脑，点开一个文件夹。陈望还没看清楚，屏幕上就跳出一幅海报。

　　"你看，你当时在镜头前多自然。"齐导演转着鼠标滚轮，图片一张张掠过。

　　她有些尴尬："您怎么还留着这些？"

　　"什么我留的。谢致那小子，小时候不好意思在家里电脑存这些东西，没少偷偷来我这儿上网。"齐导演摇头晃脑的，"也只存你的照片。"

　　陈望耳热，假装专心看照片。

　　这些都是当年从金鼎回来后拍的照片了。彼时谢致一夜成名，加上元旦期间电影上映，大小活动他们都是一起参加的，不少媒体、杂志也邀请他们拍海报、封面等等，打出的"金童玉女"名号，在如今的陈望看来，她担着真的有点厚脸皮。

但也不是全无好处。谢致面对这些比她游刃有余得多，她又几乎是和他一起的，身边有个靠谱的队友，让她有相当足够的安全感。在镜头前手足无措，看他总是不会出错的。再者，她也小赚了一笔，后来在妈妈的医药费上派上了用场。

屏幕上忽然闪过一组海报，陈望看清了，整个人顿时手脚都不知道往哪里放，又有点隐秘的甜意漫上来。只是到底在长辈面前不能露出来，她忙收敛了表情，假装端庄地等着照片划过去。

那是很大的一家服装品牌当时邀他们去拍的一组图。当时正好临近白色情人节，品牌方筹备着配套旗下新打出来的一个婚纱品牌出一套婚纱特辑，邀请了不少大咖以及炙手可热的荧幕 CP 去拍婚纱照或者礼服图，他们也被请去了。

虽然女孩子总是会向往漂亮裙子的，但婚纱还是有点——陈望第一反应就想拒绝。后来得知给自己安排的是小礼服，她才暗暗松了口气。毕竟，万一穿婚纱和自己有好感的男孩子在一块，她大概会窘迫到宛如智障。

那时谢致去客串了一部电影，因此直到拍摄当天之前，陈望都没有见到他。那天早上起了个大早，到了地方，她乖乖跟着老师去化妆，换了衣服，然后在休息室里，抱着羽绒服，睡着了……

不能怪她，前一天晚上还有晚自习，早上四点不到就被拎起床了。刚刚在一堆人前又有些紧张，陡然松懈下来，自然要犯困。横竖方才说谢致那边似乎有事耽搁了，要晚些才能到，她便睡得很安心。

醒来时感觉面前痒痒的，她迷迷糊糊地睁开眼，在缓缓清晰的视线中看见一张熟悉的脸。谢致面对着她，亦闭着眼睛，睫毛在脸上投下细碎的影子。

她眨了眨眼。

休息室里是并了两张皮沙发，造型师给她编了鱼骨辫，缀了碎花在发间，她便不敢直接躺下，只是坐在沙发上，歪着身子枕在扶手上睡的。谢致不知什么时候到的，直接躺在另一张沙发上，也枕着扶手。于是就莫名其妙变成了面对面的状况。

太近了……小陈望咬咬唇，脖子发热。她试图轻手轻脚地坐起来，结果已经僵了的腰一动，她顿时倒吸了一口凉气，脑袋重新磕到软软的扶手上。

谢致睁开了眼。

陈望对上他的目光，尴尬地笑了下："抱歉呀，你继续睡，继续睡。"

少年也笑："我不困了。"他盯着她的眼睛，"你的眼睛怎么回事？"

"啊，是美瞳。"陈望第一次戴，并不习惯，下意识又眨了眨眼，灰蓝的瞳色像一汪波澜无声的湖水。眼前忽然投下一小块阴影，她微怔——是谢致的手指。

许是她的表情有点错愕，少年动作一顿："差点忘了你化妆。"手往上一动，轻轻摸了摸她亚麻色的刘海，微微弯了唇，"第一次看你这个打扮，是什么意思？精灵？"

"大概是吧……"陈望手心出了汗，屋子好闷。

"精灵很好啊，显得我这个好没意思。"谢致皱了皱眉。

陈望看向他的打扮，黑底金纹的西装礼服，珍珠白的衬衫，手腕处一粒莹莹的蓝袖扣，颇有点中世纪贵族的样子。她想了想："可能是小王子吧。不过，王子和精灵——"她思索着，"没听说过这么搭啊，不太配吧？"

他一下子坐起来："哪里不配了？"

她一愣。

眼前的少年似乎被噎住，磕巴了一下："我是说，你以前没见过，不等于就没有啊。我们今天不就是要试这个主题吗？"

"……是这样。"陈望慢慢道，支起手臂小心地坐起来。

谢致忙跳下沙发绕过来扶她："怎么了？"

"没事，歪久了有点僵而已。"她揉了揉腰，搭在肩上的辫子随着动作垂下。

他顺手替她捋了捋鬓边的碎发："对不起啊，飞机晚点了，事先没告诉你，害你起那么早。"

"有什么好对不起的，机场又不是你家开的。"她有点不好意思，赶紧将头发理了理。

谢致却轻轻"啊"了一下，她疑惑："怎么了？"

"花了。"他指了指她。

陈望立刻问："哪儿？"

她下意识四处张望着找镜子，下巴却被人轻轻捏住："这儿。"

"什——"

唇上贴上温热的指腹，她微微睁大了眼。

谢致本一心要擦匀她唇上的口红，看见她蒙蒙的神情，一时也怔住了。

编辑来叫陈望过去补妆时，看见两人在沙发上坐得端端正正，还诧异了一下，但很快就把这件事抛到了脑后。

谢致猜得没错，陈望的确是要做一个精灵的造型。化妆师看着她红得跟石榴籽似的耳垂，看了眼手上尖尖的精灵耳朵模型，颇有些为难。

陈望尴尬，欲盖弥彰说太热了，但身上的羽绒服又完美地戳穿了她，最后只好眼观鼻鼻观心地任化妆师鼓捣。只是最后化妆师举起了一对扑棱蛾子翅膀往她背上比画时，她和谢致在镜子里互相望了一眼，不约而同地露出了嫌弃的神色。

化妆师和编辑的表情也很微妙，最后一群大人在外头讨论了半天，在一句"我画的都比这玩意儿强"之后，陈望得以成功卸下那对不伦不类的翅膀，舒展开了肩颈。

事实证明，那位负责后期的小姐姐没有夸大。最后的主题页上，大大敞开的哥特式彩色玻璃窗边，轻柔的纱帘晃动，神色冷淡的少年仰头看着落在窗台上的精灵，精灵身后展开一对剔透的翼，表情懵懂而温柔，亚麻色头发间的花环上，有一朵落入少年的掌心。

而少年身后的阴影长长地延伸，张开一对黑雾弥漫的利爪，隐隐约约露出与西装上的花纹一样的金色玫瑰纹样，优雅又残忍。

后来这张海报被贴到许多品牌店的橱窗上，放大，精修，甚至在地铁站里也出现过。脸皮薄的小陈望和妈妈上街路过，每次都拖着妈妈的袖子掩面而逃，毕竟拍摄的时候，场面是有点尴尬的。

为了拍出精灵刚落到窗台上的感觉，她身上是绑着安全绳，被吊起来后轻轻放下的。加上要拍出风吹窗帘的效果，外头又立了两架大风扇，她降落时，窗纱的确飘得非常优美，但她的裙子——虽然她有穿打底，但看见瞬间别过脸的谢致，登时非常希望安全绳断开让她直接跳进地上的砖缝里去。

……

"吃饭啦，磨蹭什么呢？"

陈望如梦初醒，忙帮齐导演关了电脑，扶着老人往外去。

饭后，陈望揽过了洗碗的活儿，和方姨在厨房说话。收拾到尾声，忽然听到外头的门铃响了，方姨甩甩手跑去开门，陈望就没去，低头继续手上的活，隔着磨砂玻璃门，隐约听到个年轻女子的声音。

她将最后一个盘子擦干了，摆进消毒碗橱里，洗手擦干净后，将刚刚为了方便做事而随意扎起的头发解开了捋，有些犹豫是否要出去同这位陌生的来客打个招呼后，跟老师师娘辞行。

"何姨，我给你放冰箱里啦——"

门一下被推开，陈望手一顿；忙扬起个笑转身同人略略颔首："您好。"

话刚出口她就在心里"哇"了一声——腿好长的漂亮姑娘啊！

漂亮姑娘似乎有些讶异："您好，请问您是……"

"我是齐导演的学生。"

漂亮姑娘冲她一笑："你好你好。"又举起手里的袋子朝她晃了晃，"借过一下，你挡着冰箱啦。"

陈望忙让开来，顺利找到借口离开了厨房，到客厅跟齐导演夫妇告辞："那我就不打扰老师师娘休息啦，过阵子我再来。"

师娘忙站起来："不再坐坐——"话说到一半又停住。

陈望纳闷于师娘的欲言又止，但也还是笑道："不啦，今天谢谢师娘的羊肉汤和饼干。"又跟齐导演道别，"老师我先回去啦。"

"一路当心。"齐导演朝她摆摆手，又补充了一句，"刚刚跟你说的，你听听就是，别跟他说，没得让他有压力。"

"我知道了。"

离了小区，陈望往地铁站的方向走去，路过一家花店，想到公寓光秃秃的窗台，停下来挑了盆多肉，花盆里还摆了塑料的小栅栏小蘑菇，挨着胖乎乎的茎叶。她瞧着可爱，又跟店家买了只龙猫的小摆件，也放进了花盆。

付好钱，她刚准备离开，一旁传来阵略急促的高跟鞋声。

"陈——陈医生！"

陈望回头，是刚刚那位腿长的漂亮姑娘，有些诧异："您好？"

漂亮姑娘似乎走得急，微微喘着气："……陈望医生。"

两人在路对面的咖啡店里坐下，陈望不习惯喝咖啡，只点了杯柠檬茶，咬着吸管等漂亮姑娘开口。

漂亮姑娘把手中的美式搁下，才自我介绍道："我姓安，陈医生可以叫我安琪。"

陈望没明白这是英文名还是真名，但从善如流："安琪小姐，您有什么事吗？"

安琪前倾了身子："我刚刚听齐爷爷说，你是当年演《放学路》的絮絮那个人。"

陈望纳闷："是这样，怎么了吗？"

"那你和谢致是旧相识，一定关系很好吧？"

"……应该可以这么说。"

安琪松了口气，露出殷切的神色："我想拜托陈医生你，能不能给我一个谢致的联系方式？"

陈望咬着吸管的口，松开了。

安琪看到她一脸呆滞，脸上飞红："我知道很冒昧，但除了齐爷爷，我身边没有其他认识他的人了……"

陈望想了想："您找他有急事？"

"没有没有，是私事……"她有些不好意思地捋了下头发，"可能你知道我，我、我是谢致之前的女朋友。"

……这还真不知道！

陈望内心有千万只神兽奔腾而过，面上老实地摇摇头："我只知道他有过女朋友，但不知道是谁。"同时瞬间明白了刚刚师娘的欲言又止是怎么回事了。

"是这样啊……不过不知道也正常。"安琪双手交叠搁在桌子上，身体往椅背上靠了靠，"毕竟当时我们很快就分开了。"

开了头，安琪便顺利地讲下去："我当年爱玩，定不下心，谈的几段恋爱都不算长久。后来在齐爷爷家见到谢致，可以说是一见钟情。但他对我并不感兴趣，我想着法子地撩他，他都没什么反应，可冷淡了。"

说到此处，她露出点怀念的笑容："以前总是比较天不怕地不怕的，他越是不上钩，我就越来劲，好几次差点被当成私生饭，有一回还受了伤。他虽然看上去烦不胜烦，但还是把我送去医院处理了伤口——明明那时就，"她伸出手，比画了指甲盖那一点，"就这样，对我好了一点点，我就跟打了鸡血似的。"

"可后来，"她叹了口气，"他或许是碍于齐爷爷的面子，或许是真的被我打动了，主动跟我说，想和我试一试。我当时开心得不得了，但后面却一天比一天感到没劲。有时他难得有空了，问我要不要去哪里约会，我也不想动弹。大概我真的是个始乱终弃的人吧，没多久我就提了分手。"

陈望默默将吸管口抿成了一条缝。

"后来我又交了其他男朋友，也有一个谈了一年多的，算是很久。但或许是因为和谢致在一起过，眼光都被养刁了，有时想起自己以前不懂事，总觉得很对不住他。我们家和齐爷爷家走得近，我也知道他这些年一直没恋爱，总不由自主地在想，我是不是真的伤害到他了。"

陈望很认真地听，心里的弹幕已经刷了满屏。

"所以我想，现在我们都比当年稳重了，我或许……可以弥补一下以前的过错。只不过，除了齐爷爷，我没有认识他的人了。当年我追谢致时，死皮赖脸缠了齐爷爷好多次，后来分开还被齐爷爷训过，现在我是绝对不敢再去烦他老人家了。所以今天虽然很抱歉，但拜托了陈医生！"安琪重新坐直了身子，楚楚可怜地看着她，"能给我一个他的联系方式吗？"

陈望将思绪从惊涛骇浪中扯回来，斟酌了一下："啊……我明白了安小姐的意思了。只是，据我所知，"她抱歉地措辞着，"他前段时间交女朋友了。"说完，她迅速低头喝了一大口柠檬茶，不忍心看美人瞬间萧瑟的表情。

"是、是这样吗？"安琪喃喃。

陈望在心里叹了口气，整理了一下语言："安小姐刚刚说的我也能理解，只不过，既然他已经朝前看了，安小姐也没必要再自责。谁没有个犯过错的时候呢？安小姐既然知道自己哪里不妥，也愿意去弥补，相信以现在的心态，会找到真正适合您的人的。"

"谢谢你陈医生。"安琪抬起头，投来一个感激的笑。

陈望又默默叹了口气，从包里拿出一包面巾纸递给她。

安琪没有接，尴尬地用手背轻轻拭了拭脸颊，但很快就收不住了，干脆"哇"的一声哭出来："他怎么就突然交女朋友了啊——"

陈望目瞪口呆，手愣在半空中，拍她也不是收回来也不是，顶着周围吃瓜群众好奇的目光，赶紧抽出几张面巾纸塞她手里："那、那个安小姐！你冷静一下，冷静一下……"

安琪继续号啕："我鼓起多大的勇气才想重新找他的啊！他为什么换了手机，还不通过我微信好友啊——好马不吃回头草，奈何马草特别好啊呜呜呜……"

还挺押韵——呃，不是。陈望无措，半晌挤出一句话："安小姐，眼线晕开了……"

晚上，谢致收工回酒店，照例问陈望："在做什么？"

许久，她才回："刚到家。"

"在老师那吃晚饭？"

"不是，中午就走了。"

"下午去做什么了？"

"……如果我说，为了安慰你前女友，陪她吃了顿饭，你信吗？"

"……"

第十九章
礼物都从天而降

虽说有些哭笑不得，但陈望心态很好，要怪只怪谢致长得太招人。横竖他也不是第一回被人惦记了，她若事事都斤斤计较，那光微博那几千万小姑娘就能膈应死她，没必要没必要。

谢致却有些尴尬，不敢问陈望有没有恼，最后听了向平川的馊主意，送了一大束花到她办公室里，弄得陈望被大大小小一群同事打趣了一天，颇有些甜蜜的苦恼和尴尬。

晚上抱着花回家，陈妈妈也有些忍俊不禁，调侃了两句后自言自语："这花插那种玻璃花瓶里好看，就是家里没有，要不叫你爸买两个回来吧。"说着就指挥陈爸爸到楼下超市买花瓶了。

陈望却喜欢原本的包装，举着手机和花四处找背景，最后拍了几张照片后才依依不舍地把花交给陈妈妈去插瓶，自己把照片修了修之后发给谢致。

他打了语音回来："喜欢吗？"

"喜欢是喜欢，但还是别送啦，办公室里太多人看着了……"她轻轻埋怨了一句。

谢致在那边笑了一声："好，以后不送你单位里。"

陈望听出他的言外之意，咬唇笑了，问他："我看到你那边后天温度骤降，最低都零下了，你戏服里多贴两个暖宝宝。我给你买的冲剂你晚上收工没事就喝一包，也分几包给思宜他们。"

"知道。"谢致顺手拿起桌上的盒子摇了摇，"一直在喝，只剩几包了。"

"那我再给你买一些。"陈望记下，打算一会儿就去下单。

谢致听她语气温和，猜想她并没将安琪的事放在心上，默默松了口气的同时又有一点点拈酸，忍不住："你没，咳，安琪没再联系你了吧？"

陈望一顿："你希望她联系我？"

他果断："没有！最好再也别出现了！"

"倒也不至于……"她诚实道，"虽然感情上是有点渣，但感觉还是个挺爽朗的人。"她回忆了一下，又忍不住感慨，"她腿好长啊，还前凸后翘的……"

谢致："我的腿比她长。"

她噎了下："——行吧。"

他有些好笑又无奈："本来怕你生气，打算提前把生日礼物给你的，看你心态这么好，不给了。"

陈望这才想起来自己的生日快到了，被他勾起了好奇心："是什么？是什么？"

谢致懒洋洋的："到时告诉你。"

"透露一下？给个线索？"她试图商量，自己已经给了几个选项想套他的话，"吃的？衣服？饰品？"

谢致只是笑："你自己慢慢想。"

陈望只好"威胁"他："你不告诉我，我晚上睡不好，明天做手术时走神怎么办？这个后果很严重的你考虑清楚。"

那端传来他无奈的笑声："败给你了，你喊我声'老公'就发给你。"

她十分干脆："老公！"

谢致："……幸亏你生在和平年代，否则妥妥是汉奸的料。"

陈望喊完也有点不好意思，但还是厚着脸皮："说话算话啊。"

结束了语音，聊天界面上弹出一个邮箱和一串数字。她觉得眼熟，定睛一看："我的微博？"

"嗯，你不是说之前那个的密码忘记了吗？我托人帮你找了一下，重置的密码暂时是你的名字拼音加生日，不安全，你自己改个保险点的。"

陈望喜出望外，连忙打开微博界面输入，弹出了熟悉的页面，底下的消息栏还有两位数的提示。

她开心地截屏发给他："登上去了！谢谢你！"又高兴地原地转了两圈，想想点开语音，丢下矜持对他响亮地"mua"了一声。

谢致扶额，这下该是他晚上睡不着了。

陈望沉浸在喜悦里，仔仔细细地重温了一下多年前的微博和转评，然后选了刚刚拍的一张花束照片，附上"［太开心］［太开心］"，点击发送。发完她又点开看了看，这才喜滋滋地去洗澡。

敷了个面膜出来，她倒在床上看微博。消息栏里已经有十几个转评了，都是"奶

奶你关注的博主发博了""活久见""絮絮你终于想起微博密码了吗［哭］［哭］
［哭］""上一条微博时我还在读书，现在我二胎都怀上了［并不简单］"之类
的大呼小叫。

她被网友们逗乐，认认真真地逐个回复了，隐去自己的现状不谈，和他们聊
了一会儿，才去洗脸刷牙。

第二天起床后，她打着哈欠一边喝粥一边点开微博，然后就被疯狂的提示音
震清醒了。

消息栏是一串红点，点开后，转发和评论全是五位数，点赞已经突破了六位数。

她有种预感，先回到首页点开"特别关注"——

【@ 谢致：［心］［心］//@ 陈望 w：［太开心］［太开心］】

……果然。

她又往下划拉评论区——

"我是谁？我在哪儿？现在是哪年？"

"妈妈我萌的第一对 cp 发糖了！！！"

"阿伟出来受死！"

"阿衍和絮絮的世纪同框！！！"

"我哭到整个小区的人都戴上了助听器。"

"当年的意难平圆满了！我知足了！"

陈望哭笑不得，又点开热搜。许是时间还早没有什么大瓜，"谢致陈望"在
第一位飘红，往下几位就是"放学路"。当年的电影片段、剧照和活动的照片，
全都被记性极好的网友们发出来怀念重温。

重新回到自己的主页，陈望一看，一夜之间涨了三十多万粉，刷新一下，又
冒出串新的数字。

她捧着手机，有点被震撼到。

她思考了一下，在谢致的转发下留言："阿衍早。"然后收拾碗筷到厨房里洗了。

上了地铁后，看到他的回复："走了。"

这是电影里阿衍送絮絮上学时出现了好几次的对白。底下又是一批"号啕大哭"
的网友——

"回忆杀！"

"我可以！我真的可以了！"

"不行了，我要再去刷几遍电影。"

"万万没想到十五年后我等来了一个 HE！"

"好想知道絮絮长大了是什么样子！"

谢致回复了最后这个网友："头发长了。"

于是又疯了一批人。

最后等陈望从手术室出来换好衣服下班，再次点开微博时，看见那一片红艳艳，已经很平静了。

粉丝中有人替她表达了疑惑："哥今天这么闲的吗？平时一周都不登几次、三个月发两条博的人，今天活跃得像被盗号一样。"

她搁下手机，看向拥挤的地铁里低头玩手机刷微博的人们，默默想着这其中有多少人今天看见了她的名字，她成了多少人闲暇聊天时的话题之一。而他们今天所关注到的、议论过的人，看似被聚光灯照射的人，此时也不过是一个混在人群中并不起眼的，和他们一样，带着工作的疲乏，披着路灯的颜色各自归巢的路人罢了。

这么一想，莫名就有了种"大隐隐于市"的微妙哲学感。

陈望被自己突如其来的胡乱升华逗乐，心情很好地翻出值班表照片，确认了夜班的时间。然后点开票务软件，肉疼地交上手续费改签了。

晚上，王思宜收到陈望的微信："思宜呀，有个事想拜托你。下周五我想过去探班，可能到的时候得是晚上了，到时能麻烦你到酒店门口接我一下吗？"接着一条是，"别告诉谢致！"附上个邢捕头露出一口白牙的表情包。

王思宜看向桌上的通告表，下周五下午和周六"谢致"一栏里的空白，回了个"你们玩，我吃柠檬"的表情包过去，随后拿起通告表，陷入了沉思。

周四，向平川硬着头皮敲开谢致的房门，将一张排得满满当当的通告表小心翼翼地递了出去，不出意外地看见谢致一张脸瞬间黑如锅底。

陈望对此一无所知。夜里勤勤恳恳地站了一台大手术后，一交班她便立刻溜回公寓里洗澡换衣服，拎上行李箱往高铁站赶。

自从工作后，她单独出远门的次数屈指可数，最近的一次，也似乎是两年半前三儿宣布要去德国时，宿舍另外三人从天南海北赶过去给她饯行。同样是去见阔别许久的人，心情却很是不同。不过仔细想想，似乎也没有什么可比性。朋友是"天涯若比邻"的交情，谢致是想天天见面的私心。

她顺利地在高铁上打了个盹，但很快就在前往拍摄地的大巴上被迫清醒了。

王思宜到车站来接她，见她脸色不好，有些担心："陈医生晕车吗？"

陈望摆摆手："还好还好，就是车上烟味太大，又有点颠簸，有点不习惯。"她又感慨了一句，"你们来的时候估计也不容易。"

王思宜张了张口，把那句"我们包车来的"给吞了回去："陈医生吃饭了没有？我带你去放行李，然后给你买点吃的。哥要拍夜戏，没那么早回来，你先歇一歇。"

"不用不用，"陈望说，"我刚刚坐大巴前吃了点东西，现在一身味，只想赶紧洗洗换身衣服。你去忙你的，别耽误工作。"说着叹气，"早知道上午就不洗了。"

到了酒店，王思宜领她一路到谢致的房门前，刷了房卡后将房卡交给她："那陈医生你好好休息，有什么事随时跟我发微信！"

"好好，麻烦你啦，你快去忙吧。"

关了门，陈望环视了一圈房间。并不算大，装潢是很常见的风格。会客厅里堆了些杂物，沙发上横着几件外套，散落了些纸张。一旁的化妆台上随意搁了许多瓶瓶罐罐，还有个没吃完的三明治。

她先将垃圾简单收拾了，码齐纸张放回茶几上，外套挂到旁边的衣架上，然后才把自己的箱子拖进卧室里，闻了闻自己的头发，果断拿出了洗发水。

从浴室里出来，陈望一边吹头发一边偷偷给向平川发消息，很快就收到回复："今天估计要晚收工。"

"大概几点？"

"可能要到十二点多了。"

她犹豫了一下，把新裙子换成了睡衣，调了十一点半的闹钟，决定睡一会儿再起来好好化个妆换衣服等他。

她从衣柜里抱出个新枕头，小心翼翼地在床的右侧躺下，还想着再刷会儿微博时，头一沾枕头便"不省人事"了。

晚上十一点，保姆车停在酒店门口，向平川跟着裹得严严实实的谢致下了车。

眼见着谢致进了电梯后拉下口罩帽子，露出些许郁色，他也绷着脸，憋着心里的笑意，一脸严肃："你先回去睡一会儿，有什么事等你醒了再说。"

谢致皱眉："明明有凌晨的飞机，为什么不订？"

向平川继续严肃："你连轴拍了几天，怎么可能让你马不停蹄地坐车坐飞机。到时陈医生看到你的憔悴样儿，回头找我兴师问罪，我可不想担个'周扒皮'的名号。"

谢致抿着嘴不言语，一路走到房门口，回身站住："你确定给我改签好了？"

向平川举起双手，换了个说辞："我保证你今天绝对能见着陈医生。"又小声补了一句，"说不定你一会儿就不用改签了……"

谢致听清了："为什么？"

向平川在心里默默"呸"了一声，只能扯谎："万一林导临时又给你新的通告呢？"

谢致的脸色又冷了几分，没再理向平川，自去掏了房卡刷卡进门。

一推门，他习惯性要将卡插进卡槽，手伸一半时，他的动作停住了。

卡槽里插着另一张卡。

谢致瞬间警觉，腿一伸让房门保持敞开，然后谨慎地摁下灯光开关。

屋内霎时亮起来，映入眼帘的是明显有人收拾过的会客厅的模样。他没有让酒店工作人员每天来打扫房间，一般是一周收拾两次，而明天才是打扫房间的时间——

他的目光落在关闭的卧室门上。

"向平川！"

一直在隔壁竖着耳朵的向平川一个激灵，忙几大步走到房门口："咋了咋了？"

"你在门口别动。"谢致出声。

他是听说过圈子里一些下作手段的，如今便有些猜测。走廊里有监控，加上向平川在门口，万一真如他所想，事后他也会站在有利的一方。

向平川看他站在卧房门口，手停在把手上却没有下一步动作，有点糊涂："你做啥？"

谢致蹙眉，稍吸了一口气，按下把手，推门。

会客厅的灯光漏进卧室，勾勒出床上微微拱起的一团。

谢致瞬间铁青了脸色，手狠狠一带，门"砰"的一声重重地被甩上。

"平川！报警！"他大踏步走出了屋门。

向平川吓了一跳："你干吗！干啥报警！"

他压抑着音量，却没压制住怒气："谁往我房里放人了！"临时被打乱了回家的计划，从早到晚都在片场，忙了一天回来还遇到这种腌臜事，他实在没忍住，骂了一句。

向平川混乱了一瞬，很快反应过来他误解了什么，哭笑不得，又不能直说，只得装糊涂："什么情况你就让我报警啊？怎么可能有人进去？房卡不是在你手上吗？"

谢致冷声："床上，你自己看！"

我怎么能看！向平川一面憋笑一面胡扯："你早上起床乱卷被子而已吧？你看清楚了再说，大半夜别闹得人仰马翻的。"

谢致别开脸压制了下胸腔里的怒火，拉着向平川几步走到卧室门口，一脚发狠踢开了门："我说了是——"

卧室里柔和的灯光亮着，陈望拥着被子坐在床上，头发微乱，睡眼惺忪，神情迷茫。

陈望是被一声粗暴的响动惊醒的，睁眼是一片漆黑，被子和枕头都不是熟悉的触感。她有些昏沉，手摸索到床头的主灯开关，又被忽然亮起的光刺得眯了眼睛，慢吞吞地坐起来，等着意识缓缓回笼。

紧接着又是一声响，她吓了一跳，下意识抱紧了被子。

下一秒又是"砰"的一声，她被这接二连三的响动吓得蒙了，但蓦地身上一重，她重新被压回柔软的被子里。

顶上是被灯光晕成暖黄的天花板，鼻尖传来熟悉的味道，陈望终于想起来自己在哪儿了。她微微侧了侧头，只瞧见个毛茸茸的脑袋。

脖颈有些痒，她忍不住轻声叫他："谢、谢致……唔——"

下巴一紧，唇上传来柔软触感。她眼皮一颤，但很快配合地闭了眼。背上多了一只手，微微压着她离他更近了。

久未亲近，她瑟缩了一下，睁眼见谢致抬起头，定定地盯了她片刻，弯了嘴角，更深地压下来。

外头的向平川眼睁睁看着门在自己面前甩上，在心里吐槽了句"见色忘友"后，捂紧滔天的笑意功德圆满地撤退了。

谢致原本计划得妥当，早在进组不久就私下和导演提了，要求空出这几天。事情不难，林导答应得痛快，因此等临近日子时突然通知他变更了安排，他心里便有些窝火。只不过碍于是初次合作的导演，组里也有其他熟识的演员，他不好开口，只能按捺住，私下让向平川改签机票。

向平川却一改平日砍瓜切菜的麻利作风，要么说没有连座要么说航班太赶，拖拉到最后也没给他看改签成功的机票信息。

他这两天一直为此不快，如今才察觉出些端倪，想必是陈望"串通"的向平川和王思宜，一时间又是欣喜又有点愤愤，忍不住咬了她一口。陈望吃痛，没敢咬回去，在他肩上捶了一记。

谢致一顿，仍闭着眼，侧头去吻她耳垂，微凉的手便伸进她衣服下摆。陈望在被子里捂得暖呼呼的，冷不丁被这么一激，小小地惊呼了一声就要躲。他哪肯放过她，掐着她的腰慢条斯理地将人修理了一通，只是最后苦的也是自己。

陈望扣好睡衣扣子，脸红红地看着谢致满头黑线地进了浴室。

她披上外套，下床跐了拖鞋要出去，一按把手，锁"咣当"一声自由落体了。她手上剩个把手，有点傻眼。

谢致走出来，头发还湿着，将下巴搁到她肩上："怎么站——"目光往下一移，静默了。

陈望举了举把手，侧头看他："你说呢？"

他尴尬："我刚刚以为是——"他斟酌了一下，"之前有过陷害、捏造所谓把柄来威胁人的事情，我以为——加上这两天心情不好，一时气着了。"

她一惊，在他怀里转过去同他面对面："以前有过？"

他安抚地摸了摸她的头，说："没事，当时刚毕业不久，还不懂事，差点着了人的道。向平川也刚来我团队里，都年轻。好在监控什么都有，最后摆平了。"

陈望知道他的工作的确有时会不可避免地遇到些脏事情，但明白和听他说又是两码事，忍不住摸了摸他的脸，又想起他刚刚的话："这两天为什么心情不好？"

谢致咳了一声："本来今天要去找你的……"草草将原本的打算说了。

陈望听得发笑，搂住他的脖子："我本来想月底再过来的，你一说生日，我才想起来，干脆就提前来了。"她说完才想起自己原本要做什么，急忙松开他往会客厅走，"来之前订了蛋糕的，思宜已经帮忙放冰箱里了，也不知道现在会不会太冷……"

"我来。"谢致替她端出了蛋糕，摆到茶几上。

蛋糕外围一圈深蓝色的果酱，坠着白巧克力做的星星，顶上用巧克力棒围了圈小篱笆，篱笆内是淡蓝色的小屋子，屋顶写着"生日快乐"。陈望拆开了数字蜡烛，挑出了"2"和"8"，感慨："我都这么老了。"

"胡说。"谢致把纸做的王冠举起来，要给她戴上。

陈望一边笑一边摇头："又不是小孩子，戴这个太傻了。"

谢致笑："怎么会，一会儿给你拍照，你自己看。"

陈望立刻摆手："不行不行，我得换件衣服。"她忙跑回卧室，拎出了刚刚换下的新裙子，穿好洗了脸，抹了抹口红才出去。

推门时，会客厅的灯已经暗了下来，谢致坐在点好了蜡烛的蛋糕边上，支着下巴笑吟吟地望向她。她有些不好意思地在他身边坐下，低头让他戴上了"王冠"。

虽然有些难为情，但陈望还是红着耳朵听谢致温声唱生日歌，闭眼一气许了许多愿望，"呼"地吹熄了蜡烛。灯光亮起，谢致将手机递给她看，颇自得："没骗你吧。"

陈望还是脸红，只瞥了一眼就缩回去，摘下了"王冠"："切蛋糕吧。"她抬头问他意见，"现在太晚了，吃一点就好？"

两人将顶上的小屋子小心翼翼地挪到盘子里。谢致取下写着"生日快乐"的屋顶，凑到她嘴边。陈望垂下睫毛，就着他的手咬掉了"生日"，又握住他手腕，将"快乐"送进了他口中。

将蛋糕放回冰箱里，陈望换回睡衣，钻进被窝里，在谢致身边找了个舒服的姿势窝好，回想了一下："你生日时都没给你好好过。"那时两人还有层没捅破的窗户纸。

谢致顺势揽住她："但你把礼物给我了啊。"

她纳闷："什么礼物。"

他笑而不语，目光停在她脸上。陈望微窘，懂了。

"你记得那个星空灯吗？"他忽然问。

陈望自然记得。

初中时这东西还稀罕，她没有送男生礼物的经验，只能在夏夏的礼品建议中选择了一个看上去男生似乎也会感兴趣的，就是有些贵，掏空了她的小金库。

他生日刚好是周六，白天是被一群同学簇拥着去玩的，她抱着礼物盒子到他们吃饭的餐厅，悄悄喊他出来把礼物送给他，便匆匆去上补习班了，毕竟期末考试更要命些。

谢致有些遗憾："后来被阿远弄坏了，现在放在我以前的房间里。"

她倒是不在意："当时觉得那是很奢侈的东西了，现在看挺粗糙的，现在网上卖的都精致得多，也便宜了。"又问，"阿远就是你那个小堂妹？"

"嗯。"他侧向她，手一下一下地点着她的睫毛，"当时才刚出生，小小的一团，转眼都上高中了。过年你就可以见到了。"

陈望觉得好玩，"嗯"了一声后使劲眨了眨眼，也伸手去拨他的睫毛。他的睫毛生得长，每次他凑近，都感觉他的睫毛暧昧地要贴上她。

谢致亦被撩拨动，低头就实践了一回。

因前一天晚上补了觉，陈望第二天醒得早。厚重的窗帘将窗外天色遮得密实，只有地板上反射出的微弱光亮告诉她已是清晨。

她微微动了动，察觉到身上的重量，扭头看见谢致沉静的睡颜，手横着搭在她肩上的被子上。

昨晚只顾着见到他后开心，现在仔细端详，才发现他清减了不少，下颌线条分明了许多，眼眶下也是一层淡淡的青影。

他从来不提工作的事，她见的多是他光鲜的一面，片场的摸爬滚打她即便心里知道，但真实感受到还是不一样的。他少时成名，与旁人相比或许算一帆风顺，然而要维持这样的坦途也非易事，如他昨夜所说的那些污糟事，或许也不会少。只是他似乎将演员看作与医生般普通的工作，没有什么乐意不乐意的，恪守本分就是尽职了，因此并不爱在公众面前鼓吹什么敬业刻苦的人设。挣那么多钱，吃点苦算什么，他私下曾这样玩笑过。

但上次同齐导演简单一聊，她也意识到谢致面上不显，私底下还是会同自己较劲。她知道他向来是有主见的人，事业上有自己的想法与规划，便从不多问。只是瞧见他消瘦，到底会心疼。

这样想着，忍不住伸手，轻轻碰了碰他棱角分明的脸颊。不想谢致似有所察，喉间一声低哑不清的呓语，忽然低下头来。陈望以为他醒了，却见他仍闭着眼，搭在她身上的手摸索了两下，无意识地便将她兜了过去，脸窝进她肩颈的弧度里，继续睡了。

　　陈望没等到他下一步动作，确定他真的没醒，才小心翼翼地把他另一只胳膊挪了挪，怕压着他。替他调整好睡姿，她又有了点睡意，想着再打个盹就起来。不想再睁眼时，就和谢致清凌凌的眼睛对上了。

　　就算没洗脸头发乱，一张漂亮的脸摆你面前，大早上的谁把持得住啊……陈望在心里唾弃了一下自己，保持着自己没刷牙的一线理智，挨上去蹭了蹭他的脸。

　　然而显然谢致丢弃了那一线理智，低头就是个绵长的早安吻。陈望意思地挣扎了一下，也乖顺了。只不过她忘记了点生理常识，等意识到不对劲时，谢致在她耳侧，很隐忍地克制着呼吸。

　　她顿时脸红到脖子根，心里乱成一团，他的呼吸声落进她耳中如轰雷。谢致有些难耐，只是理智尚存，闭了闭眼，咬牙就想撑起手臂离开。

　　小臂一紧，一只手的指甲微微陷入他肌肤里。他看向她，陈望受不住他的眼神，面红耳赤地别开了脸，半晌磕磕巴巴道："你那个——忍过头会、会出毛病……"

　　话都说出了口，她莫名就生出了当年第一次上解剖课的勇气，心一横，另一只手便哆哆嗦嗦地往被子下伸。动作到一半时，被一只手握住了手腕。

　　谢致重新俯下身，哑着嗓音："错了，是这儿。"

　　托陈望来探班的福，向平川收获了一个睡到自然醒的早晨。等他优哉游哉地洗漱完准备去吃午饭时，收到了谢致的微信。

　　他进了谢致间，就见谢致将冰箱里的蛋糕取出来递到他手上："昨晚的生日蛋糕，你和思宜、小刘他们几个分了吧。"

　　向平川透过盒子看了一眼，诧异："你们怎么一口都没动，减肥吗？"蛋糕外围的奶油和果酱几乎完好无损。

　　谢致瞟一眼奶油，咳了一声："嗯……她现在见不得这个……"

　　向平川一头雾水地"哦"了一声，又看看紧闭的卧室门，觉得自己既然比谢致大几岁，当哥哥的还是要规劝两句："年轻人血气方刚，但也得收敛一下，啊。"

　　然后被谢致连人带蛋糕推出了房门。

　　他午饭直接让酒店工作人员拿上来，然后让人收拾了一下外面。陈望全程躲在被子里一动不动地装死。谢致拿了热毛巾坐到床沿，拉着被子温声哄她："洗个脸吃饭了好不好？"

　　陈望闷不作声，手紧紧抓着被角不撒手。谢致好笑，熟练地将她连人带被子抱起来，剥笋似的将她扒拉出来，手指理了理她乱糟糟的长发，扳着下巴给她擦脸。陈望全程垂眼不吱声。

　　她当时是抱着自己是个"身经百战"的医学生的信念的，自认为见惯各种"透过皮相看本质"的人体，某些肢体接触也不过尔尔，然而她低估了实践的难度和自己脸皮的厚度。

她偷偷觑了眼专心给自己擦脸的谢致，眼神清明，黑发柔软，衬衫领子下干干净净的锁骨，风清月朗的模样，仿佛刚刚红着眼尾抓着她不放的人是幻象。

他蓦地抬眼，恰巧捉到她的目光。她立时垂下眼皮，睫毛慌乱地颤了颤。谢致喉间发干，面上却不动声色地继续同她商量："我要了粥和面汤，还有几样菜，都是我最近吃了觉得还可以的。你想吃点什么？粥是蛋花虾仁的，要不试试？"

陈望在心里天人交战了片刻，最后还是调整好了心态。以后更亲密的事不会没有，她不能这么土包子。于是她推了推他，低声道："你先出去，我、我换件衣服……"

待谢致出去，她飞快溜下床换掉了皱成咸菜一样的睡衣，又好好梳洗了一番，深呼吸了几口，强作镇定地走出去。

谢致坐在沙发上，见她出来，将晾好的粥端给她。她接过，眼观鼻鼻观心地喝粥。

谢致给她夹了一筷子鱼肉："你能待到什么时候？"

她咽下嘴里的食物："多请了一天假，明天下午走。"

他微微皱眉："那回去不是得连着上班？"

"没事，最近不算忙。"她也喂了他一尾虾，"我还想说你呢，怎么瘦得这么厉害？"

"穿古装容易显胖，瘦一点比较上镜。"

"骗人。"她捏了捏他的肩胛骨，"你这里撑得起来古装呀。"

谢致握住她的手指："真的。而且我是个寒门士子，吃得油光满面哪里像样。"说到这里，他问，"下午要不要去片场看看？我今天没有戏份，带你逛逛。"

陈望一方面觉得待这屋里有点危险，一方面也生出了好奇心，又犹豫了一下："但片场人来人往的，万一被拍到了……"

"拍到就公开。"谢致好整以暇地倚到沙发靠背上。

陈望一口粥含在嘴里，半晌才慢慢吞下去。

他见她若有所思，又坐直了，手搭到她肩上："你不愿意？"

她摇头，勺子搅着粥："不是，就是想到要成为千万女性公敌，有点惶恐。"

他笑出声："你如果当时选择当演员，我现在估计也很有压力。"

陈望反应过来他在打趣她，无语地往他嘴里塞了一勺粥。

不过难得来一趟，她也不打算在酒店里闷两天，换好衣服就跟着谢致下楼了。

第二十章
时光奔赴下一段

酒店离影视城有段距离，谢致没有叫人另外备车，仍是让平时的保姆车来接。陈望第一回坐保姆车，虽然都是四个轮子，说开了也不过是辆宽敞些的面包车，但还是颇好奇地左顾右盼了好一会儿。

影视城很大，陈望看着车窗外的景色从"故宫"一路变幻到"未央宫"，有些时空置换的微妙错觉。谢致对这些司空见惯，只趁她看得入神时将周围的垃圾都先塞到角落里——平时都在这车上用饭化妆换衣服甚至睡觉，忙起来时就随意惯了。方才陈望上车时兴许没在意，但他见到杂乱的座位时，后知后觉地有些尴尬。

车子停下，谢致掏出一顶黑色的鸭舌帽扣上陈望的脑袋，又拆开了个口罩给她戴上，自己同样装备好了，才拉开车门。

帽子是谢致习惯的宽度，陈望跳下车，帽檐就顺势滑到了她鼻梁上。她囧囧有神地要去拉帽子，听到他一声笑，脑后贴上了一双手。谢致走近了一步，伸手环住她脖子，低头给她调帽子的松紧，最后揉了揉她的后脑勺："走吧。"

大庭广众下，她还有些不好意思，但见来来往往的人似乎都在忙碌，根本没旁的心思来关注这个不起眼的角落，也就慢慢淡定了。

谢致掏出手机看了看今日的通告安排："今天有好几个剧组都在拍戏，各个景都有，你想看什么？或者你有没有想看的演员？"

陈望摇头："我只想看看你平时待的地方。"

谢致平时待的地方自然是自己的府邸，随着剧情的进展，他如今已是相国，府邸也理所当然是相府了。只不过这位相国是寒门出身，即便身居高位了也没有铺张的习惯，整个府邸除了木头就是树，连墙角的野花都零星。屋子里的摆设也不多，装饰得很素净，最壮观的便是堆成山的竹简。

陈望好奇地在他平时处理政事的书案后头坐下，拍拍这摸摸那，又学着他的样子跪坐了片刻，然后默默地放下了腿——真的腿酸。

谢致倒是已经习惯了，坐得稳稳当当，神色端然。她支着下巴看他，想象着他戏中高冠博带运筹帷幄的模样。今天没能见到他穿戏服，有些可惜，不过等播出时再看也是一样的。

谢致抬眼，见到她有些艰难的坐姿，忍不住笑，拉她起身："今天没有戏份，就没人来，没什么意思。"

陈望又环顾了一下光秃秃的布景，很诚实地说："看上去就算有人来，也没什么意思的样子。"

谢致："……"

"咔，OK！"

原本整整齐齐跪坐在国学堂中的一众学子纷纷起身，工作人员们也迅速围上去，收器材的收器材，接人的接人，一时间吵吵嚷嚷，却也不至于杂乱无章。谢致适时地走到监视器后头。

"林导。"

林导演很头疼："都说了别叫我'领导'，老林就行。"又问，"你不是今天有安排吗？跑来做什么？"

谢致将躲在身后的陈望拉出来，笑道："她没见过古装戏片场，我带她来看看热闹，跟您招呼一声。您忙您的，不用管我。"

陈望微窘："导演您好。"

林导演了然，挥挥手算是打过招呼："行行，你们逛你们的。我这边换场了，不和你说了。"

下一场是外景，谢致带她上了一旁的二层小楼走廊，楼下就是摄像机的位置，既可以清楚地看见整个拍摄场面，又不会入镜，也没人走动。

陈望看了会儿工作人员忙忙碌碌地搭起场景，回头问谢致："林导演好像——比较冷淡？"

谢致说："他的确不是长袖善舞的人，离了片场不会多说话那种，不过人挺好的，不会故意刁难人。虽然才刚开始独立执导，但有两把刷子，连温老师私下都夸了他好几次。"

"温老师？"

"温颂华，去年的金鼎影帝。"

陈望讶异："这部剧连他也请来了？"

谢致点点头："温老师算是特别出演，戏份不算多，但也是很重要的角色。"

她后知后觉："所以这剧是爆款预备了？请了这么多电影咖。"

他失笑："片方肯定是希望大爆的，但剧本和班底本身的确也有吸引人的地方。我和温老师也不是只拍电影，电视剧的话，有好的角色也会想试试。"

陈望回头："说起来，你演渐冻人的那部，什么时候上映啊？除了话剧，上一部作品是饰演锦衣卫的电影，离现在都快一年了，你的粉丝们不会脱粉吗？"

"可能明年吧。"谢致轻描淡写地说，"本来我就不算很勤快的演员，他们了解我，不会这么轻易脱粉的。真要说脱粉——"他语带调侃，意有所指，"可能我结婚时会少一批吧。"

陈望默默扭头回去看楼底下的热闹了，很快就被一群高冠博带的国学学子中领头的小少年吸引了目光："那个小孩长得好看欸。"又目测了一下，惊叹，"个子也好高。"

谢致循着她指的方向望去："那是个练习生，这次被他公司送来剧组，演我的学生。"

"这么小的练习生？还在上学吧？"

"嗯，但估计明年就会被送去韩国训练了。要说偶像训练，韩国还是比国内强许多。"

陈望摇摇头："总觉得这样太摧残小孩了。"

"他家里经济比较困难，所以很早就出来做兼职了。人的确很聪明，但也没法花太多精力在学习上。听说是在便利店打工时被星探瞧中了，公司愿意帮他出学费，表现得好还会有津贴，他就去了。"谢致看了眼如青竹般的小少年在包围了国学的铁骑前临危不惧掷地有声的模样，"不过他们公司眼光不错，是个好苗子，也很刻苦。"

陈望闻言又打量了一眼那个少年，眉清目秀，比起少年时的谢致少了点英气，却不流于女气，也不知以后抽了身条减了婴儿肥会如何。

谢致低头："怎么，你喜欢这种颜？"

陈望："……"踮起脚，额头轻轻磕了下他的脸，"喜欢你这种，行了吧？"

谢致佯作叹气，揽过她肩膀："以后还是别让你和他见面了。"

然而多年后他们还是见面了，此乃后话。

晚上谢致带陈望去吃了涮锅，然后两人沿着一盏盏路灯慢慢悠悠地往酒店的方向走。

这是个小城市，靠着影视城渐渐带起了旅游业。然而到了晚上，便显出它原本的静谧模样。不算晚的时间，许多店铺都门可罗雀，孤零零地亮着灯，玻璃上无声地映出电视机里斑斓的画面。间或有人进去，说话几句，又出来，缩进外套里渐渐淡入夜色中。

　　陈望没戴手套，谢致捂了片刻，握着她的手揣进自己的大衣口袋里。她低头笑着，悄悄贴近他胳膊。两人都没说话，安静地听着冬日里寒凉的风声，偶尔驶过的车声，隐隐约约对方的心跳声、呼吸声。

　　口袋里，谢致的拇指无意识地摩挲着她的手背，她觉得有点痒，食指挨近他的指缝间挠了下。他的手动了动，轻轻压住她不安分的手，然后往上移了移，温热的掌心捂住方才没照顾到的还微凉的指尖，细密地裹好。陈望蜷了蜷指尖，寻到最暖和的那一小块肌肤，窝进去。

　　谢致忽然捏了她的指尖，笑问："吃红薯吗？"

　　她看去，果然前面支着个小摊，炉上热腾腾地围了一圈红薯，不由得便想起从前两人一道去图书馆自习时常常分食一个红薯的画面。

　　她有点心动："但刚刚有点吃撑了，以后回家买吧。"

　　"也好，一会儿买点别的。"

　　"什么？"

　　回到酒店，陈望先去洗了个热水澡，趁着热乎乎的劲钻进了被子里，伸手去够遥控器。徐瑛最近迷上了去年的一部韩剧，跟她推荐了许久。左右无事，陈望试着在电视里搜了一下，还真让她找着了。

　　摁了第一集的播放键，她又捞过刚刚在酒店大堂的小超市里买的啤酒，拿纸巾擦了擦罐口，"啪"地开了，"咕嘟"了一口，咂咂嘴，没尝出好喝之处，不知道为什么谢致刚刚会推荐她买。她又喝了一口，还是没有感觉到什么特别之处，将啤酒放回了床头柜，注意力放到韩剧上。

　　她已许久没有看韩剧，这部与她脑子里花里胡哨柔光满屏的韩剧既定印象相去甚远。虽然看上去也是很温情的基调，画面却很日常，没有过多的花样。女主角在晚高峰的公交车上被挤到车窗边，身前身后都是幢幢人影。她艰难地掏出手机，将最后一条工作消息回复完毕，垂下手臂，手机顺势滑进大衣的口袋里。

　　谢致推门出了浴室，就见她抱着被角看电视看得认真，长腿一收也上了床："看什么呢？"

　　"徐瑛安利的韩剧。"陈望察觉到湿热的水汽，扭头见他头发还在滴水，忙推他，"去吹头发，水都滴被子上了。"

　　他随意拿肩上搭着的毛巾擦了两把便算完。她无语，自己趿了拖鞋下床去卫生间拿吹风机，回来时往他胳膊上掐了一把，推他坐好："懒死了。"

　　谢致心安理得地享受她的照顾，乖乖地任她给自己吹头发："难得你在，还不让我偷个懒。"

　　陈望将他的头发揉得乱七八糟，又瞥了眼："瘦了这么多，腹肌居然还在。"

他听完，拉过她空着的手就往自己身上捂，被她拍了一下。

电视里，女主角结束了和客户的应酬，瘫在公交车站的长椅上，敞开领子，呼出一口气。旁边走来刚结束加班的男主角，衬衫的扣子一丝不苟地扣到最上面，笔直笔直地站在车站的另一端。设计夸张的广告海报将小小的车站隔成迥然的两端。

谢致瞟了两眼电视，余光看见床头柜的啤酒，顺手拿过喝了两口。陈望着实好奇："那么好喝吗？"

"只是刚好合我口味而已，想让你也试试。"

"平时没见你喝酒啊。"

"在剧组有时会喝一点，容易放松下来，偶尔可以有点灵感之类的。"谢致说着又是一仰脖。

陈望关了电源，将吹风机搁下："有时喝是可以的，但你可别酗酒啊，对身体不好的。"

谢致闲适地往后一仰，枕在她锁骨上："好——你是医生，听你的。"

她闻到点酒的味道，不难闻，只不过自己喝时，总没法理解这么多人喜欢喝酒的原因。

"我没怎么喝过酒，还是觉得味道怪怪的。"

谢致转头："你再试试？"

她点头，伸手要去拿他手里的易拉罐，脖子后蓦地一热。谢致扣着她脖子一拉，吻了上去，清冽的味道顿时涌入。陈望心里"唉"了一声，颇有些苦恼地甜着，闭眼给了他回应。这厮得寸进尺，长臂一伸就将她搂身上了。

她登时想起早上，红了脸，在间隙中挣扎了一下。他明白她的不安，安抚地顺了顺她的背，放轻了力道。

最后，陈望得以顺利地看完两集韩剧，谢致则将那罐啤酒喝干净了，抬臂，眯眼，手腕一个巧劲，易拉罐脱手飞出，精准地落在垃圾桶的边上，"咯噔"一声落地。

谢致："……"

陈望："……噗。"

她笑完立刻钻回被子里装睡了，听到低低的一声笑，隔着被子被揉了揉头，然后就听到他往卫生间去的声音。大概是去洗漱了。

过了片刻，身边微微往下一陷，她被揽进一个怀抱。迷糊间，听到他低低的一声叹气："明天睁眼就得送你去机场，这么一想真不想睡。"

她闭着眼拍了拍他的胳膊，咕哝一声："傻，再过一个多月不就杀青了吗……"

理智上他当然知道，但舍不舍得还是要另说。谢致将她鬓边的碎发别到耳后，低声道了晚安。

　　谢致第二天有夜戏，因此虽然是下午的航班，陈望还是在中午就到达了机场，然后把谢致撵了回去，自己办了托运过了安检后，在登机口旁边的麦当劳里吃了午饭。

　　横竖时间还早，她又继续追剧。女主角的前男友横死家中，去前男友家中拿回自己落在那里的平板电脑的女主，是最后出现在监控中的人，与侧写师描绘出来的嫌疑人特征亦高度吻合，成了最大嫌疑人。

　　在审讯室里被晾了几个小时后，警察、测谎仪轮番上阵，女主角仍岿然不动。把头发抓成鸡窝的警察走到玻璃后，跟抱臂看了全过程的男主说，难办。此时女主角似有所察地看向玻璃的方向，露出一个困倦又无奈的表情。

　　来电界面打断了电视剧画面，陈望一愣，看清了显示的名字："老大？"

　　"在哪儿呢？"

　　"机场。"

　　"怎么这么早就过去了？不是四点多的飞机吗？"

　　"谢致晚上要拍戏，就提前送我过来了，怎么了？"

　　"没啥，我就是想问你那儿的机场里有没有家店，想托你帮我带瓶香水。四儿的婚礼不是推到下个月了吗？到时你帮我带来。"

　　老大说着报了店名和香水类型，陈望听了："啊，刚刚有路过，我一会儿去帮你拿。不过，"她奇怪，"你嗓子怎么了？鼻音有点重啊。"

　　那边传来一声含糊的咕哝："唔——昨晚喝酒了，刚醒。"

　　老大酒量很好，虽说没事的时候的确会自己开罐啤酒当普通饮料喝，但日常宣言医生的调休是十分宝贵的，不可以在床上虚度，现在居然喝到睡到日上三竿的程度……

　　"你——出什么事了？"

　　老大闷闷地出了口气，最后"哎"了一声："也没什么，我和谢宁分手了。"

　　嗯？

　　陈望捋了一下自己的记忆："你们——什么时候又在一起了？"

　　"没有在一起，是我觉得上次没断干净，这次说清楚了，散彻底了。"

　　陈望下意识地咬吸管："怎么回事？吵架了？"

　　老大把自己从被子里扒拉出来："不是，是我不想不明不白地和他处了。"

　　陈望斟酌了一下："你想说就说，不想说的话赶紧去刷牙洗脸，我给你点个外卖。黄焖鸡吃吗？"

　　"不用，我冰箱里有吃的。我要是不想说就不会跟你提了，现在说开了，我挺轻松的。"

"嗯，你怎么想的？"

"他不喜欢我，或者说，不纯粹。"

"怎么说？"

她听到老大笑了一声。

"我也不傻，他特意跑这边来，我就有点隐隐约约的猜测，最近只不过确定了这个猜测而已。"

陈望慢慢道："其实，之前你走的时候，我去送你，在高铁站有看到谢宁。所以我总觉得，他对你是上心了的。"

"的确上心，但不是我想要的那样。"耳机里传来开关冰箱门的声音，然后是微波炉缓慢温吞的"嗡嗡"声，"他和我在一起，不过是心里过不去而已。"

"心里过不去？"

"对。最开始，他是先知道我从前喜欢他，才和我在一起的。按他的想法，大概是觉得从前辜负了我的喜欢，反正现在他没有女友，试一试也无妨。后来……后来我打掉了孩子，他心里有愧，才这样对我好的。"

"你怎么确定？"

"哎——你是没看见他在我面前委曲求全的样子。我试着无理取闹了，试着去挑战他的底线了，他也没有生气，只是哄我，自己去收拾残局。"老大拖了把椅子坐下，"我要找的不是露水情缘一样的人，说到底是剩下几十年都要朝夕相处的人。他总在我跟前绷着这副鬼样子，有意思吗？以后在自己家里，不能随心所欲地骂人放屁，那哪叫家。反正我受不了，放过他也是放过我自己。"

微波炉"叮"的一声。

"况且，打掉孩子是我自己的决定，我自始至终都觉得孩子是我的，和他没有什么关系。他也没必要因为这个觉得愧疚或者对不起我。退一万步讲，怀孕之前没婚检，我也没忌酒，成天在一堆病菌里泡着，谁知道就算留下了会不会自然流产呢，生下来会不会有缺陷呢？"

陈望松开吸管："那你跟我说的这些，和谢宁说过吗？"

"昨天说了，他没反驳，我就当他听懂了。我说，也别说以后能当朋友这种鬼话了，以后遇见就当是不熟的老同学见面，关系不会再近了。"老大似乎咬了什么东西在嘴里嚼了嚼，"怎么样，条理清晰有理有据，哇，现在想想，我有点被自己帅到，啧啧。"

陈望失笑，有点遗憾："我以为你们能破镜重圆的。"

"哪有那么容易。再说了，就算破镜重圆，那条缝也在啊。"老大说，"那条缝真的出现了的时候，我发现我还是看不过眼，就这样吧。"

陈望叹气："好吧，你自己觉得这样好，我也没什么意见，以后你吸取教训就好了。"

"不说我了，你呢？千里寻夫感受如何啊，嘿嘿嘿？"

陈望黑线："你还是做做样子演一下失恋后的惆怅忧伤吧，这么猥琐做什么？"

"怎么猥琐了！我这么关心你！"

"嗯——"陈望顺着她，装腔作势道，"太甜了，说出来怕你酸。"

不出所料听到老大装出的干呕声："算了算了，死望嵩，快去给我买香水！"

陈望笑，又说两句才挂了电话，背上包起身往那家店走。

陈望没把这件事跟别人说，左右是老大的私事。回到医院，她连轴转一个多星期补回了假期，那部韩剧到底是暂时没时间继续看了。徐瑛十分没良心地要跟她剧透，被她随手拿一个橘子堵上了嘴。

陈妈妈从干洗店里将家里几件羽绒服抱回来，进了家门稀奇道："今年怎么比以往都要冷，秋天一下子就没了，温度也低。"

陈望从饭碗中抬起头："门诊都要挤爆了，我们每个科室都闲不下来，天气一冷生病的人就多。"

"文双最近怎么样了？"

"挺好的，没什么大问题，静养就好。"文双之前出现了流产先兆，到底是大事，不敢怠慢，紧急回家休养去了。几个熟识的医生护士下了班就去她家里给她打针，陈望便是刚从文双家里出来。

"医院人多，你自己也当心。"

"知道知道。"

但知道是一回事，能不能做到又是一回事。随着持续的低温，涌进医院的患者只增不减，虽说每年年底都不会空闲，但隐隐觉得今年总有些反常。

小田嘴唇上一圈死皮，疼得龇牙咧嘴，忧虑地吸凉气："再这么冷下去不会出事吧？"以前也是有过大寒潮导致雪灾的事情发生的。

陈望被她这么一说也有点没底，面上还是说："城市里肯定不会有什么问题啦，山村可能要辛苦些。"

"可不是嘛，"邓医生插嘴道，"农村山村最怕坏天气，农作物受损不说，人万一出毛病也难急救。"

"别多想别多想。"护士长过来敲了下桌子，"想那么多咱们也做不了什么，别杞人忧天。"

"是是。"邓医生说着便换了个话题，"小田谈男朋友了吗？"

小田："话题跨度有点大啊，邓医生……"

邓医生笑眯眯："我大侄子也单着呢，你要不要考虑一下？"

小田往护士长边上缩："暂时不太想考虑。"

陈望闷声笑，于是被护短的护士长锁定："陈医生不也单着么，老邓你怎么回事，肥水想流外人田？"

陈望抠手心，把耳朵上的热度揪下去："不用不用……"

"哦？"邓医生揶揄，"小陈有对象了？"

"嗯、嗯……"

"小陈交男朋友了？怎么悄没声儿的？"

"做什么的？"

"人怎么样？"

"处多久了啊？"

就是预料到会这样才没说的啊……陈望干笑。

小田一脸提早吃到瓜的优越表情："邓医生，你之前没发现有段时间，只要阿望值夜班，第二天的早饭都特别丰盛吗？"

邓医生恍然大悟："啊，原来都是男朋友送的啊，我说呢。"又笑，"怎么后来就没了？我还挺喜欢那些烧卖呢。"

陈望微窘："我让他别送的。"

"那这样看，对你不错啊。"护士长笑，"做什么的？长得怎样？"

小田张开五指做绚烂状："超帅，个子超高！"

陈望打断她："邓医生的大侄子是做什么的？喜欢护士吗？不喜欢的话喜欢小田吗？"

小田："……"

下午送来了一起车祸的两位伤员，陈望帮着做了清创，忙到能下班时又是近九点。她饿过了头，便点了杯奶茶，加了满满的料，搁在电脑前一边喝一边打表格。最后去巡了一圈病房，才坐上末班地铁回家。

睡前照例刷微博，一天没刷，首页充满未知的信息量。手指一顿，陈望的目光停在一个官博上：

【距离《山河谁寄》上映还有五天！】下面是九宫格的主角剧照。

她愣了一瞬，恍然，谢致的电影要上了啊。

她忙退出微博点开购票软件——五天后是周一——周一不行，只能订周二晚上的票了。

她又去敲小田和徐瑛："下周二晚有空吗？看谢致的新电影？"

小田秒回："谢致新电影？！我居然没在首页看到！哪部哪部？"

"《山河谁寄》，谍战那个。"

"看看看！"

徐瑛则回得十分欠揍："你请吗？"

"为什么要我请？"

"你是家属啊。那些粉丝还会打着'谢致夫人'的名号包场呢，你这个名正言顺的，不意思一下？"

"……好吧，我请。"

"逗你的，周二晚上我值班，去不了。"

陈望磨牙："烦人。"

"下周二？"

"嗯，和小田一起去。"陈望换了只手拿手机，"给剧透吗？最后有没有和女主角在一起啊？"

听到一声笑："谍战片你还关心感情线做什么？"

"因为你已经很久没有能撑到最后的CP了。"陈望语重心长，"我看微博上你的粉丝都发起投票了，赌你又'死老婆'的有八成。本来谍战片里的CP就难有能善始善终的，又叠加你的'克妻'属性，女主角性命堪忧啊。"

"你投了吗？那个投票。"

"嗯——我昧着良心给你投了个'不死老婆'来着。"

"嗯，你赌对了。"

"……你居然真的剧透……"

结束通话，她终于能点开从刚刚就开始不停地冒消息的宿舍群了。本来打算国庆摆酒的四儿因为家中老人生病不得不推迟婚宴时间，前段时间终于定下了婚宴的日期，来问她们的安排。几人均表示要趁着这次见面好好聚一回，干脆在婚宴酒店旁边订了间漂亮的民宿，打算好好玩两天。陈望便决定和上回一样空出时间过去。

老大一边确认订单信息，一边顺口调侃陈望："望崽快来我们的怀抱，绝对安抚你远离男人后的悲催心情。"

"男人？"

一石激起千层浪，陈望瞬间抱头。

"阿望谈恋爱了？"

"什么时候的事？！为什么只跟老大说！崽你不公平！"

"没有，是我误打误撞自己发现的！要不我估计她结婚了才会说！"

陈望告饶："没有，我不就想着四儿结婚时咱们见面说嘛，结果这不是没办法耽搁了。"

四儿警觉："你不要拿我当借口，我什么都不知道。"

三儿发了三把刀："你是选择现在就交代呢还是见面后被摁在地上再交代呢？"

陈望老老实实投降："现在，现在。"

"说！姓甚名谁，年方几何，家住何方，有车有房？"

"姓谢名致，年二十八，居无定所，有车有房。"

群里安静片刻，四儿率先打出了个问号。三儿："怎么有车有房还居无定所？他开飞机的吗？满世界跑？"

陈望保持老老实实："不是，他是演员，所以一直在各个地方跑。"

三儿丢了个"忍笑"的表情包："恕我直言，有那个那么出名的'谢致'在前面，你男朋友——很不好出头吧？"

老大带着熟知内情的得意"哈"了一大串。

陈望："……"然后老老实实输入，"就是你知道的那个谢致。"

群里再次安静片刻，然后四儿打了好几排问号。

三儿："你脑子瓦特了？没睡醒呢？"

陈望这次有准备了。她将过生日时的照片发了过去，是当时谢致支了个小支架拍的。两人坐在蛋糕后面，她双手在脸颊边上比着剪刀手笑得眼睛弯弯，谢致侧头温柔地看着她，脸上的轮廓线漂亮得不行。

照片发送完毕，老大第一时间发了句粗话，另外两人半天没反应，然后是满屏的"啊"。

陈望眼花。

"哇，这不是 P 的啊！"

"真的假的！"

"是那个谢致？活的？望崽你摊上事儿了！"

"你们怎么认识的？什么情况？等一下，我去掐我老公看看他喊不喊疼。"

"也等一下，我去拆包薯片压压惊。"

老大适时地起哄："前排出售啤酒饮料矿泉水，花生瓜子八宝粥……"

"我准备好了，望崽快点！坦白从严抗拒更严！"

"详细点！细节到位点！"

"……"

听陈望"陈述"完毕，三儿捂心，四儿捧脸，老大虽然不是第一次知道，但也打了个饱嗝。

"所以你们不知不觉就互相等了对方十几年？太甜了吧！"四儿星星眼。

陈望囧："也没有吧……我中间都没对他牵肠挂肚，他也照常谈恋爱不是嘛。"

三儿打了几个感叹号："可是，在这期间你们也没有什么非常深刻的恋爱啊！

所以望崽你单这么多年不是没有道理的，老天不让你谈恋爱就是因为你遇着的头一个就最好了，必须给你留着！"又说，"要是知道老天后面给我留了谢致这种顶级伴侣，我也愿意母胎单身！啊！"

"这种事情哪里能提前知道啊，阿望这是可遇不可求。"

"所以我好嫉妒啊，呜呜呜呜。不行，你必须请我吃饭！我要吃鹅肝酱和马赛鱼羹！"

"给我留点'老婆本'吧，要'娶'谢致我压力好大的。"

然后陈望收到了整整齐齐的三句"呸"。

周二，陈望和小田顺利下班，一起吃了晚饭后进了电影院。灯光暗下去前，小田悄悄趴到陈望耳朵边上确认："是 HE 没错吧？谢致真这么跟你说的对吧？"

陈望重重点头，小田放心："那就好，我包里面巾纸不多了。"

结果扶着双眼通红的小田出来在外面坐下休息时，陈望擦了下眼尾，掏出手机，用力地、一字一字地敲："你、不、是、说、HE、的、吗？"

谢致回："我说'不死老婆'是对的啊。"

陈望发了个掀桌的表情包。

是，老婆的确没死，你死了，真棒。

下一秒，谢致打了电话来，带着笑意试探道："哭了？"

她吸了下鼻子："是啊，一想到要被小田讹一顿'精神损失费'就悲从中来。"

他笑："好，怪我，去吃点好的，给你报销，到家后说一声。对了，机票订了吗？"

"还没。"

"我给你订，用我的里程升舱，你到时下了夜班可以好好睡一觉。"

于是陈望有生之年第一次体验了头等舱，并且知道了头等舱的飞机餐比起经济舱的除了摆盘好看一点，并没有好吃到哪里去，但她的确是舒舒服服地睡了一觉才下飞机。

第二十一章
佳期转眼已是冬

过了秦淮，冬天的气息就不一样了。空气中少了干涩，多了一点阴阴的湿意，缓慢地在风中渗透。行道树仍是郁郁葱葱的模样，招展着，没有一点瑟缩。两侧花坛多栽着胡椒木，在北边见得少，但她还挺喜欢它的味道，是不过分呛人的草木香气。

路灯还没有亮起，造型舒缓的线条将天空划出很漂亮的一块一块。

陈望拖着行李箱，在民宿所在的小区门口下了出租车，先按照谢致发的消息上写的，到大门后边的快递柜取了包裹。她一手拉着箱子一手夹着包裹正要跨入大楼时，接到了三儿的电话。

"望崽你到哪儿啦？"

"刚要上楼。"

"太好了，千万别上来！你出大门往右手边走一段有家便利店，买罐麻酱！"

"好。"

她吭哧吭哧走回大门时，手机又欢快地响起来。

"望崽，还有白芝麻！有的话买一小包！"

"……好。"

等最后她"哐哐当当"拎着东西进门时，袋子里除了麻酱和白芝麻，还有两包辣条三包薯片一罐牛肉酱一小瓶蚝油以及好几听菠萝啤。

陈望将东西往沙发上重重一放，伸手就去薅三儿的大波浪："你——敢——不——敢———次——性——说——完——要——买——的——东——西——啊——"

"是老大！是老大！是她想一出是一出的！"

老大的声音从厨房里传出来："你留学那么多年连个中国的菜刀都不会使，啥都得我来！让你打个电话还叽叽歪歪！"

三儿往厨房的方向做了个鬼脸，转头笑嘻嘻地来掐陈望的脸："望崽呀，你变漂亮了呀。"

陈望笑眯眯地顺她的大波浪："亲亲，你夸我我也不会原谅你的。"

三儿做殷勤状："好说好说，我给你拌蘸料碟。"

两人笑闹了几句，陈望又问："四儿呢？还没下班啊？"

"对喔，都这么晚了。加完今天最后一班她就可以尽情地休婚假了，别最后关头出什么乱子啊。"

话音刚落，就听到身后门把转动的声音。四儿两下干脆利落地踢掉鞋子，手臂一伸就挂陈望和三儿的脖子上了："累死我了，再晚一步明天的婚礼就只有新郎出席了。"

三儿扳过四儿的脸左看看右看看，欣慰："还好还好，养得不错。我还怕你最近熬得太厉害气色差，明天上妆都遮不住。"

四儿摸了摸脸："没事，最近汤汤水水一直在补，之前还重了两斤，吓得我连吃了两天轻食。"

陈望掐了把四儿的腰："不会不会，非常苗条，婚纱绝对能穿。"

老大在里面把砧板剁得"咣咣"响："三位大小姐，就没人想着进来帮我一把吗？"

仨姑娘忙脱外套挽袖子热热闹闹地挤进了厨房。

晚上，四人直接在客厅的大茶几上涮火锅，空盘子摞得高高的，边上歪着几个空荡荡的易拉罐。

四儿老公或许是忐忑，打了两次电话来委婉地询问用不用来接人，被三儿抢过去："你把心放回肚子里去，我们是不会连夜带着你老婆跑路的。但你以后要是干了什么缺德事，我们做的可就不只是带你老婆远走高飞了。"

"说实话，你不来是对我们最好的祝福。"四儿老公无情地说。他当年追四儿过了九九八十一难，其中得有八十难出自这厮的手笔，夺妻之仇不共戴天。

闹着挂了电话，老大戳了戳沙发上的盒子："望崽，你还没说，这带来的是啥啊？"

"啊，差点忘了。"陈望拍了拍红扑扑的脸，探身过去将盒子抱过来递给四儿，"这是谢致送你的结婚礼物，托我祝你幸福快乐呀。"

四儿险些拿不住杯子："送、送我？"

三儿"哇"了一声："可以可以，望崽男朋友比四儿老公上道，我这关过了！"

老大无情戳穿她："人在不在一块儿也轮不到你同意好嘛。"

几人围到一起看四儿紧张兮兮地拆包裹，打开来是一盏灯，做成了枝丫的造型，上面并着两只挤在一起的圆乎乎的小鸟。四儿伸手想去摸一摸，还未碰到，两只小鸟就亮起了暖融融的光。

老大表扬："好看，搁床头柜最好。"

陈望惊奇："这灯开关在哪儿？"

三儿吐槽："你男朋友挑的礼物你还不知道。这是人体感应灯吧，靠近就会亮那种。"

陈望老实地摇头："普通的倒是见过，不过没想到还能做成这么大的摆件。"

四儿爱不释手，扑过来给了陈望一个熊抱。陈望笑着就势拍拍她的背："喜欢就好，我回去告诉他。"

三儿眼睛眨了眨，贼笑："现在告诉也行啊。"

陈望："嗯？"

拍摄进入了尾声，谢致只剩下三天的戏份，只不过一杀青就得飞去同正在宣传路演的电影其他主创会合。电影反响不错，在几大票务平台上的热度都是第一，最近出的评分也不低，向平川这几天走路都像踩着风似的。他倒有些意兴阑珊——这种题材的电影说好拍也不好拍，虽然剧情设计上的确花了点心思，但细品起来仍是落了窠臼，只能说是个规矩的作品。

他戴着眼镜，坐在沙发上翻明天的戏份的剧本，笔在指尖没什么规律地转，忽然听到来视频电话的声音，偏头去看，笑了笑接通："今晚不是——"

后面的话没说出来，他就发现了异样。

陈望坐在沙发上，笑得无奈又纵容，而镜头又晃得厉害——不是她拿着手机。

谢致莞尔："怎么回事？"

陈望扶额，看向面对手机屏幕刚刚还"豪气冲天"地说要和演员视频，结果接通后瞬间开成了后置摄像头的三人："怎么回事，问你们呢。"

老大、三儿、四儿互相看了一眼，最后三儿夸张地比出口型："原——来——你——们——真——的——在——谈——"

陈望："……"果断出卖队友，"她们不相信我们在谈，所以想亲眼看看是不是真的。"

手机里传来谢致的笑声："那我帮忙再证明一次，是真的，还是我追的陈望。"

三儿："……望崽，我允许你先跑三十九米。"

老大后槽牙酸了酸："过分了啊过分了啊。"

陈望笑眯眯，最后还是说："礼物已经送给四儿啦，她很喜欢，说谢谢你。"

四儿点头如小鸡啄米："嗯嗯，太漂亮了，谢谢——姐夫？"

谢致似乎很满意这个称呼，笑了好一会儿："不用客气，祝你们新婚快乐。实在想谢的话，明天把捧花给陈望吧。"

老大和三儿齐齐："不可以！"

好不容易结束了这通混乱的视频电话，四儿拍拍心口："虽然很不应该，但姐夫真的帅啊……"

"没什么不应该的，真的帅，望崽赚到了。"三儿同意。

老大拉过陈望："谢致也赚到好吗，咱们这么温柔秀气的一个黄花大闺女就这么便宜他了。"

陈望汗颜，摩挲了下手腕上的红鲤——论赏心悦目的程度看，还是谢致比较亏，这点她得承认，不能膨胀。

三儿"嘿嘿嘿"地笑："便宜他是对的，但黄花大闺女可就未必了。"

陈望万分庆幸刚刚拿起的菠萝啤还没来得及进嘴巴里。

老大给了三儿一个"上道"的眼神，对陈望眨巴眨巴眼："怎么样？和谐否？给力否？"

陈望发现不能捂四儿的耳朵了，人家都老夫老妻了，于是佯作无事发生地喝了口菠萝啤。

三儿惊悚："你这是不好意思说，还是——没啊？"

老大也惊悚："还没啊？"

三儿："要、要是还没，你就眨两下眼睛？"

陈望："咳。"眨了两下眼。

老大拍心口："你们还真是纯情……"

"不能吧……"三儿上上下下扫了陈望两圈，"这不是个，细看也挺招人的姑娘嘛，谢致这么君子的啊？"

也、也禽兽的……陈望默默地说。

三儿眼珠子转了转："他——有经验没？"

陈望卡了卡："有谈过，但有没有经验——我就不知道了。"

四儿弱弱地插嘴："有的话会更着急吧……不是说惦记了阿望十四年吗？"

老大打了个响指："有道理。"

三儿摸着下巴上不存在的胡子："如果没经验的话，望崽你要做好心理准备，搞不好会生不如死——别问我怎么知道的。"

陈望搓了把手臂上的鸡皮疙瘩："大家都是学医的，你少在这里危言耸听。"

三儿鼻孔冲天："不信拉倒，我问四儿去！"转身勾住了四儿的脖子，"乖，听姐的，这事关系到后半辈子的幸福啊。你现在要仔细想想，要是觉得不满意，我连夜带你远走高飞。"

才说完就听到门"咣咣"响，四儿老公气急败坏的声音贴着门传来："我就知道詹媛你铁定憋着坏！"

三儿爆粗了一句，也跳到门后头："听别人墙角你是不是男人啊！"

"你声音那么大还开着窗，我在楼梯口都听见了。开门！"

老大"啧啧"了两声："在外头精英得人模狗样的，一摊上四儿就智障。"

陈望看戏地又喝了两口饮料："要是反过来就糟了，这样挺好的。"

一阵兵荒马乱后，四儿老公总算"平安"地把人接走了，剩下三人草草收拾了碗筷和垃圾，洗漱后一齐倒在卧室的大床上，又漫无边际地闲扯到凌晨才睡。

第二天是个好晴天，毫无负担的三人睡到了日上三竿，才起床换衣服化妆。

男方家里信基督，因此婚礼是先到教堂举行，再到酒店举办婚宴。工作人员引她们到新娘的化妆间，一推门就看见穿着婚纱的四儿朝她们温柔地笑。

三儿瞬间掉了眼泪，把陈望的一点感伤给冲散了。

"又不是和亲你哭什么。"老大无语地递纸。

三儿一边小心翼翼地擦眼泪一边嘴硬："我就是觉得太便宜那臭小子了，舍不得我们四儿……幸亏眼线是防水的。"

陈望真心实意地对四儿笑："恭喜你呀四儿。"然后拍拍三儿的肩，"快收拾干净，摄影师在旁边等好久啦。"

三儿赶紧补好妆，四人围在一起笑眯眯地让摄影师拍了合影。

悠扬的钟声响起，新郎新娘在主的温柔凝视下交换了余生的承诺，亲吻，十指相扣。彩色玻璃窗外"呼啦啦"地飞过一群鸽子，洁白的花束在阳光下划过一条轻巧的曲线，落到老大的手上。

然后被瞬间塞进了陈望的怀里。

"让你一回，你手脚麻利点！结婚时捧花留给我！"

陈望哭笑不得，在宾客善意的哄笑中举起捧花摇了摇，笑道："好，给你准备十捧。"

婚宴现场是四儿老公布置的，特意照着四儿的喜好，顶上蜿蜒出许多开着小白花的花藤，四周装饰着白色的栅栏和绒绒的人造草皮，配合着乳白的灯光和每张桌子上造型精巧的香薰蜡烛，像一个精致的欧式花园，连向来对四儿老公横挑鼻子竖挑眼的三儿也不得不承认场地实在漂亮，勉为其难地夸了两句。

老大反而对婚宴的形式很感兴趣："我还是第一次见到婚宴弄成自助餐的，乍一听好像很奢侈但细想起来非常划算啊！"大家吃多少拿多少，又不浪费，也不会因为不同人有不同的口味而为难什么的，比如——

比如身边的陈望，吃了些热菜后就专盯着甜点下筷了，而三儿则尽拣贵的海鲜吃。身为舍长的老大感觉宿舍的"门风"略不妥了些——带出来什么乱七八糟的崽哟……

老大忧郁地又去切了一块肋眼牛排回来。

撒哈蛋糕有点腻，陈望倒了杯橙汁慢吞吞地喝，顺便把刚刚拍的捧花照片修了一下，加了个颜文字的贴纸，发朋友圈，又单发给了谢致。他估计是在拍夜戏，没有回复。陈望刷了一会儿微博也没等到他的消息提示，便收起手机，专心致志地朝黑森林下手了。

三儿是第二天上午的飞机，因此老大和陈望商量着也干脆一起在上午去机场。虽然推辞了很多次，四儿还是坚持送她们到机场去，想着下回见面不知又是何时便很惆怅。

三儿倒是很洒脱，捏了捏她的脸："很快啦，顺利的话明年开春我就回来报效祖国了，不到半年而已！而且要是望崽手脚快点赶紧结婚，我想方设法也得回来呀对吧？"说着凉凉地瞥一眼四儿老公，"到时别有人嫌我烦就好。"

四儿老公："是我开车送你来机场的大小姐。"

老大和陈望赶紧把人架去安检了。

想到回去后又要连着上好几天班，虽然没有睡意，陈望还是努力在飞机上打了个盹儿。

飞机落地后，外面的天色已经暗下，飞机跑道两侧亮起长长的两列指示灯，航站楼里灯火通明，照得周围紫色的天空都发白。

飞机缓缓停稳，陈望顺手关闭了飞行模式，然后看着锁屏上瞬间挤满了未接来电。

她诧异地抬了抬眉。

最后一天的戏份在上午，谢致起得早，上妆时顺手刷了下微博，看到热搜微微皱眉。

昨天下午，北面暴雪引发了雪崩，埋了多处村庄，现正在展开救援。

他转发了一个官微的报道，然后截图发给向平川："按以前那样安排一下。"他的工作室向来有和熟悉的慈善基金会合作，通常遇到大事时便交由他们来安排捐助事宜，缺钱捐钱缺物赠物，最后给个数字和后续公示告知他，心里有个底就好。

向平川回了个"OK"，然后交给了王思宜去对接。

王思宜表示"收到"后发了几张截图和照片给他："陈医生去参加朋友的婚礼，好像因为戴着和哥一样的手链被认出来了，要管一管吗？"

向平川细看之后有点咋舌，现在的网友真是一个比一个厉害。随后他去搜了一下实时，的确就昨天中午和下午短暂地热闹了一会儿，现在粉丝基本都在转发谢致早上发的关于灾情的微博。

"小事，粉丝自己己经不关注了，不用管，你先去联系一下基金会，商量一下捐助的事就行。"

"好嘞。"

不过，在谢致杀青了拿着鲜花回到酒店后，向平川还是和他提了一下这段小插曲。谢致哑然失笑："给我看看。"

陈望给他看过捧花以及她们四个好友的合照，照片上的她穿着蓝灰色的长裙和白色的外套，不知道是谁给她编了个鱼骨辫，拿着捧花笑盈盈的，眼角眉梢都是欣喜，好看得让人更加惦念。

现在也不知道她休息了没有。谢致试着拨电话过去，接通了，意外之喜："休息了？吃饭了没有？"

"嗯、嗯，吃了，你呢？"

"我杀青了，刚回酒店。"

"恭喜恭喜！快去吃饭吧，你不是下午还要飞去宣传吗，吃完能不能睡一会儿啊？"

"没事，飞机上睡也是一样的。你别忙过头，三餐和水果注意着吃，尽量别熬夜。大后天我就回去了，到时见。"

"谢致……"

"嗯？"

陈望在那边嗫嚅了一声："我和你说个事儿，你一会儿别着急，也别担心，小事情啊……哎，真的是小事情，其实不和你说也行，但我觉得不和你说的话，你要生气……"

谢致一颗心忽地沉了沉，抿唇"嗯"了一声："你说，我听着。"

"就，你知道雪崩的事情吧……市里下达了通知，我们院和人医、广医要派人组成医疗队过去支援，这个，医院性质摆在那儿嘛，国家和人民需要我们……普外出了三个外科医生，包括我……"

她忐忑地说完，没听到谢致的反应，又急急忙忙补充："时间不长，就一个星期左右，就算灾情不乐观也会派新的人过去替我们的。而且我们应该是在后方，前方有军队，我一个外科医生也就在手术室里站一站，不会有什么危险的。所以说其实就是出个短差，只不过住宿环境什么会差一点，你不用担心……"

陈望握着手机，还是没等到谢致说话，犹豫："……你在听吗？"

"嗯。"良久才传来他的声音，"我知道了，什么时候出发？"

"明天早上八点半在医院集合，然后集体坐大巴去机场。我今晚就到公寓里过一夜，明早还能睡晚一点，嘿嘿……"

"好。"

通话结束。

陈望愣愣地看着暗下的屏幕。

陈妈妈走过来："说了？"

"……嗯。"

"什么反应？"

"没什么反应……"

背地里已经偷偷哭过一轮的陈妈妈："什么叫没什么反应？不关心你一下？"

似乎是生气了，好像若干年前她不小心亲到他之后的反应，有点冷漠。可是能生气啥呢？她虽然没有第一时间告诉他，但好歹也没瞒着他呀……

陈望吸吸鼻子，有点委屈，但面上还是不能让陈妈妈看出来："我下午再去超市买点东西。"

"欸，好，记得买洗发水沐浴乳的旅行装，家里没有。"

"不用，公寓里有，那边还有一些东西，我晚上过去收拾。"

其实没什么要买的，只是在家里就总不得不去注意妈妈的红眼眶。此事说大不大说小不小，但的确没有想象中那么危险，辛苦的还是军人和亟待救援的人，于她而言，充其量是多站几台手术而已。陈望拍了拍脸，给自己打气。况且以后履历上多了这么光荣的一笔，多好看，嗯！

她在超市漫无目的地转了两圈，最后只拿了袋成人纸尿裤，结账时看见柜台边上放着安全套，也随便拿了两盒。

回到家，陈妈妈一看见购物袋里的东西，尴尬："你带这个去做什么？"

陈望顺着她的眼神看过去，哭笑不得："别想多，做手术用的，比如腹腔镜有时就会用到这个。"虽然那边应该做不了腹腔镜，"还能当临时的小手套，总之用处挺多，之前张老师教过我们。反正那边条件肯定好不到哪儿去，以防万一。"

陈妈妈含糊了一句"你们现在做手术怎么还用这种不正经的东西"。陈望忍俊不禁："这东西再怎么说也关系'国计民生'，哪里不正经了。"

晚饭陈妈妈铆足了劲，三个人却整了四菜一汤，陈望乖乖地吃撑了。陈爸爸开车送她到公寓楼下，又帮忙拎箱子上楼，最后踌躇着问："明天真的不用我们去机场送你吗？"

"不用啦爸，你照常去上班就好，而且妈去了肯定又要哭。登机和落地我都会给你们发信息的，放心吧。"

送走陈爸爸，想着这一去估计好几天不能清洗，陈望足足洗了三遍头发才舍得离开浴室。吹干头发，手机上又多了一屏幕的未读消息，都是来提醒她带这带那的。陈望一条一条回复了，切回干干净净的桌面，没有谢致的消息。

他现在应该正在活动现场吧。她看谢致的粉丝后援会官博，从几天前就在预热今晚的活动。他在剧组"神隐"了这么久，好不容易盼到他"出山"，粉丝们都翘首以盼。

陈望想着，点开微博，蓦地想起下午那通冷冷淡淡的电话——不开心，切回桌面，清除缓存。不看了。

把手机丢到一边，她把头发别到耳朵后，再次检查起箱子里的东西。换洗的衣服、最简单的护肤品、护手霜、移动电源、充电器、手电筒、医药包……她大姨妈刚走，卫生巾应该可以不用带吧。她把两包卫生巾从箱子里拿出来——但这个有时也能当纸尿裤使，而且邓医生说不定也会用到，带还是不带？

陈望蹲在行李箱前思考得认真，以至于直到大门被推开时才回过神来，惊恐地抬起头，下一秒又失了神。

来人一身黑色的羽绒服，黑色的口罩，口罩上露出一双清凌凌的眼，握着行李箱的拉杆微微喘着气。

陈望一瞬间脑子纷杂一片，千百个念头犹如电视雪花屏一样在脑子里嘈杂，身体却比脑子率先做出了反应。

她扑上去抱住了他，行李箱"砰"的一声歪倒在脚边。

谢致紧紧抱住陈望，低头在她颈间深深吸了一口气，良久才轻声说："先松手，我身上冷。"她穿着睡衣和针织外套而已。

她在他怀里使劲摇了摇头，手臂圈得更紧了。

他狠了狠心——狠不下心，就着被她抱着的姿势，腾出一只手伸到背后关上了门锁好，然后重新将她用力地往自己身上揽。

直到脑子里的雪花屏慢慢恢复了信号，踏踏实实的触感告诉她这人是真的，陈望才眨眨眼，在他怀里挣了挣抬起头："你怎么来了呀？"

谢致的手贴上她的后脑勺摸了摸："我怎么可能放心得下你。"

"……你下午一下子就把电话挂断了，我还以为——"陈望皱鼻子，别开头。

"你让我不要着急，我就没敢说。如果我说回来，你肯定要拦着我。对不起。"

陈望瞬间不委屈了。他说得对，就算再怎么想见他，可如果他开了这个口，她绝对是让他继续工作的。现在看他马不停蹄地赶回来站到自己面前，理智告诉她这样不懂事，私心却快乐得在叫嚣。

"那你今晚和明天的路演怎么办？"

"让向平川去处理了，明天我也会发条微博道歉，不用担心。"谢致又摸了摸她的脸，"好了，先松手，我身上又脏又冷的。"

"哪里会！"陈望又埋进他怀里重重抱了一下才松手。

谢致将行李箱拎进卧室，拿出干净衣服进浴室。陈望捂了捂脸，压不住笑，干脆就笑眯眯地把自己的行李箱也拖进卧室，然后抱着手机滚到床上，点开微博。

果然，谢致的工作室官博和后援会官博都发了道歉声明，底下的粉丝失望有之理解有之。陈望划拉着屏幕，听到浴室里的水声，很不厚道地开心着。

徐瑛正巧又发了消息过来，再次提醒她记得带冻疮膏，又问："要不我今晚过来陪你吧？"

陈望笑眯眯："不用，谢致回来了。"

徐瑛："以后又没我什么事了。"附上一个"酸"的表情包，又问，"你不是说他要过几天才回来吗？"

"他下午听说后回来的。"

"OK，我就不应该多这句嘴。"

谢致带着一身水汽出来，就和她笑吟吟的眼神对上了，心头一软，在床边坐下："笑什么？"

陈望还是笑眯眯："看到你开心。"

唉……谢致将她抱起来，下巴抵着她肩膀："我跟着你去吧，你这样我怎么舍得。"

陈望抱住他的腰，也叹气："是啊，你要是像张果老的驴子一样就好了，我叠巴叠巴就把你放口袋里带走。"

他就势躺下，翻了个身让她躺进自己怀里，又伸手将被子拉起来："这几天医院里开会有说什么？那边的情况如何？我看新闻好像还是很严重，你们去了之后怎么安排？"

陈望便将这两天大大小小的会议，桩桩件件都讲给他听，科室里一起去的另外两位医生是谁，其他科室又去了哪些认识的医生，会带什么物资和器械，那边目前总体的伤亡情况如何，接下来大致会采取什么措施，也不管他听不听得懂，一股脑儿地就倒出来了。

谢致默默记着，最后低下头，额头抵着她的："不管怎么样，头一件事是保护好自己。我这人自私，不希望你为了别人去冒险，万一——没有万一，做什么都要先保证自己的安全，明白吗？"

她搂住他的脖子："我知道，我也自私，还怕死。你这么好，我哪里舍得把你留给别人。"

谢致低头就去吻她，不轻不重地咬了她一口："别胡说八道。"

陈望也咬回去："你下午挂断电话时我可生气了，以前就这样现在还这样，哼。"

以前？什么时候的事？他没反应过来，任她咬了两口后便反客为主了。

被子一卷，昏天暗地，手贴上她玲珑的腰线。紧实的脊线上也生涩地攀上一双手，修剪得圆润的指甲难耐地陷进去，像一串月牙。

温度升腾。

未干的头发滴下水珠，分不清是水还是汗，滴在肌肤上蒸出氤氲的气息。谢致侧头含住她小巧的耳垂，听到她支离破碎的一声，呼吸蓦地又重了几分，手指在她的锁骨上微微蜷起，抹开一层绯红。

窗外风声渐隐，慢悠悠地下起了雪。路灯上渐渐堆起薄薄的一层晶莹，像缀在这城市的眼睫毛上，模糊了冬夜的冷硬轮廓。不知名的雀被这落雪迟钝地惊醒，自灌了雪的栖身之处拍拍翅膀飞出去，飞去找下一个避雪的好地方。

谢致压抑了呼吸，轻轻顺了顺陈望的背，哑声："松一松，我去浴室。"

后颈上的手臂顿了顿，没有松。

"陈望？"

"……"

他凝视着她，她似有所察，眼皮悄悄掀开了一条缝，对上他的视线后又立刻紧紧闭回去，整个人直往下缩，手却又拉近了几分。

谢致微诧，紧接着是满溢的喜，忍不住低头又亲了亲她，用残存的清明提醒她，也提醒自己："你明天要出远门……"

许久，听到她声如蚊蚋的低语："那、那你轻点……"

"……没有措施。"

"……有……"

谢致险些以为自己听错："什么？"

这次陈望松手了，不过是伸手抓了被子的一角捂住脸，声音闷闷地传出来："行李箱里……本、本来想带去当临时无菌手套备用的……真的……"

谢致自地上的行李箱里捞出了那一盒，看了眼包装，笑了，俯身贴着她耳朵："我信。"顿了顿，嗓音又哑了几分，"因为买小了。"

抓着被角的手又紧了紧，陈望更加往被子里缩缩缩，团成害羞的一团。谢致倾身笼罩下去，张开手指与她十指相扣，小心翼翼地吻了又吻："我会轻……疼就喊出来……"

陈望没作声，回应了他的吻。

雪无声地大了，细细的枝丫撑不住那看似轻飘飘的重量，颤颤巍巍。

陈望散着汗湿的头发，在谢致的臂弯里沉沉睡去。谢致食髓知味又不得不浅尝辄止，了无睡意，披了衣服下床，拧了条温热的毛巾，轻手轻脚地给她擦拭了，自己也又洗了一回，才重新躺进被窝里，将她拢进怀中。

第二天清晨，陈望心里挂着事，没等闹钟响就醒了。近在眼前的脸干净漂亮，美好得不像现实。她吞了吞口水。

身下的异样感让她瞬间又红了脸，告诉了她这一切还真的是现实。陈望又在心里谴责了一把三儿——哪有她说的那么严重，谎话精！

她下意识要拨脸上的头发，一抬手，僵住了——得，昨晚的头白洗了，色令智昏色令智昏……

谢致本就没怎么睡着，她一动就睁开了眼。陈望心虚地往别处乱瞟，他笑，低头又是一个吻。

她忙推他："别——现在还早，我再洗个头！"说着手忙脚乱地拎着皱巴巴的衣服往身上一披就往床下跳。谢致只见某些旖旎景色惊鸿一瞥，下一秒人已经进浴室里了。

他低头笑了笑，慢条斯理地起身穿衣服，洗漱，拿上外套下楼买早饭。等陈望擦着头发从浴室里出来时，桌上已经摆了热腾腾的皮蛋瘦肉粥和包子油条。

谢致插好电吹风，朝她伸手，陈望便乐颠颠地到他跟前坐下。他细细地给她吹头发，手指拂过她脖颈上几处嫣红印记，眼神暗了暗，吹好头发后关了电吹风，在其中一处上又印下一个吻。

吃完早饭，谢致最后同她一起检查了一次行李，最后拿出一条红线编的项链："手链给我。"

他将手链串到项链上，给她戴好。

陈望将项链放进衣服最里层，红鲤滑到贴着心口的位置，然后踮脚给了他一个长长的吻。

吻毕，谢致问："回来就结婚好不好？"

"好。"

"那我和工作室商量一下，公开这件事。"

陈望点点头，闭眼迎接他的拥抱。

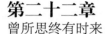

第二十二章
曾所思终有时来

临近集合的时间，谢致一手拉着行李箱一手牵着她，送她进了医院大厅后才将箱子给她："你先去和同事集合，我去开车，一会儿就跟在大巴后面。"

陈望抿唇，握了他的掌心一下，才恋恋不舍地松开了。

八点四十五分，所有医生点到完毕，上车出发。

大巴一驶上主干道，陈望就频频贴着玻璃窗往后看，邻座的邓医生跟着她往后看，什么都看不见，打趣道："看什么呢？男朋友？"

陈望红了耳尖，点点头，想想又小小地补了一句："未婚夫。"

邓医生乐了："行啊，看来是好事将近了，恭喜恭喜！"又问，"等回来办酒？"

陈望有点不好意思："还不知道……"

"没事，我红包回去就给你备上！"

大巴在一个红绿灯路口停下，一边的车道也停下一辆车。车窗降下，露出谢致戴着口罩的脸，陈望贴在车窗上朝他笑，他也跟着弯了眼睛。

邓医生凑过来看热闹，一看又乐了："小田说得没错，你男朋友长得蛮端正的。"就是有点眼熟。

谢致也看到了邓医生，朝她颔首。邓医生拍拍陈望的肩，又拍拍自己，示意人她罩着了。谢致笑，回以感谢的眼神。

重新在座位上坐好，邓医生感慨："年轻人就是好啊，一刻都分不开的。"

"您先生不是也要来送吗？"

"那也没你们这样黏糊的，"邓医生抱臂，"最多带儿子到机场看两眼。"

可您看上去也很开心啊……陈望低头笑笑，重新看向车窗外。

谢致的车落后了一个车位跟在后面，她却总觉得还看得见他。

到了机场，办完行李托运，陈望回头，在熙熙攘攘的人群中看见了谢致。来送行的医生家属不止他一个，在大厅围了好些，许多已经办好托运的医生也在同家人话别。

她小跑几步过去，撞进他张开的双臂里。

谢致摸着她的头发，不厌其烦地又叮嘱了一遍："安全第一。"

"嗯。"

"注意休息。"

"嗯。"

"记得吃饭。"

"嗯。"

"平安回来。"

"嗯。"

陈望抬起头："你也是，跑宣传时抓紧时间休息，不用那么拼，这部的票房已经很好了。"

谢致失笑："还是得拼，要赚老婆本。"

"也不用，我很好养的。"她又埋进他怀里，眷恋地呼吸了一口他的气息。

"D大附院——D大附院过来集合拍照——D大附院过来集合拍照——"

听到领队喊集合的声音，谢致拉下口罩，在她的额头吻了吻，松手："去吧，等你回家。"

一群医生站开，拉出口号激昂的横幅，迎着大大小小的镜头比出胜利的手势。谢致站到一群也在拍照的家属边上，掏出手机，在屏幕里找到陈望的位置。屏幕上的陈望看向他，露出一个笑。

目送陈望的身影跟着一群人消失在安检口，谢致又站了一会儿，片刻后才深呼吸了一下，朝停车场走去。

上了车戴上耳机，他一边打方向盘一边拨通了宋涵的电话："怎么样了？"

"都谈妥了，另外联系了一家做医疗物资的厂家备了一批，今天就会装车。救灾专用的采暖设备以我的名义买了三台，悄悄打过招呼了，到时会先紧着D大附院的医疗队使用。"

"好，谢了。"

"谢啥，这是善事，我自己也让人以公司的名义捐了一批。"宋涵问，"陈医生他们出发了？"

"嗯，刚走。"

"行的，你也别担心了。对了，你不是说晚上要赶去宣传吗？"

"没事，下午的飞机。而且我现在还有点事要处理。"

结束通话，谢致又打电话给向平川："平川，你让团队准备一下，我打算公开了。"

向平川起初没反应过来，听清后"嗬"了一声："公开恋爱还是公开婚讯？"

"等她这次回来，就打算领证了。"

"提前恭喜你！"向平川思索了一会儿，"唔——我觉得再等一等，领证了公开会省事一点。要不公开恋爱混乱一波，公开婚讯混乱一波，挺麻烦的。而且你最近有电影，这时候公开恋爱，容易被人黑你拿恋情炒热度。"

谢致听了："好，那你先和团队私下打个招呼，该提前准备的提前准备。"

"OK，下午去哪儿接你？"

"到公寓。"

"行。"

下一个电话，打给了谢妈妈。

谢妈妈诧异："你怎么回来了？"

"陈望被派去了灾区，我放心不下，回来看她。"谢致言简意赅。

谢妈妈吓了一跳，更糊涂了："望望怎么就去了灾区？怎么回事？没听你玲姨说起来啊？"玲姨便是陈妈妈。

"我回家一趟，再跟您细说。"

通话结束，屏幕上弹出陈望的消息："登机了。"

进了家门坐下，谢致将来龙去脉和妈妈讲了，末了说："我想等她回来就结婚，她也同意了。结婚后就公开，但陈望肯定要被人议论一阵子，我怕委屈了她，也怕叔叔阿姨生气，所以想中午由咱们出面请叔叔阿姨吃个饭，把这事好好聊一下。"

谢妈妈点点头："确实应该这样，但你爸下午还得上班，晚上吧，晚上时间充裕一点。"

"我下午的航班，要去宣传。"

谢妈妈为难了："那只能问问了，也不知道他们中午方不方便。"

"我亲自来问吧。"

谢妈妈允了，看着儿子又感到好笑："从前看你对感情的事一点都不上心，还以为是性格问题，原来遇对了人，也能猴急成这样。"

谢致装作没听见，低头编辑了一条为昨天没能出席活动而致歉的微博，然后拨通了陈妈妈的电话。

三小时后，飞机降落在当地的机场。医疗队的众人下了舷梯便迅速上了另一辆大巴，往军用机场赶去。

通往灾区的路正在抢修，唯一的通道也险象环生，只限运送物资的车通过。因此他们现在只能搭乘军用直升机过去。陈望趁着信号满格，跟一众亲友以及谢致报了平安。

车上一人发了两个面包，但得到的建议是不要现在吃。她起初有些不解，不过上了直升机就懂了。等他们"着陆"时，当场就有几个医生护士吐得胆汁都要出来了。陈望青着一张脸，往嘴里塞了一粒酸得发苦的话梅。

众人放下行李简单安置了一下，便迅速按部就班地开始投入救援工作了。陈望忍着胃里翻腾的不适，努力吃完了一个面包，然后贴了一打暖宝宝在身上，尽量淡定地换鞋穿衣刷手，告诉自己只不过是换了个比较忙碌的医院而已。

伤者多数是冻结性冷伤引起的肌肉或组织坏死，不到半天，刚带来的破伤风抗霉素就空了几箱。轻症由护士进行处理，但更多的是全身大面积冻伤的伤患。心电仪和除颤器的声音此起彼伏，做好复温的伤者一个接一个地送过来，等下一位医生来接手陈望的工作时，她随意拖了把椅子坐下，倚着门就秒睡了。

醒来时是凌晨三点多，简陋的医院里仍然灯火通明。陈望进到更衣室撕下早就凉透的暖宝宝，换了新的贴上，又擦了把脸重新绑了头发，出去时遇到刚从手术台上下来的邓医生。

"邓医生。"

"睡醒啦？"邓医生疲惫地朝她笑笑，冲一个房间的方向努努嘴，"里面有自热饭，吃了再去干活。我撑不住了，先去睡会儿。"

"嗯嗯，您快去吧。谢谢。"

吃了点热食下去，身体有些活泛气了，陈望拍拍脸，跟着来找她的护士走了。

救出来的村民数量告一段落，现下多是在给参与救援的军人处理伤口。陈望进手术室时，护士告诉她这位是刚刚被抬下来的小战士，摔下来时伤了内脏又被积雪卷住，四肢被冻得肿胀，苍白的创面已有部分发黑，面庞却年轻得像个高中生。

她有些不忍，闭了闭眼调整呼吸，开始手术。

结束了一台，喘口气的间隙又送来了一位。器械护士皱眉说组织剪用完了还没来得及清洗消毒，陈望头疼，想了想让她去隔壁骨科何医生那边问一问，万幸借到了新的。她让其他护士赶紧把用过的手术工具拿去处理，才匆匆重新站上手术台。

日头渐渐攀上，这一方土地彻夜未眠，他处仍睡眼惺忪。

但一张照片又让这懵懂困顿的早晨打了个激灵。

照片上，机场，身形挺拔的青年将一个姑娘揽在怀里，口罩拉到了下巴处，低头在姑娘额上落下一吻。虽然离得远有点模糊，但赫然是谢致精致干净的侧脸。

粉丝们虽然不愿相信但又不得不承认，这张脸就算烧成灰他们也认得。

"亲了，应该锤死了，不能是朋友了。"

"万一是外国友人呢，礼仪需要？"

"你这话说出来自己信吗？"

"虽然我知道总有这么一天，但事到临头还是好特么想哭啊呜呜呜呜……"

"不，只要致哥还是像以前一样发'是朋友'我就信！"

"给女生打什么码！让我看看是谁勾引的我老公！！！"

"所以这是什么时候的照片？他鸽了我们鸽了活动主办方就是为了和女朋友约会吗？！ ［大哭］［大哭］［大哭］"

"楼上真相了！"

"事实证明谢致看上去清高其实也是个俗人。"

"炒作吧，这个时候刚好有电影上。"

"要炒怎么不和女主炒？话能不能过了脑子再说？"

种种流言纷至沓来，谢致的名字再次被送上了热搜第一。

向平川打电话给谢致："怎么说？"又忍不住乐呵呵的，"幸亏昨天你让我们提前做准备，虽然只准备了一天，但现在也有几套方案给你发挥。你想怎么处理？"

谢致静了静，说："那就公开吧，提早一些时候就一些时候。我来，你们先忙你们的。"

"好，你准备好了先给我们看一眼。"

下午，谢致在微博发出了自己的手写信。

【@谢致：分享图片。】

图一：

是未婚妻。

昨天和大家道歉时，没有细说是因何原因无法出席前天晚上的宣传。实情是我临时得知我的未婚妻成为此次雪崩救灾医疗队的一员，即将前往灾区参与救援，因此特意来给她送行。

我的未婚妻，姓陈名望，十五年前与我识于微时。我有幸成了阿衍，与她走过一段很长的放学路，又在她的陪伴下捧回第一个金鼎奖杯，也是她第一个笃信我会成为一名演员。

她那时学不好文科，却擅长理科，想成为一名医生，然后一心一意地走上了这条道路。她是一名优秀的外科医生，如今义无反顾奔赴战场，我担心她，更为她骄傲。

我与她，多年前阴错阳差失去联系，重逢后只觉得天天见面也不够，最后决定用余生弥补之前的缺憾，也期望得到大家的祝福。只是本不想在此时博取目光，更希望大家关注仍然被困的灾区群众和在奋战的救援人员。

再次感谢大家的关心。

谢致

谢致听了向平川的建议，贴上了向灾区捐款捐物的明细与公示。工作室在这条微博发出后也迅速转发表态。

【@谢致工作室：何惧良缘晚，终有相逢时。恭喜老板！申请红包！［太开心］［太开心］［太开心］//@谢致：分享图片。】

不必说，谢致的名字又在热搜上待了两天。只不过这回大家议论的画风比较统一了，都深感被狗粮噎得慌。

这信虽然不长，但细嚼慢咽起来的信息量很耐人寻味。尤其是之前有过一些猜测的粉丝，联系起之前的蛛丝马迹，写了长长的分析帖，一发出来就"平地起高楼"，众人均表示这瓜越吃越摧残单身狗。

而陈望一个多月前发的那条微博底下，又热热闹闹地挤了一批围观群众，有给她加油鼓劲的，有来重新琢磨当时她和谢致的互动、猜测这时两人究竟到哪一步了，更多的是来认"嫂子"的粉丝，虽然也不乏一些奇奇怪怪的言论，但乍一看也挺"其乐融融"。

最乐的莫过于那些曾磕过"延续CP"（阿衍×絮絮）的电影粉丝，一下子从北极点掉到了赤道，不可谓不刺激——谁能想到在作品里以悲剧收场的CP居然在十五年后走向了现实大团圆结局呢。几个视频网站也相当有眼力见，原本要付费观看的《放学路》变成了限免，然后迅速冲到了榜单的头一位。

谢致本人很淡定地继续着电影的宣传活动，只不过对于已经完全不关心电影、一心只想再挖出点关于他感情生活的猛料的大小媒体都三缄其口，慢条斯理地同他们顾左右而言他。

结束了最后的一场路演，他便安安静静地回到家里待着，每天只等着在灾区的陈望能在休息的间隙借着微弱的信号打来电话。向平川送来两个新剧本的邀约，也被他搁置了。

向平川明白他是想等陈望回来把婚事商量妥了再接戏，便没有催他，只不过提醒了一句："年末那几个颁奖礼，你打算去哪个？"

谢致皱眉："今年我没有播电视剧，电影评奖也还没到时候，怎么还有颁奖礼？"

"嗨，没作品入围但去走红毯的人多了去了，请你去现场坐镇吸引一下收视率而已，正常操作——尤其你这刚公开，就算啥也不说，往那儿一坐也很吸睛啊。"

"那就更没必要去了。"

向平川"嘶"了一声："颁奖礼不露面，几个春晚的邀请也拒了，今年过年是想歇彻底了？"

"你们能歇，我得忙。"

"忙什——"向平川打住，懂了，忙终身大事呗，合着过年要带陈医生认门去了。

陈望对这段时间网上的一切毫不知情，毕竟休息时间短暂又宝贵，哪里能浪费在刷微博上。这天离了手术室便迫不及待地给谢致打电话，瞬间接通。

"谢致！"

"嗯，吃了吗？"

"正在拌饭。"

"那你慢慢吃，先别说话，小心噎着。"

"好。"

两人隔着山隔着水，贴着小小的一方屏幕听对方的呼吸，什么话也不用说，就很好。

"这两天的伤员还多吗？有没有缺什么东西？"

"不缺了，形势也比刚来的时候好了很多。"

"你昨天说什么抑制剂——"

"血酸素酶抑制剂？"

"对，那个够用吗？"

"够啦，今天又来了三支医疗队，带了好几箱，人手也充足了很多……"

又东拉西扯地闲聊了一会儿，谢致便催她去休息。陈望瞅瞅四下无人注意她这边，对着手机"啵"了一下后迅速挂断了电话。

谢致在这端怔了怔，莞尔，放下手机后给她充了三百块话费。

陈望端了托盘进去给患者拆线，回来遇到了隔壁人医的林护士。林护士见她就笑："陈医生，这么开心啊？"

她摸了摸脸："有吗？"旋即也笑，"是开心，这两天没前几天那么混乱了，情况都在好转。"

"可不是，刚开始紧张害怕得不行，来了之后什么也顾不上想，这日子不也就这么挨过来了。"林护士的表情也很轻松，"你们什么时候回去？"

"大后天。"

"那我们院先走一步，后天就走，换一批人来。"

"我们院也是，只不过下一批的人会少一点。"

"哎不管了，回去我先睡上一天一夜的，谁都别想来吵醒我。"

两人说笑两句，又各自去做手上的事情了。

陈望晚上站了两台手术，结束后走到外面透气。近处是巨大的探照灯，无遮无拦地披散着光线，照着杂七杂八的设备与匆匆的人影。雪水融了，未化的冰掺着棕色的泥沙，被鲜明的鞋印踩出一道道混乱的印子。

远处雪山绵延起伏，线条隐在浓墨一般的黑夜中，像一头蛰伏的巨兽，沉默地看着这渺小的、却也忙碌得热气腾腾的人间。

"医生！"

陈望回神，见台阶下跑来一个穿着军装的青年。

"怎么了？出什么事了？"她下意识就往他身后望。

青年咧嘴一笑，露出一口大白牙："没啥事，我们连长说后半夜要下雪，让我来问问这儿还冷不冷，缺不缺啥。"

陈望忙笑："不缺的，不过我再进去问问别人，你先进来，别冻着了。"说着她小跑进去问了病区的负责人，又找其他几位医生确认了一下。

要回去时路过休息室，她想了想，进去拿了袋压缩饼干，要给那位青年。他涨红了脸，连连推辞，最后害羞地挠后脑勺："医生，我、我女朋友也在这儿呢……收了的话我怕她生气……"

陈望一愣，忍笑："那你拿去给队里的其他人吧，给你们连长也行。"

"这——行，谢谢医生。"

《山河谁寄》上映两周，票房破了十亿，比预想的要好。片方旁敲侧击地来问主演有没有准备什么粉丝福利。女主角非常痛快，录了个舞蹈发微博。谢致本只想录个视频简单说几句话，结果这一比，有些拿不出手。最后王思宜提议："哥，你好久没直播了，要不直播个半小时吧。"

谢致："也好。"

现在开直播的话涌入直播间的粉丝会冲着什么来，他心知肚明，但开始后看见直播间左上角不断上涨的在线人数还是微讶地抬了抬眉，下意识地扶了下眼镜。

他默默无视了那些八卦的提问，轻咳了一声，拿出《山河谁寄》的剧本摆到眼前，一边翻一边淡定地把印象比较深刻的几场戏的幕后大致地讲了一讲，又点了一位粉丝提问的"为什么要挑战谍战的题材"，回答了剧本吸引他的地方以及和几位对手演员之间配合上的一些默契点。

末了他又补充道："而且拍完后发现我戴金丝眼镜还挺合适的，回来就买了一副。"点点鼻梁上的眼镜，"就是这副。"

接着有粉丝提问刚结束拍摄的电视剧是一部怎样的电视剧，人设又是什么样的。谢致思考片刻，避重就轻地描述了一下。

一侧的手机忽然振动，先前还很从容的谢致迅速接起：“喂。”

“嗯，好。”

“那早点回去。”

“知道了。”

“在直播。”

“……你怎么不早说！”陈望奓毛，“啪”地挂断电话，谢致眼睛一弯，放下手机。

而屏幕上的留言已经疯狂刷了一波又一波。

他将手机重新搁到一边，点了屏幕上飞快划过的一条“是未婚妻的电话吗吗吗吗吗吗”，“嗯”了一声，然后状若无事地继续方才的话题：“刚刚说到顾永是个寒门士子……”

不过也没人认真听了。谢致答完，温声：“还有什么想问的？”顿了顿，“除了现在刷的这些。”

粉丝们：“……”

结束直播，谢致摘下耳机，进衣帽间，挑出好几套衣服摆到床上，想了想，又取走了两套，把剩下的两套挨个换上，在镜子前各看了看，没决定好穿哪一套，只能先放到一边。

接着，他点开上次订花束的网站页面，下单，点开宋涵推荐给他的蛋糕店页面，挑了个慕斯蛋糕，下单。

第二天他起了个早，洗头洗澡，将胡楂剃得干干净净。回头去看昨晚纠结的两套衣服，最后选了能搭配眼镜的一套，她似乎很喜欢看自己戴眼镜的模样。

虽然时间还早，谢致在家里待不住，还是出了门，先去取花，又拿了蛋糕，然后驱车上了机场高速路。后视镜里，颜色淡雅的花束偎着蓝白色的蛋糕盒子，阳光懒洋洋地趴在上面。

下午两点，机场大屏显示航班到达。

谢致抱着花，手心微微渗出了汗。

两点二十分，举着带了“D大附院援灾医疗队”字样小旗子的一个人推着行李出现了。

谢致又往出口处靠近了几步。

两点二十五分，陈望走出自动门，一眼就看见了隔着玻璃走廊的谢致。

她拉起箱子小跑起来，在玻璃墙尽头冲进他的怀抱，花的香气和他清冽的味道满满地裹住她。

“我回来了！”

“嗯，欢迎回家。”

晚上是在家里吃的，和谢致一起。陈妈妈使出了看家本领整了个"满汉全席"，最后陈望实在吃不动了，装了满满几个饭盒带回公寓。

亲切问候了久违的热水器和地暖，她没等谢致给她吹干头发，就趴在他膝盖上睡着了。谢致轻手轻脚地将她抱到床上躺好，关灯，将人揽进自己怀里，听着自己的心跳声在飘忽了一星期后终于慢慢落回了实处。

这一觉睡得长久，陈望醒来看见透过窗帘的光线还有点恍惚。身侧沉稳的心跳声将她拉回现实，她眨眨眼，看着近在咫尺的脸，幸福感自心底"咕嘟咕嘟"地冒泡。

谢致似有所察地睁开眼，看见她笑眯眯的，捋了捋她耳侧的碎发："不困了？"

陈望揉了揉眼睛，小小地伸了个懒腰，摇头，低下脑袋蹭了蹭他："但是不想起。"

"不饿吗？"

她感觉了一下，继续摇头："不饿，昨晚真的吃太多了。"

"那我吃了？"

"行啊。"昨晚带回来的饭盒都放在冰箱里，热一热就能吃。

人压下来时她才后知后觉，"唰"地红了脸，手很没骨气地推了推他。这点推拒跟挠痒痒似的，谢致捉了她的手搭到自己颈后，被子底下却慢慢撩起了火。

走之前那个夜晚两人心里都记挂着事，也没放开，颇仓促地结束了。不过陈望没觉得受罪，相反温存缱绻得让她模模糊糊对情事有了好印象。因此谢致贴上来时只是有点忐忑，心里却有点隐秘的欢喜与期待。

然而她很快就知道出发当晚谢致是有多放过她。

医院给了三天假期，前两天陈望不管是高强度工作后的疲累还是因着某人，从各个方面来说都是"元气大伤"。

谢致尽兴了，也意识到陈望面皮薄，歉疚之余对她百依百顺。陈望那一点气堵在嗓子眼不知道要往哪里发，只能愤愤地在他肩上咬了个大印子。

谢致任她泄愤，反正最后又连本带利地讨回了几次。

休假第二天晚上，陈望觉得不能再这么日夜颠倒下去了，洗漱好盘腿坐在床上，表情严肃认真："不行，后天就要上班了，明天得做点正事调整回状态。"

谢致好整以暇，学着她的样子坐到她面前："好，你有什么正事要做的？"

陈望："……好像没有。"

谢致："要不明天把证领了吧。"

陈望想了想："好啊。"

换谢致怔住了，片刻后握住她肩膀："我说真的？"

"我也没说假的呀。"陈望说，"明天民政局上班，刚好我不用上班，你也在，还是说你有通告？或者是，得提前准备什么其他证件？"

谢致呼吸微滞，末了将她拉进怀中，下巴搁在她肩窝里。

良久后，陈望只听他含着笑意问："你就——对求婚没什么期待吗？"

她红了下脸，很诚实地回答："那你想做什么？鲜花？烛光晚餐？单膝跪地？"她掰着手指头列了一下求婚的常见操作，打了个哆嗦，"想想觉得好尴尬啊……"

她侧了侧脑袋，亲了下他的耳畔："咱们就别搞这些虚的了吧？"

"好，听你的。"谢致想想，仍是好笑，"你可以不用这么给我省事的，可以再闹一点。"

陈望打了个呵欠，含糊了一句什么，谢致没听清，也没有去追问，只是安静地抱着她，听到两人的心跳贴在一处。

第二天，陈望睁眼，就见谢致清清爽爽衣冠楚楚地坐在床沿，静静地瞧着她。见她醒了，低头凑近："再不醒，民政局都要下班了。"

她立刻翻身去床头摸手机，一看松了口气："骗人。"她撑着身子坐起来，"既然起了怎么也不叫我——"

话语一顿，手被他牵过去，她怔怔地看着纤细的左手无名指被戴上了一枚戒指。

谢致垂眼，一边戴一边轻声："就算你不想要求婚仪式，至少这个，不能省。"

很简单的款式，一圈碎钻在指间盘了条柔缓的曲线，在清浅日影中析出粼粼的光。陈望呆看了半响："你什么时候弄的……"

"好久了，只不过一直没取，你出发那天早上才让他们从法国寄回来。"谢致握住她的手，摩挲了一下那一圈微光，"喜欢吗？"

"……嗯。"

谢致笑起来，眉眼朗朗的模样，往她掌心里又放了一枚，低声道："给我也戴上吧。"

一样的另一枚戒指，一样的粼粼微光。陈望抿抿唇，拉过他修长的手，小心翼翼地给他戴上，戒指滑到无名指底端，稳稳地抵住。

然后她反应过来："我没洗脸没梳头没化妆……"而他收拾得妥妥帖帖。

谢致倾身抱住她，笑着说："没事，你怎么样都好看，尤其是答应嫁给我时。"

两小时后，两人低调地从民政局出来，上车。陈望摘了帽子口罩，看着手心里热乎乎的两本红本本，有点恍惚："我们这就——受法律保护了？"

谢致莞尔："这么快就后悔了？"

陈望："就是没什么实感……"她看着工作人员手脚麻利地"啪啪"盖好章，瞬间认证了他们的夫妻关系。刚刚还在非法同居呢，现在就合法了。

等等！

"我家户口本怎么会在你那儿？"

"上次去你家吃饭时阿姨就给我了。"

陈望囧。她娘亲真是二十年如一日地卖女儿……

"晚上叫上爸妈们一起吃个饭吧。"

谢致改口改得顺当，陈望"嗯"了声，也没觉出不妥，给两本结婚证拍了照，想了想，只发给了徐瑛和大学宿舍群。

老大："这速度！"

四儿："！！！阿望恭喜你！！！"

三儿因着时差估计还没醒，反应未知。

徐瑛："怎么突然领证了？你怀上了？"

陈望："……"

老大："为啥今天就领证了？？？"

陈望："我放假啊……"

四儿："？"

老大："？"

"婚礼想怎么办？"谢致忽然问。

陈望收起手机细想了想，很惭愧："还不知道，没想过。"

"婚房呢？"

她呆了呆，正巧对上他的眼神。

谢致看她神情怔忪，忍不住笑："怎么，你还想同我一直住那公寓里？"

她真这么打算的……

此时她才模糊意识到，这婚结得是有够仓促。

他揉了揉她的头："那就先不想了，晚上和爸妈们一起商量就好。"又叹气，"幸亏遇到的是我，你太好拐了。"

陈望咳了一声，佯作太热给自己扇了扇风。

过了一会儿，她说："我觉得，你原来住的地方就挺好的，要不直接重新装修一下就好了？"

"离医院太远了，你上班不方便。"谢致道，"我上次注意到你们医院附近，三站路左右，有个新建的小区还不错，要不现在去看看？"

"欸？"

于是陈望莫名其妙地在领完证后被带去了好几个售楼中心，听了一耳朵半真半假的漂亮话，中途还加入了听到消息兴奋地赶来的谢妈妈陈妈妈。

晚上四位家长围在餐桌边热火朝天地讨论着装修的事宜，陈望坐在沙发上，有点置身事外的缥缈感。

谢致走到她身侧坐下，拉过她的手："在想什么？"

她摇摇头："没有，就是——在适应我已婚的身份。"又问，"你怎么不去陪爸妈们一块儿？"

"现在什么都还没定下来，他们想聊的事情多了去了，等他们尽兴了再说。"

他把玩着她的左手，上面的戒指亮晶晶的，明晃晃地昭示她嫁为人妻的事实，让他心里有点形容不出的安定与满足。

"你呢？房子里想要什么？"

陈望顺势靠到他肩上："唔……要有个大飘窗，飘窗上可以放毯子和抱枕。"

"嗯，还有呢？"

"沙发要宽一点。"公寓里的沙发窄，每次她躺着眯一会儿时，他硬要挨上来，得有半个人是悬空的。

他会意："好。"

陈望又想了一会儿，抬头："你有什么想法？"

谢致看着两人交握的手，半晌笑了："卧室的床要大一点，床垫也软一点，要不你腰疼。"

腰被掐了一把。

陈望脸红，作势就要挣开他，被他扣回了怀里。

待脸上的热度降下来，她忽然又想起一事："你公开之后怎么样了？"她后来迟钝地知晓此事，一方面感动于他的担当，一方面又忍不住担心。

"什么怎么样？"

"比如——有没有大面积脱粉？会不会影响你接下来的工作啊？"

他轻笑："工作不会有问题，脱粉是正常的，别多心。倒是你，"他垂下眼与她对视，"有没有人到你微博底下说什么不干不净的话？"

陈望很果断："转评太多了实在看不完，我就关闭提醒了。"

谢致一怔，随即失笑："好，那就别看了，安心备嫁就好。"

"不行。"

"嗯？"

"公开恋爱的是你，现在轮到我了。"她望着他的眼睛，捏了捏他的手，"光你保护我可不行，我的人，当然得我罩着。"

谢致微怔，随即弯了眼，在无人注意的角落，轻轻在她额上印了一吻。

一周后，陈望在微博发出了自己的手写信。

【@陈望 w：分享图片。】

大家好，我是陈望。

是曾有幸出演絮絮一角的陈望，是一名普通医生的陈望，也是谢致妻子的陈望。

谢谢大家前段时间的关心，我只是作为一名医生做到本分而已，当不起这样多的赞誉。现在救援工作已有很大进展，仍有无数人在前赴后继，他们更值得尊重。

很多人好奇我与谢致结缘的过程，其实连我自己都有些恍惚。之前一个人走了一段不短的路，走到习以为常也以为会继续下去时，那个时刻就到了，他便出现了。归根结底似乎只是"刚好"二字，但这二字背后似乎又有诸多冥冥中的安排。我文科实在弱，形容不出来，很惭愧。

依旧感谢这样多的祝福，也愿大家无论正在踽踽独行还是已幸得一人相伴，都笃信这会是段很好的时光。

陈望

谢斯延番外
小豆丁的大烦恼

"你爸爸是软饭男！"

正在看绘本的延延抬起头，龙眼核一样的大眼睛眨呀眨："软饭男是什么？"

扎着羊角辫的小姑娘皱着一张小脸："刚才你说的那样，就是软饭男。"

延延苦恼地回忆着，他说了什么？

哦，是老师让每个小朋友介绍一遍自己和爸爸妈妈兄弟姐妹。轮到延延的时候，他乖乖站起来，一字一句口齿伶俐，显然是遗传了爸爸的好功底——

"我叫谢斯延，今年三岁零十一个月。"

"妹妹叫谢斯佑，今年九个月，眼睛很大，还不会说话，很会吐泡泡。"

"妈妈是医生，每天都要救很多人。"

"爸爸——爸爸没有工作，经常在家，但有时会出门玩很久，然后一直不回家。"

看到爸爸跟别的美女阿姨穿得漂漂亮亮的，手挽手走在红地毯上，机智的延延立刻就捂住了身边妈妈的眼睛，妈妈却微微笑着，问宝宝怎么了呀。延延鼓着腮帮子，不知道为什么妈妈不生气，还在逗怀里的妹妹玩。

原来爸爸是软饭男吗？

"羊角辫"斩钉截铁："你爸爸没有工作，还不回家帮妈妈，当然是软饭男。"

延延想说不是的，爸爸在家的时候一直有做饭打扫带宝宝。可是，爸爸不像妈妈一样，天天去上班是真的，跟别的美女阿姨拉小手也是真的。

于是他认真请教回去："软饭男会怎么样呢？"

"羊角辫"被问住了，结结巴巴："会……会被妈妈拿大扫帚轰出家门，被外公外婆骂，还有……还有被邻居站在门口说小话。"

"羊角辫"把昨晚看的电视剧画面描述了一遍。

延延陷入沉思。

妈妈很温柔，不会凶爸爸，也不会用扫帚打爸爸。可是瑛瑛阿姨说，妈妈每天的工作都是白刀子进红刀子出，所以——

会比用扫帚打更过分！

可是爸爸也很好，会做好吃的三明治和粥，水果一半切成小小块给他，另一半捣成果泥给妹妹，天气好就推着妹妹牵上他去散步。

那么爸爸到底会不会被赶出家门呢？

延延想啊想，想不明白。

到了外婆家，延延继续一边冥思苦想，一边帮择菜的外婆把烂菜叶子从择好的一篮子中丢出去。外婆没有注意，聚精会神地看着重播的电视剧。

延延看着电视上被扫地出门的男人，小心翼翼地问外婆："姥姥，为什么这个叔叔要被赶出去呢？"

"因为他不工作不赚钱，还成天跟别的女人出去喝酒呀。"外婆看得愤愤不平，相当真情实感。

"那他们的宝宝怎么办？"

"宝宝当然跟妈妈啊，怎么能给爸爸呢。"

延延悲从中来。

延延悲伤地把头埋进来接他回家的爸爸怀里。

爸爸觉察到延延情绪不对，回到家后耐心询问："在幼儿园发生什么事了吗？"

延延摇头，抹了把小脸正襟危坐，严肃地开口："爸爸，你得工作。"

爸爸思考片刻，同样严肃地解释："爸爸今天就是去工作了，所以才让外婆去接你的。而且爸爸平时，也是在工作的啊。"

延延眨眨眼："爸爸平时都在家。"

"在家照顾你和佑佑，也是一种工作，知道吗？"爸爸摸摸延延的小刘海，"是不是别的小朋友家里，都是妈妈在家照顾宝宝，爸爸在外面上班？"

延延想到其他小朋友的回答，点点头。

"那你觉得，其他小朋友的妈妈在偷懒不工作吗？"

延延继续想想，摇摇头。

"你上次帮妹妹洗奶瓶，累不累？"

"累。"

"所以啊，"爸爸把延延抱到膝上坐好，"不管是出门上班赚钱，还是在家里做家务、照顾宝宝，都是工作。如果爸爸没有在家做这些工作，妈妈在医院救完病人，还要回家照顾你和妹妹，是不是会更累？"

延延似懂非懂。

"延延，你是哥哥，哥哥应该怎么帮妈妈？"

"……看好妹妹？"

"嗯，妹妹最近在学走路，你要多看着妹妹一点，别让妹妹受伤。"

"懂啦。"

延延明白爸爸不是软饭男了，小心脏上的大石头落地，又被交付了重要的任务，睡前十分负责地去给婴儿床里睡得香甜的妹妹盖好小被子，才回自己的小卧室睡觉。

但他上床之前喝了一大杯牛奶，半夜被尿憋醒，迷迷糊糊地要去卫生间，却看见妈妈正坐在他床边，眼睛里还有眼泪在转圈圈。延延瞪大眼睛，有些慌神地爬起来。

"妈妈吵醒你了？"妈妈擦掉眼泪，抱起延延笑着问。

延延摇头，小手搭上妈妈的脸，蒙蒙地开口："妈妈……"

"嗯？"

妈妈为什么在哭呢？延延想问，可话到嘴边变成了："嘘嘘……"

"好，妈妈带你去。"

洗完手回小床上躺好，延延睁着大眼睛，仍在迷茫妈妈掉眼泪的原因，也有些舍不得两天没见的妈妈。

"妈妈……今晚会在家吗？"

"妈妈今晚和明天一整天都在家。"妈妈亲亲延延的小脸，"睡吧，妈妈保证，明天延延醒来的时候能看见妈妈，拉钩。"

延延郑重地跟妈妈拉好钩，放心入睡，天亮起床后第一时间跑去找妈妈，却被爸爸挡在了卧室门口。

"妈妈还在睡觉，怎么了？"爸爸抹掉延延脸上没擦干的水珠。

延延问："妈妈什么时候要去上班？"

"妈妈今天不用上班。"

"真的吗？"

爸爸失笑："真的，晚上爸爸妈妈一起到幼儿园接你，然后我们在外面吃饭。"

延延开心地点头，又问："我可以去看看妈妈和妹妹吗？"

"嗯，小声一点。"

延延小心翼翼地进了爸爸妈妈的卧室，看看熟睡的妹妹，又看看熟睡的妈妈，很欣慰地想，家庭危机应该已经解除了，真是辛苦我了。

但是妈妈昨天晚上哭了，又是因为什么呢？

本着求知若渴的精神，到了幼儿园，延延又去找"羊角辫"认真请教了这个问题。"羊角辫"的表情顿时从震惊、不可置信、茫然，最后变成了同情。

她拍了拍延延的小肩膀，很是沉痛地安慰："没关系的谢斯延，如果哪天你的妈妈不要你了，我可以把我的妈妈借给你。"

延延瞳孔地震："只是哭了一点点——"

"可大人们都是不哭的，""羊角辫"振振有词，"你见过一下子就哭的大人吗？大人们要是哭了，一定是因为发生了很不得了不得了不得了——的事情！"

延延哑口无言。

"而且你妈妈还是在你睡着的时候，在你床边哭的。我见过这么哭的五个妈妈里，有四个妈妈第二天就丢下宝宝走了。""羊角辫"根据丰富的电视剧阅历，斩钉截铁地下了结论。

啪嗒！

"羊角辫"呆了。

啪嗒啪嗒！

"羊角辫"慌了。

"你别哭呀！""羊角辫"无措地看着大颗大颗的眼泪从延延脸上滚落，张开圆乎乎的小手给他擦，"不是还有一个妈妈没走吗，说不定你妈妈就是那一个呢！而且、而且而且！你不是还有个小妹妹吗？你妈妈不会丢下那么小的宝宝走的……吧？"

对喔，还有妹妹，妹妹连妈妈都还不会喊，就要没妈妈了吗？

延延哭得更汹涌了。

"羊角辫"目瞪口呆，看延延哭得惨兮兮的，也忍不住"哇"地号啕起来，边抹眼睛边跌跌撞撞地跑去找老师救命："老师呜呜呜！谢斯延在哭呜呜呜！"

等爸爸接到老师的紧急来电，火急火燎地从海报拍摄现场赶到幼儿园时，延延已经哭累睡着了。眼见着也差不多到了放学时间，爸爸干脆把延延先接回了家。

延延晕晕沉沉地醒过来，见四周一片漆黑，吓了一跳，攥住被子后认清是在自己卧室里，懵懵懂懂——他上一秒不是还在幼儿园里吗，什么时候变成了家里……

爸爸推门进来，摁亮床头的夜灯，就见延延眼睛睁得大大的，可惜刚哭过，龙眼核儿变成了荔枝。

他坐到一边逗延延："怎么今天在幼儿园哭成了大花猫？你最喜欢的郭老师都说拿你没办法。这下好了，"他刮了下延延红通通的鼻尖，"郭老师知道你是个小哭包，不是男子汉了。"

延延呆了呆，终于慢了许多拍地想起发生了什么，慌里慌张地掀开被子："爸爸，妈妈呢！妈妈走了吗？"

爸爸诧异，随即有些抱歉地开口："延延，妈妈医院有事，今晚没法跟我们一起吃饭了。等妈妈回来，一定会跟你好好说对不起。"

延延如遭雷劈，妈妈真的走了！他一下子急得大哭："爸爸！爸爸爸爸快去找妈妈呜哇哇——"

"怎么了？"爸爸赶紧抱起他，"妈妈在医院呢，你不是知道妈妈要治病救人吗？"

"呜哇哇哇妈妈呜呜呜……妈妈不在医院，嗝……爸爸……爸爸快去找呜哇哇嗝……"

"好好，爸爸去找妈妈。但你这么哭，爸爸要怎么去找妈妈……"

一头雾水的爸爸一边哄着儿子，一边拍着背给他顺气，正想着是不是惦记妈妈了，猛地觉察到怀里不大对劲的温度，赶紧将他抱正来瞧，被眼泪糊住的脸已经红成了个小火炉。

他当即拿来体温计，测完一看，39.1℃。

这下是真得去找妈妈了。

"嗯，我快到的时候打个电话，妈你再下来接佑佑。"

跟父母交代好，谢致给延延重新擦了脸，换上新的降温贴。延延哭得没力气，弱小可怜又无助地由谢致换上了衣服。

"先吃点东西，我们再去医院好不好？"

延延难受地摇头，谢致探了探他额头的温度："那再等爸爸一会儿。"

他迅速给正在跟自己的大脚趾玩得不亦乐乎的佑佑换衣裳。佑佑被打断，不开心地哼唧两声。把两个宝宝排排放到沙发上，他继续收拾母婴包，奶瓶围兜尿裤湿巾衣物满满装上，最后回到厨房拎出一个大保温袋，总算做好了出门的准备。

谢致先送佑佑到父母的住处，随后才掉转车头往医院去。他从后视镜看去，延延窝在安全座椅里，吸着鼻子，不知什么时候又掉了一脸眼泪，模样可怜兮兮。谢致视线转回导航，默默又加了速度。

幸好过了车流量大的时间，一路还算畅通地抵达了医院。延延被抱下车，迷蒙间认出医院里的白炽灯光亮，立刻又挣扎起来，小手抵在谢致肩上，哭着要爸爸去找妈妈。谢致觉得奇怪——平常延延从没这么缠人，怎么今天转了性子？当下却也无法细想，只能先哄着他让医生诊断，一边给妻子发消息。

"延延发烧了，现在在儿科发热门诊里。"

"佑佑在爸妈那儿。"

妻子今天本是调休，偏偏下午得知患者情况反复，就又匆匆赶回了医院。他原本还在考虑怎么跟延延解释今晚要失约，能不能换成周末带他去儿童乐园，没想到延延睡醒的第一个问题就是"妈妈走了吗"——

现在的小孩子都这么敏感了？还是"母子连心"？谢致想想，仍觉得不可思议。

医生说这烧来得突然，延延又是这个年纪，建议先输液，早点把温度降下来。谢致自然没有意见，交费后到输液室抱着延延等待，又看了眼手机。妻子没有回复，于是他又发了一句："在输液室了，没什么事，你先忙你的。"

针头刺进手背，原本又哭乏了的延延打了个激灵，困难地抬起眼皮，弱弱问："妈妈呢……"

"妈妈晚点就过来。"谢致抹掉延延额上的汗。

延延抽噎了一下："妈妈……没有不要我和妹妹吗？"

谢致愣了愣，有些哭笑不得："谁说妈妈不要你和妹妹了，怎么会这么想？"

延延委屈巴巴。

"妈妈不可能不要你，爸爸也不可能。爸爸妈妈会一直陪着你和妹妹的，哪里都不去。"

"那爸爸……爸爸也不会……不会被赶走？"

谢致更加莫名其妙："这又是谁说的？"

"会不会？会不会？"延延执着。

"当然也不会。"谢致耐心地保证。

延延鼻子一抽一抽，不吭声。

"爸爸带了糊糊，要不要吃？"延延从下午在幼儿园吃过点心之后，到现在就没吃过别的，又哭了这么几回，肯定饿过头了。

延延把头埋进谢致怀里，摇成拨浪鼓。

谢致不放心，避开延延扎着针头的左手，硬是将他抱坐起来："还是先吃一碗，吃完再睡好不好？"说着已经拉开保温袋，拧开一个小保温壶，试了试温度后舀起一勺，凑到延延嘴边。

好容易喂延延吃了小半壶，剩下的他说什么也不肯了，一个劲地打哈欠。谢致也就没再勉强，拿出外套给延延盖上。延延闭上眼睛，又不放心地睁开一条缝："妈妈……"

"一定会来。"

"……"

见儿子终于安静睡去，谢致绷了大半夜的弦总算松了松，调整了姿势，好让延延睡得更舒服些。

头顶上的白炽灯明晃晃地照着，空气中漂浮着消毒水味道，似也隐约飘浮着一层灰白。周围还有好些同样带着小孩来输液的家长，有的宝宝年纪更小，一碰到针尖就撕心裂肺地哭喊起来。谢致将给延延枕着的左手往上挪了挪，稍微捂住他的耳朵，右手把外套往上拉，挡住有些刺眼的光线。

他拿起手机给父母发信息，告知延延的情况，又问佑佑怎么样了。谢妈妈发了几张照片过来，上面的佑佑以顺时针的方向旋转，早就睡得四仰八叉。谢致忍俊不禁，挨张点了保存，退出后点开阅读软件，继续浏览下午没看完的剧本。

之前合作过的导演邀请他出演自己的新作，一部武侠片。久违地看到正儿八经的武侠剧本，班底也不错，他有些心动。但既然是武侠片，势必又要长期出差。两个孩子现在都离不开人，就算请保姆，或者老人愿意帮忙，也比不过父母在身边。

谢致有些踟蹰，又从头到尾仔细捋了遍人物小传和剧本。

四周渐渐安静了一些，走道里来去晃动的人影也变得稀疏起来。延延被闷出了汗，有些不舒服地皱起眉毛。察觉到怀里不太安分的挣动，谢致拿出婴儿湿巾给延延擦脸，又探了探额温。依然是烫的，但总归没一开始那么让人不安了。

这一分神，落入耳中的声音就重新变得清晰起来。谢致重新抱好延延，似有所感地抬头望去，就见一身刷手服的陈望急匆匆地朝这边跑来，结果脚上的鞋被踩歪，猛地一踉跄。他下意识要起身去接，被儿子的重量压着，忙换成抬手示意她慢些，又指了指自己头上的帽子。

陈望一愣，摸到头上的手术帽，赶紧摘下后丢进垃圾桶。跑近前了又顿住，匆忙折回进门处按了一泵消毒凝胶，边使劲搓手边重新跑回来。

"怎么样了？"她蹲下来，先捂上延延的额头。

"普通发热，就先挂两瓶水。"谢致安抚地朝她笑笑，摸出药单。

陈望气还没喘匀，一手按着还急促的心跳，一手接过药单认真看。

"你刚出手术室？"谢致拉她到身边坐下，摸到手臂一片冰凉，"怎么不换完衣服再过来？"他左右看了一圈，偏偏没带大人外套出来，只好用温热的右手捂住她的。

陈望忙说："我不冷，是手术室里温度低了点。"

她有些心神不定，伸手调了下滴速，摸摸延延的脉搏，盯着他的睡脸好一会儿，又朝谢致伸手："你抱久了，我替你一会儿。"

谢致莞尔："还是别了，他最近重了不少，别害你后两天上台手打战。"

"可是——"

"你是不是还没吃饭？"他拿出另一个保温壶，打断了陈望的话。她一滞，慢慢拧开盖子，热腾腾的虾蟹粥香气扑鼻而来。

"本来打算留着等你回家的。"谢致把勺子塞进她手中，"先吃些热的缓缓。"

陈望没什么吃饭的心思，但还是舀了几勺。温暖的粥汤落了肚，倒也真的慢慢让她稳住了神。她喂了谢致一口，问："怎么会突然发烧？是在幼儿园着凉了？"

谢致摇头："应该不是，下午郭老师打电话来，说延延忽然一直哭，怎么都劝不住。接他回家后睡到七点多，醒了又一直哭，一摸才发现浑身都是烫的。"

陈望揪起心来："难道是被人欺负了？"

谢致犹豫了一会儿："……说是怕妈妈不要他，也怕爸爸被赶出家门，丢下他不管。"

果然，陈望一听，立刻又红了眼圈。握着勺柄的手一松，她转开头去。谢致在心底叹气，揽住她的肩，低声："别想多，延延说不定只是在幼儿园听到别人家和我们家不太一样，所以想岔了。昨晚也跟你说了，不是你的错，你做得很好。"

陈望不吭声，谢致的手稍稍用力，让她靠向自己。

她怀上延延的时候正好是住院总医师，又在准备着考主治医师，忙得不可开交。谢致不太同意她怀着孕奔波，陈望却说什么也不肯在工作和孩子中二选一，他只好每天提心吊胆地给她做好"后勤"。有惊无险地生下延延出了月子，陈望当上主治医师，工作却也不见清闲多少。去年有了佑佑，她总算趁着孕期休了个长长的产假，可堆积的论文和工作，在她回去上班后就立刻压了下来。

谢致知道她责任心重，只是实在分身乏术，医院和患者的事情耽搁不得，就只能牺牲陪伴两个孩子的时间。原想着错过延延牙牙学语时的遗憾，这次说什么也不能重复在佑佑身上，但依然事与愿违。

"没关系，不是还有我在吗？"谢致让陈望的脸转向自己，"孩子们都乖，带着很省心，延延长大了，也有哥哥的样子了，不会怪你的。"

"可是说到底……"陈望有些哽咽，"而且，你也不能总是困在家里，只接一些不用去外地的片子拍……影视圈竞争也很激烈，要是——"

"怎么了？"谢致抹掉她眼角的泪花，戏谑，"你怕我再过两年，人老珠黄，观众不买账了？"

陈望哭笑不得，抬头浅浅瞪他一眼："我跟你说认真的。"

"我知道。"谢致笑着，声音放轻了些，"如果确实有我不想放弃的角色，我会跟你说，让你替我分担。但是现在还没有，所以我做这些理所应当。何况孩子是我们一起决定留下的，怀孕和生产我帮不上忙，那总得在带孩子这上面，给我留些出场机会吧？"

陈望破涕而笑，叹了口气，也轻声说："应该快了……之前调去分院的邓医生要回来了，后面新的住院医师进来，还有现在的住院总医师也要考主治了，以后就不会像现在这么忙了。"

"嗯。"谢致伸手握住她的，指尖缓缓摩挲着被消毒液侵蚀得有些粗糙的指节。陈望靠着他，看着他怀里的延延，有些疲累却满足地闭上眼。

"这之后还有要忙的吗？"

"没有了，待会儿一起回家……佑佑没闹爸妈吧？"

"睡着了，睡相差得不行，也不知道像谁。"

"一定不是我，我从小睡觉就安分。"

"那也不是我。"

"真的？"

"当然，你看延延睡相就知道了。"

"那是遗传我的。"

"意思是好的都归你，坏的就赖我？"

"嗯，是啊。"

……

延延被絮絮的说话声吵醒，困难地从眼皮掀开一条缝，迷糊中好像看到了妈妈。妈妈枕在爸爸肩头，轻轻笑着在说话，爸爸戴着口罩，帽子下的眼睛却也是弯着的。延延又慢慢地下移目光，直到看到了爸爸妈妈交叠在一起的手。

爸爸妈妈在一起……

心口沉甸甸的感觉一下子就消失了，延延放松地重新合上眼皮，嘴角微弯，继续沉入了更深更甜美的梦境。

▶▶▶

谢远番外（一）
爱豆们啊全是腿

　　吴梦雨看着郑蓓蓓忙上忙下地收拾行李，嘴里哼着她听不懂的歌词，打心眼里佩服。

　　"你一个英国的留学生，飞韩国，追一个中国的爱豆。这精神，感天动地。"

　　郑蓓蓓习惯了她的"嘲讽"，依然乐呵呵："这次是回归演唱会啊！我都一年没去过现场了，好不容易今年放假早。反正韩国可以落地签。"

　　吴梦雨回以一个"宠溺的微笑"，又说："那你把你床边的立牌收一下吧，上回远远半夜起来上厕所，差点没被吓死。"

　　正在床上沉迷小说的谢远隐隐约约听到自己的名字，从被子里探出头来，露出个迷茫表情。郑蓓蓓不以为意，笑嘻嘻道："那有什么，远远也说他帅不是吗？"

　　吴梦雨抱臂："帅是帅，但你想象一下一米五的远远被一米八几的等身立牌凝视的那种压迫感——"

　　郑蓓蓓想想："也是。"她说着将立牌贴着桌边的墙壁放好了，"况且这次回去应该换一个了，他又长高了呢，据说有一米八八了。"

　　吴梦雨错愕："不是，韩国食物里有什么激素吗？你饭的这个团怎么二十多了都还在长个儿？"

　　"哪有，"郑蓓蓓一副与有荣焉的模样，"只有世瑄长高了。"

　　吴梦雨搓了把手臂上的鸡皮疙瘩："喻世瑄这个名字，真的太韩国范，太玛丽苏了。你确定不是去了韩国后起的艺名？"

　　郑蓓蓓立刻："绝对不是！这就是他真名！从小到大的身份证学生证都是这个名字的！远远你说对不对？"

　　再次从小说的绝美爱情中被揪出来的谢远听清了郑蓓蓓的话，点头："他是一直叫这个名字的。"

谢远说是家里有人在做演艺圈相关的工作，国内娱乐圈的消息虽然不会主动说，但问到了的话都是准信。郑蓓蓓得意扬扬："看吧，远远都说了。"接着又乐颠颠地去包装准备带给喻世瑄的礼物了。

吴梦雨打心眼里不喜欢日韩爱豆那一套，张了张口，没说什么，自顾自地拿平板看剧去了。

郑蓓蓓忙到天黑，才终于收拾好了她的大包小包，挤到谢远床上，吓得谢远立刻遮住屏幕上呼啸而过的车："做、做啥？"

"你平板借我一下呗，我的在充电，但我现在没事干了，想看视频。"

谢远将平板电脑递给她，郑蓓蓓也不下床，和她并肩趴在床上，熟门熟路地搜到喻世瑄的个站。

她在一旁，谢远也不好意思看文了，干脆和她一起看，听她碎碎念"帅啊""远远你看这满屏的腿""综艺好可爱，世瑄真的是妈妈""你看你看，这个舞台，他超性感，又纯又欲，嘤嘤嘤"。

谢远认真地跟她一起鉴赏男色，觉得她花痴是有道理的。

这个组合叫 Archer7，是一家中韩合作的公司在三年前推出的一个七人男子组合，喻世瑄是唯一一个中国成员，在组合里是——谢远回想了一下那个专有名词——主舞，也是门面担当。这个组合起初糊穿地心，直到喻世瑄担任男主角的一部小成本电视剧忽然爆红，他靠这个角色瞬间圈粉无数，甚至拿下了那年演技大赏的新人奖，带得整个团都有了曝光度。紧接着，其他的成员也在荧幕上刷了存在感，又趁热打铁推了新专。如今，这个组合在中日韩都炙手可热，演唱会一票难求。

郑蓓蓓虽然偏爱喻世瑄，但也是个忠实的团饭，对这个团如数家珍。谢远听了一耳朵，真诚提问："那他们以后服兵役了怎么办呢？"

然后她收到一声哀号："不要跟我提这个，我不想面对！"

谢远卡了一下："那、那个喻世瑄是中国人，他不用……"

"但他要一批一批送哥哥弟弟们入伍，他得多难过啊！他是队里妈妈一样的人啊！"

谢远："……对不起，当我没说。"

领完成绩，谢远飞回了家，和一家出版社签了两个月的实习合同，勤勤恳恳地过着朝九晚五的生活。堂哥打电话来，说堂嫂最近医院忙，他这周人在外地，拜托她能不能每天下班后顺道去接一下延延和佑佑。她自然满口答应，于是每天下班路上就多了两个小尾巴。

延延今年七岁，小小人儿一个，十分乖巧懂事，每天放学后的第一件事，就是到天桥对面的幼儿园接妹妹，然后牵着妹妹在幼儿园门口等人。谢远在国外留学，很少见到他们，两个小孩也不认生，两双葡萄一样的眼睛望着她，一句"姑姑"她就投降了——不熊的小孩子简直是天使啊！

她掏了一把从英国带回来的糖果，延延和佑佑只各拿了一颗，奶声奶气地说"谢谢"。当晚堂嫂来接小孩时，她真诚地握住堂嫂的手："嫂子你有空的话再生一个吧！"

陈望："？"

一周后，谢致回来，让谢远接了延延和佑佑后到公司里来，届时一起去医院接陈望下班，再请谢远吃个饭，毕竟她今年回来后，还没好好聚一聚。谢远自然满口答应，十分不客气地要"勒索"堂哥："哥，我听说总台边上新开了一家小龙虾，而且新出的藤椒鱼——"

"你嫂子吃不了辣，换一家。"

谢远："……"要这样伤害单身狗，好气哦。

佑佑还小，没法像延延一样跟着大人吃东西，饿得也快。谢远熟门熟路地带着两个小豆丁往谢致常用的那个休息室去，那里放着佑佑吃惯的米粉糊糊。

她推开了门，映入眼帘的是七个——男孩？呃，男人？

谢远下意识退了一步，迟缓地转了下眼珠，扭头去看门牌号，又低头看了眼佑佑，佑佑另一只手牵着延延，两人的眼神均确定地告诉她，她没走错门。

她又探头进去，沙发上仍是那七人，其中一人和她的眼神再次对上，缓缓站起了身。一米五的谢远看着那一双腿不断延伸延伸，心里默默地爆粗了一句。再往上看了看脸，是认得的，前段时间夜里把她吓得半死的喻世瑄。

"您是在这儿——做什么呢？"她问。

喻世瑄微微弯下腰："您好，我们今天是来面见 FL 晚会项目负责人的，方才有人领我们来这里，说是稍等一会儿。您是要借用这里吗？"

"啊，是这样。"谢远点点头，"抱歉，那我拿点东西就走。"她转身拍拍延延和佑佑的小肩膀，轻声，"等姑姑一下哈。"

她走到储物柜边上，拿上两包米粉糊糊和佑佑平时用的小碗小勺子塞进书包里便回去了，临走时同喻世瑄微微一鞠躬，体贴地关上了门。

关上门后，她陷入为难。她虽然不是第一回来，但常去的也就是谢致的工作室和这间休息室。工作室现在肯定还有人在上班，她带着两个孩子不方便上去，一时竟不知道去哪里比较合适。

她四处望了圈，没有找到凳子，于是直接往地上一坐，然后将走了一路明显有些摇摇晃晃的两个娃娃放自己腿上排排坐好，喂他们喝了点水，然后才给谢致发消息。

"哥，休息室有人，我拿了佑佑的东西就出来了，现在要去哪儿？"

　　刚摁下发送键，身旁"咔嗒"一声，三人齐齐看去，然后循着映入眼帘的鞋子往上望，望见"一望无际"的一双腿……

　　喻世瑄也没想到一开门，就瞧见这么个情景，同谢远对上眼神，均从对方眼中读到了诧异。

　　好在他只怔了瞬间，很快蹲下来和她平视："我刚刚是去和队友们说了一下，您进来坐吧。"

　　谢远："……啊，好，谢谢。"她说着就要去扶两个娃娃，结果延延自己迅速站了起来，反而要拉她。佑佑则被喻世瑄一把抱起，另一只手伸向她。她摇摇头，又轻声道了谢，自己撑着背后的墙站好，然后牵起延延的手。喻世瑄空着的手便转了个弯，替她开了门。

　　屋里另外六人都站着，见到她纷纷朝她点头，用不熟练的中文同她道"你好"。谢远有点混乱，从记忆中搜索到郑蓓蓓偶尔蹦出的一两句韩语的发音，回以磕磕绊绊的一句韩语的"你好"。

　　喻世瑄将佑佑放在另一张沙发上坐好，佑佑软软地说了句"谢谢哥哥"。谢远很欣慰，懂事的孩子没在外人面前丢脸。同样让延延坐好后，她轻轻捏了把佑佑的脸蛋："在这儿等一下，延延看好妹妹。"

　　得到延延重重的一个点头后，她便拿着书包出去了。

　　打了开水，烫了碗勺，又重新接了一壶开水和一壶凉白开，谢远回到休息室，先剥了块巧克力给延延，才撕开一包米粉糊糊倒进碗里，先加了半碗凉白开，搅得糊糊化开了，再慢慢兑开水进去。拌均匀后，谢远自己滴了两滴在手背上，觉着温度正好，端着碗转过去问佑佑的意见："这儿没有小凳子坐，姑姑喂你好不好？"

　　佑佑点头，她便抱了小姑娘坐到自己膝盖上，舀了一勺小心翼翼地喂她，低声："别张大口，试一试会不会烫，烫的话跟姑姑说。"佑佑乖乖照做，小口小口地把勺子舔干净了。谢远放了心，继续耐心地喂她。

　　谢远此人，自小是个书呆式的姑娘。不特指她爱看书，更指她做事时如入无我之境的境界以及对周遭氛围的钝感。被一群一米八几的大男生围观着，她除了进门时有些无措，现在专心喂着佑佑，便将他们都无视了。反而七个大男生面面相觑，都觉得有些不自在，最后将目光集中在唯一会说中文的喻世瑄身上。

　　喻世瑄莫名，用眼神回："看我做什么？"

　　队长开口，说的是韩语，谢远听到他们一言一语低声地聊起来，没在意，左右她听不懂。将碗底刮干净后，她从包里抽了宝宝用的湿巾，给两个娃娃都擦了脸，然后收拾好垃圾，出门，洗了碗勺，擦干，回屋，将碗勺放回柜子里，重新挨着延延佑佑坐下。

手机正好"嗡嗡"响起，她走远了接起来，是她的导师，来确定下学期面批论文的时间节点。谢远环顾了一圈，没有找到纸笔，见旁边的小白板空着，顺手便拿了一旁的笔在上面开始记笔记。

她练的花体字，一排排顺畅地连笔写下，很是赏心悦目。挂了电话，她点开相机给白板拍了张照片，然后把白板擦干净——擦不干净？

她低头看了眼笔身，懊丧。大意了，这是油性笔。

谢远摸了摸鼻子，深深地叹了口气，然后开始思考公司里的哪个地方有可能有酒精。二楼的咖啡店倒是有卖鸡尾酒饮料，但那一点酒精，连她这种一杯倒都能喝得面不改色，或许有也等于没有。

明知再擦也是徒劳，她无意识地又擦了一下，看着白板上的字迹完好无损，心里再次叹了口气——由此可见，练好字是多么重要的一件事，至少在这种令人暴躁的情况下，不会因为看见满白板鸡爪般的字而变得更加暴躁。

遇事不决问谷歌——不对，回国了，是度娘。

第一条："油性笔笔迹是无法擦掉的哦。"

谢远："……"

第二条："可以用酒精。"

谢远："……"

眼前一黑，谢远莫名有种乌云罩顶的感觉，下意识仰脖，和喻世瑄的眼神对上了。

她一愣，很快转身，将脖子调整成正常仰视的角度，用眼神表达了疑问。

喻世瑄伸手，递给她一支——她看不懂管身上写的什么。他解释："乳液。这支比较油，涂到上面，再擦。"

她依言照做，字迹当真消了大半，再用力一抹就干净了。她忙跟他道谢，喻世瑄笑着摇了下头，侧身指了指沙发右侧染着金发的大眼睛小哥："永焕给你的。"

谢远循着他指的方向望过去，恰巧和一直密切关注着这边情况的小哥对视了，张了张口，不晓得韩语的感谢怎么说，连着鞠了两躬，获得小哥露出一口大白牙的微笑。

她迅速清理了剩下的字迹，但那支乳液本就所剩不多，等她总算擦干净白板时，管子也彻底瘪了。谢远捏着管子，觉得这么还回去实在是很——很不像样。

犹豫了一会儿，她抬头征求喻世瑄的意见："我可以给它拍个照吗？"她晃了晃手里瘪瘪的管子。

喻世瑄一愣，旋即笑："当然可以。"

粉丝想拍照留念什么的很常见，这也不是什么了不得的物品，他转头用韩语说了句什么，得到永焕的再次同意，再次和谢远说了句："你拍吧。"

谢远放心，掏出手机仔仔细细拍了几张照片，才将管子还到喻世瑄手上，很诚挚地说："谢谢。"

回到家，谢远立刻便上网查了乳液的牌子，然后让吴梦雨介绍了个靠谱的代购，下单了那个乳液的礼盒套装。几天后，快递到手，她又将礼盒托给了谢致，谢致给了向平川，向平川拿给FL晚会的工作人员，工作人员交给对接Archer7的负责人，负责人又放到经纪人手上，经纪人让助理送到了金永焕的房间。

彼时喻世瑄和队内的忙内朴敏赫也在。三人拆了礼盒，喻世瑄和金永焕就反应过来了。

金永焕问："是谁送过来的？"

"FL晚会的人。"

喻世瑄补问了一句："知道名字吗？"

助理摇头。

待助理走后，金永焕拿着礼盒打量："那个女生是工作人员吗？工作人员还要负责带孩子？"又问喻世瑄，"你们当时都说了什么？"

"就那几句，没有其他的。"喻世瑄摊手，表示不知情。

敏赫托下巴："她会不会是工作人员家属啊，看上去像个高中生而已。"说着对喻世瑄比画了一下，"才到哥这儿呢，哥在她旁边像个巨人。"

喻世瑄拍了下弟弟的脑瓜，继续了助理进来之前的话题。

谢远这边了却一桩人情，亦将此事丢到脑后，仍是勤勤恳恳地做着她的实习工作。实习期结束，她的假期也到了尾声。看了眼机票价格，她算了算，发微信给娘亲，申请先飞日本和她正在日本出差的老父亲吃个午饭，再坐晚上的飞机回英国。娘亲欣然同意："机票钱拿你实习工资买刚好。"

刚付完昂贵乳液礼盒钱的谢远心如刀割。

飞机降落在成田机场。谢远不用再次办理托运，出了机场就乐颠颠地去找谢爸爸吃饭了。谢爸爸豪气地请闺女吃了顿和牛烤肉，又唠唠叨叨说成田机场过安检后有家老字号的连锁店卖的和果子无敌好吃，尤其是红豆和抹茶馅儿的大福，塞了把日元钞票给她，让她买了带到学校去。

听话的谢远依言去找了那家老字号，然后被琳琅满目又精巧可爱的和果子迷了眼。左右时间还早，她无视店员和顾客们的目光，将摆出来提供试吃的和果子一样一样地尝了遍，最后除了谢爸爸推荐的那两样，还另外认认真真挑了好几盒。

最后两盒羊羹，她有点拿不定主意，拍照发给舍友们帮忙定夺。等待回复的期间，她掏出水壶"吨吨吨"——有几样太甜了，齁死个人。

"啊。"

谢远没有意识到是对着她的，直到眼前冒出个大眼睛的帅气小哥。她愣了下，指了指自己，得到小哥一个重重的点头。他直起腰比画了一下，说了句韩语，又顿了下，切换成不太标准的英语。

谢远反应过来，善解人意地用英语问："有什么需要帮忙的吗？"

他摆摆手笑了，英语也顺畅了些："没事的，忽然见到你，想谢谢你的礼物。"

礼物？谢远没想起自己最近有送什么东西："或许是认错人了？我没送过礼物给你。"

他提醒道："乳液。"又拉下口罩给她看了眼，很快戴回去。

谢远眨眨眼，右手握拳往左手掌心里一捶："啊，你是——"卡了下，尴尬地发现自己不知道他的名字，"——Archer7。"

金永焕竖了根食指在唇上，朝她一笑。谢远会意，抱歉地合掌："对不起，你换了头发颜色，我没认出来。"

他笑着说没关系，看了眼她臂弯里的购物篮："你是这家店的熟客吗？"

谢远摇头："第一次来，听说很不错。"

他有点好奇："我能看看你买了什么吗？我也想买点。"

谢远大大方方地将篮子举起来给他看，里面都是她刚刚尝过觉得味道不错的几样和果子。金永焕拿一样问她感想，她就带他去对应的试吃柜台，友善地给了自己的建议。两人一个没把对方当偶像，一个也意识到面前不是自己的粉丝，用英语对话着倒也很融洽。

至少在来找金永焕的喻世瑄眼里是很融洽的。

他喊金永焕的英文名："Jerome."

金永焕循声望去，兴奋地朝他挥了挥手，又用韩语说："你看看我见到了谁？"

喻世瑄看向他身边的女生，也认出她了，走过去友好地弯了下眼睛："你好。"

谢远认得他，小小一鞠躬："你好。"

他看了一眼金永焕，低头同谢远说："没想到你上次是特意要买乳液还给他，他收到后一直很想谢谢你，只是不知道你的联系方式，没想到今天碰巧了。"

"应该的，上次多亏了他。"

"你是在那里上班？"

"不是，家里人在。"

倒是让敏赫猜对了。喻世瑄点点头："不管怎么说，你有心了，很感谢。"

被中文结界阻挡在外的金永焕很蒙，忍不住用韩语问："你在偷偷说我坏话吗？"

喻世瑄莞尔，用英文复述了刚刚的对话。谢远抬头看这两个大男生说话，同样戴着黑色的渔夫帽，黑色的 T 恤，黑色的短裤，望向对方的眼神传递出一种兄友弟恭式的画面感——

她默默往后挪了一小步。

不行不行，想远了。她猛地低头拍了拍自己的脸——不能这么轻易就"爬墙"。

两个男生被她突如其来的动作止住了话头，投以询问的目光。谢远淡定地举起购物篮最上面的那两盒羊羹："我只是在纠结到底选哪一盒，你们继续。"

她也的确在纠结，两位舍友到现在也没给出选择。最后她挑了栗子的，抱着购物篮去结账。

拎着纸袋到门口想和他们二人道别时，喻世瑄递过来一个盒子："送给你。"

是刚刚她纠结后放下的那盒芋羊羹。她不解地抬头，得到一个笑："礼尚往来。"

好吧。"谢谢。"

她收下了盒子，忽然有了主意："可以在上面留个 To 签吗？"

喻世瑄转头要去喊金永焕，谢远忙拉了下他的衣摆："你的你的。"说着掏出签字笔递给他。他愣了一下，顺从地接过了，旋开笔盖。

"To 郑蓓蓓，"谢远念道，"关耳郑，蓓蕾的蓓，叠字。"

"嗯，你说。"

谢远想了想："祝开心健康，吧。"

喻世瑄"唰唰"几笔写完，末了留下签名和日期，转了个方向递给她。谢远再次诚挚道谢，小心翼翼地抱着盒子等着字迹的墨干透，然后去和店家商量了，得到礼物纸包装及配的一个全新纸袋。

离开店准备去和其他队友们会和时，金永焕忽然在原地站住，懊恼地"啊"了一声："我忘了问刚刚那个女生的名字了。"

喻世瑄淡定："我知道，她叫郑蓓蓓。"

谢远番外（二）
在象牙塔不挪窝

　　谢远带着礼物回校，被郑蓓蓓奉为"神人"，得到了一周的早饭。

　　那盒羊羹被郑蓓蓓供了起来，供到临近毕业都没舍得拆。最后另外两人看不过眼，不顾她如何"呼天抢地"，把芯子"吧唧吧唧"分着吃掉了——非常好吃，只留下了带有喻世瑄签名的盒子给她。

　　硕士生活结束，宿舍三人分道扬镳。郑蓓蓓回国找工作，最后选择去了家时尚杂志当编辑，不算闲职但也不会过于忙碌，却再没去过一次韩国。直到她看见喻世瑄在国内开新专签售会的消息，她才再次对他燃起了熊熊的热情，摩拳擦掌拿出从前抢票的气势，决定来一场时隔三年的狗现场。

　　没去韩国的原因很简单，她"爬墙"了。

　　这也不能怪她。她待的时尚杂志算是国内数一数二的大刊，几乎每周都有炙手可热的当红明星来公司，或是拍海报或是接受采访。明星们不管性格如何，但对着他们总是谦逊有礼貌的，有的还会给点下午茶。美色加上美食的诱惑，她当然——把持不住，墙头本命天天换，后宫三千男朋友。

　　不过，喻世瑄作为她真情实感地爱了五年的本命，其地位与这些"莺莺燕燕"还是不能相提并论。只是她的小钱钱都"雨露均沾"去了，而见一回喻世瑄就要大出血。为温饱计，她只能忍痛割爱。

　　但现在不一样了！团里的队长和另一位成员率先入伍了，喻世瑄开始回国发展了！她的小钱钱蠢蠢欲动了！

　　签售会当天，锣鼓喧天，鞭炮齐鸣，红旗招展，人山人海——不是，人山人海是对的。即便多数人没拿到入场券，外面也围了里三层外三层的粉丝。郑蓓蓓穿上了最喜欢的小裙子，抱着自己亲手做的一盒曲奇饼干，带着一种和初恋重逢的激动心情，进了签售会的现场。

初恋没有变——不，他变了，变得更帅了！

初恋好像又长高了！

初恋的新专好好听，买买买！

初恋笑起来还是和少年时一样好看！

初恋拿着签字笔的手好修长！

初恋对我笑了！

初恋开口了，声音一如既往的清越动人！

"你叫什么名字？"

她终于回过神来，结结巴巴："郑、郑蓓蓓！关耳郑，蓓蕾的蓓！"

初恋又笑了，低头一边写她的名字一边说："好巧，以前有个粉丝也叫这个。"

郑蓓蓓正愁找不到话题可以多待一会儿，听了立刻问："真的吗？什么时候的事啊？"

"几年前偶遇到的，当时签名签在点心盒子上，所以有印象。"初恋写完 To 签，双手将专辑递给她，"谢谢。"

眼见着要下台了，郑蓓蓓努力地重新开启话题："我、我也有一个签在点心盒子上的！是我朋友在机场遇到帮我要的，是一盒羊羹！但里面的点心后来被吃掉了……"

初恋笑容似乎停滞了一下，又很快恢复如常："是吗？你朋友叫什么名字？"

"谢远。"

PPT 上出现讲师的名字。阶梯教室里几十双眼睛齐刷刷地扫向讲台上的姑娘。

谢远扶了下眼镜，淡定地顶着学生们或好奇或探究的眼神，继续说："这学期由我来带《社会心理学》这门公选课。开门见山一下，成绩由考勤、随堂测验和期末考卷面三个部分组成。首先考勤的话，上课不点名，但会随机叫人回答问题，点到但没来算这位同学比较背。随堂测验四次，也是随机时间，测验没来也算这位同学背。期末考会在倒数第二周的课给大家划范围，没来的同学——"

她停了一下："可以跟其他同学借去看，不会就更背。"

下面哗然，好些人开始交头接耳。这个姑娘看上去小小一个人畜无害，刚刚没上课前坐在第一排拿着笔电噼里啪啦地打字，他们都以为是拿着作业来课上写的学生，结果一打铃，姑娘把电脑"啪"地合上，拿了个 U 盘就走讲台上了，惊呆了一教室的人。现下一听更蒙了——怎么一堂公选课也这么严。

谢远猜出他们在想什么，很无辜地摊手："我也不是什么'新官上任三把火'，只是学校要求这学期严抓各个公选课的考勤，还会派人来巡堂。我也没办法，大家多配合一下，我尽力让你们平安拿到学分。"

——万一有人得补考，下学期她还得再监考一次改卷一次。

所以亲爱的同学们，不要总觉得老师要同你们对着干，老师不会给自己没事找事的——谢远努力地跟班上的学生传达了这一点。

是的，谢远在当了二十年学生后，开始当老师了。

当年硕士毕业，谢远拿着博士的录取通知书，再次成为了一名无业游民。主要是她实在想不出有什么十分感兴趣的，抑或是十分想做的工作，为了逃避就业的现实，干脆就选择继续待在学校里。又过了三年，象牙塔里也"容不下"她了，她从浩如烟海的文献里抬起头，陷入了迷茫。

最后导师开了口，说你这性格也就适合找个书多的地方安安静静地搞学术了，看在你能在电脑频繁宕机的情况下努力地发了这么多篇论文，给你写封推荐信吧。

于是谢远带着一大箱"知识的重量"回国，靠着还算能唬人的学校名牌和学历，最后进了所不错的大学当老师。当然，入职后第一件事情就是买了个新电脑。

学校想着她是新老师，便只给她安排了一堂专业选修课和一门公选课。谢远求之不得，课余时间就专心于今年的学术指标了。她生得矮，妆化得淡，懒的时候直接糊了脸素颜霜就去上课，下了课背上书包混进图书馆，和一众自习复习的学生坐在一起，毫无违和感。

一次她误入一楼一间小会议室，被一个大三的学生劈头盖脸地教训了一顿。她耐着性子听完了，琢磨出这是某个社团的社长在给新入社的大一新生"下马威"，正好逮着她这个"迟到"人员来"杀鸡儆猴"。等社长训累了，颐颐气指使地让她到角落里坐的时候，她顺手拿出了包里的点名簿，瞄了一眼社长背后黑板上的字："孙炎锋，经管三班的？"

社长僵住了。

谢远顺手在他的名字后面画了三个圈："三周了都还不认得自己的老师，看来是都没去了。"她收起点名簿，又微微笑，"那看来第一节课我说的你也不知道了，嗯——考勤总共十分，旷课是扣两分。你只剩四分了，后面记得不要缺勤哦。"然后潇洒走人。

又有一次，同桌自习的小男生悄咪咪地把写了自己手机号和微信号的便笺纸挪过来，谢远看毕，拿出自己的教师餐卡也悄咪咪地挪过去了。等她去买了瓶饮料回来，那一桌就剩她一个人了，连刚刚被她随手搁在一边的便笺纸也没了，餐卡被端端正正地摆在她摊开的书边上。

罪过。

为了弥补自己伤害了祖国花朵的"罪行"，第二天上课时谢远特意取消了原定的随堂测验，也减少了提问次数，提问时也是直接叫教室里的人，比如："倒数第三排从左往右数第七个位置的同学回答一下，人格结构有哪三个层次？"

前排的同学齐刷刷地往后看——第七个位置空着。

她顺势改了口："那就第八个——"

第八个位置上的人抬起了头，戴着黑色的鸭舌帽、黑色的口罩。

谢远："……算了。人格结构的三个层次我们之前讲过，分别是本我、自我与超我……"

不点他回答的原因是他的装扮。谢远见惯了堂哥低调出行时的样子，与刚刚被点到的人几乎一模一样，使得她有一瞬间以为堂哥来"微服私访"了，下意识就没敢让他回答。但很快她又想起来，堂哥虽然"驻颜有方"，但到底没这人这么年轻。

想到这里，她又瞟了一眼那个人，恰巧与他的目光对上。她坦然地迎上去，又平平地扫向其他人，将眼神里的狐疑掩下去。

有点眼熟，想不起来。

但那人想起来了。

说实话，今天纯属偶然。陆何然的弟弟为了去看喜欢的战队的比赛，要翘这堂公选课。但这学期好巧不巧已经被谢远点到了两次缺勤和一次测验缺席，再旷课下去他实在怕挂科，偏偏学校里的代点名群混入了"内奸"，他实在找不到人了，求爷爷告奶奶地拜托他哥来替他点到。

陆何然人在电视台，只能打电话找到喻世瑄头上："Y大不就在你家旁边嘛，给你个机会去感受一下高校氛围。"

喻世瑄："不去。"

"乐高新出的跑车？"

"……成交。"

经纪人为他鞍前马后，他带着报恩的心进了阶梯教室。后面他要去一个选秀节目当舞蹈导师，昨天经纪人给他发来了近百号女选手的资料，让他看看有个底。选手们的简历写得千奇百怪，又个个长得大同小异，他在课堂上一边看资料一边认人，看得很痛苦。

等他意识到周围陷入安静时，抬头就和讲台上老师的目光对上了。很短的一瞬间，老师没有停留，自顾自地从刚刚中断的课题讲下去了。他看着她，从方才还挤满了各色漂亮小姑娘的脑袋里，模模糊糊搜寻到了她的一点零星记忆。

那个老师和他的眼神对上又移开，那点零星记忆慢慢丰富起来。他在手机上打了行字，示意后排的男生看："这堂课的老师叫什么？"

男生学他，也在手机上打字给他看："谢远，这学期刚来的。"

记忆加载完毕。

下课，学生们急着去吃饭，一眨眼教室就空了一大半。谢远也准备离开，把笔电和 U 盘等东西塞进包里，关了电脑和投影仪时，抬眼一看，教室里只剩下她和那个戴口罩的人了。

谢远想了想，背起书包，走到那人座位边上。走近了她才恍然发现他个子很高，一双大长腿在座位底下无处安放，歪成个看上去并不舒服的姿势。

她问："这位同学，你是感冒了又没洗头吗？"除此之外，原谅她一时想不到其他做此打扮的理由。

本在摆弄手机的人抬起头，与她对视片刻后，拉下了口罩。

谢远先是呆，紧接着诧异："喻、喻世瑄？"

喻世瑄弯了下眼："你好，好久不见。"

谢远觉得不可思议，压低了声音："你怎、怎么会在这里？"

"给人代课。"

"呃——"谢远囧了，半晌指了指背上装着点名簿的书包，"你有兴趣大义灭亲吗？"

喻世瑄哑然失笑："不了。"

"哦。"她点点头，"那我先走了。一会儿打扫卫生的阿姨会过来锁门，你不要待太久。"

喻世瑄将手机往卫衣兜里一放，站起身。谢远再次看着一双大长腿不断延伸，略冲击。

"我也走了。"

"那好。"

于是谢远走回前门的位置，"啪啪"两下关了灯，对着因突如其来的昏暗而顿在教室后排的喻世瑄喊，"那你把后面的门关上，不用反锁。"然后干脆利落地把前门关上了。

喻世瑄微怔，有点好笑，将口罩重新戴好才出了教室关门。

走廊已经没了谢远的影子，但不过几步路，就在电梯间与刚从洗手间出来的谢远打了个照面。

电梯抵达这一层，谢远走进去，见喻世瑄还站在原地，摁住了开门键："你不上来吗？"

"我下楼。"这趟电梯是上行。

"下行电梯你是挤不上的，人很多。"谢远好心提醒。

"……好，谢谢谢老师。"喻世瑄进了电梯，电梯门关上。

谢远收回手，站到角落里："不用叫我谢老师，要不像刚刚那种情况，听上去很像结巴。"

喻世瑄反应过来，忍不住又笑了："好。"

谢远说得没错，电梯一停下，就乌泱泱地挤进了一群学生。喻世瑄下意识就往谢远站的角落里避让，低头同她"你看，我说得没错吧"的眼神对上了。他将手撑在电梯壁上，稍稍与她拉开距离。

电梯抵达一楼，人群往外涌。谢远无意间看见喻世瑄的手略略摆了个替她挡着人群的姿势——嗯，是个好青年。

离了教学楼，喻世瑄同谢远道别，往学校北门走去，打算回家。走了一段路，他似有所察地回头，又是谢远。

他站定，等谢远迈着小短腿走近了问她："你跟着我做什么？"

谢远摇头："没跟着你，我也走这个方向。"

"你去哪儿？"

"林记钵钵鸡。"

"……"

十分钟后，林记钵钵鸡，喻世瑄坐在谢远对面，不太清楚自己怎么鬼使神差地就跟着她一起来了。谢远倒是无所谓，拆了马尾辫绑成个丸子头，又把两边袖子各折了几叠挽上去，摆出了要专心进食的架势。

鸡肉、鸡心、牛肉、毛肚、郡肝、鹅肠、鸭翅、鹌鹑蛋、土豆、莲藕、四季豆、木耳……都逃脱不了被竹签串起的命运，浸在香气四溢的土鸡汤里，混着花椒、藤椒油的辛香，再撒上一大把白芝麻，满满的一大青花钵摆到谢远面前，又很快变成了一大把签子。

谢远吃了个半饱，看喻世瑄面前的签子少得可怜，把鼓鼓的腮帮子里的东西嚼嚼咽下了："你不喜欢吃？"

"没有。"喻世瑄擦了擦手，"我以为你食量不大，没想到还挺能吃的。"

谢远说："没办法，我吃了也长不高。"又"咕嘟"了一口可乐，"不过也长不胖。"

这话就很让人牙痒痒了。

"你现在还需要身材管理吧？是不是不能吃这些？"她将一只鸭翅从签子上捋下来，开始咬咬咬。

喻世瑄看她咬了两口，似是觉得不爽快，舌尖飞快地舔了下上唇的油星，筷子一搁直接上手，一下分了骨，又一下剔了肉，转眼间鸭翅就"骨肉分离"，变成了干干净净的两三块骨头。

他看着，觉得这姑娘着实有些——不拘小节。

谢远又如法拆了只鸭翅，见他盯着自己看，想了想，擦干净手后自碟子里夹了两片刚剥下的鸭肉放入他碗中："我堂嫂是外科医生，这'分筋错骨手'就是她教我的。"

喻世瑄被这个说法逗笑，夹起碗中鸭肉："谢谢。"又说，"最近要上节目，的确有稍微管理。不过这些，还好。"

她捞下两片莲藕，将签子往铁罐子里一放："节目？"

"嗯，选秀节目。"

谢远闻言，不由得自上而下打量了他一圈。喻世瑄下意识低头看自己的衣服，然后才猜出她的意思："我不是选手，是导师。"

"那很强啊。"谢远说，"韩国人造星那么厉害，你还能当他们的导师，某种程度上也是为国争光了。"

喻世瑄："……是国内的节目。"

"哦。咦，你回国发展了？"她眨眨眼，声音压低了些，"你们那个组合——解散了啊？"

"不是，只是有队友入伍了。"喻世瑄失笑。

"金、那位——金永焕？"

"他明年。"

谢远点点头，又感慨了一句："也不知道蓓蓓还会不会因为你队友入伍而难过。"

"是你那位叫郑蓓蓓的朋友？"

她"咦"了一声："你还记得她？"

"两个月前的签售会，她说了姓名之后，有点印象，就多问了两句。"喻世瑄擦了下因吃了辣而有些许鲜红的唇，"不然，在那之前我一直以为那是你的名字。"

谢远说："粉丝才会想要你们的签名，我当时连你们的名字都叫不出来。"

"现在呢？"喻世瑄问完又笑笑，"应该也没什么区别，毕竟你刚刚连说永焕的名字都卡壳。"

谢远惭愧："实在不好意思了。"

谈话间，可乐见了底。谢远捞了捞青花钵里的汤，确定没有漏网之鱼了，抬头问喻世瑄："你用不用再点些什么？"

喻世瑄摇头，于是谢远又叫了两碗冰粉打包。喻世瑄拿出手机想去结账，却见服务员放下两碗打包好的冰粉后，从谢远手里拿了张红钞就走了。

谢远合上钱包，看见他的动作，张了张口："呃，没事，我请就好，不贵。在国外习惯了拿现金，手快了些。"

喻世瑄只好收起手机。

两人走出店门，谢远将手上两个袋子的其中一个递给他："这家的冰粉做得不错，你拿回去当夜宵或者明天的点心都好。"

喻世瑄接过来："谢谢。"

"那我走了，再见。"

"你去哪儿？"

谢远眨眨眼："回学校，我住教师宿舍里。"

"……那再见。"

他目送谢远背着书包拎着袋子过了马路，身影没入同样三三两两吃完饭回校的学生中间，丝毫看不出是个老师，满是学生气。

只是，回家的路上，喻世瑄总觉得似乎少了什么。他提着袋子进了家门，换上轻便的衣服就上了跑步机——钵钵鸡的热量不低，他最近在练舞，还是得亡羊补牢一下。

四十分钟后，他进浴室冲了个澡，出来后经过餐厅，看见餐桌上的冰粉，终于想起来少了什么。

阴错阳差见了三次面，一起吃了一顿饭——还是人姑娘请的，但他仍然没有谢远的联系方式，还人情都没地方还。

不过，喻世瑄很快就想到了法子。

"陆何然，让你弟把今天这节课的老师的手机号和微信号发给我。"

半小时后，他收到了一串邮箱账号。

"他说，这老师说一堂公选课而已，估计平时不会有问题找她，让他们有事邮箱联系。"

喻世瑄无言以对，回想起和谢远短暂的接触，又觉得这的确像她做得出来的事。

抱着试一试的心态，他登上了自己多年不用、塞满了广告的邮箱，给谢远发了一封邮件，里面附上了自己的微信号。

十分钟后，微信界面弹出了一个好友申请，备注：谢远。

他通过验证，然后发了个红包给她。

谢远发来了一个问号。

喻世瑄："收下吧，让你一个女孩子请客，我心里过意不去。"

过了一会儿，显示红包被领取，以及多了个"谢谢老板"的表情包。

"你从哪里知道我的邮箱的？"

他正要解释，谢远又发来一条："你代课的人给你的？"

"嗯。"

"哪位？"

喻世瑄想了想，还是说了实话："陆何尔。是我跟他要的，你别生气。"

"没有，我就是记下缺勤。哦，加上今天他已经旷课三次了，再来两次考勤分就没了，你帮忙转告一下。"

　　他愣住了，而后飞快打字："你真记他缺勤了？"

　　"假的，开个玩笑。"

　　喻世瑄倒到沙发上，好气又好笑："我刚刚信了。"

　　聊天界面上弹出一个搞怪的表情包，接着一句："不过还是劳你转告他，下不为例啊。"

　　"好。"

谢远番外（三）
酒不醉人人自醉

写完论文的结尾，谢远检查了几遍，将论文发给了系里的一位教授过目，得到了肯定的答复。

她顿时无事一身轻，趿拉着拖鞋到小卖部买了个甜筒吃。吃完拆开丸子头洗了个澡，穿上新买的一条连衣裙，拎包出门。

音乐会在下午三点开幕，谢远的票价在中间一档，位置不好不坏，略偏了一些。趁着没开始，她借着场内灯光看手上的小册子，册子里详细介绍了指挥、乐团、首席小提琴手的信息，以及本场四首曲目的创作背景。

谢远从头到尾认真翻看了一遍，除了《梁山伯与祝英台》，其他的，虽略有耳闻，但她仍是一知半解。

灯光渐渐暗下，她合上册子，看了眼旁边的空座，随后倚上椅背，调整了个舒适的坐姿，看指挥和首席在雷动掌声中走上舞台，款款向观众致意。

万籁俱寂中，悠扬的长笛声轻轻柔柔地飘起来，勾起一片此起彼伏的弦乐，随后又只剩这一支长笛飘飘荡荡，但片刻后，竖琴的声音便如清冽泉水般将这一场梦境拨开了一层雾。

《牧神午后》的前奏曲，的确有够印象主义。谢远不喜欢德彪西，尤其他那几首脍炙人口的钢琴曲，让她这种总想抓点主旋律抑或者规律和弦的听众很痛苦。但这首，她意外地可以接受，因为这个午后着实闲适，她听着懒洋洋的，倒是很符合她想睡午觉的心情。

也或许正是想打破她这份倦怠心情，下一出《梁山伯与祝英台》便如泣如诉地将一卷宿命悲歌淋漓铺开，震得谢远下意识搓了几把手臂上的鸡皮疙瘩。

她莫名想起那段黄梅戏的唱词。

"英台不是女儿身，因何耳上有环痕？"

"耳环痕确有原因，梁兄何必起疑云。村里酬神多庙会，年年由我扮观音。梁兄做文章要专心，你前程不想想钗裙。"

"我从此不敢看观音。"

她当年初看此戏，和同伴笑说，梁山伯这个表白委婉得妙，且表白的是"祝贤弟"，说明他本质上其实是弯的，祝英台外表上符合他的取向，生理上却也符合了世俗的取向，天地间哪再去寻这一个妙人，无怪他最后相思成疾。

那时年纪小，做什么都好图个另辟蹊径，总要说点和旁人不一样的东西逗乐取笑。现在想想，又能咂摸出点不一样的味道。此处如此敏感的梁山伯，又哪有十八相送里"呆头鹅"的样子。英台调笑他，眉开眼笑的俏丽模样，谁知他是不是因为偏爱这模样而装聋作哑呢。

思绪游离间，哭坟段的鼓点沉沉奏起，已到了尾声。化蝶段的旋律在片刻沉寂后缥缈地渐入，一层叠一层，直至万弦齐发，将那一段最耳熟能详的旋律推向云巅，最后仅剩极轻的一段绕于梁上。

灯光缓缓亮起，唤醒听众尚未抽离的情绪。谢远站起来，轻轻跺了跺脚，回了神，也跟着人流离开音乐厅，洗了个手后去二楼接了杯冷水喝。

捏瘪了纸杯丢进垃圾桶，她将微凉的掌心放到颈侧捂了捂，重新走入音乐厅。

座位旁边多了一个人，戴着鸭舌帽和口罩。她走过去坐下，那人已开口解释了迟到的原因："录节目拖的。"

她点点头表示理解："选手不好教？"

喻世瑄扯了下嘴角："你觉得上这种节目，几成是来学东西，几成是想着博眼球的？"就节目这个训练强度，放在韩国真不够看的。他虽然没指望最后真能打造出一个什么"顶流"女团，但目前这个样子，能不能到达出道的水平都要打个问号。

"所以网上都在问能不能选你出道嘛。"第一期播出后，喻世瑄的导师首秀跳的那段舞，现在在外网的点击率已经破了一百万，就更别说在国内有多火爆了。

不得不说喻世瑄这步棋走得好，从前他的知名度与团队捆绑得紧，粉丝数量大是大，但集中且固定。现在，他直接在竞争本就激烈的内娱市场撕开了一道口子，以个人身份占据了大众的关注度。

谢远忽然凑近喻世瑄。

喻世瑄猝不及防——虽然他不是头一回见识这姑娘的直爽，但还是僵了一僵。

谢远缩回去，皱皱鼻子下了结论："香水味好重。"说完迅速别开头打了个小小的喷嚏。

喻世瑄尴尬。他今天去教那些女选手跳主题曲舞蹈，纠正动作时难免有些肢体接触。出道多年，他对化妆品味道和香水味习以为常，也就没意识到自己身上的气味有什么不妥。

他空着手来的，问她："有什么可以遮一遮吗？"

谢远身上总有个很淡的木调香气，有时走得近了能闻到，他猜测她偏爱中性的香水。

结果谢远从包里掏出了一支花露水喷雾。

喻世瑄："……不用了，谢谢。"

灯光重新暗下，g小调第一小提琴协奏曲缓缓奏起。谢远侧头去看喻世瑄，他听得放松又专注，修长的指搭在扶手上，弯成随性的弧度。

加了好友后，两人又偶然地聊了几次，一起去外面吃了几顿饭，稀里糊涂地成了朋友。

喻世瑄在国外多年，却意外地对这里的旧街老巷了如指掌，能带她到从未留意过的胡同深处找到一家不起眼的苍蝇馆子，吃上一碗香气四溢的盖浇面，也知道哪里的豆汁才正宗，万般劝诱下愣是让她对这一神奇的饮品有所改观。

后来她才知道，他小时候家里不富裕，因此很早就出来打工做兼职，久而久之自然就知道哪家店既便宜又好吃。

他有接地气的一面，也有阳春白雪的一面。例如这音乐会，便是他极力推荐她来的。成天在舞台上唱跳Kpop的人却对古典音乐情有独钟，嗯，有点反差萌。

喻世瑄也觉着这姑娘奇特——至少在节目中见到的那么多，脾性风格足够迥异的女生中，没一个与她一样的，率真却不傻气。

例如现在，听完音乐会，喻世瑄问她想吃什么。谢远眼睛亮了亮："上次你带我去的那家锅盔，是不是在这附近？"

——这姑娘真的对情调或者氛围这种东西，意外的没有需求。

喻世瑄毕竟还是个公众人物，到了地方，谢远下车去买锅盔和饮料，然后两人便直接坐在车里吃。吃完喻世瑄要送她回学校，却忽然接到了电话。

"查寝？"

谢远默默把他手里空了的锅盔袋子拿过来折起，把自己这边的垃圾也收拾了，装进塑料袋里扎紧口子。

"不合适吧？"

喻世瑄拧着眉毛，最后自暴自弃似的抬手把眉心揉平了："行吧，等我半小时。"

他放下手机，拉过安全带系上："节目组忽然让我过去查选手的宿舍，说是原定的那位女导师临时有事去不了，找我顶上。我先送你回学校。"

谢远点点头，但很快又问："我能去看看吗？"

他换挡的手一顿，看向她："你说去节目？"

她继续点点头。

他有点意外："为什么？"

"我想看看现在的选秀节目究竟是什么样子的，能不能拿来做我下学期的论文选题。"谢远诚实道。虽然这学期的任务基本完成了，但她也该未雨绸缪一下。

"不方便的话就算了，我也只是突发奇想而已。"

这个理由让喻世瑄莞尔，却也明白这话不是胡扯的，想了想："可以，反正我一个大男人去查女生宿舍很尴尬，你去了反而是帮了大忙。"

"那提前谢谢你。"

车子朝录制地开去。谢远掏出手机，开始迅速思考可以有哪些课题切入点。等快到目的地时，喻世瑄侧头瞄了一眼她的手机，已经密密麻麻地写了一屏幕草稿了。他第一回见到她工作时的模样，不由得多看了两眼。

下了车，他带她进了宿舍区，跟几位摄像导演打了招呼后指着谢远："这是Y大社会学的一位老师，也是我朋友，想过来看看，做点课题研究之类的。"

本来就是找喻世瑄来救场，这也不是什么过分的要求，导演组很痛快地答应了。一位助理过来想给她戴麦，她婉拒了："我就是来看看，不会说话的。"

"那要不要化个妆？"

谢远也摇头。

喻世瑄正在任化妆师给他简单地上妆，闻言招手让她过去。谢远走近，他将刚摘下的鸭舌帽扣到她脑袋上，结果太大了，一下子盖住了眼睛。

谢远忙去扶帽子，手伸到后头想调整一下宽度，却碰到了另一只手。

他不知什么时候站到了她身后："低下头。"

她乖乖照做，喻世瑄熟练地帮她调整好宽度，给她戴好了帽子，又接过助理递来的表格和笔后交给她："一会儿你就跟在我后面，我让你记什么就记什么，其他的什么都不用管，也不用怕。"

谢远点头："好。"

两小时后，谢远对喻世瑄竖了两个大拇指："你厉害。"

喻世瑄忍俊不禁："过奖。"

虽然谢致是她堂哥，但她并没有接触过类似这样的大型节目录制，还是真人秀。喻世瑄习以为常，游刃有余，在一堆镜头前泰然处之，谢远却不甚习惯。

好在她将心思转到对选手的观察上，开始试着在脑海里打草稿之后，就感到自在了许多。可惜手上的表格是节目组要用的，她不好在上面记笔记，等到录制结束后，就迅速地掏出手机噼里啪啦地打字。

"有想出要写什么了吗？"

谢远说："有点想法，但还不完善。我回去搜集看看有没有对以前的选秀节目的研究和分析，再看看怎么切入合适。"

"嗯，有什么需要我帮忙的就开口。"

谢远也没跟他客气："如果真的定了要做和选秀节目相关的课题，肯定要来麻烦你。"

回到学校，她在图书馆坐了两天，又花了几天时间将近两年比较火爆的三档选秀节目快速刷了一遍，然后简单地写了个开题报告去给院里的教授看。教授帮她修改了下大纲题目，她便信心十足地开始"骚扰"喻世瑄了。

节目录制进入尾声，喻世瑄要为了最后的总决选做冲刺训练，更忙碌了。谢远感觉一些疑问了解得差不多了，也就没有再去打扰他，将手头上收集到的资料整合了，做好笔记，便将心思转移到期末的工作上，以期顺顺利利地给入职后的第一个学期画上好看的句号。

监考的最后一天，她将卷子装好封好，抱去教务处，路上听到手机在包里震动，她腾不开手去拿，直到交完卷子出来才去摸手机。

是喻世瑄。

她打回去，他很快接起："谢远。"

"怎么了？"

"后天有空吗？"

"要改卷。"

"我看见你发的朋友圈了，那部电影我也想看，想问你要不要一起去。"

"可以啊。不过明晚就是总决赛了吧，你现在不应该在训练或者彩排吗？"

"刚彩排完一遍，现在在休息。那你改卷要改几天？"

"周末就可以去。"

"好。"

周六晚上，谢远一人进了电影院。灯光暗下后，旁边才有人坐下，顺手往她手里放了一纸袋剥好的糖炒栗子，然后拿过了扶手上的可乐。

电影没想象中好看，谢远略失望，出了影院后有点怏怏。

两人在路口吹了一会儿夜风后，谢远说想喝点什么。喻世瑄以为她是要去奶茶店之类的地方，结果她抬脚就往马路对面走，七拐八拐后进了一家夜店。

慢半拍的喻世瑄在门口愣了一瞬，忙紧走几步跟上她。

夜店里昏暗斑斓，巨大的旋转灯球在色彩鲜艳的光线下打出颜色纷杂又刺眼的色块，音乐声与人们此起彼伏的叫嚷声震耳欲聋。喻世瑄看着她灵活地穿梭在舞池里摇头晃脑的人群中间，在一个人即将贴上她时迅速握住了她的手腕往回拉。

谢远回头看他，反过来牵住了他的手，带着心跳漏了一拍的喻世瑄钻出人群，站到了吧台边上，和调酒师做了个手势。

她回头踮起脚——够不着，干脆拉着他的袖子迫他低下头来，手拢成个喇叭贴着他的耳朵："这个调酒师调的莫吉托特别好喝，我带你来尝尝。"

喻世瑄："……"

手心一凉，她已经将杯子塞入他手中。他借着明灭光线打量，清清淡淡的一杯，沉浮着暗色的青柠和薄荷叶。

他试着饮了一口，冰凉的冰块贴上唇，然后是清淡的朗姆酒味道和一点酸，最后是悠长的回甘。比他喝过的要甜一点，的确可能会是女生偏爱的味道。

那边，谢远的一杯已经见了底，舔舔嘴唇付了钱。转头看喻世瑄的杯子也空了，又趴到他耳朵边上问："你还要一杯吗？"

喻世瑄轻轻摇头，耳侧肌肤划过她鼻尖。

"那我们走吧！"

两人出了夜店，在相对安静了许多的马路上站定。店门口的路灯似乎有些老化，一闪一闪的，晃得刚摆脱绚烂光线的谢远眼晕，干脆走到街角的阴影处。

喻世瑄呼出了胸中一口浊气，走过去看她低头在手机上叫车，忍不住问："你来夜店，就是为了喝这一杯？"

有司机接了单，显示还有一公里。谢远收起手机，侧头："不然呢？"

喻世瑄哑口无言。

良久，他又说："一个人来还是不太安全。"刚刚若不是他拉开她，那个男人就顺势要往她身上靠了。

谢远点点头："我知道，所以很久没来了。"

她回想了一下："上次来，走的时候被人尾随了。我冲到大街上，拉响了包里的警报器，他们才没敢动手。"

喻世瑄脸色一变："受伤了没有？"

谢远摇头："但是后面就没来了。"说完又拿眼觑他，嘀咕道，"要不是今晚有你在，我也不敢来。"

喻世瑄："……我也是男人，你应该有点设防。"

她有点诧异："你——"这条件摆在这儿，他能对她起什么心思？

她的眼神透透亮亮的，在阴影中折射出水汪汪的光。喻世瑄舌尖抵着牙，给自己心里蓦地涌上的这一股十分久违的冲动找了个理由。

这姑娘太过不谙世事，他得让她"悬崖勒马"。

他隔着口罩，弯腰，在她的唇上亲了一下。

其实什么都感觉不到，但那一瞬间，似乎全身的细胞都敏感起来。

甚至她唇的形状，也穿透了口罩，准确无误地烙在了他的唇上。

喻世瑄重新站直，看着她。她的神情一片波澜不惊，只是睁着双眼与他对视。

其实她只是面上平静，心里已经一片混乱。谢远从这混乱中努力地抓住了一个还算有逻辑的疑问句："你干吗？"

方才给自己找好的冠冕堂皇的理由滚到舌尖，变成了："我喝醉了。"

"……莫吉托酒精含量只有百分之十。"

喻世瑄感觉自己的耳根已经一片烧意，但还是说："就是醉了。"

谢远默默咬了下后槽牙。

有车子自大街上驶过，车灯照亮了这一方小小的昏暗，又很快掠过，留了一抹红色的尾灯光线，而后慢慢淡去。

"那我也喝醉了。"

喻世瑄微怔。

下一秒，颈后一紧，他整个人被迫俯下去。谢远一手拉下他的口罩，一手抓着他的领子，莽撞地亲了上来。

他的唇才沾了冰块，她的也是，触感沁凉又柔软。

她不得要领，磕到他的门牙，老疼。她拧眉，懊丧地松手，一摸上唇，出血了。

伪装风月场老手失败。谢远愤愤地咽了下口水，转身就往外头走。

手腕一紧，她被拉了回去。青年扣住她纤细的腰肢，舌尖重重地舔上她唇上的伤口，微微用力一吮，就感觉怀里的姑娘抖了抖。

他瞬间有点后悔，却又舍不得，慢慢退开了，手却仍停在她腰后。

谢远抬着头，执拗地同他对视了片刻："你……酒还没醒？"

喻世瑄愣了一瞬，轻轻摇了下头。

这次，谢远谨慎地攀上了他的肩膀，他配合地低下头，抱着她的手稍稍用力一托，让她更轻易地吻上了他。

酒的味道，薄荷的淡香，冰块的凉意，在这觥筹交错间迅速升温。

她觉得，这莫吉托真的烈了点。

仿佛过了漫长的一刻，手机在包里大声吵嚷起来。

谢远似梦初觉，蓦地离了他，退后两步，脚后跟磕到了墙壁，又飞快地扭开头去接手机："您好。"

"哦，知道了。"

"我看见您了。"

她一边说一边大步流星地走到车边，拉开车门坐了进去。

司机看了眼车窗外："那人和你不是一道儿的？"

谢远低着头："……不是。"

车子往前开去，她抓着包的带子，过了一会儿，忍不住回头去看。青年的身影模模糊糊，遥遥站在远处。

回到宿舍，谢远将包丢到一边，拿了睡衣进浴室。往脸上搓洗面奶时，手指慢慢抚过嘴唇，那里有个小小的伤口，被洗面奶一刺激，像又被咬了一口。

她拧开水龙头，用力地把一张脸揉得乱七八糟。

洗完澡，正在吹头发时，手机又嚷嚷起来。她看到来电显示，犹豫了一下，关了电吹风开关后接起来，没作声。

那边的人也没有等她出声："我在操场上。"

"……等我十分钟。"

她套了件卫衣和运动裤，拿上手机和钥匙出门。

操场离教师宿舍不远不近，之前偶尔他送她回校，会到操场边上的看台坐坐。操场上亮着灯，聚着夜跑或者散步的学生，看台却是暗着的，不少小情侣爱坐在看台上，在自以为无人注意的角落卿卿我我。

操场上有几拨人在忙碌着，大声报着时间或分数，在为校运会做准备。也有人在夜跑，一圈又一圈，经过三三两两散步聊天的人。

她在看台的最后一排找到了喻世瑄。

"什么事？"她没有坐下，居高临下地看着他。

他仰头看她，口罩包住了棱角分明的下颚，遮住了高挺的鼻梁，只露出一双潋滟的眼，睫毛长长地垂下来，在暗处拨出流转眼波。

"我酒醒了。"他说。

谢远不明所以。

"你酒醒了没有？"他又问。

她愣了愣，说："醒了。"

他看了眼周围，然后摘下了口罩，仍是仰着头，静静地看着她。

谢远定定地与他对视，然后隐约猜到了什么。

她心里有些说不清道不明的心绪，但当下，他这副任君采撷的模样，很诱人。

谢远是个肤浅的人。

她将脑后的卫衣帽子戴上，然后弯腰，捧着他的脸，亲了下去。

身后一阵欢呼，似乎是谁刷新了自己的最好成绩。谢远分神去听，下一瞬就被人拦腰抱到了膝盖上。

喻世瑄将她的帽子往前拉了拉，又去寻她的唇，辗转研磨，直到她没心思再去管旁的人，只能一心一意地与他亲吻。

结束后，喻世瑄平复着呼吸，隐忍又压抑地问她："亲我做什么？"

谢远说："你色诱我。"

喻世瑄承认了："嗯。"

换谢远问他："你色诱我做什么？"

他说："想让你对我负责。"

她难得噎住，回想了一下这一晚混乱的起因："是你先亲我的。"

喻世瑄顺从地点头："好，那我对你负责。"

谢远："我不用你负责。"

喻世瑄："……求你让我负责吧。"

她还要说，他又亲了上来，不让她开口。最后他摩挲着她又渗了血丝的伤口，状若不无遗憾地说："又受伤了，我还是得负责。"

谢远一把掐住他脸颊："脸厚否？"

喻世瑄忍着，手臂圈紧了几分："就厚这一次。"

她松了手，看见这一张漂亮的脸被她掐出了印子，有点可惜，想抹平似的按了按又摸了摸。喻世瑄被她撩拨得心痒，又不敢动，垂眼看她卫衣上的图案。

半晌，肩上一重，他心跟着一颤，侧了侧头。她的小脑袋歪在他肩窝里，呼吸打在锁骨上，痒得他心如鹿撞。

谢远吸了吸鼻子："……困了。"这几场亲吻于她而言太过激烈，比写论文还耗费心神。

喻世瑄半天没等到她下一句话，试探着开口："我送你回宿舍？"

谢远没作声，安静了一会儿，手往他的外套口袋里伸，摸出他刚刚摘下的口罩，给他戴好了，才说："东区六号楼四零三。"

喻世瑄默默记下，犹不放心地咳了一声："都有谁知道你宿舍地址？"

谢远打了个哈欠："我爸妈。"然后默了默，小声，"我男朋友。"

喻世瑄开心了。

开心的喻世瑄一把将姑娘背起来："你睡吧，到了叫醒你！"

谢远手忙脚乱地搂住他脖子，恍惚了一下，这就是一米八眼中的世界吗……

她把头埋到他颈窝里："好……"

但不过几秒，她就捏了捏喻世瑄的颈侧。

"你方向反了。"

陶子佩番外（一）
十四年后的同行

再见到谢宁，是在陈望家的小斯佑十岁的生日宴上。

谢致陈望没有铺张宴请的习惯，只是在斯延十岁生日将近时，谢致连着拿了国内外两个最佳男主角，就借着斯延生日的机会，请了几家亲戚和相熟的朋友们聚了聚。今年斯佑也满了十岁，自然不能厚此薄彼。

陶子佩看了眼门诊安排和手术日程，对着陈望满口答应下来："放心，延延那次我没赶上，这次绝对去！你跟佑佑说，姨姨已经准备好礼物了，记得让姨姨多亲两下！"

陈望警觉："你准备了什么？"

"M4A1 的模型。"

"……"

"你和谢致打算送佑佑什么？"

"……射击馆的年卡。"

"嗯，挺好的。"

陶子佩说完，捂住麦无声大笑。

不知道是不是因为有个声名赫奕的爹，两个娃娃见惯了爸爸出入大场面的情景，又遗传了陈望淡定的基因，性子一个赛一个的波澜不惊。尤其谢斯延，虽然不排斥户外活动，但最大的爱好是在棋盘前坐一天，没事就到少年宫里，跟年纪比自己大了好几倍的叔叔伯伯甚至爷爷对弈。谢致陈望提心吊胆了一段时间，确定儿子没有心理问题，就哭笑不得地随他去了。

后来某日，夫妻俩带谢斯延去了趟射击馆，想给儿子培养多个活泼点的爱好。谢斯延兴致平平，反倒是站起来比枪高不了多少的谢斯佑，抱着气步枪不撒手了。

　　谢致陈望对视一眼：失算了。

　　"这不是很好吗？"刚听说这件事的陶子佩惊讶了一会儿，立刻说，"别人家父母都是发愁自家小孩到处疯玩不安全，你们家多省心，围棋老师和射击老师直接就当帮你们带孩子了。谢致忙起来时不用我说，你不也得多挤点时间写你的论文吗？"

　　视频那头的陈望苦笑："话是这么说……谁能赶得上你啊，你们院——不对，你是我们这届最早考上副主任医师的吧。"

　　陶子佩笑眯眯："没办法，不用结婚不用怀孕不用带娃，除了工作没事可干，一不小心就考上高级，全款买房了。"

　　"美得你。"陈望笑，稍稍降低音量，"你之前不是和神内科一个医生相亲，处了一段时间吗？怎么最近没听你提起他了？"

　　"哦，那家伙啊，跟底下——"陶子佩竖起两个大拇指对着弯了弯。

　　陈望秒懂，扶额。

　　老大的桃花缘，真是一如既往的烂。

　　陶子佩却不以为然，换作年轻些的时候，不把渣男从社会层面抹杀掉，她绝对不会善罢甘休。如今遇到这种事，当下恼火过后，却也掀不起太大的情绪起伏了，只是在地下车库撞见他跟新女友旁若无人地腻歪时，会忍不住用悲天悯人的目光看着女方。

　　算了，一个愿打一个愿挨，尊重，祝福。

　　然后她转头对新来的实习小姑娘说："跟你同学们都说一声，轮转到神内时远着点那人。"

　　小姑娘点头如啄米。

　　不对，小姑娘周舟，现在也是能独当一面的住院医了。

　　"6号床做了EVL的患者昨天还有出血，今天再查一次，没出血就可以改流食，否则继续禁食，泰胃美不要断。"

　　陶子佩说着，随手把不知从哪儿顺来的笔往胸口袋里一揣，往办公室走去。

　　"让小冯她们也盯着点，尤其是患者的妈妈，一定叫她不许给她女儿乱喂东西吃。"

　　"好的。"

　　"还有10号床，因为癌症做了胃切除的，"她推开办公室门，又转回来，"CRP降了，抗生素就可以停了，换药的时候注意点。"

　　"知道了陶老师，"周舟推着她的肩膀，"有问题我会跟李主任说的，您就快下班吧，不是还要赶高铁吗？"

　　陶子佩一瞄挂钟，暗叫要命。

她飞快地洗头洗澡，换回衬衫长裤，再往脖子肩膀拍上几块膏药，就拎着包往高铁站去。在动车上补了个觉，到站时是下午三四点。她随便找了家餐厅，灌下一杯冰咖啡醒了神，再借用洗手间简单化了个妆，撕下膏药，龇牙咧嘴地活动了一下"嘎吱"作响的关节，草草喷了两下香水盖住药味。

一切准备就绪，陶子佩打了个车，抵达陈望订的酒店时正好六点，分毫不差，不愧是她。

地点在六楼，一个规模不大的自助餐会场，只设下了七八张小桌。电梯门一开，就见已经是少年模样的谢斯延站在门口迎接客人，而旁边的谢斯佑被三儿抱在怀里啾咪，痒得咯咯直笑。

"行啦，佑佑今天穿得这么漂亮，你别把人家的小裙子都弄皱了。"陶子佩把小姑娘抱起来——嚯，重了，以后是真要抱不动了。她满是遗憾地想着，然后立刻跟三儿一样，吻了佑佑一口。

"子佩姨姨。"佑佑红着小脸，但也害羞地亲了回去。

"乖乖。"陶子佩捏捏她的脸蛋，随即将她放下，摸了摸谢斯延的脑袋，"延延长高了不少啊，越来越有大哥哥的模样了。"

少年牵着妹妹，礼貌地笑："子佩阿姨。"

三儿过来挽她的胳膊："刚刚佑佑都跟我说了，放暑假前延延收到的情书——"她夸张地比了个手势，"有这么厚。"

谢斯延无奈："媛媛阿姨，不要再造谣我了。"

"这有什么不好的？"陶子佩朝他竖了个大拇指，"好好把握哦少年，你爸妈不也是这个年纪认识的？对哦，"她张望了一圈，"望崽呢？"

谢斯延十分习以为常地回答："十分钟前刚出手术室，大概再过半小时就到了。"身后的电梯"叮咚"一声，他看过去，"小姑姑，二姑姑。"

"走吧。"见斯延斯佑去接待其他亲戚，三儿拉过陶子佩，"我都听到你肚子在叫了，是不是值班完没吃东西？"

"特意空着肚子来的，今晚怎么说也要把车票和四儿那份吃回本。"

"德行。"

两人说笑着进了会场，跟正在与客人寒暄的谢致打了招呼，又问候了几位老人家，然后陶子佩立刻飘向了冷盘牛排。三儿端着食物到座位上，见陶子佩的盘子已经空了一半，叹为观止："你能不能有点除了肉以外的追求？"

陶子佩看着三儿盘子里的北极甜虾和扇贝，眼中明明白白地写着"你有什么资格说我"。三儿假装认真剥壳，随后用一只蘸满酱料的虾堵住了陶子佩的嘴。

稍微垫了垫肚子，两人便给正在香港出差的四儿打视频电话。刚接通，就见陈望终于赶到，四人也算再度聚齐。陶子佩顺带打量了一圈周围，才发现客人们都来得差不多了，场内比先前热闹了不少，斯延斯佑兄妹也回到了谢致的身边。

四人聊了一阵，约了下次聚会的时间，才挂了电话。擦了擦手后，陶子佩同样喂了陈望一只甜虾，拍拍手："好了，主人家快去招待客人吧，不用管我们俩了。"她单手撑着下巴笑眯眯，"放心，我们自个会吃好喝好的，你别心疼钱就行。"

陈望好笑，眼角眉梢依旧是熟悉的温柔："这是你说的，散场后我要来数盘子的啊，没满十盘不放你走。"

"快去吧。"三儿也挥挥手，朝主桌的方向努下巴，"谢致和两个小家伙都巴巴等着你呢。"

这一挥手，陶子佩才发现三儿手上的戒指换了位置，等陈望离开，她点了点三儿的手："怎么回事，和你男朋友终于要结婚了？"从右手无名指变成了左手无名指。

"什么啊，"三儿笑着摇头，"就是为了挡你这样的'还没结婚'式问句，才特意这么戴的。你是不知道，我们科室主任嘴有多碎。"

结束了漫长的留学研修后，三儿回国，和陈望一样留在了这里工作，两人时不时就约着到处玩，跨院会诊时也没少见面。反倒是陶子佩和四儿，要同她们聚一聚都得翻山越岭地来。

陶子佩晃了晃香槟杯里淡金色的液体，在灯光下析出透亮的光："现在这个男朋友是你谈得最久的一个了吧，五年？真想象不到你能坚持这么久。"

"真巧，我也没想到。"三儿拿杯子跟她碰了碰。

"不打算结婚？"

"嗯。"三儿看她，"你觉得怎样？"

"你们俩觉得好就行了，为什么要我觉得？"陶子佩正好一口将香槟咕嘟了，"决定好了就坚持下去，别被周围的人东说一句西说一句就慌神。"

说完，她笑着翻了下空空的杯子，手略一顿，又将杯子拿正举了举，然后拿过旁边的酒瓶，给自己和三儿的杯子都满上。

三儿本要接话，被陶子佩的一串动作弄糊涂了，转过身看去，在一众人中锁定了一个戴着眼镜、姿态从容的瘦高男人。他并未看向这边，而是在同别人谈话，眼尾微翘，目光却有些沉静的意味，细长手指半拢着一个红酒杯。

她转回去，有点狐疑地看着重新开始切肉的陶子佩："你和……"她纠结着，"谢宁？还有联系吗？"回国后，她与陈望一家往来不少，见过谢宁两三回，后来不可避免地陆续听说了当年陶子佩与谢宁的"孽缘"，也长吁短叹过一场。

陶子佩莫名其妙地抬起头："当然没有。"她目光上移，在心里掰着手指算，"从望崴结婚之前……得有十四年没见了吧。"

三儿呛了一下："那你打招呼打得这么淡定？"

"我又不是没想过会碰见他，而且怎么能因为他就不来见你们？"陶子佩继续淡定切肉，忽然停下手，重新望向谢宁的方向，不淡定了，"好家伙，他怎么保养的？皮肤好得真气人。"

三儿无语，想吐槽她两句，又想着这前任实在是过于久远，回想起来大概有读书时的初恋那样模糊，于是忍住了滚到嘴边的话，依旧举起杯子，轻轻与她的一碰。

颜色清亮的气泡被激荡起来，悠悠地往上漂去。

陶子佩确实比自己预想的平静。

她没有删除谢宁的联系方式，毕竟谢宁要真想找她，凭他的技术，不过多敲两下键盘的事，她删不删的结果都一样。何况谢宁更新朋友圈的频率以年为单位，存在感近乎为零，她便没有郑重其事地将他删掉，仅仅把他放进了"初中同学"的标签里。

而在谢宁屈指可数的朋友圈里，她模糊地知道，他依然和自己住在同一个城市里。而逢年过节的同学会，她大部分时候在医院忙，参加的次数不多，听主持的班长提到谢宁也很少露面，想来是对同学会有阴影了，自然更不会再见到。

于是，十四年来，他们没有再相遇过。

说明这个城市真的很大。

也是这回临出发前两天，陈望提到谢致的亲戚们，她才后知后觉地回想起来，谢宁与谢致是堂兄弟的关系。她没有看破红尘，不可能对他的出现无动于衷，但所谓澎湃的心潮，却是再无半点痕迹了。果然啊，这一岁一岁的年龄，都不是白长的。

所以这一餐，她吃得非常舒服，就连生日蛋糕也一点不剩地吃光了。她向来不爱甜食，到了现在的年纪，更是控制得比之前严格。

但是！这是佑佑切好后端来的，她绝对不能浪费！

只不过太久没吃这样腻人的东西，散场的时候，陶子佩眯瞪着眼睛，在酒店大门口吹了好一会儿凉风，又晃晃脑袋跺了跺脚，才重新清醒过来。

谢致陈望送完几位亲戚上车，夫妻俩牵着斯延斯佑走来。陈望问三儿："开车来的吗？要不我送你们俩？"

"不用不用，有人来接我。"三儿指的自然是她男朋友，又挽着陶子佩，"老大我也带走了哦。今晚就住我家吧，我客房都给你收拾出来了。"后面两句朝着陶子佩说。

"去你家做什么？"陶子佩假装要扒拉开她，"我订了两小时后的机票回去，送机的车都在路上了。"

三儿诧异："什么，你这么快就走？"

陈望也有些失望："多住两天吧，明天我们再吃个饭，一起逛逛。"

"我也想啊，"陶子佩揽过两人的肩膀，面色沉痛，"可我明早就是会诊，下午还要接个转院过去的患者，实在请不出假，下次吧。"

遗憾归遗憾，但互相都是医生，自然能理解。三儿愤愤地掐了陶子佩的胳膊一把，叹气："就饶你这一回。那你到的时候得两三点了吧，能打得到车吗？"

"肯定能，实在不行也可以等地铁开。"陶子佩说着，弯腰摸摸两个小家伙的脸蛋，"延延佑佑，下次见啦。"

"子佩阿姨一路顺风。"

"姨姨再见……"佑佑有点舍不得她，瘪着小嘴。

这时，谢斯延"咦"了一声，偏头看向陶子佩身后："堂伯伯？"

陶子佩顿了顿，若无其事地站直身子，和旁边的人一起往身后看。

隔着酒店的大门，谢宁正在里面打电话，拿着手机的手还贴着耳侧，瞧见门口的人影，脚步一滞，三言两语结束了通话，朝这边走来。自动玻璃门在他身后合上，酒店大堂的灯光漏出来，勾出衬衣简洁的轮廓。

"公司项目出了点事，酒下次再喝吧。"

谢宁对谢致笑笑，顺带拍了拍延延的肩膀。

"现在回去？"

"嗯。"手机提示音响起，谢宁低头划开，是订票成功的短信，"两小时后的飞机。"

话音刚落，周围陷入有些微妙的寂静。

谢宁疑惑了一瞬，也没有在意，就要开口告辞。

"那不是和子佩姨姨一样吗？"

佑佑嗓音天真，而陈望只想赶紧捂住女儿的嘴。

谢致看到妻子一张脸精彩纷呈，咳了一声憋住笑意，镇定地给女儿打圆场："毕竟这么晚了，班次不多。"

谢宁总算明白了现状，握着手机的手紧了紧。更晚的航班倒也有票，现在改签也来得及。

"说错了，那班没票——"

"那就一起走——"

两人的声音近乎同步地交叠，然后不约而同地停顿。

"也许有票——"

"那算了——"

谢宁："……"

陶子佩："……"

三儿背过身去，很是辛苦地压抑着，但微微耸动的肩膀出卖了她。

陶子佩深吸一口气："我打的车还有三百米到，谢先生怎么说？"

谢宁看向她，她也抬起眼，目光坦坦荡荡。

"……那就多谢了。"

"不用谢，正好分摊车费。"

陈望赶紧出来救场，朝陶子佩笑："刚刚还担心你这么晚打车不安全，现在有人一块倒好些。"

"我都多大岁数了，还担心这个呢？"陶子佩远远瞥见逐渐靠近的车灯，朝陈望挥挥手，"行啦，你们也快回家吧，我走了。"

车子在酒店门口停下，谢宁先帮忙开了后车门，随后自己才拉开副驾驶的门坐进去。陶子佩只当没看见他避嫌的举动，拍拍两位好友的肩膀，这才上车离开。

已是深夜，路上几乎没有其他车辆，车子畅通无阻地行驶在高架上。陶子佩摘下耳环往包里一丢，拿起皮筋给短发抓了个揪揪，接着戴上蓝牙耳机，点开微信，闭上眼开始听傍晚周舟发给她的病例讨论会录音。

谢宁给主程序发完消息，摁灭手机屏幕光，同样闭眼往椅背上靠去。四周安静得只有车辆行驶带起的风声，在狭小的空间内，像一个连空气都凝固了的罐头。

因为路况好，司机估计也是急着收工，当陶子佩收起耳机时，正好看见窗外明晃晃的航站楼灯光，比预期快了近十分钟。

她拎上包，与谢宁一同过了防爆检查，站在安检口前，率先出声打破了沉默。

"你最后买了什么？"

谢宁反应过来是在问航班："一小时后。"

和她是同一班。陶子佩望向不远处的便利店："我去买杯咖啡，你要吗？"

"不用。"

"那先再见了。"

"车费。"

"哦对。"陶子佩半点没跟他客气，报出了数目。

便利店里的冰块用完了，陶子佩在热美式和热拿铁之间纠结了片刻，最后买了一条甜味最淡最清凉的薄荷糖。掏出手机结完账，正好看见谢宁的转账。她点进去收了，指尖一顿，看见对话框上显示着最后的聊天记录。

微信里资料多，她从没清空聊天记录，换手机时也是同步把信息转移过去的。所以同他的聊天记录，全在这里，一字不差。最后的对话停留在十四年前的冬天，那时她已经与谢宁干脆地分手了一个多月，收拾家里时，从沙发缝里掉出一支口袋钢笔。

　　谢宁此人，对许多事物有种奇异的偏执，习惯了某一样，就不会轻易更换，夸张到连续吃过一个月土豆炖胡萝卜。所以，她一眼认出那是谢宁落下的笔。他提过这款已经停产，说这话时估计是想到之后要去习惯新的钢笔，周身一股低气压。

　　出于谨慎，她再次联系了谢宁，提出可以把笔寄给他。谢宁只回了一句："你可以把它丢了。"

　　可以丢了？什么暧昧不清的回答。

　　当年的陶子佩不想琢磨，就真的将它丢了。

　　但她记住了这个牌子，若干年后机缘巧合下买过它家新出的宝珠笔，手感确实要比院里十块钱一打的黑色水笔要强上一大截。可惜她某天一个不小心，将它带到了办公室，于是她再也没见过那支笔。

　　然后她恢复了十块钱一打。

　　"小票需要吗？"

　　陶子佩回神："不需要，谢谢。"

　　等过了安检走到登机口，正好排队登机的进度也到了尾声，不过原本这个时间的乘客就少。她票买得早，特意挑了前排，因此毫不费劲地找到了位置。

　　坐下，系安全带，将脚从高跟鞋中解放出来，吹鼓充气的U形枕，要了毯子垫到腰后，松开皮筋，摘眼镜，戴耳塞，戴眼罩。熟练地忙完这一切，陶子佩脑袋一歪，开始争分夺秒地睡觉。

　　凌晨两点五十，口袋里的手机"嗡嗡"响起，是她设的闹钟。她摸索着掐掉了，又闭了一会儿眼睛，然后轻手轻脚地收拾好东西，最后大大打了个哈欠，听到双耳"卟"的一声。下一刻，机身颤动，平稳落地。

　　她没有办理托运，与前去领取行李的多数旅客错开后，不可避免地再次遇上了同样早一步出站的谢宁。

　　停车场与出租车上车点的方向相同。谢宁问："你怎么回去？"

　　"看看有没有出租车吧。"

　　"送你一程？"

　　"不用了。"

　　礼节上的问候到这里就够了，陶子佩想，顺势同他道别。谢宁略一点头，转身朝电梯走去。

　　身后传来手机系统自带的铃声，又渐渐远了。她懒到不想设置铃声的习惯倒是一如既往，这样想着，谢宁按下电梯的下行键，顺手掏出手机点开项目群聊，往上翻动浏览，似乎各模块的主要负责人都赶到公司了。他读完所有未读消息，点开外卖软件下单了夜宵，地址留了公司的。

"叮。"

电梯门徐徐打开，谢宁收起手机，迈步走进——

"去甲多少？"

腰后蓦地一紧，不到一分钟前才远离的声音再度近在咫尺。

"消化内今晚谁值班？胃镜——算了，直接拍CT。"

陶子佩一手拽住他的上衣，一手抓着手机下指令："开个术前，好好跟家属解释，让他们把字签了，话说得委婉点，都是老人。"

谢宁回过神来，在电梯门再度关闭前又按了次下行键，侧身偏了下头，示意她进去。陶子佩一边专注地听手机里的汇报，一边对他比了个"多谢"的口型，快步走进电梯。谢宁随即也站了进去。

地下停车场内，一急一缓的脚步声错落响起。

"ICU还有床位吗？"

"联系麻醉和手术室。一值除了你还有谁？"

"知道了，我过去大概——"她卡了下。

"半小时。"谢宁走到车边，车灯随着解锁的信号闪了两闪。

"半小时，也通知叶熙，万一切皮时我还没到，叫他顶上。"

"抱歉了。"

挂断电话，陶子佩利落地上车拉过安全带，又抓起头发扎好，目不斜视地盯着前方："回头请你吃饭。"

谢宁启动车子，一句"不用"到了嘴边，变成了淡淡的一声"嗯"。

车子驶离航站楼，陶子佩才意识到不对劲："半小时能到？"

谢宁手搭在方向盘上："你换单位了？"

"没，市医。"

"那就能到。"

蓝牙耳机里传来机械的提示音，谢宁松了松油门，卡着限速继续驾驶。

刚才只顾着医院的事，缓了缓气儿，陶子佩才有空注意到谢宁的车。她对车子研究不多，不过瞥见仪表盘的设计，就大致感受到了和自己那辆的差距。人比人气死人，同样学数理化，她熬了多少年才开上中意的那款，真是可恶。

但车内实在素净过了头，如果不是仪表盘上清清楚楚地显示着公里数，说这是4S店试驾用的车子她也信。座套没有，颈枕没有，更不用说零零碎碎的车内装饰，唯一能看出点鲜活气的，是后排座椅上几个皮皮狸狸儿童乐园的大玩偶。

透过后视镜，陶子佩多看了那几只玩偶两眼，然后拆开在便利店买的薄荷糖。

"吃吗？"出于礼貌，她将放了两颗薄荷糖的手心往左侧递了递。

"不用。"

于是她把两颗都丢进嘴里，"嘎嘣嘎嘣"地嚼开。

薄荷的劲头很足，可惜和咖啡因一样，对她而言提神效果都有限。陶子佩慢慢舔掉黏在齿上的糖渣，直到把最后一点薄荷的味道舔食干净。

原本显示着导航界面的车载屏幕上弹出来电显示，谢宁的耳机自动接通，是骑手通知外卖送到了。道谢后结束通话，谢宁又按下方向盘按键，打电话让同事下去拿。

因几小时前刚下过雨，路面还有未干的水渍，湿润的空气从降了一截的车窗涌入。线条柔缓的路灯就在这潮气中，飞鸟一样地从玻璃外掠过。

陶子佩再次接到周舟的电话，汇报说患者准备进手术室了，一线也已经就绪。她看了眼屏幕上显示的剩余路程："术前准备好了就开始吧，我快到了。"

绿灯倒数还有三秒，谢宁慢慢踩实油门，在最后一秒冲过了路口。

导航上的行程到第二十六分钟时，车子在市医东门前停稳。

"谢了。"

陶子佩迅速跳下车，一脚踩进水坑，并未理会被溅湿的裤脚，头也不回地就朝里跑。

谢宁看着仪表盘上明晃晃的提示灯，认命地下车，绕到副驾驶一侧，把她没有关紧的车门重新用力关上，再回到驾驶座，把副驾座椅上被遗忘的大半条薄荷糖丢进杯座里，最后在保安来赶人之前，重新驱车往公司的方向去。

"老师辛苦。"

天亮透的时候，陶子佩总算出了手术室，前去跟等待的家属谈话。没过多久，完成缝线收尾的患者也转入了 ICU。她去巡了一圈，离开前看周舟眼下两团青黑，抱起手臂："你值班几天了？"

周舟苦笑："我这周只有周六不值班。"

陶子佩叹气："离查房还有半个小时，去眯一会儿。"

"谢谢老师，您也去歇歇吧。对了，"周舟刚要走，又想起什么，"李主任今天——昨天让我问问您来着，下周医师节的表彰会讲话，您准备得怎么样了？"

陶子佩顿时觉得头比凌晨接到电话时还要痛："先别跟我提这个。"

在卧虎藏龙的普外，她吃了身为女性的亏，资历也不算老，偏偏早早评上了副高，明里暗里不知道惹了多少人的眼。表彰会虽然比不上一篇 SCI 的影响力大，多少也是挣面子的事。叫别人知道她还嫌弃，只会再被扣上"得了便宜还卖乖"的锅。

医师节医师节，为什么是医师遭罪？

看出陶子佩的不痛快，周舟乖巧闭嘴。

回到办公室，陶子佩撕下一块膏药，重重往肩颈处一拍，准备会诊去了。

▶▶▶

陶子佩番外（二）
再相见抑或再见

医师节唯一值得期待的，只有院里发的购物卡和门票。去年是天文馆，前年是博物馆特展，陶子佩都会带着爸妈好好逛了个够。今年市郊新开的植物园评价还不错，她正愁没机会去瞧瞧，听院里的小道消息，八成就是植物园门票了。

到了发礼物当天，她下了门诊，期待地回到办公室拆信封——

皮皮狸狸儿童乐园套票。

扶额郁闷了片刻，她拨了拨头发，呼出一口气，说服自己接受了这个事实。

刚好，之前谢宁送她回医院，她习惯性地就说要请他吃饭，事后想想并不合适，用这门票当谢礼反而更妥当。

打定主意，她立刻翻出和谢宁的对话框。

"上次多谢你送我回医院，我拿到几张儿童乐园门票，送你了，带家人小孩去玩吧。"

五分钟后，谢宁的回复到了。

"不必了，我单身。"

陶子佩一愣，想起他车上的玩偶——不应该啊。

"你没结婚？"

"没有。"

"怎么可能。"

"你结婚了？"

"没。"

"那你在奇怪什么？"

陶子佩用舌尖抵了抵后槽牙。

这人冷不丁地就冒出一句讨打的话的坏习惯，看来不仅没治好，还变本加厉了。

好在谢宁多少也有了点长进，见陶子佩半天不回复，适时地找补了一句："什么时候的票？"

陶子佩把票翻到正面："本月内有效。"

等会儿，这个月不是只剩十二天了？真不知道该说医院抠门还是乐园小气。

"给我一张吧。"

陶子佩诧异："你要去？"

"嗯。"

"一个人？"

"怎么了？"

"你已经不符合那些游乐设施的使用年纪很久了吧。"

"有两个项目的 VR 交互做得不错，去学习。"

陶子佩发了个无语的表情："多给你一张，带亲戚家小孩去玩也行。票寄到你公司？"

"你打算去吗？"

"去吧，带外甥女去转转。"

"定下时间后说一声，我到乐园入口跟你拿票。"

"也行。"

"陶老师。"

叶熙站在门口敲了敲门板："昨晚急诊手术的患者家属有问题想咨询您，您现在方便吗？"

"嗯，走吧。"

陶子佩将手机往兜里一揣，出门朝病房去。走到护士台附近，脚步猛地一顿。

不对，她为什么要跟谢宁一起去儿童乐园？

见完家属，她立刻给姐姐打电话，要把剩的两张票给她。陶子衿哭笑不得："你不知道我恐高得厉害啊？别浪费了，就你带伊伊去吧。"

陶子佩揉着太阳穴，她忘了她姐是个公园小飞机都不敢上去的重度恐高患者。

"姐夫呢？"

"后天出差，得月底才回来。"

陶子佩内心涌上一股无力感，她听到手机那端姐姐在跟伊伊说"小姨要带你去看皮皮狸狸了哦"以及伊伊的欢呼声，更觉心累了。

姐姐与她完全不一样，大学毕业就跟隔壁商学院的姐夫领了证，一直很期待有自己的小孩，却迟迟怀不上，失望加上长辈的压力，险些患上抑郁。姐夫心疼她，宣布夫妻俩决定丁克，结果半年后被诊出了身孕。

在所有人的期待中出世的伊伊，被一众大人当眼珠子一样宝贝着长大，这个暑假结束就要上一年级了。所幸没被宠成娇纵的性子，但却鬼精鬼精的，大眼睛眨着眨着，不知什么时候就会蹦出什么无忌童言来。

"老师说过'语不惊人死不休'。"伊伊振振有词。

陶子佩给她系太阳帽的带子："宝贝，这句诗不是这么用的。"

"杜甫说错了吗？"

"杜甫没说错——不对呀，你们学前班就学这么难的诗了啊？"

伊伊吐了吐舌头。

陶子佩下定决心，一会儿把票给了谢宁，立刻就和他分道扬镳。

其实谢宁提出与陶子佩在乐园入口见面，也只是为了省事，并没有与她同行的意图。就算相处看着自然平淡，两人到底有过不一般的牵扯，十四年的时间不会淡化那些纠葛，只会像沉默着滴落的松脂一样，把过去一层一层地浇筑成纹理清晰且坚硬的琥珀。

但到了儿童乐园门口，事情似乎再次偏离了他的预想。

"插管吧，半个小时后数值还没下来就通知我。"

陶子佩刚放下手机，她牵着的小女孩就"善解人意"地开口："小姨没关系，你回医院吧，我可以一个人玩的，有事就找穿黄色马甲的哥哥姐姐们，然后打电话给妈咪，"她晃了晃手上黄色的电话手表，"我都学会了！"

不说陶子佩，连谢宁都听出了这一串的言外之意——

"小姨你不要带我回家我想进去玩呜呜呜呜！"

陶子佩露出好气又好笑的表情，又像是陷入了挣扎。但她的犹疑只持续了很短的时间，随后捋了下头发，从包里拿出票。

"你急着学习吗？"她力作镇定地开口。

谢宁配合地回答："不着急。"

"那可以陪我们半小时吗？"陶子佩问，"万一我待会儿得回医院，麻烦你在我姐来之前，替我看着这孩子一会儿。"

谢宁接过票："可以。"

"回头请你——"陶子佩话说到一半，被自己噎住。

这人情是越还越多了。

伊伊已经看出这位高个儿叔叔是自己能成功进儿童乐园的关键人物，马上乖巧地喊了句："谢谢哥哥！"

谢宁难得呛了一下。

陶子佩也被外甥女的拍马屁水平惊呆了。

"……叫叔叔就可以了。"

"好的叔叔!"

为了避免伊伊再说出什么惊世骇俗的话,陶子佩果断拉过小丫头往检票口去了。

谢宁说自己还单身的时候,说实话陶子佩没有完全信。

虽然她鄙视很多关于择偶的隐形规则,但可笑的事实便是如此,例如其中一条——男人的"保质期"永远比女性长出一大截,四十多岁的年纪照样是一枝花。何况谢宁事业有成,皮相也不差,即便他性格上有叫人头痛的地方,有前两条在,也只会变成无伤大雅的小缺点。不用说别人,单他公司里,一定不缺对他有心思的人。

所以,他怎么可能单着?

但看到他再次把伊伊鼻尖的冰激凌抹匀,而不是擦干净后,陶子佩信了。

这个带孩子的笨拙样,24K 纯菜鸟无疑了。

她掏出湿巾,十分不温柔地扳过伊伊的小脸给她擦:"孩子不是橡皮泥做的,用点力气不会碰坏的。"

伊伊挣扎:"会坏的会坏的!"

她停下手:"那剩的冰激凌小姨帮你吃掉了?别吃坏了肚子。"

伊伊如临大敌地抱紧手里的小纸碗。

陶子佩本也只是逗逗她,把湿巾放回身侧的包里,无意间碰到旁边的塑料袋。里面的玩偶歪了歪,露出大眼睛尖耳朵的脑袋来。她扶正袋子,抬头看向旁边的谢宁。

谢宁抬起眼:"怎么了?"

"没什么……原来你真的是来学习的。"研究 VR 射击的同时,顺带给伊伊赢下了三只玩偶,伊伊瞬间对这位叔叔产生了极大的信赖与崇拜。

早先情况不对的病人已经转危为安,陶子佩给自己挖了坑,看外甥女开心,也说不出赶人走的话。这一来,就一直同他待到了现在。

说到这个,她忍不住问:"你之前经常一个人来?"

"只来过一次,和技术部的两位同事。"

"也是来学习?"

"嗯。"

"没被当成人贩子?"

"差点。"

陶子佩笑出声来。

伊伊吃完冰激凌，迫不及待地重新跳进了海洋球的池子里。陶子佩远远地喊了句"别摔着"，就随她去了，依旧和其他带小孩子来玩的家长一样，坐在休息区看着。

游乐区播放着轻快可爱的歌曲，小孩子玩闹嬉笑的声音一阵一阵地传来，一刻也不歇停。周围的大人们有的聊天，有的举着相机站在栏杆边给孩子拍照，有的忙着照顾玩累回来的小娃娃。一个飞起的海洋球滚落到陶子佩脚边，她弯腰捡起，轻轻一抛，小球划出一道蓝色的弧，落回缤纷浪花中。

要是当年她留下了那个孩子……

"十四岁。"身侧响起谢宁的声音。

陶子佩没反应过来："你说什么？"

"我说，"谢宁依旧平静地重复了一遍，"要是你当年留下那个孩子，现在就是十四岁。"

陶子佩下意识捂住嘴。她刚刚说出来了？

"你别误会，"她赶紧解释，"我没有任何别的意思。"

"我知道。"

谢宁没再说话。

音乐声和笑闹声似乎大了几个分贝，衬得此处的沉默更加令人窒息。陶子佩深吸了一口气，终究还是开了口。

"我没有后悔过。"

她的目光追随着在海洋球中扑腾的伊伊："生理上，我不能保证给孩子一个健康的身体，也不想赌。精神上——"她斟酌了着用词，"我更不能保证能有一个好家庭。"

"我知道。"

谢宁仿佛只会说这三个字一样。陶子佩好笑，半真半假地说："你知道什么。"

他拿着买给伊伊的棉花糖，手指捏着竹签旋了旋，转出小小的一朵云。

"我知道我们不相爱。"

陶子佩诧异地扭过头看他。

谢宁感觉到她看怪物一样的眼神，同样转头和她对上视线："你这是什么意思？"

"不是，"陶子佩有些不可思议，"你现在会——"她困难地想挑选出一个合适的词，"分析？解析？运算？也不对——你现在在感情上开窍了啊？"她来了兴趣，"这是经历了什么？"

谢宁有些无语："……什么也没经历，我向来就是这样。"

"怎么可能。"

"怎么不可能。"

他随手揪下一小块棉絮一样的糖放进嘴里，甜得他立刻皱起了眉，将竹签拿远了点。

"你执意和我分手，无非就是觉得我不爱你，所有靠近你的行动都是愧疚心作祟，都是我在勉为其难。"

这是她分手时说的话，陶子佩点头："我没说错。"

"可你怎么就能断定，"谢宁看向那一片五颜六色的海洋球，"愧疚不能是爱情。"

"小姨！"

伊伊趴在池子边开心地朝他们招手，谢宁微微笑着，抬手挥了挥。

陶子佩并没有听见。

她混乱了片刻，觉得自己两分钟前的判断下得太早："那当然不能混为一谈。"

"是这样吗？"谢宁放下手，语气平淡，"可我那时一刻都不想离开你。"

陶子佩多少年没听过这样直白得像个毛头小子的话了，于是又愣住了。

"很长一段时间，看到烤肉会多要黑椒，下雨天会想你颈椎有没有疼，买拖鞋会第一反应去洞洞鞋的架子。"

"而且，"谢宁重新看向她，"同学会时确实是你主动，但如果我讨厌你，后面就不会继续找你好几——"

陶子佩一张老脸险些没绷住，狠狠白了他一眼。谢宁咳了一声，收住话题。

"这些都不算吗？"

四目相对。

"……你想听什么答案？"陶子佩笑了一下，问他。

但她也不打算让他回答，只是移开了目光，重新坐正。

"当年的我依然会觉得，那是因为你觉得亏欠了我，所以才会有那么复杂又沉重的感情。但那只是一种牵挂，不是爱。"

"如果是现在的我，那我回答你——那也是爱的一种。"

她深呼吸了一下："假如你现在依然抱有这种感情，那无论它的源头是愧疚、怜悯还是偏执，既然跨越了时间，就毋庸置疑是爱，谁也否定不了。"

"但它已经消失了，不是吗？"

所以我们再争辩它的定义是非，又有什么意义呢？

这句话她没有说，她知道谢宁能懂。

"即使我们当时顺着那样——"陶子佩挑了半天形容词，到底还是没有选择，于是用一个模糊的笑带了过去，"——那样的感情继续下去了，说不定到了这个年纪，连这样普普通通地说话都做不到。"

谢宁也淡笑了下，后续却是沉默。

要是她当年留下那个孩子……

要是他当年有了那个孩子……

她出月子的时候，三十岁已经过了大半，没有精力分给工作，年底去 M 国接受机器人手术培训的机会自然只能放弃。

他有了家庭，要照顾小孩，拒绝了在研项目负责人的岗位，选择了已经稳步运营的另一个项目。

她当上了住院总医师，忙到一天二十三小时待在医院里，孩子只能交给老人和同样忙起来也脱不开身的丈夫。

他选择了大部分技术类的工作，以便于在家时也不耽误办公，这个模式一直持续到孩子上了幼儿园、妻子也适应了主治医师的工作的时候。

她的工作没有变轻松，与丈夫孩子相处的时间始终有限。

他错失了往管理层晋升的机会，好在靠着技术也足够养家。

她和丈夫开始争吵。

他和妻子开始冷战。

她回想起这一切的源头，那些莽撞与热情已经被琐碎却难以挣脱的生活负担碾成了齑粉，变成久未打扫的家具上一层粘手的灰土。

他记不得他们的开始了，是高中教室里一句玩笑般的告白，还是同学会上的醺然迷蒙，但再戏剧浪漫的开头，也逃不开一地鸡毛的结尾。

她的耐心都留给了患者，没有余力帮孩子解答作业上怎么都算不出的四则运算题，更不耐烦在一堆纸上写千篇一律的家长意见。

他的敏感都在复杂的数字与字母上，妻子的失落与烦躁于他而言是无解的题目，叛逆期孩子的情绪他更是束手无策。

那样的婚姻与家庭，仅经历了十来年就叫人难以喘息，离"百年好合"还有将近六十年的时间，他们却已经看到了尽头。

那会是幸福吗？

陶子佩垂下眼睫。

谢宁将变得黏腻的棉花糖扔进垃圾桶。

可是啊。

可是。

那也一定会有幸福的时候吧。

那一定会有幸福的时候。

她因为孕肚而直不起腰的时候，丈夫模仿着理发店的样子，笨手笨脚而耐心地给她洗头发。

他决定亲自改造出一间婴儿房，第一件设施选了体感游戏机，被妻子骂了一顿。

她在产房痛得痉挛时，丈夫一直紧紧握着她的手，在孩子出世的瞬间吻了她汗湿的额头。

他抱着孩子下楼散步，孩子在暖洋洋的阳光下口齿不清地喊了第一声"爸爸"，然后爽快地尿了他一身。

她吃医院的食堂吃到反胃，于是在她孕期磨炼出了一手好厨艺的丈夫，重新开启了他的"煮夫"事业。

他不得不留在公司加班过夜，妻子把孩子送到岳父岳母家里后，拎着一大包洗漱用品和装满食物的饭盒去给他，紧接着风风火火地赶回医院值班。

她和孩子练了一周末的两人三足，信心满满地去参加幼儿园的亲子运动会，丈夫举着相机严阵以待，却拍到一大一小摔成一团的精彩瞬间。

他翻完孩子的自然课课本，做了个像模像样的风筝，带着孩子到广场上试飞，最高海拔记录不到三米，最后看不下去的妻子买了一个回来。

她看到孩子"满江红"的考卷，气得满屋子找趁手的家伙事儿，丈夫抱住她手臂劝她冷静，并使眼色让孩子赶紧先到楼下邻居家避难。

他和孩子看电影，屏幕上闪过儿少不宜的画面，他还在考虑怎么捂孩子眼睛时，孩子大喊妈妈你看那个人的脊柱是不是有点歪。

她难得有一天准时下班，破天荒去丈夫的单位等他下班，然后一起去超市买菜，把所有试吃的小摊子尝了一遍。

他拿到了奖金，看了看手机购物车里的显卡，最后下单了一张按摩椅，寄到家的时候果不其然又被妻子骂浪费钱，但她是笑着的。

他们依然会吵架、冷战。

却也大概有了"谁先主动做家务就是服软"的不成文规则。

他们依然可能走向无可挽回的破裂。

却也可能笨拙别扭地修补着这漏洞百出的关系，直到不知不觉，来到鬓发斑白的年岁。

那一定是幸福。

但他们都没有选择。

傍晚，送玩得精疲力竭的伊伊回家后，回到车上，谢宁操作着导航仪："你现在住哪儿？"

陶子佩答非所问："你之后有安排吗？"

"没有。"

"我请你吃饭。"

也没等谢宁回答，她直接往显示屏上的搜索框里输入了一个位置："车停到这里就可以。"

谢宁没有拒绝。

车子驶入高楼林立的中心城区，随后进入一家商场的地下停车场。谢宁锁好车门，跟着陶子佩坐上电梯到一楼，走入熙攘人群再走出，最后穿过缓慢旋转的玻璃门，被无声地从明亮到有些刺目的灯光和凉爽到生寒的冷气中推出去。蒸腾的热气丝毫没有理会已经落山的太阳，依然伴随着来来往往的脚步，在地砖和柏油路面上叫嚣。

从大门一侧的街道往里走，车龙和人海渐渐被行道树遮掩，取而代之的是同样喧杂却不拥挤的商铺与人烟。店面装修参差不齐，排序也毫无规律，理发店的广告灯箱边上挨着甘草水果店的招牌，又被共享单车挡住了大部分，于是所剩无几的字眼拼成了意义不明的词组。

谢宁和陶子佩并肩而行。

路灯和两边店铺的亮光照出他们的影子，在路面上或深或浅地交缠。还未完全黯淡的天空像深蓝的海水，却又比凝结的湖面更静谧，只有芝麻一样小的麻雀零散地乘着夜风，往无人知晓的地方远去。

"到了。"

陶子佩顿住脚步，朝谢宁努努下巴，示意他先坐。谢宁低下目光，看向周围摆满人行道的木桌和塑料椅，又看向每张桌子边上吃得浑身冒汗的食客们，实在不知道陶子佩的所谓"先坐"是要坐到哪里。他又转身张望了一圈，总算在树下看到四四方方的一张小空桌。

他走过去，搬起桌子远离了被树根挤压得凹凸不平的砖面，另找了一处相对平坦的地方放下，再拎来两张塑料椅，用纸巾擦了擦桌面上的灰尘和油污。刚坐下，正在店门口跟老板点单的陶子佩去而复返。

"有过敏的吗？"

谢宁摇头。

"不吃蒜？"

"现在可以吃。"

"好。"

陶子佩回去继续点单，然后拉开一旁的冰柜门拿出两瓶汽水，顺手用挂在门把上的起子撬开盖子，再各放进一根吸管，走回谢宁收拾好的座位，将其中一瓶放到他面前。

谢宁喝了一口，将周遭的热意压下，看向她的瓶子："不是酒？"

"戒了。"陶子佩一气儿吸光小半瓶，"年纪大了，惜命。而且你不觉得，"她将手指放到鼻尖，"气冒到鼻尖的感觉，酸酸麻麻的，也不比酒精差？"

谢宁看着瓶身上滚落的水珠："你不是说过碳酸喝多了也不好？"

"医生还成天说不要熬夜呢。"

谢宁抹开那颗水珠，转头望向光线昏暗的店内。最上面的招牌逆着光，底下煮面的水雾蒸腾弥漫，只能辨认出"面馆"两个字。

"不用看了，这家店年纪跟我们差不多，原来的老板去世了，所以小老板也不知道他爸到底给这面馆起了啥名，地图上搜也搜不到。"

"那你怎么知道的？"

"有一次相亲，对方约在这里。"陶子佩说起来都觉得好笑，"第一面哎，就让我来这儿找他，还以为是在埋汰我。后来发现人只是憨了点，纯粹觉得这好吃，就介绍给我了。"

"看样子人不错。"

"要是真不错我还单着？"

"那也未必。"

"什么意思？"

"你——"

"两碗鳝丝面。"

两青瓷大碗的响油鳝丝面打断了谢宁的话。他拆了双筷子："吃饭吧。"

趁他摘眼镜的间隙，陶子佩偷偷瞪他一眼，先夹了两筷子鳝丝："你不说我也猜得到，事多、挑剔、麻烦，这么说我的多了去了，不差你一个。"

"我没想说这个。"谢宁慢条斯理地拌着面条，"你最多就是……太清楚自己的取向。那些被你拒绝的人，未必就真的差到哪里去，只是刚好跟你合不来而已。"

说完，他吃下一筷子面："……很好吃，理解你那位相亲对象了。"

陶子佩咬断吸到一半的面条："嗯，不过你说错了，我到现在也不清楚自己喜欢什么类型，反倒是，"她擦了下嘴角的油星，"越来越清楚自己不喜欢什么类型。"

"那也不错。"

"那你呢？"她单手撑支住脸侧，"你弄清楚自己喜欢什么样的了吗？"

谢宁头也不抬，似乎真在专心吃面："我已经说过了，是你不肯信。"

"我当然不能信。"陶子佩低下头，拨弄碗里的葱花，"那会显得我年轻时的固执很蠢，不对，是更蠢。"

"不会。"

面过了凉水，但铺上淋过热油的鳝丝，还是很烫，烫得谢宁鼻尖出了汗。他摘下眼镜，指尖捻着纤细的金属镜腿。

"哥德巴赫猜想，高中时我们学过的。所有人都知道它没错，但几个世纪过去，没有人能完全证明它是对的。"

他抬起眼。

"代入我们，也一样。"

那些感情一定是存在过的，他们各自有一个确凿的答案去定义，但谁也无法跟对方证明自己的答案。

所以，谁也不能说谁对了，谁就错了。

陶子佩觉得今天的鳝丝有点腥，偏过头凑近吸管，把汽水喝到见了底，把那些莫名的不适感吞回去。

"……谢宁。"

汽水的气儿顺利地冒到了鼻尖，又酸又麻。

"我一直都很固执，哦对，还很自私，认定的答案不一定是正确的，但一定是——一定是趋利避害的。"明明没有喝酒，她却觉得有点迷蒙，撑着脸闭上眼，"我还是坚持我没有错，我们分手……非常正确，唯一要抱歉的，就是我肯定伤害到你了，但那是我为了保全我自己，做出的最大努力。"

"陶子佩。"

听到他喊自己的名字，她睁开眼睛。

"我有过一个假设。"

"如果我们当年生下了一个女儿，如果她长大后遇到一个像我一样的人，如果她还怀上了那个人的孩子——"

谢宁拿着一次性筷子上的手作势要用力。

"我一定打断他的腿。"

陶子佩喷笑出声，这话和他惯常的形象反差太大，颇具喜感。

"嗯，我知道，你也是个不怎么样的人，我们彼此彼此，互相祸害。"

被这么一打岔，她轻松了些，放下筷子，两手交叠撑住下巴："那我们来对答案吧。"

她笑眯眯地提议，就像高中时一腔勇猛无畏的她拿数学题当借口一样，十分之厚脸皮地去翻谢宁的卷子。

高中时的谢宁不理她。

现在的谢宁说："好。"

她看着他鬓角隐约的白发："我爱过你。"

他看着她有了细纹的眼尾："我也是。"

"我一直都知道。"

"我知道得太晚。"

"看来是错过了。"

"嗯。"

她用空空的玻璃瓶碰了他还剩大半汽水的瓶子:"我干了,你随意。"

谢宁轻笑了一下,没有喝:"嗯,我随意了。"

鳝丝面慢慢变凉,油花在黄晕中反光,青翠葱花暗成一撮一撮的黑影。周围的食客换了一拨,闲聊的话题也从国际形势换到了家长里短。或迅疾或慢腾的车辆路过,荡起此起彼伏的风,摇曳头顶的枝条秋千一样地晃动。

结完账,陶子佩走到路边站定:"不用送我了,我想散会儿步再回家,你回去吧。"

谢宁点头:"也好,再见。"

要转身的一刻,他顿了顿,重新看向她:"说错了,应该不会再见了。"

陶子佩想了想,反而笑了。

"不好说,可能会见的。"

谢宁侧了下头,目光落在她脸上,陶子佩却转头看着已经完全浸入夜色的街景。

"你想,陈望家有聚会的时候,延延佑佑考上大学,结婚,那些重要的时刻我可不打算错过。所以等到那会儿,说不定就又见着了。"

"哪天你想不开又去同学会的时候,万一我也去蹭吃蹭喝了——是吧。"

"就算在那些场合没遇到,只要还在这个城市里,在同一条街上堵车,前后脚进了同家餐厅,路上碰巧又擦肩而过,也不是没有可能。应该说——"

陶子佩再次迎上谢宁的目光。

"我们一定会再见,只是不知道什么时候而已。"

"等知道的时候,可能又是十四年、二十四年过去了。"她想象着那个画面,笑起来,"到那时,我应该老得你都认不出来了吧。"

谢宁低头笑了下:"我也会是那样。"

"那就更难知道了。"

"看来要从现在开始多留意跟你相似的老太太了。"

"倒也不用,我还不至于老得那么快。"

谢宁淡笑。

陶子佩退了一步:"那就再见了。"

"再见。"

两人各自转身,迈步离开。

十字路口前,行人身影交错,信号灯边上的倒计时像规律的心跳。陶子佩呼出一口气,望向浓郁得变成墨块的天空。

鳝丝面真的好腻,再买听可乐吧。

　　她随便走进一家小店，要了瓶冰的无糖可乐，准备结账时看到货架上还有她喜欢的小圆饼干，就又加上了两包。出了店门，电子音的"欢迎光临"被关在身后，她拧开可乐瓶盖喝了两口，顿时觉得神清气爽了不少。

　　然后她戴上蓝牙耳机，挑了首喜欢的歌，背手勾着塑料袋，慢慢悠悠地，往家的方向走去。

▸▸▸

后记

在这篇小说之前，我有很长一段时间，没有以"书写"这一形式创作过故事。

而这个故事的起点，也并没有什么特别的契机或因缘，仅仅是一个普通的下午，在吃完自己给自己买的生日蛋糕后，决定再奢侈一把，送自己一个看了会开心的故事。

可是我已经很久没有动过笔了，也许会词不达意、颠三倒四，甚至不如高中时每天写的练笔。要不要再多看一些好的作品，再多做一些写作练习，然后再来挑战创作一个较长的故事呢？

冒出了这样的念头一会儿之后，我决定，管他的。

于是，仅仅凭借着脑海中关于演唱会重逢那一幕的想象，没有大纲，没有人物小传，我就开始愉快地写了，情节全交给角色自由放任地发展。现在回过头想想，这真是一个糟糕的举动。这个故事没有走向支离破碎的结尾，纯属万幸。

但是，我也庆幸当时的自己能有那样随心所欲的胆量。如果所有的想法，都要等待所谓"万全的准备"后再付诸实践，十有八九会化成泡影。莽撞地行动然后屡屡碰壁，也总比只在脑海中无尽地推演却裹足不前，要强上太多。

而且我动笔的目的很简单——想要写一个我喜欢的故事。那么，除了自己之外，就再没有可以束缚住我的东西了。

所以我写了一个我喜欢的主角：陈望。

我将这个故事定义为童话，因为里面包含了很多建立在现实上、看似简单、实则多数时候难以实现的桥段与设计，包括陈望。她是我向往的人物中的一类——性子温和从容，却有着清晰的目标与果断的行动力，经历过的家庭变故则让她多了一份坚韧的底色。实际上，这样的人在寻常生活中比比皆是，在无数情节跌宕的虚构作品中更算不上有出彩的特质，但对于生活在各种琐碎中的你我而言，要做到这样的坚持与平和，真的有那么容易吗？

我觉得，不是特别容易，但也可以做到。

步伐慢一点也没关系，吃亏多一点也没关系，即便走得跌跌撞撞，只要是前进着的，那就是有意义的成长。

陈望这样安静地成长了，于是获得了童话般的奖励——没有错过的爱情。

而现实的我们会获得什么奖励？

谁都不得而知。

不过，也许未来的某一天，当我想起曾写给自己的这个童话，我就有了继续从容生活的动力。

那么，它会给看故事的你类似的、微不足道的支撑吗？

请允许我这么小小地奢望一下。

感谢阅读。

束之